U0622763

徐小斌经典书系 | 第五卷 长篇小说

炼狱之花

徐小斌 著

作家出版社

总序　梦想成精——徐小斌的小说世界

陈晓明

　　徐小斌在当代中国文坛虽然说不上是妇孺皆知，但说她声名远扬是不为过的。这当然主要体现在徐小斌是一位个性显著的作家，喜欢她的人会盛赞不已。无疑，徐小斌是一位实力派作家，她获得的赞扬与她作品创造的意义相比是恰如其分的，甚至有不少评论家会说，徐小斌是一个被低估的作家，她的作品中显然有很多的内涵还有待深入挖掘。徐小斌内心十分沉静，始终以自己的方式写作。她对文学的那种执着的态度和方式，是当今中国作家所少有的。徐小斌追求一种纯粹的文学，一种用汉语的纯美品性来书写的文学。这种说法似乎显得很不必要，这能说明什么问题呢？她似乎并不为时代热点所动，也不追逐重大的历史命题，她的探索也不介入某些潮流。但徐小斌个性鲜明却又具有多面性：对于一部分人来说，徐小斌是一个玄奥的有神秘主义意味的作家；在另一些人看来，她是一个准女性主义者；一些人认为她的写作非常前卫，也有一些人会把她看成一个把传统风格发挥到极致的人。说到底，这主要源自她的写作本身的多面性。但不管怎么说，徐小斌对小说孜孜不倦则是肯定的。对于她来说，小说就是她的生存世界，她倾心于这个世界，把自己全部交付给这个世界。以这种态度来写作小说，也就不难理解徐小斌的小说充满着虚构的色彩，这个世界融瑰丽的想象、诗性、形而上的神秘意念于一体，在我们的面前无止境地伸展敞开。

一、让女人成为文学的精灵

徐小斌的小说写出一系列极其独特的女性形象，足以让她在当代中国文坛独树一帜。她笔下的女性与在历史和现实中还原的女性形象很不相同，她的女性形象，更主要是诗意想象与神秘体验的产物。1993年的《迷幻花园》标志着徐小斌写作的新阶段，她把女性的绝对的爱欲放置到她的写作中心，把语言的精致化，与生存世界不可知的可能性及其宿命论思想相结合，构造了一种纯粹隐含着复杂变异的小说叙事文体。《迷幻花园》属于实验性很强的作品，它没有明晰的故事情节，但是有着非常精致的感觉片段。写过《对一个精神病患者的调查》的徐小斌写下这种小说是一点也不奇怪的，那篇关于精神病人的小说，据说给诗人海子以很大震动。而《迷幻花园》又是一次对女性的某种接近疯狂状态的心理描写。在最低限度上，这篇小说可以看成是关于两个女人和一个男人的故事。显然，这个故事并不重要，重要的是它引向对女性绝对命运的探寻。少女之间惯有的纯真友情，在这里被处理成女人最初的"镜像置换"。芬与怡最初通过对方认识到自己的特征，并且在后来的岁月里，她们总是处在奇怪的分离和重叠的状态中，她们各自占有对方的位置，又不断迷失。徐小斌似乎试图表明女人永远找不到自己的位置，芬夺取怡的位置不过是完成了一次放逐。女人的形体与灵魂永远错位，因为中间总是插入一个绝对的男性，她们永远无法跨越这道门槛。徐小斌对女人存在境遇的书写，充满了绝望的诗情，那些悲剧式的女性闪烁着精灵一样的美感。

随后的《双鱼星座》看上去是在讲述"一个女人和三个男人的古老故事"，但这个古老的故事被徐小斌以非常个人化的当代性的经验加以改造。卜零，这个优雅而聪明绝顶的知识女性——与其说这是典型的知识女性形象，不如说是知识女性乐于认同的自我形象。这个优雅的女人在三个男人之间周旋，对家的厌恶，对权力和社会制度的拒绝，与对爱欲的纯粹追寻相混淆，使卜零如此密切地扣紧这个时期的物质生活。那些流行的俗世价值观念，又不断地在虚幻的空间、在自我的想象中呈现。古典时代温情脉脉的两性关系，那个生活的寄托——家，在这里却是生活的牢笼，一个极为虚假而没有实际内容的处所。在20世纪90年代，这个被普遍描述为商业／文化二元对立的时代，徐小斌率先展开了对变了质的两性关系的书写。这一切混杂着对这个时代的流行价值的抨击和那些生命神秘体验的寓言性叙述，使得徐小斌的这个既古老又当下的故事具有犀利的直接性和女性神话学的另类经验。

徐小斌一直在探索一种新的写作法则，促使那种玄妙的形而上的思想意念与明晰流畅的故事相交合——这在某种意义上也表征着20世纪90年代趋向于形成的多元性的叙事法则——显然，对女性爱欲的关注使她找到连接二者的自然通道。把女性的爱欲与某些循环论和文化原始神话相混合，构成她叙事的内在意蕴，它们使她的那些关于女性爱欲的故事具有不可知的神秘性。她刻画的那些女性像是一些镜子中的人，像在水上行走的精灵，她们以遗世孤立的姿态决绝地走向生活的绝境。然而，她们却又异常明晰地折射出当代生活的那些直接的现实和流行的价值观念，以女性的特殊的话语实践对当代生活作出尖刻的析解。她的叙述是一些独白，又是一种现实；是一种呈现，也是撕裂；是一种抚慰，更是一种抗议。

《敦煌遗梦》是徐小斌20世纪90年代有代表性的长篇小说，它显示了她对形而上事物的爱好，以及具有多元综合的描写生活的能力。这部长篇更是抓住"敦煌"这个神秘而神奇的空间来展开叙事。宗教的神秘、世俗的爱欲、权力和阴谋，三位一体构成这部小说的叙事主体。

整个宗教世界在叙事中起到了双重的作用，其一是与世俗的爱欲相对构成了一个"生命之轻"的叙事圈；其二是宗教的那种神秘性氛围与世俗的阴谋构成了一个"生命之重"的叙事圈。这两个叙事圈又经常交合在一起，它们显示了生存的复杂意味。

小说叙事的表层是一个典型的浪漫的爱情故事。男主人公张恕和女主人公肖星星邂逅于敦煌，他们之间很快就产生了感情。但这个感情关系很快被另外两个人的出现打破了，一个是无晔，另一个是玉儿，这里迅速出现了四角关系。令人惊异的是他们各自都找到了另一种爱欲，出现了错位式的爱情。这部小说的叙事，或者说肖星星和张恕这两个人物总是在精神、爱欲、阴谋三者之间循环，他们像某种怪圈组合在一起，在每一个极端总是预示着另一个起始，总是向另一个对立项转化，而具有一些奇妙的双重意味。这部小说无疑企图求解生命存在的极端含义——它是那些女性末世学或宿命论，灵魂转世学说以及玄奥的博弈论相混淆的超级方程式。然而，对于徐小斌来说，这些形而上的理念，这些神秘而玄奥的宿命哲学，绝对不是她要明确解决的理论问题，它们仅仅是一些悬而未决的背景。她的小说的叙事是快乐的，是灵巧而智慧的。她把中国古代的宗教与当今中国的生存现实相连接，把最神秘的宗教体验与女性的爱欲经验相混淆，把邂逅的浪漫与贩卖文物的国际阴谋相接轨……这些都显示了徐小斌的小说叙事的开放笔法和引人入胜的精彩结构。

　　徐小斌发表于2000年的《女巫》是一部神秘而怪诞的作品，在短篇小说的篇幅里，讲述了一位虚构的燕国公主的奇特人生，在战国征伐、荆轲刺秦的历史缝隙中，这个未得史书记载的女性寻觅着自己的人生价值。她曾追逐情欲，却爱而不得，她曾试图重整河山，却发现什么也改变不了。在命运的无声指引下，她终于走向了女巫的神巫洞，在最深的自我封闭中接近了最玄妙的真理。这个神秘主义的故事始终有一个爱情故事的形状，公主的爱情和她的开悟纠缠不可分割，不可捉摸的世界本质有了感人至深的世俗形象，二者严丝合缝，折射出徐小斌高明的叙事策略和深刻的形而上思考。

二、虚构绝对的女性历史

　　多年来，徐小斌一直在讲述女人的历史，20世纪80年代中期，她远离文坛中心，沉静而执着地写作。人们几乎突然才意识到这个人是一个不容忽视的存在。1999年1月的某个周日，在北京新落成的巨大的图书大厦里，《羽蛇》的首发式签名售书吸引了络绎不绝的读者，创下半天售出三百七十多本的纪录，把徐小斌的书写事业推向炫目的高峰。但在闪烁的镁光灯下，徐小斌却依然沉静如初。对于她来说，《羽蛇》不是结束，而仅仅是开始。

《羽蛇》是一部纯净深刻的作品，散发着古典主义的怀旧情调。但在其单纯的外表下，掩藏着相当丰富的关于女人历史的种种探究。

《羽蛇》构造了一部绝对的女人历史。说其绝对，是指这里的女人历史与男权历史相对立，这部历史顽强地抗拒世界历史的宏大叙事。《羽蛇》的叙事明显是一种历时性的结构，小说的情节发展与中国现代史同步，历经民国、新民主主义革命、社会主义革命、文化大革命、改革开放、跨国资本主义时代。小说历时几近一个世纪，概括中国现代启蒙与革命的变迁过程，一个家族无可挽回地走向破败的历史。以玄溟为首的女人群体，也是一部中国现代历史。历史的变迁，使这些女人历经沧桑，面目全非，她们由富贵而贫困，由娇艳而衰老，由天真而怪戾。历史严重改变了这些女人的外部，但没有改变女人的内在性。这些女人一如既往，执着地根据自己的内心愿望顽强生活下去，她们几乎是自觉走向命定的归途，但她们从不根据外部历史的变化而改变自己的品性和内心生活。玄溟是一个旧式中国妇女，这个据说曾被慈禧太后抱在怀里的聪明伶俐的女孩，后来看上去像是传统中国父权的卫道士。事实上，玄溟象征性地意指着中国传统父权的危机。小说中晚清时期的"老爷"，即玄溟的丈夫不过是"纸老虎"，几乎是缺席的。小说写到这个家族最高的男权人物"老爷"的时候很少，我们知道他不过是个洋务买办（铁路局长？），在外面养了小，很少回家，保持着中国传统男权的不少恶习。传统中国的男权历史不仅半殖民化，而且陈腐不堪。玄溟真正操持着这个家族，统治着这些女人，她们自成一体，构成一个后母系社会。徐小斌是有意还是无意？这个家族的男性或虚弱不堪，或英年早逝（如天成）。这个家族不再是男权驾驭女人的强权社会，而是男人落入女人圈套的生存游戏。陆尘这个风度翩翩的男人，没有逃脱玄溟为若木设计的婚姻规划。徐小斌笔下的男人通常都是一些庸碌之辈，或者是一些漂亮脆弱的剪纸式的人物。虽然男权构造的历史庞大而充满暴力，但作为个人的男性却无所作为。男人是一些集体性的群居式的盲从动物。徐小斌的女人却始终不渝地有着她们的发展史，乃至于个体发展史。每一个女人都有她的存在理由，她的选择与目标，她们永远怀着最初的生命动机，坚忍不拔地走向生命的终结。玄溟着笔虽然不多，但整部小说却始终渗透着她的气息。这个女人历经半个多世纪，历史已经发生翻天覆地的变化，但她却依然故我，还保持着她对这个家庭的精神支配，她甚至连口味都没有变化，她没有迁就外部社会，她有着自身不变的历史——一种看上去微不足道的然而却是最具韧性的自在的历史。

玄溟的精神在若木的身上以更加怪戾的方式加以繁衍。若木跨越几个时代同样没有改变个人的品性，革命把陆尘变成一个平庸的技术官僚，但却没有改变若木拿着金钥匙掏耳朵的姿势。受过良好的中国现代启蒙教育的若木，知书达理只是她的外表，用于俘获一个理想丈夫的手段，她的骨子里却渗透着中国传统妇道人家的本性。这正如浸淫现代性的中国，并未摆脱它的传统本性一样。若木在年轻时就习惯于颐指气使，对女佣进行精神虐待毫不手软。成为母亲之后，她并不像中国文学里通常的母亲形象那样温柔贤惠，而是一个尖刻怪戾、反复无常、冷漠自私的女人，总之，她凭着她的本性生活，与玄溟一样拒绝被历史同化。

小说的主人公羽和她的两个姐姐绫和箫，这是几个个性鲜明独特的女子，能把几个女人写得活灵活现，性格迥异，也可见徐小斌的笔力非同凡响。绫与箫是不同类型的女子，绫的故事充满了女人凭着内心冲动去选择生活的渴望，绫机敏善变，但她从不屈从于环境，我行我素是她的本性，她选择丈夫和情人完全凭一时的冲动。这个开放的女子实际非常自私，她渴望男人，但她却用了低俗的手段去控制男人，甚至加害自己的妹妹箫。看上去老实的箫，也有着自己对命运的不动声色的主动把握，徐小斌笔下的女人都很有质感，就在于她们每个人都有自己的本体存在，有着自己不被外部世界异化的内心生活。在任何时候，女人的个人生活史都是一部不可更改的独特史。徐小斌从不回避直接表现女人的内心欲望，女人对自身的身体意识，反复地读解自己的身体，这是徐小斌表现女人自我意识的一种方法。尽管这种视角多少夹杂了一些男性的欲望化想象，但徐小斌优雅的叙述总是能创造一种动人的氛围。

当然，小说的主人公羽是徐小斌刻意创造的一个绝对的女性。之所以称之为绝对的女性，在于羽是一个非同寻常的女性，她的存在方式，她的经验已经超出日常生活中的女性，而是由关于女人的绝对概念构造而成。或者说，她是一个本质性的女性。这并不是说徐小斌描写的这个女人只是从概念出发，这与我们过去批评的"左"派政治所设定的概念化人物根本不同，后者不过是政治意识形态规定的同语反复的产物，而前者则是作家个人能动地认识世界的思想结晶。羽被刻画为神经质，具有神秘主义本能倾向，向往形而上学，对不可知世界的迷恋，文身，与佛教徒和异见人士的爱恋，变相的反俄狄浦斯情结（即仇母情结）等等，所有这些没有一个行动表明羽属于现实世界。羽始终觉得自己与世界格格不入，周围充满了生活的陷阱，但她只是顽强地保护着个人的内心幻想，她与周围的世界无关，她只根据她的内在本质行动。羽像是徐小斌理解的关于女人的本质，或者一种本质的女性。关于羽的叙事，完全采用了诗化的和神秘化的表意策略。对羽的表现可以看出徐小斌叙述的特殊方式，羽的幻想特征使小说具有双重世界存在的可能性，羽一方面沉湎在自己的拉康式的"幻想界"里，另一方面却经历着真实的"现实界"。她所经历的那些事件和人物，如果做些简单的考据学工作的话，可以找到纪实性的原始素材依据。但这些并不重要，羽的故事可以进行拉康式的读解，令人惊异的是，羽是对拉康理论的女性主义式的改写，也就是说，杀父娶母的"俄狄浦斯情结"被改变成一个女人作为主体的故事。与之相关的"菲勒斯"崇拜，也被最大限度地改写了。羽似乎从来没有成年，处在历史的脱序状态，她同时也疏离于母系社会的历史。"脱离了翅膀的羽毛不是飞翔而是飘零，因为它的命运，掌握在风的手中。"羽在飘落，始终向着黑暗飘落。徐小斌对一种状态和感觉的把握是相当出色的。

小说中出现了几个男人的形象，他们无一例外属于女性历史的反面。圆广/烛龙也只有在羽的幻想界里才具有超凡的精神力量，一旦回到现实界，例如烛龙，后来也不得不显出凡人的疲惫。男人的历史是可疑和可悲的，也许是无意的，徐小斌写到的两位可以为女人接受的男性，烛龙和朋，一个是流亡的异见人士，另一个是携款外逃的经济犯。这就是男人的历史。支撑这个世界的强大的男性力量，正处在深刻的危机中，这两个男人不过象征性写出了这个时代的男性与世纪初的男性（老爷之流）所遭遇到的不同命运。

但不管如何，《羽蛇》讲述的女人的故事无疑是独特而丰富的。这部"后母系社会"式的女性史，展示了女人是如何按照自身的历史延续性，拒绝和疏离男性轰轰烈烈的现代史的生活历程。在现代性的宏伟历史进程中，自在独立的女性史在徐小斌的笔下并不是平静自在自为的，这部女性的历史也不是和谐融洽的，女人在现代史的背景上，开展了自己的历史活动，成为女性书写自己历史的起源。就是在这个从社会学的角度来看作为一个由血缘关系构成的女性家族里，女性之间的排斥和敌对，构成其历史的主导内容。这也许是徐小斌的惊人之处，当她把女人的历史与男人的历史对立起来时，她并没有去讲述一部女权主义者惯常要关注的姐妹情谊（与男权世界对抗），而是女人之间，特别是女性亲人之间的敌对。这些女性都进入宿命论式的对立和仇视。一个排除了男权的女人世界，充满了令人惊异的压制与颠覆、爱与背叛的斗争。在所有这些斗争中，母女之间的对立构成矛盾的轴心，母亲对女儿的控制与戕害，女儿对母亲的逃避与反抗，形成层出不穷的环节。

若木在年轻时为母亲玄溟所支配，上学时母亲居然坐在后座监督，母亲设下圈套为她找一个如意郎君，女儿的生活按照母亲的意志发展。幸福这一概念被母系社会的权力所曲解。当若木成为母亲后，她也没有放弃对女儿的精神压迫，羽时时感受到母亲的冷漠，从小她就顽强地相信"母亲不爱她"。在女儿发现母亲的"不爱"时，羽又在找寻另一个母亲，她与金乌的关系，就更具有恋母的意味。确实，小说中不止一处写到"寻母"的情节，血缘关系似乎发生危机，而精神之母则在她们的心灵里占据着支配地位。金乌同样是一个"失母"的人，徐小斌在这里编织的故事有着某种哥德尔数学悖论式的怪圈。这些遭遇母亲遗弃的女儿，却在坚持不懈地寻找精神之母。而金乌和羽的相遇，更像是来自母系社会的某种原初记忆。她们在撒满鲜花的浴池里采取的性行为，在小说的叙事中，无疑有奇特的象征意义。这个行为如果把它理解为是对母系社会的原始记忆的某种恢复，不过是一种施行成人礼的史前仪式的象征行为。也许在徐小斌看来，血缘并不足以构成母系社会的内在凝聚力，相反，她看到血缘关系的困境。徐小斌骨子里是一个反社会的唯美主义者，她把一切社会性的结构关系，都看成是违背人性、压制人类之爱。只有"美"才是维系人类相爱相亲的根本纽带。在某种意义上，徐小斌讲述了一部后母系社会的历史，她又以血缘关系为支点对其进行解构。她显然在设想重建一种女性历史的可能，这就是以"美"的理念为新的历史起源。

三、关于美与神秘以及神话写作

徐小斌从来不掩饰她对美的赞颂，以至于这在她的小说叙事中成为一种障碍，她的主要人物几乎都是超凡脱俗的，美在精神上战胜一切丑恶事物，美本身就是最高的神性。在小说中不难看到，所有美丽的事物都遭遇到政治或人性的迫害或亵渎，但在所有与美的对抗中，政治或人性之恶在精神上早已处于劣势。金乌或金乌的父母都无不如此。徐小斌笔下的美的事物也经常夭折或最终毁灭，特别是她的作品中经常出现一些年轻的男子，他们主要是女性幻想的纯粹男性形象。徐小斌的审美理念的核心是女性的怪异之美，来自于女性的神秘本质。因此，"美"在徐小斌的小说叙事中，就不仅仅具有感官的特征，它们具有复杂的思想内容。特别是这些美的事物所具有的神秘主义倾向，使徐小斌的小说叙事透示出准宗教的精神底蕴。

神秘主义是徐小斌始终不渝追逐的思想意蕴，这使她的小说叙事在一种透明的质感中，隐含着某种不可知的宿命论观念。早在《敦煌遗梦》里，徐小斌就试图把宗教思想作为小说叙事的背景意义，起到隐喻作用。在《羽蛇》中，可以看出徐小斌的这一做法更加圆熟老练，羽的那种对外部世界、对母系家族统治的厌弃，根源于她内心的宗教冲动，她对神秘性事物的向往。她的类似梦游的刺青行为，是她幻想的宗教经验。烛龙不用说，完全是一个根源于她的女性原初记忆的男子。羽的行为和感觉，因为宗教的背景，而并不让人觉得怪异，使羽可以超越现实的逻辑，执拗地在自我的世界里行走。刺青不过是一种视觉效果，是徐小斌借此沟通神秘世界的一种符号代码。刺青是一种反常的重写身体的行为，它以符号化的方式给身体命名，通过对肉体的改写而遮蔽肉体，并给予肉体以精神性的象征意义，它使活的肉体与远古图腾，与已死的历史相连接。文过身的身体不再是单纯的肉体，它已经给予一个象征的和超越的来世。隐秘的文身是对现世的一种逃遁，就像当今时代展露在外的文身是对社会的反抗一样。确实，徐小斌借助了象征符号，赋予她的人物以特殊的超验性存在。因此，徐小斌的小说总是有一种形而上的超越性意义，她在那些日常性的世俗化的生活的深处，置入不可知的神秘主义意味，这使她的小说具有引人入胜的可读性，又不失玄奥的生命体验意义。

徐小斌的小说写作富有才情，想象奇崛瑰丽，她热衷于制造空灵优雅的艺术氛围，在处理那些年代久远的故事时，可以看出她的叙事得心应手，对徐小斌来说，小说叙事并不是形而上观念的产物，也不是一些概念化的演绎，尽管她的小说隐含着难以言喻的不可知论或宿命论的意义，但她的大部分故事主体都来自她个人的直接经验和记忆。仔细阅读徐小斌的这部小说，也不难发现，那种强烈的虚构色彩，与某种可以在经验中印证的事实相混合，构成小说叙事的内在张力。小说的叙事呈两极发展，幻想中的超验世界和可理解的现实世界。这两条线索平行发展或交叉运行，使小说叙事虚虚实实，变幻不定。可以看出徐小斌驾驭小说叙事的出色才能。但同时也可以看出，徐小斌在迷恋那些玄奥的观念的同时，也难以拒绝那些蛊惑人心的直接经验，这使她在如何把握小说叙述视角方面具有双重性：她不断地用描写性很强的句式去表现她那些"真实的"直接经验。并且随着小说叙事切近当代生活，特别是靠近当前的生活，小说越来越采用纪实手法。小说到后半部分差不多抛弃了对幻想经验的表现，而转向更实的现实经验。到底是这些已经发生过的真实故事吸引徐小斌，使她有理由相信，现实（已经发生的经验）比幻想经验更有力，还是因为那些玄虚的描述已经令人疲倦？一些当代作家只要一写到当前生活，就感到困乏无力，他（她）们几乎处在双重困境：现实本身以两极形式呈现出无法捉摸的特征，要么现实就是一团毫无生气的日常流水账，它使文学虚构无从下手；要么现实本身就神奇精彩，它使文学虚构相形见绌。很显然，徐小斌一写到当代生活就遭遇到后一种情况，她的经验世界里存留了一些使文学虚构黯然失色的故事，她试图用实录的手法使之再现。小说的虚构功能已经难以与现实本身不断创造的奇闻逸事相媲美，对"事实"（或真实）的崇拜，已经成为当代由电视媒体制造的认知体系的首要真理，文学虚构不得不怀疑自己传统的审美观。如果说，传统现实主义对"事实"（或真实）的强调，不过是在意识形态先验论意义下的虚拟，那么，当代虚构文学已经不再严格依附于一种强制性的意识形态，它只是从现时代的认识论意义上，对"真实"和"纪实"表示认同（屈从）。但就《羽蛇》的叙事总体而言，徐小斌把握幻想界和现实界的关系还是相当成功的，一部叙事跨越近一个世纪的小说，并没有笼罩旧时代的氛围，相反，始终充满了当代气息，这得益于作者随时把握住的主观化的叙述视角，并自然地把故事引入当代现实。

总之，《羽蛇》是一部奇特而值得耐心读解的作品，作为一部少有的在历史变动中全力书写女性的小说，徐小斌揭示了一部意味无穷的女性系谱学，特别是她触及的存留在母系文化谱系中的深刻矛盾，既反映了人类最久远的经验，也提示了人类现在以及将来可能面对的问题。这部小说的丰富、深刻和优美，都表明了当代中国女性写作所达到的高度。没有任何理由认为女作家写的具有女性主义倾向的作品就是好作品，或值得一读的作品。就像中国任何概念都要迅速庸俗化和廉价一样，女性主义这只标签也快被弄得面目全非。指认徐小斌小说的女性主义特征，并不是因为作者的女性身份（正如女权主义者西泽斯所说的那样，女性作者完全有可能写作非常男人化的书），也不是因为作者讲述了一群女人的故事，更重要的在于作者以相当坚定的方式，揭示了一段含义丰富的女性自我认同的历史，女性自我异化的历史。性别身份的危机也许是徐小斌率先意识到的难题，这在当今中国文化中，其真伪一时尚难以断定，但徐小斌率先对此作了表述。徐小斌在这部小说的题记里写道："世界失去了它的灵魂，我失去了我的性。"事实上，世界并没有完全失去它的灵魂，因为文学一直在修复它；女人也没有完全失去她的性，因为文学使人们重新认识女人的性——这就是《羽蛇》的意义所在。

四、历史与文学相遇

在中国文坛，徐小斌虽然没有大红大紫，但她肯定是一个真正的实力派作家。没有人怀疑她对文学语言有着精致入微的理解，也没有人不为她所营造的神秘主义诗性所感动。她总是不温不火，不疾不徐走着自己的路。《羽蛇》是当代小说中难得的精品之作，数年过去了，徐小斌并未乘胜追击，只是不时出手一些唯美主义式的小说，若隐若现地印证着她所向往的那种飘逸境界。出人意料，2004年盛夏，徐小斌出版了一部长篇历史小说《德龄公主》（人民文学出版社），这显然令文坛大吃一惊。一直热衷于进入虚构的神秘诗性深处的徐小斌，何以会闯入务实的历史小说领地呢？历史领域曾经一度构成一部分先锋派作家的语言实验飞地，那是回避现实矛盾而又可以展示文本和个人独特感觉的有效空间。苏童、北村等人都有过类似的举措。但回归写实的道路来切入历史小说，这还是一种新奇之举，徐小斌这回可算是另辟蹊径。

这部小说讲述年轻漂亮而聪慧的德龄公主在欧洲长大成人回到中国，进入皇宫受到慈禧太后恩宠的故事。这个故事还交织着德龄公主与年轻的美国医生怀特的爱情，她的妹妹与光绪的感情纠葛。小说通过德龄公主的交往关系，展示了皇宫里种种人情世故，恩怨情仇。德龄公主目光所及，正是清王朝腐败无能走向衰败的历史时期，也是中国近代历史剧烈变动，内外交困的关键年代。小说把宫廷里的险象环生的权力斗争与风云变幻的政治风云结合在一起，揭示出从传统封建社会进入现代社会的历史艰难行程。总之，这是一个少女和一个帝国的故事，它呈现了一个庞大的古老帝国在风雨飘摇中度过的最后时光的情景。在全球化迅猛扩张的今天，看看百多年前古老的中华帝国初始遭遇西方文明挑战的场景，无疑更加令人触目惊心。

当然，"历史"在当今消费主义盛行的时代也变得神情暧昧，人们越是远离历史，越是失去历史，人们越是要以想象的方式重温历史。历史变成了人们消费的必需品，而历史也在消费中被放大或者消解。进入20世纪90年代，随着中国经济神话腾飞，媒体这个后工业化社会的典型产业的兴盛，"历史"成为小说、影视剧的热门素材。就近年而言，描写清史的小说或历史剧不在少数，徐小斌有什么过人之处还要做此选择？据说她花了整整四年工夫，阅读了从北图到首图的几百本资料，从收集资料到写作到修改，其中的甘苦不言自明。这显然比徐小斌做她擅长的虚构小说要困难得多。显然，徐小斌把握住德龄公主就等于把握住一个独特视角，而这一视角是过去的清史小说或影视剧所欠缺的。这一独特视角就是中西文化在近代转型时期的交汇与冲突。尽管过去的作品也写到这点，但都只是作为一个局部的视点附属于民族矛盾和政治斗争的主线，在徐小斌这里，德龄公主这一视角则是深入而全面地展示以慈禧为首的清廷对西方文明的极其复杂的心理和接受过程。

德龄的父亲是驻法公使，她自幼受到西式教育，她和妹妹容龄是舞蹈家邓肯免费收的二位学生，通晓西洋礼仪、教养、音乐和多国语言。慈禧对她的欣赏，与慈禧惯常给人的狭隘保守闭关锁国的形象大有出入。小说虽然也写到慈禧种种保守愚昧的思想与行为，但她对德龄的接受，对西方文明的有限吸收，似乎更深入细致地展现了清帝国对西方文明的回应。小说写到慈禧由抵触到接受卡尔给她画像的故事，这明显表明慈禧对西方文明做出的姿态，同时也表现了慈禧真实的心理变化过程。一个更具有积极态度面向西方文明的人物是光绪皇帝，小说写了光绪与容龄之间的朦胧的情爱关系，容龄教光绪弹钢琴、学英语，甚至还有西方宫廷舞，光绪显示出更加开放和富有热情的态度。德龄和容龄二人本身就是西方文明的象征，与其说她们是古旧的东方文明的女儿，不如说是西方现代文明的使者。她们带着西方的现代观念、现代生活方式、现代审美趣味走进这个古老的皇宫，她们带来了一股清新的更富有人性的自由气息。小说从这个角度非常细致透彻地表现了近代中国接受西方文明的艰难而富有戏剧性的过程，按照徐小斌所下的资料功夫，可以信得过她叙述这个中西文明在近代中国相遇时的情景和那些动人的细节。

小说始终贯穿的德龄与美国医生怀特的爱情故事，这本身就是中西文明交汇冲突的深刻写照。在那些日常生活的叙述中，这段爱情故事被写得充满浪漫气质。已经相当西化的德龄，一旦面对怀特的爱情，不同文化之间的差异性依然难以抹去。但徐小斌把这份爱情写得楚楚动人，那是更为纯粹的青春期的美好爱情，在这一意义上，人性超越了民族性。

多少年来在文学方面的磨炼，即使是在纯文学的水准上，徐小斌的叙述才能和语言功夫无疑是上乘的。做足了材料方面的功夫之后，徐小斌可以发挥她的想象力，这是一次历史的文学化，也是文学的历史化，它造就着一种新的文学品质。流行的（或者说主流的）历史小说主要以写事件为主，大起大落描写事件主脉，刻意构造戏剧性矛盾，罗织人物正反分明的冲突等等，使当今主流的大多数中国历史小说已经模式化。另一类则是戏说，无边无际的胡编乱造。在当今的文学格局中，历史小说一直是划归在通俗读物的范畴，在文学史的叙述中，也只是专列章节加以阐述，似乎与主导文学的现实没有实际关联。徐小斌的这部"历史小说"可以看出它鲜明的文学品质，这就是纯文学与历史小说的融合。从主流文学的意义上来看，徐小斌从历史那里借来材料，展开她对近代中国历史的探究，写出这个时代的帝王将相才子佳人的悲欢离合的命运。从历史小说的角度来看，徐小斌把纯文学的那种叙述方法融合进了历史题材，她强调叙述视点，强调叙述时间的变化和对比，强调人物性格和心理描写，强调语感和工整的句式，强调神秘体验和诗性氛围的营造……所有这些，都使这部小说达到相当高的艺术水准，也摸索出纯文学与历史小说结合的崭新道路，可以说开拓了历史小说表现的空间，把历史小说提升到主流文学的高度。

当然，在艺术上，这部小说让我们再次想起《红楼梦》的传统，想起作者沟通的那种古典记忆。这倒不是说慈禧使人想起贾母，光绪身后晃着宝玉的影子，德龄容龄也可见出宝钗黛玉的姿色，小说的笔法、叙述风格和人物性格命运的刻画，都秉承了《红楼梦》的格调，应该说作者是下了功夫吃透《红楼梦》，颇得《红楼梦》神韵。一部包含着历史悲欢的作品，对一段剧烈变动的历史的呈现，能讲述得如此精致细腻，如此楚楚动人，把一个少女引入一个古老的帝国，一部历史的裂变与一段情缘的诀别，诡异而凄美，惊心动魄却悠长如歌，这就是历史与文学相遇，文字与心灵相交，心灵与诗意相合。

在《德龄公主》出版的当年，《秋瑾的东瀛之旅》这部短篇小说也发表于《山花》（2004年第7期）杂志上，对《德龄公主》的历史讲述进行了某种补充。虽然这仍是一个与德龄有关的故事，但故事的主人公换成了另一位在中国近代史上赫赫有名的女性——秋瑾。秋瑾不同于徐小斌笔下其他的女主角，她主动进入了"大历史"场域之中，并始终以一位革命者的形象出现。徐小斌擅写的情爱在这里为历史变局的激情让出了空间，秋瑾与德龄的交往在一个更大的历史层面上折射出"革命"和"改良"两大变革思想的碰撞，这不再是"女人的历史"，她们是成为了历史主体的女人。徐小斌已无须以神秘缱绻的诗情书写历史，历史本身便迸发出了浪漫的火星。

五、关于本真之美与重返童话

徐小斌的小说一直以追求唯美和神秘而引人注目，她多年前的小说《迷幻花园》《双鱼星座》等，给人以极深的印象，那是先锋小说渐渐落下帷幕的时期，徐小斌另辟蹊径，以语言的典雅唯美和对不可知的神秘探究，给纯文学注入了特有的女性气质。如果说这个时代确实有个人化写作，那么徐小斌应当是最为自然的个人化写作。

徐小斌出道甚早，20世纪80年代中期就写有《对一个精神病患者的调查》。徐小斌似乎在文坛边缘行走，保持着自己对文学的独特理解。要说世俗化或商业化，徐小斌可能最有条件，她所供职的单位，她所从事的影视剧编剧专业，不知有多少机会去赚取元宝。令人奇怪的是，徐小斌似乎与她的这份工作若即若离，她矢志不渝的是她心目中理解的文学。她对文学的那种追求，虽然不是狂热性的，但却是最为内在而最有韧性的。商业上的成功从来不能使她心里踏实，对她来说，只有文学，纯粹的文学上的自我肯定，这才是她要告慰的自我心灵。

很显然，2010年，徐小斌出版《炼狱之花》是她一贯的文学追求和人生态度的直接表现。这部小说破天荒地由人民文学出版社与长江文艺出版社联袂出版，与徐小斌过去的小说企盼形而上的神灵不同，这回徐小斌把一些海底精灵请到了俗世。过去徐小斌对于现实世界的表现，采取了神秘的超越方式，这回却是直接的揭示批判。其实近年来中国作家对现实的关切始终没有松懈，不用说那些底层写作延展的历史与阶级批判，现在有更多的作家，对现实进行精神性的思考，也就是说，他们时刻在追问：我们这个时代的人们的精神到底出了什么样的问题？范稳出版的《大地雅歌》在异域文化中探寻纯粹之爱来纠偏当代世俗功利；莫言的《蛙》通过戏剧糅合进小说的形式，反讽式地刻画当代价值的错位；有张炜的《你在高原》如此高亢的对当代现实的全方位质询；也有徐小斌这样的切入现实的某个区域，去揭开当代人的肉体与精神的困境。

《炼狱之花》讲的是影视娱乐业的故事，这方面的故事是否是徐小斌的亲历不好判断，但她有直接经验、有第一手资料这是毋庸置疑的。徐小斌当然不会满足于玩一些爆料的技法，她不过是把影视界或娱乐业作为故事表现的质料，她要探究的还是人性在这个时代的变质，人类的本真的善与美到底处于何种境况。

小说显然与《安徒生童话》的《海的女儿》有关，这个想变成人的美人鱼，如今在《炼狱之花》中是一朵海底的百合花，她也来到了人间，历经着人间一切是是非非。不幸的是，她涉足了影视业，这个看上去美妙神奇的世界，却是充满了比其他行业更为密集的尔虞我诈。一个来自海底的几乎是纯真纯美的女孩，就这样历经着人世间的卑劣与丑恶。徐小斌通过百合这个人物，几乎是把童话世界强行与当下的现实世界重叠在一起，在童话的映衬下，她来观看这个世俗的欲望横溢的现实世界。这似乎是反着写童话，不是从人世间去往童话世界，而是从童话世界来到人世间。

这部小说明显是按照童话的美学规则来构思的，好人与坏人都清晰可见，几乎所有的男人这一谱系大都是坏人和害人的妖魔，女人则是好人和受害者。男人的谱系：铜牛、老虎、金马、阿豹……女人谱系：百合、天仙子、曼陀罗、罂粟、番石榴……男人属于动物科，女人属于植物。这本身包含着徐小斌的女性主义立场。动物凶猛、贪婪、富有进攻性和侵略性；植物则属阴性，自怜自爱，孤芳自赏。但植物也有毒性植物，如曼陀罗、罂粟几种。番石榴作为植物虽然属于果树，但这里作为一个女人的名字，却包含着坚实诡异。徐小斌的命名本身就是一种童话手法，她用童话的人物、童话的思维、童话的美学来重建当下的小说，那就是纯文学与畅销文学连体的一种方式。既获得可读性，获得更为广泛的读者受众，又依然不失严肃文学具有的品性。

海百合这个人物是作者设想出的中国版的"海的女儿"，她来自海底世界，对人的世界几乎懵懂无知，她以未经文明洗礼的纯粹自然的生命状态，来到人世。显然，徐小斌是想去探究一个完全没有世俗功利的女子，在今天的现实中将会遭遇到什么样的结果。这无疑是徐小斌设计的叙述策略，海百合天真无邪，她如一面镜子，映衬出一切现实的欲望。而她的善良天真也表达了徐小斌对当代人性异化的深刻批判。与她相对的那些人，在进行动物化命名的同时，也显现了他们的性格特征：铜牛如牛一样憨傻，却是内心虚弱；老虎也是只纸老虎；金马就更是非驴非马；阿豹也徒有其名，只是在罂粟的股掌之中。徐小斌的动物化命名，充满了对男性动物化的戏谑，这与百合所代表的非人类的本真之美的世界构成了鲜明对照。但在小说的叙述中，海百合就是只如镜子一般安详地放在那里，无须什么正面冲突，所有冲突，只是人类的这些男性动物不自觉地露出的蠢态。

天仙子也是作者寄寓的一个理想化的人物，作为一个追求纯粹文学的作家，天仙子与这个现实世界格格不入，最终只能遭遇到冷落和凄凉。天仙子的女儿曼陀罗却是怪戾狠毒，她的脸上长了一朵曼陀罗花——那或许是炼狱之花吧，她却要割下百合哥哥脚心的曼陀罗花。如此这般的故事，离奇得也只有在童话世界里才能被理解。天仙子对女儿失望，对人世间也失望至极，小说借天仙子之口，对现实世界的人欲与权力的横行给予猛烈抨击——她看透了人类世界的本质。

徐小斌在这部小说中，毋宁说是唱了一曲本真之美的挽歌。"海的女儿"几乎是她那一代人在动荡年代里接受的纯美幻想，徐小斌过了如斯年月，却要还此宿愿，她只好让她的"海的女儿"来到当今的现实，来到她所熟悉的娱乐世界。其实徐小斌作为一个叙述人，也充当了小说中的一个角色。那是她始终在场的叙述，由此表征了 20 世纪 50 年代人的美学记忆——如此纯粹，如此本真，奇怪地存在于那个政治极度强大的年代之外，而有一种一尘不染的古典之美，甚至延续至今，在今天被重新唤醒，来到如此解放张狂的时代，却徒有遗世孤立的美感。而向人们步步紧逼的是曼陀罗花般的后现代狰狞之美。与其说徐小斌解释和解决了当代道德和审美的困惑，不如说她留给我们更加不安的思考。

2018 年的《入戏》是徐小斌又一部涉及影视业的力作，不同于《炼狱之花》的童话之美，徐小斌在这部中篇小说中直面了影视行业内部的潜规则。女主人公梅清风是一个以创作为业的典型的知识女性，却身处生活的烦琐与工作的阴暗的双重压抑之下，既心怀正义又无能为力，终于成为"入"不了"戏"的"失败者"。她的痛苦在于她活得太过本真，无法把生活当作一场荒诞而庸俗的戏剧。梅清风的形象延续了徐小斌对女性人物的创作传统，她是一个以自我的内部世界来对抗外部世界的人，但她更多地带有了不愿长大的孩子的天真与任性。在"影视行业潜规则"的社会化叙述之下，隐藏着一整个向纯真的"孩子"——女性——倾倒过来的"成熟"世界。不同于对梅清风的赞赏，在《无相》中，徐小斌对杰的态度更多的是嘲讽。这个故事同样具有影视行业的背景，杰是一个文化投机者，总以为自己可以完美地玩弄规则与控制人心，结果却只剩下空虚。杰曾经有过一个可能的救赎机会，那就是忠诚的女友珊妮，但她也在杰的操纵和推动下，被卷入了物欲的洪流。杰在投机与纵欲之后，又试图回归纯真女性的怀抱，而这显然已经不可能了，在社会批判的大主题下，"浪子回头"这个永恒的性别关系想象被彻底打破了。

向外张望的野心勃勃的男性和注视内部的孩子般的女性，是徐小斌小说中常见的一组性别关系。《别人》是一部专注于心理书写的笔法细腻的小说，躲藏在自我的世界里的"老姑娘"何小船神经质地在一副塔罗牌上寻找自己的命运，小心翼翼地避开爱情的伤害，却仍不免落入任远航的情感陷阱无法自拔。何小船一旦沾染上爱情便不由自主地完全奉献了自我，但她视若生命的爱情在任远航那里却要排在工作、名誉等许许多多社会性因素的后面，男女双方对爱情截然不同的态度必然导向最后的悲剧。小说的内涵不止于此，任远航对何小船的爱情始于那个颠倒错乱的激进革命年代之前保留下的孩童式的纯真，但在历史创伤和个人经验的双重扭曲之下，"本真"已经成了一个遥远的幻影，任远航可以不付出任何代价地追忆，却再也不可能为曾经的爱与真承担丝毫风险。相较于《别人》的绝望，《无执》这个同样涉及那个激进革命年代的故事则更多地留下了希望。在那个充满压抑的时期，出身不好、身体瘦弱如孩童的郑小米在周围的迫害欺压下，依靠幻想来自我拯救，并幸运地遇上了一个让她的幻觉成为现实的男人，但他们之间直到最后也没有发生实质的爱情，郑小米的"无执"让这段回忆停留在极端年代两个年轻人的友谊，也在严酷外部环境中为纯真留下了一个内在的空间。这些有关遥远的"本真"记忆的或无望或温暖的故事，都流露出徐小斌对现实的深刻不安与思虑。但她在内心深处也许还是愿意给希望留下一席之地的，这从徐小斌的新作《无调性英雄传说》中可以略窥一二。这是一部对古希腊神话的改编之作，神话和史诗中的神祇和英雄们成为了对抗压抑世界的革命者，从人类文明的古老源头之中，徐小斌重新找到了理想主义的纯真与力量。

徐小斌的写作始终在提醒着人们，文学写作的真正要义是什么，什么是一个作家理应长期坚持的本色。她也许不能完全梦想成真，但她已经梦想成精。

2019 年 3 月

改定于北大朗润园

自序　我对世界有话说

　　我对世界有话要说，可惜，这世上没有几位真正的聆听者。于是只好用笔说。

　　十七岁，我曾经试图写一个长篇，叫做《雏鹰奋翮》，写一个女孩凌小虹和一个男孩任宇的故事，写得非常投入，写了大约有将近十万字，写不下去了。多年之后我重看这篇小说，真是奇怪我当时怎么竟会有这样的耐心，写出这样密密麻麻、工工整整的蝇头小楷：出身于高级知识分子家庭的凌小虹与出身于干部家庭的任宇，有一种非常纯洁也非常特殊的感情。由于出身的不同，在那个特殊年代他们之间不可避免地发生误会。小虹的父亲被殴打致死后，她生活无着，被赶出自己的房子，到过去保姆住的地方蛰伏，却遭到保姆儿子王志义的性骚扰。性格刚烈的她在反抗中杀了王志义，只身潜逃。任宇寻找未果，痛彻心肺。后来任宇与几个好友一起囚渡红河，到越南参加抗美援越，遇到了一个酷似小虹的女子。写到这里，我不知如何往下写了，就停了笔。这杳子片叶纸，在交通大学院里的小伙伴中间传来传去。每个人见了我都会问：后来他们俩怎么样了？

　　多年之后《东方时空》总策划、我的好友杨东平把《雏鹰奋翮》作为"文革"中的地下作品写入了他的一本书里。

　　真正的写作其实是从大学时代开始的。

怪得很，也许因为那时是全民文学热，学经济的学生照样对文学爱得一塌糊涂，并且常不自觉地用一种文学品位与标准来衡量人。大学二年级，开了一门基础课叫做"汉语写作"，让大家每人写篇作文。我写的是杭州孤山放鹤亭，有关梅妻鹤子的故事，只有千余字，只是选了一个特殊的角度。（后来此文全文发表在《光明日报》上。）老师对我说："你为什么不写小说？你是个潜在的作家。"

事隔不久，汉语教研组杜黎均老师找到我，向我索要一篇小说。这位杜老师"文革"前曾做过《人民文学》的编辑。我拿了一篇四千字的习作给他，事后再不敢问起。谁知这篇习作后来竟登上了《北京文学》1981年第二期新人新作栏的头条，还配了很精美的插图。我惊喜之余又写了第二个短篇《请收下这束鲜花》，作为自然来稿投给我当时最喜爱的刊物《十月》。小说情节很简单，写一个情窦初开的小女孩爱上了一个青年医生，后来医生得了绝症，在弥留之际，小女孩冒着大雨赶去看他，那医生却早已不认识她了。完全写小女孩的内心秘密，无疑在当时的社会语境下是独特的。这篇小说后来获得了《十月》首届文学奖。记得发奖大会那天，《十月》当时的主编苏予特别向大家介绍了我——获奖作家中最年轻的一位，周围坐的都是当时的文学大家们，对我说了些鼓励的话，令我诚惶诚恐——从此，便穿上红舞鞋，再也脱不下来了。

80年代我的经历充满了戏剧性，其中之一便是与《收获》的相遇。1983年我写了生平第一个中篇《河两岸是生命之树》，那时，对外开放的大门刚刚开了一道缝，正因如此，门外的景色看起来如此新鲜。我被一种写作的激情啮咬住，它使我整天处于一种癫狂状态，我每天都和小说人物生活在一起，忘了我属于他们还是他们属于我，写到动情处，趴在桌上大哭一场，此小说应当是我情感最投入的一部，三十多年后的今天，依然有读者在问："这本书在哪里有卖？"

《河两岸是生命之树》是《圣经》中的一句话，全句为"河两岸均有生命之树，所产果实十有二种，月月结果，其叶可治万邦之疾"。——在一个伤痕、寻根的年代引用《圣经》的话，也算是比较特别了。

在宗璞的鼓励下，我把此小说作为自然来稿寄给了《收获》，竟然在一周之内就得到了请我去上海改稿的电报。最有趣的是当时的《收获》编辑郭卓老师手持《收获》为接头暗号在车站接我，上了编辑部的木楼梯她就边走边喊："接来了，是女的！"——后来她告诉我因为我的名字编辑部产生了歧义。后来就是李小林老师把我约到武康路她家里谈小说。当时小林老师对小说人物关系的分析深深打动了我——一个无名作者竟得到如此认真的对待，固执如我，也不能不彻底折服。那一天的大事是见到了巴金。当时巴老从一个房间慢慢走向另一个房间，我看着他和蔼的笑容，尽管内心充满崇仰，却说不出一句话来，甚至连一句通常的问候也说不出来——不知为什么那时我觉得凡心里的话表达出来就会变味儿——我的心理年龄始终缺乏一个成长期，人情事故方面基本是白纸一张。

此中篇发在了1983年第五期《收获》的头条，并选入了《收获》丛书，那是我出版的第一本书。

收到了很多读者来信。许多人为它一鞠感动之泪，许多人把自己的经历细细地告诉我，甚至是秘密和隐私。我相信巴尔扎克那句话了："只有出自内心的，才能真正进入内心。"

1985年发表《对一个精神病患者的调查》。那时常有些古怪的念头缠绕着我——我常常惊诧于人类的甲胄或曰保护色。人类把自己包裹得那么严，以致许许多多的人活了一生，并没有露出自己的本来面目。渐渐地，连本来面目也忘却了。甲胄与人合为一体，这不能不说是一种悲哀。在适者生存的前提下，任何物种都要学会保护自己，或曰：学会伪装和自欺。在某种意义上，人类为自己涂上的保护色有如鲅鳒鱼的花纹或杜鹃的腹语术。

人要做自身的真正主人谈何容易?!

然而，总有些人要反其道而行之，我笔下的女孩景焕便不愿认同那条既定的轨迹，她拼命想挣脱，她想获得常轨之外的尝试，挣脱的结果是落入冰河。——然而上天给了她补偿。就在她堕入了冰河的瞬间，她看见了弧光——那象征全部生命意义的美丽和辉煌。

人类的创造力产生于痛苦和偏差的刹那。那是另一种人生。

而大多数人则被一种无形的力量牢牢束缚着，周而复始地在一条既定的轨迹上兜圈子，很安全，但无趣，且无意义。

智利有位学者曾说："落后和不发达不仅仅是一堆能勾勒出社会经济图画的统计指数，也是一种心理状态。"这句话说得很深刻。

《对一个精神病患者的调查》改编成电影《弧光》，是我生平第一次与电影界合作。现在想起，在当时拍这样的电影，也是需要相当的勇气的。

打我很小的时候就有些奇思异想：走进水果店我会想起夏娃的苹果，想起那株挂满了苹果的智慧之树，想起首先吞吃禁果的是女人而不是男人；徜徉在月夜的海滩，我会想象有一个手持星形水晶的马头鱼尾怪兽正在大海里慢慢升起；走进博物馆，我会突然感到那所有的雕像都一下子变得透明，像蜡烛一样在一座空荡荡的石头房子里燃烧……"宇宙的竖琴弹出牛顿数字，无法理解的回旋星体把我们搞昏，由于我们欲望的想象的湖水，塞壬的歌声才使我们头晕"（[美]，威尔伯）。我想，早期支撑我创作的正是我对于缪斯的迷恋和这种神秘的的晕眩。

1987年写第一部长篇《海火》，过了两年才出版。二十年后再版，沈浩波说，这小说一点没过时啊。可是在当时，确实是被忽略的。

我写："历史，就是因照了太多人的面孔而发疯的一面镜子。"我写了当时的历史：改革开放的背景下年轻人的生活。一个美丽的女孩，同时却又妖冶、阴毒、险恶，一个不美的女孩，同时却又纯洁、善良、天真；然而，小说却违反了一贯的"中国式道德判定"。"恶"由于它的真实而具有一种魅力；而善良、天真等等这些字眼却显得苍白无力、令人怀疑。起码，这些字眼是无法独立生存的，也正因如此，美丽与不美的女孩正好构成了一个人的两种形态：外显与内隐，显性行为与潜在本性——所以，在小说最后的女主人公所做的梦中，两个女孩裸身在大海中相遇，不美的女孩问：你到底是谁？美丽的女孩回答：我是你的幻影，是从你心灵铁窗里越狱潜逃的囚徒。

20世纪整个90年代我对写作的热情近于疯狂。一口气写了很多的小说。

譬如很多人说看不懂的《迷幻花园》：许多年前的一个中午，两个女孩在苏联专家设计的平房前聊天。一个女孩掏出三张纸牌问另一个女孩，从此她们的命运就被决定了。那三张不同颜色的纸牌分别代表生命、青春和灵魂。

这听起来似乎十分荒诞，但却有着一种令人心悸的真实。人生并非希腊神话里的两头蛇可以向任一方向前进，有取必有舍，重要的是：你到底要什么？

《银盾》《黑瀑》《蓝毗尼城》与《密钥的故事》都深藏着隐喻，在本文集《迷幻花园》卷中我有详细的讲述，有兴趣的朋友可以看看。

《末日的阳光》其实是个很重要的篇什，然而可能正如某个朋友所说，此篇应当二十年后再发表。它写了一个小女孩在"文革"初期，被一种猩红色的死亡气息裹挟的另类故事，它的亦真亦幻太生不逢时了，但它始终是我最心爱的小说之一。

写《双鱼星座》的时候，我内心的痛苦已经到了崩溃的边缘。在一篇创作谈里我写道："……父权制强加给女性的被动品格由女性自身得以发展，……除非将来有一天，创世纪的神话被彻底推翻，女性或许会完成父权制选择的某种颠覆。正如弗洛伦斯·南丁格尔胆大包天的预言：下一个基督也许将是一个女性。"

这篇创作谈当时被一些批评家认为是中国女性主义写作的一个宣言。《双鱼星座》获得了首届鲁迅文学奖。

《羽蛇》成为90年代末我的最后一部长篇。

写《羽蛇》这样一部小说的想法，从很早就开始了。——一个深爱母亲的孩子被母亲抛弃了，来自母亲的伤害毁了她的一生。——所有的孩子被母亲抛弃的结果，是伴随恐惧流浪终生。

但是我们终于懂得，每一个现代人都是终生的流浪者。现代人没有理想没有民族没有国籍，如同脱离了翅膀的羽毛，不是飞翔，而是飘零，因为它的命运，掌握在风的手中。我们懂得了这个道理，但是付出了比生命还要沉重的代价。

我们是不幸的：生长在一个修剪得同样高矮的苗圃里，无法成为独异的亭亭玉立的花朵；为了保证整齐划一，那些生得独异的花朵，都注定要被连根拔去，尽管那根茎上沾满了鲜血，令人心痛。有幸保留下来的，也早已被改良成了别样的品种，那高贵的色彩在被污染了的空气侵蚀下，注定变得平庸；

我们又是幸运的：在当今的世界上，还有哪一国的同龄人可以有我们这样丰富的经历？童年时我们没有快乐，少年时我们没有启蒙，青年时我们没有爱情，中年时我们没有精神，老年时我们没有归宿——另一个世界的宠儿们闻所未闻的什么大字报、批斗会、通辑令……都曾经走马灯似地从我们年轻的眼前飞驰而过，那真是神话般的叙事，那一切都是发生了的，尽管中华民族有着著名的健忘机制，但是那一切却深深地镌刻在那个女孩以及许多同代人的记忆之中。

于是，在世纪末的黄昏，我找出一张仿旧纸，在上面记下听到、看到和经历过的一切，立此存照。

死去了的，永不会复活。我们也不希望他复活，还魂之鬼永远是丑恶的。

但我们还是忘了，从所罗门的胆瓶里飞出来的魔鬼再也飞不回去了。我们把它禁锢了许多年，每禁锢一分钟，它的邪恶就会十倍百倍地增长。它的邪恶浸润在这片土地上。它毒化了这片土地。它充分展示了另一种血缘中的杀伤力与亲和力，那是土地与人的血缘关系。于是，在我们这个有了高速路、网络对话与电子游戏的时代，形而上的、精神的、灵魂的土壤却越来越贫瘠了。

而羽蛇象征着一种精神。一种支撑着人类从远古走向今天，却渐渐被遗忘了的精神。太阳神鸟与太阳神树构成远古羽蛇的意象。在古太平洋的文化传说中，羽蛇为人类取火，投身火中，粉身碎骨，化为星辰。羽蛇与太阳神鸟金乌、太阳神树若木，以及火神烛龙的关系，构成了她的一生。一生都在渴望母爱的羽丧失了其他两种可能性。那是融化在一起的真爱与真恨，自我相关自我复制的母与女，在末日审判中，是美丽而有毒的祭品。

所以我在题记中写：世界失去了它的灵魂，我失去了我的性。

我写《羽蛇》，是在极端崩溃的状态下进行的，我不是不会哭的孩子，只是我的哭声无人听见。

《羽蛇》飞出去了，她被位于纽约的西蒙舒斯特出版公司签了，预付八万美元，我的代理人说：你高兴一下吧，你的预付比张爱玲还高两万美元呢。

《羽蛇》和五卷本文集出版后，我一直想写一个完全不同的东西。后在一个类似"清宫秘闻"之类的小册子上，发现了德龄姐妹的一段轶事，上面写了她们曾经是现代舞蹈之母伊莎贝拉·邓肯甘愿不收学费的入室弟子。顿时兴趣大增。

读了整整一年史料，一百多本，资料来源主要三部分，一是北图；二是故宫的朋友帮助搜集；三是各个书店，特别是故宫、颐和园等地的书店。在读史料的过程中我发现，有很多历史人物历史场景的描写在历史教科书中是有问题的。譬如对光绪、隆裕、李莲英、对庚子年、对八国联军入侵始末、对慈禧太后当时的孤注一掷、对光绪在中日甲午战争中的勇敢表现和之后的奋发图强，对隆裕和李莲英的定位等等，都有很大出入。

历史背景是大清帝国如残阳夕照般无可挽回地没落，本身就是一个大悲剧，而在前台表演的历史人物包括慈禧、光绪、隆裕等都无一不是悲剧人物，在大悲剧的背景下的一种轻松有趣愉悦甚至带有某种喜剧色彩的故事，这种故事与背景之间的反差本身就具有巨大的张力。

这部小说一不留神很畅销，很多人说："这部小说有阅读快感。"

更多人对我失望，他们原本是希望我写《羽蛇》那种风格的小说。

但我写什么，不是任何人可以左右的。人的成长过程便是一个祛魅的过程。我写了《炼狱之花》，讥讽了黑恶势力，还拿了一个加拿大的奖。

是的我终于不再自我折磨，我真的长大了，变老了。

然后我写了《天鹅》，写了真爱。在这个几乎没有真爱的时代写真爱，无疑是痛苦和困难的。在新书首发式上，评论家施战军说：《天鹅》是当代非常需要的题材，但也是作家几乎无法驾驭的题材，深以为然。

　　其实对于这部小说的最大难点来说，并不在于音乐元素与"非典"场景的还原，而在于写拜金主义时代的爱情，实在是难乎其难，稍微一不留神，就会假，或者矫情。何况，我写的还是年龄、社会文化等背景相距甚大的一对男女。

　　《天鹅》说是写了七年，其实断断续续都不止。

　　之所以写了这么久，简单地说只有一个原因，那就是：写的是爱情小说，可写了半截不相信爱情了——我是个不会做伪之人，对于已经不相信的东西我不知道如何才能继续。

　　突然有一天，我重听圣-桑的《天鹅》，如同一个已经习惯于浊世之音的人猛然听见神界的声音——有一种获救的感觉。这时，来自身体内部一个微弱的声音突然响起："写作，不就是栖身于地狱却梦想着天国的一个行当吗？"难道不能在精神的炼狱中创造一个神界吗？不管它是否符合市场的需要，但它至少会符合人类精神的需要。

　　就这样，经历了四年的瓶颈几乎被废弃的稿子重新被赋予了活力。但是我沮丧地发现，除了极少的一部分文字外，大多数都需要重新来过——因为整部小说都涉及了音乐，还不是一般的涉及，是主脉络都与高深的古典音乐有关——故事的层层递进是伴随着一个手机里的几个乐句如何变成小品变成独奏曲变成赋格曲最后成为一部华彩歌剧来实现的。于是只好报班听课。——在2011年的炎夏，我永远穿着同一套灰色夏布袍子往返于课堂与家之间，与那些下了课还不断问问题的人们相反，每次刚刚下课我便神秘消失。以至于培训班结束时一个穿着时尚的女子告诉我，他们给我起了一个外号叫"小幽灵"。

　　我十分务实地想：我才不想去追究那么高深的古典音乐呢，小说里够使足矣。然而，写起来却远不如我想象的那么简单，为了怕露怯，我再度展开了自虐苦旅，沉迷其中，竟几度被我的男女主人公虐得潸然泪下。

《天鹅》尝试了一种"仿真"式的写法。我弃绝了惯用的华丽句式尽量让她素朴自然。恰恰 2000 年前后我有一次"走新疆"的经历，于是把故事的发生地设置在那里。为了完成小说，我又前后两次去新疆，成本巨大。本来我以为，这样的写作会比之前容易得多，但是进入叙事语境后才明白，原来难度如此之大，我又把自己逼向了绝境。

在《天鹅》扉页我写了，爱情是人类一息尚存的神性。很多人一生是没有爱过的，而且他根本不懂得什么是爱，甚至没有爱的能力，真爱不是所有人都有幸遇见的。正如一位哲学家所言，真爱能在一个人身上发生，至少要具备四条，一是玄心；二是洞见；三是妙赏；四是深情。只有同时具备这四种品质的人，才配享有真爱。

玄心指的是人不可有太多的得失心，有太多得失心的人无法深爱；洞见指的是在爱情中不要那些特别明晰的逻辑推理，爱需要一种直觉和睿智；妙赏指的是爱情那种绝妙之处不可言说，所谓妙不可言就是这个，凡是能用语言描述的就没有那种高妙的境界了；第四个就是深情，深情是最难的，因为古人说情深不寿，你得有那个情感能量才能去爱。深情被当代很多人抛弃了。几乎所有微博微信里的段子都在不断互相告诫：千万别上当啊，在爱情里谁动了真情谁就输了等等，这都是一种世俗意义上的算计，与真爱毫无关系。

我历来不愿重复，可是有关爱，不就是那么几种结局吗？难道就没有一种办法摆脱爱与死的老套吗？如果简单写一个爱情故事，那即使写出花儿来，又有什么意义呢？——这是我面临的又一个难题。终于我找到了一个不一样的思路：物质不灭，但是可以转换形态，所谓生死，堪破之后，无非就是形态物种之转换——所以我设计了一个情节——男主角的遗体始终没有找到。而在女主角按照男主角心愿完成歌剧后，在暮色苍茫之中来到他们相识的湖畔，看到他们相识之初的天鹅——于是她明白了自己该怎么办——她绝非赴死，而是走向了西域巫师所喻示的超越爱情的"大欢喜"——所谓大欢喜，首先是大自在，他们不过是由于爱的记忆转世再生而已，这比那些所谓爱与死的老套有趣多了。

我喜欢那种大灾难之下的人性美。无论是《冰海沉船》还是《泰坦尼克号》都曾令我泪奔。尤其当大限来时乐队还在沉着地拉着小提琴，绅士们让妇孺们先上船，恋人们把一叶方舟留给对方而自己葬身大海，那种高贵与美都让我心潮起伏无法自已。而这部小说最不一样的是关于生死与情感，是用了一种现代性来诠释了一部超越爱情的释爱之书。

2016年4月我参加伦敦书展，是因为获得了2015年度英国笔会翻译文学奖。获奖小说叫做《水晶婚》(中文版曾经刊于《天南》)，写一个平凡女子从结婚到离婚的十五年，折射出中国这十五年天翻地覆的变化。

按照西方批评家的分类，这部小说是绝对的女性主义写作。我写了我们所经历的两个时代：铁姑娘时代和小女人时代。

我们小时候听得最多的就是"妇女能顶半边天"，实际上是要在干体力活上做到男女平等，女孩要与男子干一样重的活，那是个崇尚"铁姑娘"的年代，我们这些当时尚在花季的女孩，哪个不是"谈美色变"？我曾经去过的北大荒，麦收季节，无论男女，都要扛着二百斤重的麦包上跳板——试想一个尚未发育成熟的十五六岁的女孩子扛着二百斤的重物，还要走独木桥式的三米长四十五度的跳板，然后把麦包卸进粮囤里，今天想起来是不是很可怕?!有很多女孩因此得了终身的疾病，也有很多女孩尽全力也无法完成，譬如我，被安排去背一百斤的"尿素"，这是很受照顾了，但即使这样，我也几乎被压得吐血。夏锄季节的口号更为荒唐：叫做"活着就要拼命干，死了埋在黑龙江畔"，人命是不值钱的，领导在动员大会上说，每人每天包一根垄，干不完，哭也得给我哭出来！要知道，黑龙江土地的"一根垄"，是整整十四里啊！那时我还只有十六岁，且患着严重的痢疾，中午老牛车送饭只能往人最集中的地方送，这就意味着我这个落后者永远吃不上中午饭，在那样可怕的劳动强度下生着病并且一口饭都吃不上，喝水都要把前面的水缸放倒，像小狗一样地钻进去，才能喝上一口已经见了底的满嘴泥沙的水。岂止如此，我们在特大涝灾中从齐膝深的水里捞麦子，在11月的寒冬从冰河里捞麻，即使来月经也绝不能请假，三十八个女孩睡在两张大通铺上，在零下五十二摄氏度的寒冬没有煤烧，为了活下去，我们去雪地里扒豆秸烧，喝尿盆里的剩水，——我至今吃惊自己是怎么活下来的，惟一的解释就是青春的力量吧？除此之外真的无法解释。

"铁姑娘"的时代终于过去了，但事情并没有因此变好，在今天，是一个地道的"小女人"时代，智商高不高无所谓，最重要的是要"情商"高，而中国式的情商指的是什么呢？就是指女人要懂得如何取悦男人，取悦上司。绝不能动真情，谁动真情谁就是输家。这类人不少，甚至有一批所谓精英女性都是如此。觉得自己很有生活智慧，譬如她们认为在情感中运用手段获取男性青睐，然后让自己在与男人的关系上掌握主控地位并从而获得更多的金钱财富是一件特牛的事。这种人被万千女生羡慕，被认为是高情商。

然而在我看来，这是一种严重的女性自我贬低和丧失尊严。甚至比铁姑娘时代更糟。

我笔下的女主人公杨天衣，无疑是个"低情商"的姑娘，她在这个金钱至上的社会，依然保留了自己完整的天性，这个在少年时代就深受中外爱情作品影响的女子，嫁给了一个与她的价值观截然相悖的人，但她并没有服从命运的安排，她的内心一直顽强地爱着她所爱的，她无法改变她的爱情观。他们的婚姻维持了十五年，十五年的婚姻叫做水晶婚。

20世纪中期之后，在政治需要与纯文学越来越壁垒分明的时候，人的壁垒也越来越分明了。写《羽蛇》的时候我还年轻，因此内心的疼痛也就格外尖锐，这种疼痛带着我对自己祖国的爱、悲伤与无力回天的痛心，也有着我个人的令人承受锥心之痛的情感。而《水晶婚》，是一个朴实的记录，无泪之痛，甚至比有泪的痛更加深邃，更加难以治愈。

本套文集中最新的一部小说，是发表在《作家》2019年第一期的《无调性英雄传说》。这部小说的电子版，我给一些朋友看过，他们的第一反应都是吓了一跳——原来小说还可以这样写？！之所以这样写，是因为近年不断地往返于中国和加拿大之间，与各个领域的朋友不断交流，深感时代已经进入了一个算法的时代，AI和量子纠缠已经进入了我们这个时代，无法回避，而文学也应当像上一次物理学引起的革命那样，有所反应。我的副标题是：《关于希腊男神与科学神兽的故事，以及对荷马史诗的改写》——我的朋友说，这部小说的形式不敢说是绝后，起码是空前的，至今为止，没有人这样写小说。

　　我深知我的创新是危险的。象征主义画家雷东曾经说过这样一段话："艺术家是一场灾难。在现实世界里他别想期待任何东西。他赤裸地来到这世上，没有母亲为他准备襁褓。不论年纪大小，只要他敢向公众展示出他那独特的艺术之花，他就会立刻遭到所有人的唾弃。所以，要做个艺术家，你就得准备好甘于寂寞，有时甚至是与世隔绝。"

　　我以为，所有真正的作家、艺术家都逃不掉这个诅咒。

　　但是没什么了不起的。历史就是一个怪圈，一切都可以触底反弹。何况，在量子缠绕的今天，就更不必惧怕那些长袖善舞的投机者、娱乐致死的堕落者以及暗流涌动的黑恶势力，要知道，他们以出卖灵魂换取的利益、在八面玲珑中编造的春风化雨不过是一堆垃圾，他们貌似成为赢家的人生，在历史的长河中不过是个零，甚至负数。

　　选择什么样的写作，是我的血液决定的，一切都无法改变，直到蜡炬成灰，我也别无选择。

　　我写作，因为我对世界有话要说。

阅读须知

本书中所采用女性之姓名，如百合、天仙子、曼陀罗、罂粟、番石榴等，皆为致幻性植物名称；而男姓之姓名，如老虎、铜牛、金马、阿豹、小骡等，皆为动物名称；取此等姓名无任何意义。凡有与现实相似处，纯系巧合。

数千年前，每当月圆之夜，月神降临，人类就会把曼陀罗花撒向大海，向大海乞求爱情。

数千年后，一个绝望的青年把一枚戒指扔向了大海，他说他是在拒绝现实中的异性，向大海求婚。

目 录

001　第一章

019　第二章

033　第三章

046　第四章

060　第五章

074　第六章

091　第七章

101　第八章

116　第九章

131　第十章

144　第十一章

156　第十二章

168　第十三章

178　第十四章

200　第十五章

217　第十六章

231　第十七章

245　尾　声

249　真正的尾声

251　中国式假面舞会（代跋）

259　后记　社会游戏规则已然改变

271　徐小斌作品系年

274　徐小斌文学活动年表

第一章

1

我出生在深海海底。我从出生起就头戴一顶金冠。那顶金冠刻着极为繁复精致的花纹，上面缠绕着银色的贝叶，酒红色的卷草纹，而主体则是一枚花朵的纹章。有一只小小的盒子暗藏在纹章之下，那里面藏着迷药，据奶奶说那是人类供奉给我们的曼陀罗花制成的。但是妈妈却悄悄对我说，奶奶说得不完全对，因为据她的嗅觉，那迷药中掺着一种不为人知的香料成分——很可能，与那枚花朵有关。

最神奇的是镶在冠冕上的那朵花，谁也猜不出那是什么花，那朵花有七瓣儿，花型如同弯弯的新月，层层叠叠，谁也猜不出花的质地：珊瑚？玛瑙？翡翠？宝石？珍珠？……都不是，它闪烁着一层珠贝般细润的光泽，轻轻一转就会变色，特别是在光线之下，它会变成淡青、月白、浅黄和藕荷色，以及那种说不清的彩虹一般幻丽的颜色。甚至，有时它会随着潮汐和月光变色，变成纯金和纯银——连年高德昭的海王也无法辨识这究竟是何方宝物。

你一定知道，有一种生活在海底世界的生物，形态如同百合花一般美丽，叫作"海百合"。你要弄清楚，海百合并不像陆地上的百合花那样属于植物，我便是海百合家族的第一千零一代传人。一般来说，我们不能离开海洋生活——当然，这并不排除我们偶尔会去人类世界冒冒险。不过，这样的族类为数很少，因为对我们来说，人类世界实在是太危险了，稍有不慎，我们就会粉身碎骨，而侥幸回来的，都成了我们家族的英雄，譬如我的爷爷和父亲。

我的家族实际上是海洋中最古老的族类，最早出现于距今约4.8亿年前的奥陶纪，在漫长的岁月中，曾经几度繁荣，然而现在，我们没落了。不幸死去的那些族人，变成了海百合的化石，保持着美丽的姿态，正是它们装点了海王的宫殿，因此海王对我们的家族也格外关照。不过那些可恨的人类常常想通过各种办法潜入深海，掳走我们死去的先人化石，磨制成各种各样的工艺珍品，美其名曰"百合玉"，供他们观赏。

于是我们只好在深夜出行。我们纵横捭阖飘荡游曳五彩缤纷翩翩起舞，被海底世界称作"海中仙女"。大家都爱我们，尽管他们知道我们的身体里藏着一些迷药，这迷药对一些族类是毒品，对我们，却是助爱的春药。

别误会，我们可不是滥爱的族类，我们的爱情是纯真的，始终不渝的，绝不像人类那样朝三暮四。我的爸爸妈妈已结婚多年，子女双全，却依然相爱如初。我的爷爷奶奶，更是海底世界的爱情模范，他们现在依然在偷偷使用迷药——这也是他们保持青春的诀窍。

由于行动自由，身体又能随环境改变颜色，我们曾经一度成为海底世界的旺族。我们以珊瑚礁为家，因为那儿海水温暖，生物种类繁多，求食也容易。可是，自从人类侵扰了我们的家园，我们就一直没有得到过真正的安宁。特别是近年来，海王频频召集会议，商量如何对付人类的办法，最后都不了了之。

当人类世界进入21世纪之后，发生了一件惊天动地的大事：有一天，在美国西南部圣地亚哥的海关办公室，电话铃突然爆响：一位海关人员报告，在进行入关检查时，从一批货物中发现大量走私化石，有关人员迅速赶赴现场……

经过验证，这批化石来自远东的一个古国，整整九十箱，共计十四吨。圣地亚哥海关立即查封了这批珍贵的化石。按照国际惯例，罚没的生物化石应该归还给出产国。于是远东国家文物局获得消息，立即与美国有关部门联系，要求无条件归还这批珍稀化石。美国海关总署最终把这些走私的化石还给了这个古国。

然而，这件事却引起了整个海底世界的恐慌：因为，这几十箱化石都是我们海底世界最珍贵的生物化石，而其中最多的，便是海百合。

这些海百合化石在地下沉睡了两三亿年，如今依然栩栩如生，恰似人类国画大师笔下绽放的百合花。有些依附在珊瑚枝上，便更显美丽。从此我们知道，人类不但把我们祖先的遗骸用于展览，还用于走私与赚钱！太恐怖了！果然从那时起，人类更加穷凶极恶地捕捞我们，我们一天天迅速减少，照这个速度，再过几十年，我们就要亡国灭种了！

我们是无法抗拒人类的——海王最后想到了一个妥协的办法，就是"和亲"。据他说，人类过去常常用这种方法化解与敌国之间的矛盾。他们会把他们的公主嫁到一个鸟不下蛋的地方去生儿育女繁衍后代，尽管那个公主内心很痛苦却懂得为一个国家或者民族献身，这被人类叫作"深明大义"。正巧，现在人类世界有一位青年在向我们海洋世界求爱，这是个千载难逢的机会。

海王说完这话整个海底世界的族群就转向了我，我被他们看得莫名其妙。

你们听着，别以为叫海百合的都是小脑袋长脖子，我这个小小的海百合一出生就是个美人儿，我的浅黑色的皮肤好像汪着一层油，我的嘴唇是深橘红的，你不知道吧？浅黑色和橘红色配在一起非常漂亮，不信你可以配一配。我的眼睛稍微小了一点，是桃叶形的，我有又黑又硬的睫毛，像粗麻线似的半卷着，我看人的时候总是眯着眼睛，奶奶说我是个美丽的小妖精。不过，连奶奶都承认妈妈是整个海洋里最美的生物。妈妈长得高大性感，有一张生动的脸，那张脸最美的地方就是穿着环的鼻孔，在我们国度里，鼻孔是女人最动人的地方，穿环代表一种身份，而穿什么样的环尤其重要。妈妈鼻孔上的环是珊瑚的，上面镶满了石榴石、蛋白石和海蓝宝石，在月圆的潮汐夜，偶尔会有星星落在上面。

我做梦都在盼着我的鼻孔也穿上那么美丽的环，可是奶奶说，一定要等到我出生二十万个小时，才能为我举行成人礼，到那时我才被允许穿环。对，我们国家的生长时期是按照小时来计算的，我的国家与人类世界的时间的换算关系非常复杂，用最简单的话来说，就是人类世界的一年相当于我们的五年。我长得很快，每一分每一秒都在长，终于有一天，我戴不住那个金冠了，我的金冠变成了紧箍咒，然后突破了它那微乎其微的弹性，砰的一声弹了出去，然后突然变得很小，变成了一枚戒指那么小——原来它就是一枚戒指，一枚极为精巧、上面镶着奇异花朵纹章的戒指，奶奶把它拾起来，亲手戴在我的中指上，那一刻，我正好满二十万个小时。

2

　　我来到人类社会的时候戴上了一张面具，这张面具是妈妈亲自带着我去面具店挑的，面具店的面具千差万别，但是没有一张面具是毫无瑕疵的，妈妈说，人千万不能长得毫无瑕疵，那样会很可疑，也会很可怕。最后妈妈给我挑了一张很一般的面具，妈妈说人长得越普通越安全，寿命也就越长。戴上面具之后我照了照镜子，我完全成了个陌生人：我的皮肤不再是浅黑色而是发白的黄色，我的嘴唇不再是橘红色而成了淡赭石色，我的鼻子也长得很普通，只是眉眼有几分媚气，实在谈不上漂亮，我嚷嚷着想摘掉面具，但是妈妈严厉地阻止了我，而且她拉起我的左手，用我自己的戒指在脸上蹭了蹭，那张面具立即严丝合缝地嵌在了我的脸上。

　　我的身体也不再是海百合，而是个地地道道的人类青春少女了，我长得不高但是很精巧很袖珍，我的两个乳房虽然不大但是硬邦邦地撅起，我不用戴胸罩，只穿普通宽松的便装就很好看。我的两只脚尤其好看，我的脚指甲一粒粒闪闪发亮，很像我们海底世界的珠贝，总之我对我的身体比较满意，胜过对我的脸。我向面具店老板说了声谢谢，听妈妈说他已经活了五千亿个小时了，但是看起来他和别的族人并没有什么不同，他的脸上并没有什么皱纹，只是鼻子两边有两道深深的沟，他说起话来就像远处的海啸声，他说小姑娘祝贺你了，你是我们海洋世界第一个接到人类戒指的人，你应当感到骄傲。我看到我妈妈听了这话就向他挤眼睛，那意思好像是不让他说下去，他果然住了嘴，我疑惑地望着妈妈，她装出完全没事的样子，拉着我走出了面具店。

妈妈突然站住了，久久地看着我，捧起我的脸轻轻地亲了一下，低声说："记住，你在人类世界，依然要保持自己纯洁的心灵，要用善良和悲悯对待一切，甚至恶行。不然，你就再也回不来了。"

"为什么？妈妈？"

"因为那时候，你的面具就再也摘不下来了。"

"啊！那就是说，我再也无法回到亲人身边了？！……不，妈妈，我不去了！不去了！"

妈妈慈爱地搂住我，轻轻地说："我的孩子，我最担心的就是你这样的任性，在人类社会，你要学会忍耐。就像刚才那位老爷爷说的那样，你的确是我们海洋世界有史以来第一个接受人类求婚的，我为你感到骄傲。而且，我已经专门为你的事求告海王了，在你完成使命之前，可以有两次返回海底探亲的机会……别多想了，去找到戒指的主人就行了。"

"可是我怎样才能知道他就是戒指的主人呢？"

妈妈皱起眉头，思索了几秒钟回答："这就完全要看你的感觉了。你要感觉到，他要和我们海底世界真正相通，你们的心互相能够听懂。……最重要的，是他要立即认出这枚戒指，说出这枚戒指的来历和花朵的秘密。懂吗？千万不要找错人啊！"

我听懂了，但是心里有几分忧伤。一个人孤零零地来到人世间，一切不知道从何开始。还好我刚刚踏上人间的路就拾到了一本书——一本羊皮纸的很精美的大书，这本书告诉我应当怎样做一个人，特别是，做一个女人。

3

这本羊皮纸的大书印着精美的图画。印着涂着鲜红蔻丹的雪白的手指，握着一个金黄色的水果，后来人们告诉我那是橘子。在那幅图的旁边有一把碧绿的伞。有一页完全印着美丽的女人，印着她们的裸体和解剖之后的器官。印着小孩子如何从她们的器官里生出来，她们血红的器官像一朵大蔷薇花盛开着，小孩子的头很滑稽地昂着，张开大嘴。

当然还有男人和他们的器官。男人的器官像我们海底世界的海神柱。对了，我忘了告诉你们，在我出生的那个海底世界有个海神柱，是个一柱擎天的独眼巨人，我们家的男性常常去参拜它。特别是爸爸，爸爸沉默寡言很少说话，他常常独自一人去参拜海神柱，妈妈说，这是因为我的哥哥小时候不小心被人类捕去了，至今不知是死是活。爸爸参拜海神柱，是想得到神的启示，找到哥哥，但是神始终不发一语。于是爸爸想再要一个小弟弟，神依然不发一语，好像根本不曾听见爸爸的祈求。

那本大羊皮书的扉页有一个漂亮的签名，叫作天仙子。

4

我认识的第一个人类的男人，就是天仙子的哥哥。我不知道他有多大，判断不出来。我觉得他显得很老，好像比我爸爸还老。他在开一个会议。我是一不留神闯进来的，并没有人阻拦我。我看到会场上摆放着鲜花和新鲜水果。我坐在一个空位子上，周围的人向我点头致意，我也马上像羊皮书里教的礼节那样，还礼。我注意到，旁边有个男人在看我，我转过头，看到了他。他很热情，自我介绍说叫金马，是天仙子的哥哥，一位有名的作家，我立刻讨好他说："哦，你是天仙子的哥哥，我读过天仙子的书，真有才华啊！"可是我万没想到，我说了这话他就把脸沉下来了，半晌才说："天仙子的东西很浅啊，你喜欢她的书？是不是就是因为她的知名度比我高啊？"我吓了一跳，忙说："不不不，那可能是因为，我还没有看到您的书。"他的脸立即多云转晴，说："也难怪，你这么年轻，当然看的书还有限，如果有兴趣的话，我可以送你我写的书。""好啊好啊！"我按照羊皮书上教的，装作雀跃的样子，"那么，今天散会之后你上我家玩去吧，我会把我新出的书送你。"

会开得好长啊。人类的佳肴确实很不错，我吃了很多，我的眼睛只盯着那些不断上来的菜，根本不理会旁人的觥筹交错，我的眼睛变成了一条直线，就像是正午的猫。那些人真是太奇怪了，他们端着酒杯来回窜着，不断地敬酒，说着各种肉麻的话，而且把酒杯互相一点点地低下来，好像羊皮书上说，这表示对对方的尊敬。等到他们寒暄完毕回到桌上，才发现桌上已经杯盘狼藉，好吃的菜如风卷残云一般已经所剩无几。大家面面相觑不知道是谁吃的，只有天仙子的哥哥金马看着我笑。他把嘴凑在我的耳边低声说："你可以呀小丫头，够厉害！"

我就这样被金马带回了家。金马的家在我看来只有一点点小，因为我出生在那样一座巨大的海底宫殿里，从我的房间到母亲的房间需要漂游半个小时，侍女们总是喜欢看我漂游的样子，她们说我的裙裾像是美丽的水母。可是现在我坐在金马的书房里，一伸手就能够到他的脸。他的脸好像在慢慢变形，他的汗慢慢从额角淌下来。

"小姑娘，你是从哪里来的呀？"他张着大嘴，好像喘不上气来似的。

我看着他墙后面的照片，没有回答。

他顺着我的目光回头看去，那是一张人类的"结婚照"，上面那个女人显然是他的太太，那女人很漂亮，但是表情木讷，不生动，好像一张没有缺点的平面设计。没有穿婚纱，两人穿的都是正装——人类上个世纪那种流行的正装。

"那是你太太吗？"我问。

"对啊，不过她出差了，不在家。"

"所以你才请我来，对吗？"

他笑了，一下子坐在我旁边，用一只胳膊搂住我："是啊。小丫头，心眼蛮多的嘛！"他的手刚刚碰到我的胸，我就灵巧地甩脱了他，他好像大为吃惊，一伸手拽住我，我又轻轻甩脱，我们水族甩脱人类简直是易如反掌，他扑来扑去，最后是脚底绊蒜摔在地上，我看着他，咯咯地笑。

"妖精！小妖精！"他挣扎着，笑着，很费劲地爬起来，掸掸土。其实地面上很干净，并不需要掸土。

"好吧。"他说，"需要我帮什么忙？谁让我喜欢上你了呢？"

我还是没理他，在他的书房里转来转去地看，我看到他的书很多，但大部分都是新的，好像从买来就一直放在那儿，根本没动过，书脊做得都很讲究，似乎是专门为了给别人看的。我看到他把自己的书放在最显眼的位置，抽出来一本，书名是《握紧拳头》。这样的书名让我觉得很别扭，翻了几页，上面写的全是一些案子，很没意思，我放下了，继续翻，就在这时，一道光线照亮了我，我发现书的里面还有一层书，有一本书露出半个闪闪发光的书脊，上面写着《海百合的传说》。我立即拿出来，我看见书皮上写着"天仙子著"，紧接着我看到天仙子的照片：一个很美的女子，美得很浓烈，一头张扬的头发被风吹得高高飘起，嘴巴性感生动，似笑非笑的嘴角好像洋溢着石榴花的气息，一双大眼睛很像海蓝宝石，母亲鼻环上的那种，我一下子就喜欢上了她，我久久看着那张照片，眼睛一会儿也不愿挪开。

5

金马介绍我去了一家电影公司。

现在人类的影视公司多如牛毛，但是这家叫作巨龙的国企电影公司的确很具规模。金马本来是把我作为演员推荐的，但是最后我却当了编辑，显然公司领导认为我不够美。金马埋怨我不听他的，不肯化妆，他以资深影视人的口气说我这样的脸型和五官最上妆，如果化妆师很高明的话那么我就宛若天人了，我对他的话似信非信。不管怎么说我有工作了，这是一件好事，要感谢金马。于是我当天晚上请他吃饭，他欢天喜地的答应了。可是到了晚上，我在餐厅等了又等，他没来。

我看到人类都使用一种叫作手机的东西，我还没有，于是我用了餐厅的电话。"喂——"电话那头的确是他的声音，"哦，抱歉啊，有这事吗？我怎么忘了？"他哼哼哈哈的，口气非常冷淡，让我觉得不像他的声音。我放下电话，一个人大吃起来——我用一串珊瑚珠换了一大堆人类的钱，我想即使金马不帮忙我也有饭吃，而且还是个有钱人。

可是还没吃完电话就来了——打的是餐厅的电话，旁边的服务员很客气地叫我接。"喂，小妖精，是你吗？刚才是在家里，我老婆突然提前回来了。现在我已经出来了，等等我，我马上到！"

他的声音一下子提高了八度，非常激昂。我真闹不懂人类的男人是怎么回事。看着眼前的山珍海味，鬼才愿意等他呢。我吃了又吃，等到他气喘吁吁地站在我的眼前，桌上所有的盘子都空了。

我看着他，慢悠悠地擦擦嘴，服务员们都微笑了。

6

我很快学会了人类的文字。它比我们海底世界的文字好学多了。当然要感谢天仙子，我因为喜欢那本羊皮书，所以很乐于临摹那上面的字。现在夜已经深了，我躺在浴缸里，双手捧着那本精美的羊皮书，细细地看。那里面几乎包含了人类所有的知识。从里面我知道，和我的国家规矩不一样，"妖精"在人类这儿是骂人的话。我决定给自己起个名字，我把羊皮纸一页页地翻过去，并没找到什么合适的名字，我就那么抱着这本大书睡着了。沉沉的我又似乎睡到了海底，我的身下铺着柔软的海藻，盖着一层层绿丝绒一样的海带，我裸露着浅黑色的身体，半张着橘红色的嘴唇，呼出一个个清亮的水泡儿，突然，一个巨大的黑影把一切都挡住了——那是妈妈的轮廓，很清晰！我用手指轻轻去碰那黑影，黑影突然倒下了！我惊醒，看到自己睡在人类的大床上，床单洁白，我深陷在一堆柔软的白色中，突然觉得，我的名字当然就应当叫百合。

对呀，我本来就是海百合嘛！我注意到人类也有叫百合的，在他们看来是个挺好听的名字呢——只是，他们意念中的百合是一种百合花，说实在的，他们是没见过我们真正的活的海百合，假如见到，那么他们就会认为美丽的百合花实在不算什么了。

我起床，把百合这个名字写在了纸上，我看到羊皮纸上的花纹全都跳了起来。这时，我听见房间外面有奇怪的声音，我没敢开灯，躲在巨大的窗帘后面，开了一道小小的缝，我看见有影影绰绰的黑影。妈妈？是妈妈来看我了？猛然推开门，外面一片静寂，什么也没有。

我有名字了。等那个老家伙再叫我小妖精的话，我一定会告诉他我是有名字的，别叫我小妖精小丫头什么的，我叫百合。

7

总经理长得很好看，是我最喜欢的那种男生类型，他双肩宽而平，身材瘦而高，像个衣服架子，什么衣服穿上去都好看。总经理肯定喜欢我，从他看我第一眼，我就看穿了这个，但是我记得羊皮书上的话："你若是喜欢上一个男士，万不可去主动表达，因为在爱情中爱得主动的那一方，都是受制于人的。"于是我装作什么也不知道。

装作什么也不知道地诱惑一个男人是很爽的事。从那天起我开始穿领口很低的衣裳，像羊皮书里说的那样"露四分之一乳"，我每天都换不同的衣裳，戴不同的首饰，不用担心钱，从海底带来的那些珠宝能给我花不完的钱。有时，为了引起他的注意我不惜挑起战争，无缘无故地和别人吵架。我的这些努力都收到了奇效，有时我一不留神四顾左右，都能有意无意地碰上总经理的目光。

可是有一天，我真的和人家吵起来了，这个人不是别人，正是总经理本人。

总经理叫老虎。老虎的家小都在遥远的维也纳，而老虎是个事业心很强的人，影视界的花花事再多，他也绝不染指，因此，他时常处于严重的自我压抑状态，实在不行就自己解决，但是无论是自己解决还是自我压抑，都不是人类的健康方式，因此老虎英俊的脸上总是浮动着阴霾，脾气也变得格外的大。

吵架是为了我的偶像天仙子。

天仙子在写一本新书，叫作《炼狱之花》，据说写的是伤痛的爱情，我从金马那里搞到几页稿纸，看得痛彻心肺，让我觉得天仙子的生命都会因此缩短十年。因为那种可怕的情感挫折太坚硬了，坚硬到所有的肉身都会受伤。我觉得我应当帮助天仙子，我的帮助方式只有一个，买她的版权，把她的故事改编成电影，这样，不但能帮她挣到一笔钱，还能帮她提高"知名度"，我觉得她的知名度远远够不上她真正的才华。

但是老虎坚决反对，他向我咆哮着："你懂吗？做影视不同于写小说，做影视要有准确的判断力，一不留神就要落入陷阱！一投就是几百万几千万，收不回来，我们可是国企，你负得起这个责任吗?！"我很生气，从小到大还从来没人这么对我嚷过。我差点儿把所有的珠宝扔在桌上，我想对他说，我当然负得起这个责！我有钱！我的钱比你想象的多得多！

但是我最终还是没说出这句话。

他并没有因为我的忍让而放过我，他看着我，我觉得他是在盯着我的乳房，突然，他恶狠狠地说："告诉你，你根本就不适合在这儿工作！"

这句话刺痛了我，我呼地站起身，也用同样激烈的口气对他嚷："我也告诉你，我适不适合在这儿工作，不是由你说了算！"

说完这句话我就扬长而去。我跑到一个大商场里狂购，我买了很多名牌衣服，花了很多钱，每扔出一把钱就觉得扔出了一把怨气，一会儿就变得心平气和了。我们海底也有商场，我们在海底购物要自由得多，我们可以翻来覆去地试，甚至可以把一件衣服穿回去让家人和朋友们看，如果不满意，还可以随时还回去。即使要了，也不过在商场门口的匣子里，扔几颗珠贝而已。绝不像人类的商场如此繁琐，而且那些售货员们还像水蛭似的紧紧地贴着你，用一种让人恶心的眼神望着你，嘴里不断说着急于兜售的语言。

我回到家里开始对镜试装，那一种感觉真是很妙啊，刚才还挂在商场货架上的那些万人瞩目的衣裳，现在已经统统归我所有。在海底的国度，可没有这么爽的感觉，虽然我很臭美，可也不能在一天之内享有这么多漂亮的衣服，尽管在海底购物很自由。

我的衣服几乎都是妈妈亲手做的，妈妈会用各色海草编织成精美的衣裳，把珊瑚、珍珠、贝壳镶嵌上去，做好一件衣裳，怎么也得二百多个小时。

试到最后一件衣服的时候，天已经黑了，有人敲门，我就穿着那件镶亮片的黑色紧身衣跑去开门，商标还没摘下来，在我的脖子后面支棱着，门打开了，是金马。金马手提一大袋子饭盒，金马说你还没吃饭吧？

8

今天回想起来，我和金马之间始终没发生什么真的是个奇迹。后来我听过无数关于金马的传说。传说中金马是那样威力无比百战百胜，好像所有的女人到他面前只能臣服，我疑心这传说是金马自己编造的。我和金马没发生什么并不能说明他多么识趣多么圣洁，恰恰相反，他是个有很多脏心眼的人，我们什么也没发生只能说明一点：就是金马当时实际上已经不行了。实际上不行的人才会显得雄赳赳气昂昂，一天到晚做忧国忧民状——这也是我在金马身上才感知到的人类弱点。

当时金马做出担忧的样子说知道我和总经理吵翻了，他说挽回此事的唯一办法就是马上去找董事长铜牛。因为总经理永远唯董事长马首是瞻，他说他可以亲自出面请铜牛出来一起吃个饭或者喝个下午茶。他说，铜牛可不是等闲之辈，他是电影界唯一跨 AB 两城的老板，除了相貌寒碜点儿，他简直就是一位无懈可击的成功男士，因为他可以不断穿梭于 AB 两城，完全适应两种截然不同的城邦制度，以达到出世与入世的不断自由转换。

那时我还不知道人类有那么多"吃"的名目，我只是很喜欢吃，我承认人类社会的食物比我们海底世界的好吃些，但是我并不想和什么董事长一起吃饭，我一想到和陌生人一起吃饭、并且还要向他乞求什么就难受得要命。于是我回绝了。金马立即显出痛心疾首状。我打开他带来的饭盒，里面有我爱吃的果茶山药和樟茶鸭，我大吃起来，左手中指的戒指在灯光下闪闪发亮。他突然提出要看看戒指，我褪下来，他向着灯光举起戒指，一道刺眼的光突然闪过，他很害怕，几乎失明。然后他半跪在我的脚边，看着我那一颗颗亮如珠贝的脚趾，他突然说了一句让我害怕的话。

他说我怀疑你不是人类。

9

是的在我和金马相处了七百多个小时之后他终于说出了一句有水平的话。我怔了怔问他："难道我有什么破绽吗？"他的脸涨得通红，脸上又冒出豆大的汗珠，他的脸离我很近，有一股汗腥味，他把声音压得低低地说："因为你不懂得人类的游戏规则。"

这真是有趣——人类的游戏规则？我们在海底也是有游戏规则的，优胜劣汰嘛。我很小的时候就和哥哥用海马的膝盖骨欻拐玩，用结实的海草互相勒着较劲玩，都是优胜劣汰啊。

我们海底世界有着自己的智慧，但是所有的智慧不过是自我保护而已。

可是在那个晚上，我第一次听到一个男人对我说，人类的游戏规则不是这样的，也可以说是恰恰相反：人类的游戏规则是"汰优"。

"懂吗？汰优，就是把优秀的淘汰掉。"他垂下厚重的眼皮，沉重地说。"我们的老祖宗就有'木秀于林风必摧之''出头的椽子先烂'的说法，所以在我们这座城市里，一直讲究中庸之道。现在就更厉害了，假如你不会和领导相处，那就等着被废掉吧！领导可以毫不动声色地把你废了，无论你多么出色。譬如，你看我，"他用手捋了捋已经打了结的头发，"我曾经是个很憨直的人哪！那么早就开始做编剧，可以说是 B 城的第一批编剧了。可是因为不会和领导相处，尽管那么有才华，一直被打入冷宫。领导不用你，可以举出一千个理由，甚至可以装作是为了你好！人哪，不过就是这几十年，能创作的生命更短！把你挂个几年你就废了！……"

"可是，你不是个作家吗？你不是靠你的文字就能养活自己吗？"

他嘴一撇："天方夜谭！有几个靠卖字儿就能养活自己啊？再说，谁不想活得好点啊？你恐怕也不愿意过那种捉襟见肘的生活吧？哦，对了，你是不用为这些事操心的，你爸爸那么有钱……""谁跟你说过我爸爸有钱？""这还需要说吗？我第一次见到你，就发现你戴的是真正的珊瑚珠，这骗不了我的，珠宝古玩咱们都懂一点，呵呵。"他干笑一声，"你脖子上的这一串，少说也得要个二三十万吧？……还有你的戒指，"他目光诡秘地望着我："这工艺太精致了，我也算是见过一点东西，但是我从来没见过这样鬼斧神工的东西，所以，我怀疑你……是个——星——外——来——客！"

我怔怔地看着他，突然咯咯地笑起来，我觉得他的样子很滑稽，他显然是被我笑毛了，他说你笑什么，你们家到底是做什么的，告诉我你的来历好吗小姑娘？我立即不失时机地告诉他我叫百合，我是有名字的，不叫小姑娘，以后不要乱叫我。他笑着说我的名字叫什么并不重要。我觉得这一切简直太滑稽了，跟我们海底太不一样了，在我们的世界里，如果我们爱上谁，或者说喜欢谁，甚至对谁有兴趣，首先是要知道名字，我们的名牌就挂在我们的脖子上，那是我们的身份证明，是我们生命的标志。对我们来讲，爱情就是爱情，友谊就是友谊，和家庭无关，和有钱没钱更无关，为什么他非要追问我的家庭和我的钱财呢？

"我不是什么星外来客，"我吃饱笑够之后，严肃地对他说，"我只是因为年轻和父母的宠爱，没有接触过社会而已，这方面，你多教教我就好了。好吧，既然你喜欢这串珊瑚珠，那么就把它拿去吧。"我摘下那串珠子，扔给他。他没接住掉在地上，他显然是没有精神准备，他一下子趴在地上，那么大的一个人突然变成了一条狗，撅着屁股在地上嗅来嗅去。

我不想再多看他一眼，拂袖而去，临走甩给他一句话："以后不要再打听我的来历了，好吗？我也希望你懂得我的游戏规则。"

他从地上抬起头来，堆起一脸谄媚驯顺的笑容，那一脸笑容里藏着一双突然之间变得雪亮的眼睛，那眼睛里全是赤裸裸的贪婪。

10

作为那串珊瑚珠的报答，金马告诉了我一个在人类世界与领导相处的秘密。他煞有介事地低声说："告诉你，这可是集我大半生的总结，绝对密不示人的，就是花多少钱也买不到的，连我的亲侄女我都没告诉的！……你要是能学会了，掌握其中要领，很快就能在B城混得开，升得快，吃香喝辣，比我妹妹写的那本什么狗屁羊皮书管用多啦！"

接着他用他那苍老沙哑的喉咙，为我吟诵了一个近似羊皮书里说的那种格言加数来宝：

领导的要求就是我们的追求，领导的脾气就是我们的福气，领导的鼓励就是我们的动力，领导的想法就是我们的做法，领导的酒量就是我们的胆量，领导的表情就是我们的心情，领导的嗜好就是我们的爱好，领导的意向就是我们的方向，领导的小蜜就是我们的秘密，领导的情人就是我们的亲人——我们还要做到：领导没来我先来，看看谁坐主席台，领导没讲我先讲，试试话筒响不响，领导说话我鼓掌，带动台下一片响，领导吃饭我先尝，看看饭菜凉不凉，领导睡觉我站岗，跟谁睡觉我不讲。

"……可是……可是领导是谁？"我想起海王，当然他是我们海底世界的领导，可是他并没有要求我们这样做，我们也没有任何人这样做啊。假如这样做的话，我想他会很难受的。为什么人类世界会有这样奇怪的规则呢？"假如你的领导突然换人了呢？"我问。

"问得好！真是聪明的小姑娘！如果领导换了，那么就立即把那个换下去的领导抛弃，分分钟都不必姑息，马上与新任领导站在一起，但是这个时机一定要掌握好，你可千万别在领导退休之前垂死挣扎的时候有任何新动向啊！那个时候，往往是领导最敏感的时候，你要在最不经意的时候向他表态，即使他退休了，他在你心里也占据着最高位置！你随时准备为他歌功颂德，树碑立传！直到新任领导来了，坐稳了，你才可以立即转向，否则后果不堪设想！……"

"你既然这么精通这些道理，那怎么还混得不好呢？"

"唉！"他立即垂胸顿足做痛心疾首状，"这些道理，我领悟得实在太晚了！百合啊，将来你就会知道，对你这个初来乍到的人，我这些话是多么多么的重要！你会感激我一辈子的！……你以为是这串珊瑚珠的功劳吗？！不！……对，这串珊瑚珠是很昂贵，但它是有价的，可我的这些话是无价的！将来你就知道了！你笑什么？不信，不信就看吧。……"

在漫长的岁月里，我终于慢慢明白了他的这些话。而在当时，我只是把这些话当成了笑话来听。

后来金马终于把他的人生哲学锤炼得炉火纯青，也终于达到了他的既定目标。

那是很久之后的事了。

11

春天来了。春风里总是流动着一种虚幻的希望，好像什么事情都变得触手可及。在一次照过镜子之后，我确信我目前的样子更加适合我，直到这时我才感到，作为人类的女性一族，实在是整个宇宙最美的生物，不懂得爱惜这美的，实在应当被消灭掉。我的体内在慢慢升腾着一股热力，好像在不经意间形成了一个巨大的磁场，这磁场吸引着八面来风，但是细细一看，里面却尽是碎屑垃圾。在我与总经理老虎对峙互不理睬达到一千八百个小时之后，我发觉自己有点儿喜欢上他了。

假如，在这一千八百个小时之内，他曾经对我低一次头，或者试图说上一句话，或者，哪怕是不经意间的尝试和解，我都会对他嗤之以鼻，立即把他打入万劫不复的深渊，可是他没有，当我们擦肩而过的时候，他甚至目不斜视，我们互相把对方当作了一团空气，互相发出内功，用轻蔑把对方摧毁。于是，在同等的力量较量中，我开始注意他了。他外貌的英俊和内在的骄傲让我喜欢上了他——，我们两人之间的互不理睬让我勾画出了想象中的爱情场面——那应当是羊皮书上那种华丽不可方物的场面：用月桂叶和玫瑰花混合而成的气息芳香四溢，月神狄安娜降临在月圆之夜的海洋之上，我把盛开的曼陀罗花供奉在海面上——那是我生长的地方。我全身赤裸向月神祈祷，美妙的曼陀罗花象征着女人花朵一般美丽的阴部，经过我的祈祷，整个海洋都变成了催情迷香，我的爱人脱去他的外衣，把自己融入迷幻的海水中，这时有热气蒸腾出来，就像所罗门的《雅歌》中告诉书拉密的那样："你园里新结出的嫩芽似天堂乐园，结了石榴佳美的果实，番红花发出的香气，你无法抵挡。"在沸腾的海水中我们紧紧拥抱，我们的裸体像花朵一般绽放，毛孔发出热气腾腾的呼喊，在极乐的瞬间，我们都化成了海水，如同水一样柔软，可以随意弯曲，并且在月神的抚摸下，变得通体透明，放射出可怕的光芒，照亮了黑夜。

几年之后，我真的有了这样一场交欢，不过绝不是和他。

那时，我和我爱的男子讲述了这一个似梦非梦的幻象，他惊讶地看着我说，他也曾经做过一个类似的梦，梦见一支海百合从深海中升起，变成了一个纯洁无瑕的女孩，在一个月圆之夜与他交合，他说那种交合与他过去的性经验完全不同，他过去的性交是一种肉体交合，那种享乐转瞬即逝，而那一次在梦中，他觉得自己和那个女子都变成了通体透明的精灵，那种交合是一种长久的美妙绝伦的享受，是完全一体的境界，以至他醒来之后依然能够感觉到那种通透和神往。

只是在说到曼陀罗花的时候我们产生了严重的分歧，我认为曼陀罗花是最美的花朵，是植物中稀有的富于神性的花朵，它可以对世间万物施爱情魔法。而他却坚持认为，曼陀罗花虽然美丽但是有毒，据说经化验之后发现它含有高成分的生物碱，足以致死人类，属不宜栽培之植物。

当然，这是后话了，在当时，我被自己的白日梦迷住了，我想我不能辜负这个春天。

第二章

1

小百合的怀春心情自然逃不过金马的眼睛。

已经写了二十年却一直写不出来的金马觉得自己正面临着一个转机，这转机无疑是百合带来的，以他的敏锐嗅觉，这个有着非人间气息的女孩应当是他的救星。他决定为他们和解——老虎同学和百合同学虽然一直赌气不说话，但在他这样的老同志眼里，这正是爱情萌芽的一种方式。何况，他太了解老虎的口味了——老虎专门喜欢心地单纯的女孩，因为老虎自己是个心思慎密、老谋深算的人。

金马破天荒地买了西班牙现代舞的票，请他们去看，但百合却不领情，提出一定要见天仙子，天仙子去她才去。金马已经刹不住他那一腔慈悲心了，他带着滴血的心又买了三张票。

接到哥哥的电话，天仙子小小地吃了一惊：西班牙歌舞团带来的原汁原味的现代舞当然是她所爱，但是据说票价很贵，以哥哥的一贯吝啬，他是舍不得买这样的高价票的，那么，就一定是他最近发财了，或者，有什么事有求于她，不是她不厚道，实在是她太了解哥哥了。

俗话说长兄如父。天仙子父母早亡，哥哥金马在她心目中始终占据着不可替代的位置，可不知怎么回事，天仙子发现金马对她总有些轻微的敌意。难道是她过敏了？不，她永远相信她的直觉。特别是最近几年，自从她发表小说，在文学界有了些名声之后，每当她拿着新发表的作品给他看的时候，他总是不正视她的眼睛，间或还从鼻孔里冒出一丝微弱的凉气。她知道他也在写，而且写的都是宏大题材，每每见他发表，她都是由衷地为他高兴，且率直地向他提一些看法，每逢此时，哥哥的怒气与不屑便溢于言表。时间长了，她也不敢提什么了。至于嫂子，对她似乎还好些，但嫂子是国家干部，跟她也没什么太多的话说。

但这些都无所谓。尽管哥哥嫂子都是至亲，但他们不至于影响她的生活。最要命的是，自从天仙子生了女儿曼陀罗之后，丈夫对她再也不像过去那样了。一切好像从她怀孕时就开始改变了，从她的早孕反应开始，丈夫一天比一天回来得晚。即使在家待着，也是双眼盯着电视，直到出现雪花点为止。丈夫算是她的同学，当时她学影视文学，而他，则是导演系的尖子生，大二的时候他们就相爱了，被同学们誉为金童玉女。当然，那时谈恋爱远没有现在这么多花头，他们顶多是一起散散步，一起吃个饭或者看看电影罢了，有一次，看电影《红菱艳》，天仙子哭了，眼泪顺着脸颊悄悄地流，自己竟然还不知道，后来觉得自己的手上被塞上了一把东西，打开手掌一看，是把剥好的瓜子。他正在向她投来关切的目光，为了那一瞬间的关切她把一切都给了他，可婚后她满怀情感地说起这桩事时，他却说完全没有印象。

天仙子这个人倒霉就倒霉在"表里不一"。看外表，所有的人都说她很性感，以为她很开放，可实际上她觉得真是不好意思——她有生以来只有这一个男人，而他在她怀孕之前的表现也的确可圈可点。她甚至怀疑那时候的他和现在是不是一个人。是的她生了个女儿，并且这个女儿还有先天的瑕疵，但他绝不会是因为这个对她改变了态度，他的改变从她一有早孕反应就开始了，那么这可能只有一个：他外面有人了。这个念头从她脑子里刚一划过，她就恶狠狠地把它掐死了。不，她是天仙子，她不是祥林嫂式的怨妇，他不可能，他只是因为事业受阻而有些不顺心罢了。

他当然爱他们的女儿。天仙子的女儿曼陀罗从出生起左脸颊上就有一块青记，那是一朵曼陀罗花形状的青记，乍看起来像个倒扣着的杯子。除此之外，女儿美得令人无法相信，那是一种奇异的美，介于妖孽与天使之间，让人看了害怕。

他们为女儿的名字发生了激烈地争吵，他坚决不同意女儿叫曼陀罗，他认为这是一个不祥的名字，也是个古怪的名字。但她坚持用这个名字，她坚信女儿有个非凡的前世，女儿也许是曾经被神抚摸过的女孩，就是那块曼陀罗花式的青记把她和所有的女孩区别开来——她是独一无二的。

在女儿很小的时候阿豹就要求给女儿做手术。"去掉那块青记，我们的女儿就是仙女了！"他说。天仙子沉默不语。不知为什么她觉得女儿的那块青记不能随便动。等女儿稍大一点，天仙子拗不过阿豹，两人带女儿一起到最著名的整容医生那里挂了号，结果是经过一系列术前测试，女儿是不能做这种手术的，她做这种手术的危险性达到了百分之九十以上，阿豹这才无语。

但是阿豹从此回家的时候更少了。他总是找出各种借口在外面过夜，他常常说他去参加什么活动，一去就是一个月，尽管天仙子打一个电话就能证明他是否在撒谎，可她没这么做，她认为这么做不但是亵渎了他们的婚姻，更是亵渎了她自己。好在她的驼鸟政策很成功，她一进入写作，就可以把现实撇在一边儿，好像所有的问题都不存在了。

岁月如梭，这样的状况竟然在不经意间持续了十二年，如今，曼陀罗已经是十二岁的小姑娘了。她平时沉默，一说话就带刺儿，不是刺向老妈就是刺向老爸。好在爹妈之间虽然常常龃龉，对她却都是一个"宠"字。

阿豹拒绝参加一切夫妻二人共同的活动。之前他曾经在报纸上看过西班牙弗拉门戈歌舞团前来演出的消息，还感叹了一阵票价太贵，可现在票有了，他就是不去。他说他晚上有个活动，推不掉的，要很晚才能回来。

于是天仙子只好领着女儿走进剧院，她没想到哥哥并没有和嫂子一起来，哥哥的身边坐着两个人：一个英俊的男子和一个女孩，哥哥介绍说那位男子叫老虎，是著名的巨龙电影公司总经理，而哥哥现在正为那家公司打工，因此老虎也就算是他的临时老板。那女孩叫百合，是那个公司的职员，而且是天仙子的骨灰级粉丝。哥哥特别安排那个女孩坐在天仙子身旁。天仙子的余光看到女孩一直在盯着她，她的目光让天仙子不舒服。幕间休息的时候她们开始聊天，她注意到这个第一眼看上去很平凡的女孩有一点儿什么特别的地方，女孩很耐看，越看越漂亮，而且目光如矩，好像随时都可以洞穿你。女孩说她看到了天仙子出的那本羊皮书，女孩感谢天仙子在人生路上对她的指点。天仙子吓了一大跳，因为那本羊皮书只有一本，珍藏在她的书柜里，怎么会叫她看到呢？就在这时那位英俊男子转过头来对天仙子说："百合真的很崇拜你，为了你跟我吵架，好久不跟我讲话了。"女孩听了这话就不好意思地笑了笑，那种羞涩让天仙子觉得很真实，很生动，天仙子有好久没在女孩子们的脸上看到这种微笑了。可她刚刚对女孩印象好转，马上发生了一件事，让她立即决定远离那个女孩：

一直乖乖坐在天仙子旁边没吭气的曼陀罗忽然闹着要走，百合像是刚看见天仙子的女儿似的，伸出手来摸了一下她的头，百合的手越过天仙子伸到女儿的头顶上，就在越过天仙子的那一刹，她突然觉得无意中触碰到百合的手指如同水一般凉，柔若无骨，而且，手指上的戒指划出一道彩虹一般的弧线，非同凡响。她惊讶的同时曼陀罗一下子哭起来了，在百合的手碰到了曼陀罗的脑门儿之后，曼陀罗无比惊慌，她大哭起来，弄得所有的观众都回过头来，这时幕间休息结束了，天仙子除了提前退场之外没有任何别的选择。

2

天仙子至今无法接受那个场面。

和她有着神圣的婚姻契约的男人和另一个女人裸身相抱睡在她的床上。她疯了，顾不得女儿还在旁边，她一下子扑向那个女人。

而那个女人竟然毫无歉意，沉着应战，尽管天仙子心里有个声音始终在说，不，不，这不是真的，可事实还是不可避免地发生了。天仙子的心跳如同重锤一般阻碍着她，天仙子狠狠地抬起手可落下去软弱无力，而那个女人却相反，她落在天仙子身上的拳头又急又密，她拳打脚踢，很快天仙子的左眼就被鲜血糊住了，天仙子惨叫了一声，她说阿豹你竟然忍心看着我被这个婊子打，你还是我丈夫吗？你还是个人吗？！

天仙子的惨叫声几乎惊动了整个夜晚，可是换来的却是阿豹狠狠地一脚："你才是婊子呢！你给我住口！"

阿豹的那一脚踢碎了天仙子所有的梦想。她惊愕地看着他，他却不屑地把头转过去了，大概是她的脸很恐怖吧。她没有流泪，她忘了流泪，她心里很害怕，过了很久她都不大相信这一幕是真的。当时她只觉得自己全身突然软下来，没了力气，一点儿力气都没了。她求助地向女儿看去，却看见女儿躲在一小片阴影里，女儿盯着她，眼睛里流露出一种神情，她真的不敢看下去了——那是一种幸灾乐祸的神情。

3

天仙子所有的朋友都骂她是个笨蛋。

出轨的是她的丈夫，净身出户的却是她。

阿豹得到了钱和房子，而天仙子得到了女儿。那个官司究竟是怎么打的，天仙子全都忘记了。真的她一点儿也想不起来。仿佛之前所有的一切，都被什么淹没了。她唯一的真实感是庆幸还有女儿的存在，有了这个小小的生命，她不至于那么害怕。

一天电话铃响，是百合——那个看歌舞时坐她旁边的那个女孩，约天仙子出去吃下午茶。

天仙子为了换换心情，几乎没有犹豫就答应了。她还化了化妆，但是眼妆依然遮不住红肿的眼睛，她索性戴了一副墨镜——这样感觉似乎好些。

百合倒是很直率："你好像状态不大好。"

她笑笑说："什么不大好，是很不好！"

百合诚挚地说："你需要我帮忙吗？我很想帮你。你知道，我刚到这座城市就成了你的粉丝了。"

"谢谢，不过你帮不了我，一个家在一夜之间就散了，你帮得了我吗？一个相爱多年的人在一夜之间就成了别人的男人，你帮得了我吗？！……"她觉得没必要掩饰了，她痛哭起来，摘下墨镜擦眼泪，"你要是真想帮我，你就帮我打听打听，那个女人究竟姓甚名谁，住在何方，什么样的家庭和文化背景，和阿豹什么时候好上的。我想知道，我究竟被他们骗了多久！！……"

"你现在打听这些，还有什么意义吗？"女孩平淡地说。

"我不管什么意义！"天仙子哭着，"我只是想知道，到底是什么样的狐狸精，能让他放弃那么心爱的女儿！那么好的家！……"

女孩摇了摇头，真的去办了。女孩侦察的功夫一流，第二天就把所有的情况，都打听得清清楚楚。那个女人叫罂粟，在一家时尚杂志当编辑，职高毕业，父亲是个手眼通天的高级厨师，家住北京南城，人长得并不漂亮，只是年轻，也很能干，据说最让男人动心的是她的"善解人意"。与阿豹的交往有很多年了，是因为约稿认识的，至于何时出轨便无从考察了。

天仙子一脸漠然，颓败地瘫在椅子上："……你说，阿豹还能回来吗？"

百合惊异地瞪大眼睛："那你还能接受他？"

天仙子呆呆地看着窗外："……我想我能吧，我不知道除了他之外，我还能不能和别的男人相处。"

4

曼陀罗一天天地长大了，越来越美，美得不同凡响。她去美发厅做了一种发型，遮住一半脸，正好可以遮住那块青记。她很聪明，她的聪明带着一股寒意，常常让天仙子不寒而栗。她太实际了，实际到连表面文章也不肯做一做。在离婚后的日子里，天仙子一直对她感到抱歉，觉得是由于家庭的破裂导致她过早失去了父爱，于是天仙子说女儿你还可以同你父亲联系，不必考虑妈妈的感受。她的反应让天仙子害怕，她冷冷一笑说我为什么不跟他联系啊？他是我的父亲，他给我钱，虽然不多但总比你一个人给我得多，我觉得你们俩离婚对我来讲没什么不好，我可以对你们分而治之，得到的比过去还要多。

这话让天仙子听了很害怕，真的不知什么时候女儿变成了这个样子？是她生来就这样吗？过去她对女儿的了解到底有多少？

天仙子在家长会上了解到她的作文写得不错，就鼓励她，她冷笑道："你以为我会像你那样写那些鬼都不看的破文章吗？写得内分泌失调更年期提前？把丈夫都写丢了！说句你不爱听的话，你就是写死了也就那么回事。图什么呀？我要过的是另一种生活，你瞧着吧，你瞧得见的。"

她拿天仙子辛苦挣来的钱去购买各种时尚衣物和化妆品，把自己打扮得像个小妇人。有一次天仙子外出回来，竟然看到她从自己的钱夹里在掏钱。天仙子看了她一眼，以为她会羞愧，可她大模大样完全无视母亲的存在，这让天仙子一下子想到了抢她丈夫的那个无耻女人，那种无视烧毁了她全部的自尊和教养，天仙子颤抖地扬起手，想打女儿一个耳光，可是她反应奇快，一下子攥住了母亲的手，她的手冰冷光滑像是冷冷的金属，她们两人的脸一下子离得很近，天仙子又清晰地看见她眼睛里的那种轻蔑和幸灾乐祸，天仙子气得发抖，觉得有一股热流往上直冲，那股热流横冲直撞地散发开来，烧得天仙子全身一下子坍塌下来，什么也不知道了。

天仙子苏醒的时候手里依然攥着女儿的手，女儿坐在旁边，冷冷地看着母亲，她说妈妈你至于吗？你真是个笨蛋，假如那天你不扑上去和那个女人撕打，爸爸也许觉得是他欠你的，也许从此后就会洗心革面，可你上去就把她挠花了。说真的，别说是爸爸接受不了，连我都替你害臊。

天仙子气得发抖，可她发现全身都是软的，连生气的力气也没了。天仙子避开女儿那让她讨厌的目光，她说我问你，你到底是谁生的？你是不是我的女儿？你为什么永远站在别人的立场为别人说话呢?！还有，你要钱哪一次我没给你，你为什么要偷偷摸摸的？你难道不知道，你妈妈这辈子最讨厌偷偷摸摸……

"首先，我并没有站在别人的立场，第二，我也没有偷偷摸摸。假如你不是我妈妈，我才懒得说你呢！你知道吗？你那天的举动让我害臊，还有，我并没有偷偷摸摸啊，既然你什么时候都能给我钱，那么我当着你拿和背着你拿有什么不同呢？"

天仙子想，哦，这就是她的尚未成年的女儿！

天仙子决定从此善待自己。

5

对女儿心凉之后的第一步，是决定为自己找个男人。是的天仙子得为自己找个好男人，她还不老，她也漂亮，她依然有吸引力，找个男人不是什么难事，当然找个好男人就有一定难度了。

首先，好男人的标准是什么？天仙子以为，哥哥除了吝啬一点，应当算是个好男人，他对嫂子很好，而且，他那么有才华，有毅力。自从天仙子离婚之后，他那种莫名的敌意也消失了，他现在对她很好，很关心。那天，他主动提到为她介绍男朋友，他说的是那天晚上看西班牙歌舞时看到的那位英俊男士，她奇怪地反问说："他条件那么好，难道至今还没成家吗？"他怔了一会儿哈哈地笑起来："你这个人的观念也太保守了，你管他成没成家，你现在是单身，你要想快乐起来，就要先找个伴，爱情，不是什么深奥的东西，爱情是快乐，懂吗？"她没吭气，真的不知道愤世嫉俗的哥哥什么时候也变得如此开放了，"还有，这不是我的意思，这是他本人的意思，上次他见到你，对你印象深刻，呵呵。"

她闭目想了一会儿，觉得做一个英俊成功男士的情人似乎也不错，何况他老婆在国外，也没有什么不安全，既然全社会都这样了，她也没什么必要苦着自己。

"怎么了，你为什么不说话？"

"那……让他主动跟我联络吧。还有，那个百合是怎么回事，看上去他们像是一对啊！"

"哈哈哈……神经病！百合还是个生瓜蛋子，那样的人才不会对她有兴趣呢！"金马说这样的话，完全是因为百合这么久还不上路，他等得急了，于是决定把自己的妹妹献出去，以解决对自己享有生杀大权的人的生理需要。

看来他们是商量好了，当天晚上，老虎就约她吃饭，他把她约到离他家不远的一个小餐厅里，那餐厅外装修很转，在夜色中发出萤火般暗绿的光，他们走进去，发现里面有一顶从天花板垂下的纱幔，那纱幔制造了一个二人世界，两个服务生穿着华丽，露出不怀好意的微笑，一股淫靡奢华的气息缠绕四周。他们进入纱幔，这才发现纱幔里还有一盏壁挂彩电，正播放着一个老情色片。

地上铺着华丽的波斯地毯。全部都是阿拉伯装饰，她奇怪怎么在这座城市住了这么些年，怎么就从没听说过这么个地方呢？！

有一道道的菜送进来，菜里加了很多阿拉伯香料：肉桂、豆蔻、桃金娘、番红花，还有……曼陀罗花。那一股迷药般的香气让人昏昏欲睡。

"你怎么了？"他问。

"没什么。……你知道这种香料叫什么吗？"

"曼陀罗花。美丽而有毒。"

他竟然知道曼陀罗花！她对他刮目相看了。"我的女儿，也叫曼陀罗。"

"好名字啊。"

"我已经和她……有一个月……不说话了……"她的泪水再也忍不住了，扑簌簌地落下来，他顺理成章地搂住了她。

终于，在那个情色片演到男主角解开女主角的衣裳的时候，他果断地爬到她身上，解开了她的扣子。

6

天仙子觉得对不起女儿。

在片刻的欢乐过去之后，她突然很看不起自己。她决定就此打住，把这件事作为一个普通的一夜情，彻底忘掉。

她给女儿打了一个电话。女儿好像是在一个遥远的地方。听到她的声音，并没有任何情绪反应，好像她们从来没发生过任何不愉快的事情，而且是昨天刚刚见过似的。她说妈妈你忙你的吧，我参加了一个班，在学习。我会给你惊喜的。

"你在学什么，女儿？可以告诉妈妈吗？"天仙子的问话变得格外小心。

她沉吟片刻，说："妈妈，你觉得你有必要知道吗？世间的事多了，你觉得你有必要事必躬亲吗？"

"世间的事很多，但它们跟我无关。和我有关的只有我的女儿，女儿只有一个。"

她冷笑了。"那么妈妈，你是不是也有个人隐私啊？你不会是把所有的事都告诉我吧？"

天仙子的脸一下子热了，难道她知道了？！不，不会的，当事人只有自己、老虎和哥哥，他们两个，都是绝不可能泄密的。

"妈妈，你为什么不说话了？放心，我会在适当的时候去看你的。"

女儿认为适当的时候对天仙子来讲并不是很合适。恰恰在她痛经、心情恶劣的时候女儿回来了。女儿把厚厚的一沓钱放在桌子上。

"你花吧，这是我挣的第一笔钱。"

"你……这钱是怎么来的？"

女儿像平常那样冷笑起来："哼，我就知道，你准是要说这样的话！放心，你女儿就是不当婊子，也能挣来很多钱！"

"你说话怎么越来越难听！这是一个女孩子该说的话吗？！"

"那你说说，一个女孩子该说什么？！"

天仙子一下子无语。

"别不知足了天仙子，不是所有的母亲都能享受到女儿的第一桶金的！你好好享受吧，别问原因！知深水鱼者不祥，我劝你，别给自己找麻烦！"

她说完了，拂袖而去！她这时还不满十五岁，天仙子却觉得她变成了五十岁，成了自己的妈。

女儿穿的是香奈儿时装，少说那套行头也值几万块钱，她是怎么一下子成了有钱人了？！

不，不管有多么不祥，我是她的妈妈，我对她负有责任。天仙子想。

天仙子决定跟踪她，有必要的时候，解救她。

7

天仙子做梦也没想到女儿会到那样一个可怕的地方，做那种可怕的事。

女儿去的是一个极为偏僻的地方，那里像幽冥世界一般安静，穿过一片沼泽就来到了那地方，有几棵树，半堵墙，断壁残垣，远远就能看见那里冒着一股股白烟，再走近些，便是一股浓烈扑鼻的香，几乎把人薰倒。天仙子用衣袖捂住鼻子，从那堵断墙外面向里窥视：

女儿穿着一身白衣白袍，是很旧的那种白，上面布满了肮脏的斑点，她拿着一个杵子似的东西，在一个巨大的罐状的东西里面搅拌，旁边还有三四个和她差不多大的年轻孩子，都在忙活，腾腾热气从那个大罐子里升上来，女儿的脸上不断渗出大汗珠，身上的脏袍子已经被汗湿住了，她这是在干什么啊？！这香气是多么熟悉啊！！难道，那个肮脏的纱幔里的迷香正是来源于此吗？天仙子惊慌地想，女儿，我的用心血护养大的女儿，究竟走了什么路啊？

自那个迷香纱幔的夜晚之后不久，天仙子在坊间听说了一个正在悄悄流传的可怕消息，说是现在很多夜总会和歌舞厅的老板都在悄悄进口一种迷药，药价很贵，但是所有怀着爱情与淫欲的人，都能得到巨大的满足……

天仙子张皇失措，一时不知怎么办才好，冲出去抓她个现行？不，那样的话，以女儿的性格，那么她们的母女关系就要彻底绝裂了，唯一的办法是拿到脏物。天仙子就在那儿等啊等啊，站累了就坐下来，坐累了就趴下去，即便是春天了，可凌晨依然是冷。当清晨的冷风把她吹醒的时候，她看到眼前一片虚无。

难道刚才是梦？不，那些断壁残垣依然矗立，与梦中一般无二。天仙子走到刚才放着罐状东西的周围，什么也没有，那个巨大的罐子，难道只是个可以折叠的简易机械？不对啊，那是很有质感的东西啊！即使不像秦砖汉瓦那么古老，也像个出土文物啊！

太阳升起来了。太阳的光辉如同金箔一般亮亮闪闪，太阳的光辉凝聚在一个点上，天仙子突然发现那个特别亮的点近在眼前，她弯身，那亮点不再亮了，她看清那是一粒白色的结晶，即使离它还有两尺来远，已经要被它散发出来的香气窒息了。

8

终于听见门铃响。

曼陀罗如同幽灵一般飘进来。她从小就是这样，走路没声儿，很让人害怕。但是这一次，她一路飘到了天仙子眼前，手捧着一大束散发着靡香的曼陀罗花，她对天仙子说，妈妈生日快乐！

天仙子想：真的呢，今天是自己的阴历生日，她竟然把这事忘得一干二净，是啊，连阳历生日都懒得过的人，还记得什么阴历生日？！天仙子一时不知说什么才好。她接过花，把它放在客厅那个巴基斯坦花瓶里。然后回转身看着女儿。

这是女儿！她确实是个美少女，她的美是一种侵略性的、张牙舞爪的美，她的眼睛里迸射着夺目的光线，嘴巴上涂着销魂的唇彩。她的紧身裙的底色是法式雪拉同色，上面缀着金色的豹纹，款式一望便知是范思哲产品。配着同样金色豹纹钉珠的高跟鞋、手提袋和颈链，挑不出任何瑕疵，唯一的瑕疵也被她很好地掩盖住了——她的曼陀罗花似的青记被很好地掩盖在了盖住半张脸的头发后面，她美得无懈可击。

"妈妈，你怎么这么看着我，好像刚刚认识我似的。"

"没什么，我只是想起最近流传在江湖上的一个段子：你的一笑使人心跳，你的一看世界震撼，你的一站交通瘫痪，你不打扮已很好看，你一打扮宇宙惊艳！"

女儿笑起来："想不到你还挺幽默的。"

"不幽默怎么办？这年头，不幽默就活不成。哪怕假装的幽默也比真正的悲伤值钱。"

"你又怎么了妈妈？谁又惹你悲伤了？今天是你的生日，好不好别这样？！"

"好好，谢谢你，你还记得我的生日，我已经把我的生日忘了。"

女儿歪歪嘴："难道没什么男士替你记得？"

"你把我想得太高了。你妈妈现在不过是个拖油瓶，什么也谈不到。"

"好吧妈妈，今天我请你吃红海鲜贝慕斯配帝国大龙虾，怎么样？"

"听起来很不错。可是我想知道，你付账的钱从哪儿来？"

"我说过了，你好好享受就是了，不该问的别问。"

"我不知道什么是该问的，什么是不该问的。我只知道，你今天回答我总比明天回答炮局好些。"

女儿一把抓过桌上的花瓶摔在地上，一声巨响，巴基斯坦花瓶顿时粉身碎骨。花瓶里的水滴溅在她的裙摆上，她撩起裙摆转身就走，天仙子抢在她的前头堵住了门，把那一颗亮闪闪的脏物高高举起。

"你回答我，这是什么?！"

本来以为，铁证如山，女儿起码会在铁证面前服软儿，哪怕只是一瞬间！

可曼陀罗几乎是面不改色，只是眯起眼睛，轻蔑地说："这是什么？难道你还不知道？你使都使过了，倒来问我?！让开！你让我恶心！"

女儿推门而去，剩下天仙子瘫坐在地，动弹不得。

第三章

1

从那个看西班牙热舞的晚上算起，我好像已经来到人世间很久了。

天仙子母女成了离我最近的人，但是我从来没在与天仙子的交往中提到过曼陀罗，同样，在曼陀罗面前也从来不提天仙子，这倒不是我学会了什么人类的新的游戏规则，而是，与曼陀罗的交往是被迫的，而曼陀罗的真面目，我并不想向天仙子揭穿。我怕她伤心，她离了婚，已经失去了半条命，如果再失去了女儿，那么她就没有力气再活下去了。我知道曼陀罗在她心里的分量。

可是，有谁比我更清晰地记得那个看西班牙歌舞的晚上呢?！那天晚上回到家里，我突然发现戒指丢了。我吓得面无人色，翻遍了整个房间的每一个角落，待我筋疲力尽地瘫倒在床上的时候，记忆突然告诉我，就在刚才看歌舞的时候，我还戴着戒指！

对，当我表示友好，用手抚摸了一下那个小丫头的脑门儿的时候，我看到她用不怀好意的眼光飞快地看了我一眼，然后像是为了掩饰什么，哇哇大哭起来。于是天仙子领着她先走了。

就是那一眼，我发现她其实和我一样，都不是人类。人类是不会以光一般快的速度拿走任何东西的。我走出房门，走到黑暗中，向着天仙子的家飞奔，但是，当我亲眼目睹了天仙子家里发生的那幕惨剧之后，我无论如何也不敢对曼陀罗下手了。我喜欢天仙子，不忍心她再遭重创。

我只是在第二天上学的路上才截住了曼陀罗。曼陀罗当然不是我的对手，她被迫交还了戒指，但是过了几天我才发现，藏在戒指里的迷药，明显少了很多。

我告别我的国度的时候，妈妈曾经再三嘱咐，迷药千万不可丢失——它是属于我们海底世界的，我们海底世界纯洁得像真空一样。而一旦迷药落入人间，后果不堪设想。

我看到曼陀罗秘不示人的左脸上那朵青色的曼陀罗花了，这让我想起小时候看到的人类奉献给我们的那些曼陀罗花，在月圆之夜，那些花朵在海面上摆成曼陀罗的坛场，闪闪发光。当它们慢慢沉下来的时候，就落在了我们的手上，我们把被海水和月光浸泡过的花朵制成了迷香。这样的迷香一定要心怀纯洁的爱情的人才能使用，像我们海底的人一样纯洁，否则，如果被不洁的人得到了，那一定会造成纵欲和毁灭的结果。我多次找到曼陀罗，她却矢口否认，她一口咬定她没有拿藏在戒指暗盒中的迷药，她说，也许是当时不小心，在把玩的时候掉落了一点。

数年过去，世间的确没有迷药的消息，我只好相信了她的话。

2

我已经学会在人类社会工作了。

自从那个西班牙歌舞的夜晚，老虎和我就恢复了邦交，鉴于前一阶段的不愉快经历，我们两人都变得小心翼翼。我恢复了对他的尊重，他似乎也恢复了对我的信任。有一天，他突然问我，天仙子写的那部新长篇的版权到底卖没卖出去。

我当然知道。这部叫作《炼狱之花》的新长篇几乎被炒到家喻户晓，已经有无数家出版公司在盯着这部书，而实际上我知道，天仙子才只写了前三章而已。

"我们要占有这个题材，懂吗？今天，董事长要亲自见她，谈版权的事，在醉园订一包间，马上就订。那里太火，订晚了就订不上了。当然，你还是得先跟她沟通一下，说服她一定要去。"

我立即冲向天仙子家里，按照人类的说法，在这儿干活好像是"静如处子，动若脱兔"，闲起来闲死，忙起来忙死。如果真的忙起来，再躲闲偷懒那就是"装孙子"了。

天仙子正躺在家里生病。她肚子痛。这是她的老毛病了，每月总要痛那么一次，人类管这个叫作痛经。天仙子的脸色比平常还要差，她趴在那儿，皱着眉头，哼哼唧唧。

"跟他们说，我不去，你又不是不知道，我才写了几章，谈什么版权啊？！他们知道是写什么吗？要是知道我写的是什么，他们就肯定不要了。"

"给点面子好吗天仙子？这次是总经理第一次允许我单独立项。总经理说，先占有这个题材！报纸上不是说这小说是当代绝品吗？那能差到哪啊？再说，今天是我们董事长亲自和你谈，订的是醉园的包房，你可一定不能晾台啊！"

"百合，怎么现在你也会说这些行话了？从我认识你到现在，你可真是进步神速啊！"天仙子讽刺着，"反正不管你怎么说，我不去。"

"不管你怎么说，就得去！"

突然，一个声音在客厅里响起来，是老虎！我这才想起进来的时候忘了插门了。

老虎大步流星走到天仙子床前，当他俯视她的时候我突然有了一个转瞬即逝的幻觉——这两个人好像有着非同寻常的关系！天仙子看到他的时候好像变得柔软起来，而他，老虎，他的脸上竟露出一丝羞涩。当然，这都是刹那间的事，他们的表情很快恢复了正常，但是比正常还多一点点正常，于是就不那么正常了。

当然，也许这一切都是我的多疑，当时老虎向我努了努嘴，我就一个箭步冲了上去，去拉天仙子，嘴上倚小卖小地撒着娇："天仙子好姐姐，求求你了！"天仙子正在挣扎，老虎从另一边冲上来，天仙子几乎被我们绑架着上了老虎的座驾。其实后来天仙子绝对就是半推半就，但是嘴硬的她一直在唠叨着："我不想去嘛！不想去嘛！我肚子疼，状态不好，不想见人嘛！……"

老虎亲自开车，我和天仙子坐在后边，我一直嘻皮笑脸地逗着她，帮她揉肚子，直到搀扶她下得车来。董事长铜牛竟然在醉园门口迎接——这可不是一般的礼遇！前些时，我们拍一个涉案题材，请一位大官到醉园吃饭，董事长也不曾到饭店外面迎接呢。但是天仙子并没有一点点受宠若惊的意思，她淡淡地回应董事长的热情，在我们的一路簇拥之下，总算入座。

她还真是挺有定力的，她正襟危坐，目不斜视，对于投资方的溢美之词，几乎完全没有什么回应。她只是坚持一条："看了全书再说！"

董事长铜牛在 B 城应当算是数一数二的人物，因为他同时还是 A 城的老板。B 城是个很奇怪的城市，一个人如果在外头红了，那才算是真红，如果他的势力范围仅仅在 B 城，那么就没什么令人羡慕的，只有出口转内销，才算是真正俏货——尽管铜牛的长相颇有考古价值，长得有点儿"飞沙走石"，但他的衣着永远是相当的得体，满身肥肉都被顶尖名牌 LV 成功地遮挡了。

美味佳肴不断地上，有一种沙虫鱼翅，简直香到骨头里，说实在的，我对他们之间的这种无聊谈话一点儿兴趣也没有，我只是埋头大吃，直到听董事长叫我的名字，我才陡然一惊。

"百合啊，你可要盯着天仙子啊！她的初稿一完成我们必须在第一时间占有题材！这可是你目前唯一的任务！"

"好，放心吧。"我回答一句，马上就接着战斗起来——真想把这些美味拿给爷爷奶奶爸爸妈妈们吃啊，起码，应当让他们知道世界上还有这样的享受，让他们研究一下，我们海底世界的原料如此丰富，为什么就不能做出好一点的饭菜呢？"

不知过了多久，他们的谈话结束了，我从美食上抬起头来，发现他们都惊讶地看着我，脸上漾着奇怪的笑意。

多年之后，我才从一条短信中明白了我当时的错误：领导夹菜他转桌……

3

总算天仙子把前三章给了我。

深夜，风雨交加，我躺在床上，一页一页翻着打印稿，那稿子像是被风雨剥蚀的老版地图，边边角角都画满了各种符号，让我读起来很不适应。

不知为什么，我总是读不下去，尽管我很早就学会了人类的文字，但是这个晚上我心烦意乱，有一种莫名其妙的东西在向外膨胀着，一下一下地撞着我的身体，在那种撞击之下我的身体变得越来越软，软得就像是浮上了云层……

一阵风吹开了窗子，雨洒进来，冰冷的水滴让我一下子感觉到了什么。一股潮湿的气流闪烁着斑斑点点的星光，我看到，那本羊皮书被风吹开了，像哗拉哗拉的叶子的响声，然后，在一页上停往了。

那一页上，写着这样一行字：

他并不是戒指的主人。

呵，那一股夹在雨中的柔软而温和的气流，自然是妈妈！妈妈又来看我了！她在提醒我，她像过去那样看透我的内心了么？

那么谁是那个"他"呢？近一点的男人，无非就是老虎和金马了。金马，不可能，我对金马没有兴趣，那么，就是老虎了？是妈妈在提醒我，不要靠近他？

那么我究竟该靠近谁呢？当然，天仙子是最安全的，在这个孤独的晚上我迫不及待地想和什么人说话，随便是谁，一种冲动不可救药地在我的体内涌动，我没敢看挂在墙上的表盘，拨通了天仙子的电话。

"……喂，天仙子吗？……我正在读你的书……

"……"

"天仙子你听见了吗？是不是把你吵醒了？"

"……"

"天仙子，对不起，把你吵醒了。我……太孤独了，而且不知道怎么回事，我有点害怕。所以……"

"害怕？那么，我去跟你做伴，欢迎吗？"

"当然，那太好了……"

"不过，你以后不要太信羊皮书上的话。在未来的数年之内，在我们这个国家，会有很多人拥有那枚戒指……你，不可能找到戒指的主人了！

"……你说什么？！……你是谁啊？……你！"

那边轻轻地放下电话。

我害怕起来。很明显，这不是天仙子，这是……曼陀罗！

数年之内会有很多人拥有那枚戒指？！什么意思？！难道是……呵，我不敢想下去了，我打开所有的窗子望着夜空，风雨已经停息，无星无月，万籁俱寂。

4

我决定回一趟家。妈妈说过，在完成使命之前，我可以有两次探亲假。

在这个无星无月的夜晚，我决定回到海底世界。海面上波光粼粼，明明没有星月，那么光是从哪来的啊？难道是海底那些发光的海生物在出来欢迎我？

我脱光自己的衣裳，顿时觉得又回到了以前。只是摘面具的时候十分困难，那张面具像是贴在脸上太久了的橡皮膏，撕下来，竟像是撕自己的皮一般痛。真的出了血呢，下巴的那个地方，毛细血管在渗血。只是回家心切，顾不得疼了，我飞速地潜入海底，一串串的水泡晶莹地冒上来，然后，水母飘着长长的裙裾，海葵、海星们都张开五彩缤纷的饰物，珊瑚的触角几乎碰到了我的鼻子，终于，我的王国出现了，卫士们向我鞠躬，妈妈就站在那儿，我飞跑到妈妈怀里，妈妈却轻轻地把我推开了，妈妈双手捧起我的脸看了又看，然后才吻了我。妈妈的眼睛还是像从前那么亮，只是有一点点忧伤。

"妈妈，我没变吧，妈妈？"

妈妈轻轻摇了摇头，鼻环的光照亮了整个海底，她没回答，就牵着我的手走进房间，在客厅里，爷爷奶奶和爸爸都坐在餐桌前等着我呢。餐桌上摆着我从前最爱吃的糖拌海苔，还有很多随便闯入我们海底世界的生物尸体。我看了却没有一点食欲。

爷爷和爸爸都闪烁着灿烂的笑容，只有心直口快的奶奶说我变了，奶奶说我变丑了，变得越来越像人类。奶奶说算了，找什么戒指的主人啊，还是在海底找个门当户对的嫁了吧。爷爷和爸爸却一致反对，他们说一旦人类向大海求婚海底世界就会有所表示，这是我们这个世界的神圣的规矩，谁也不能违反。何况，这直接关系到海王的和亲计划呢。

"可是，假如人类世界的规矩变了呢？"我说。

他们都放下食物，吃惊地望着我。

"我的意思是说……"

爸爸打个手势让我停止："我看女儿的意思是，人类现在做赝品的本事太大了，什么都能以假乱真，所以……"

爷爷说："真的和假的，还是很容易界定的啊，我就不信，我的孙女会分不清真假！"

"爷爷！你根本不知道，人类社会和我们海底世界根本就不一样，几乎每走一步都有陷阱，而且陷阱周围还都是美丽的鲜花。而且，关键是……我曾经……曾经丢失过一次戒指……"

"什么?！"

他们四人都瞪圆了眼睛。

我低下了头："迷药丢了一些，而且，我怀疑，戒指有被人类仿造的可能……"

爷爷发着抖："难怪，最近人类社会越来越堕落了，这一定和迷药的丢失有关啊！他们并不知道我们的用药量，那种东西，一旦被不纯洁的人使用，就会万劫不复啊！……"

"万劫不复？有那么严重吗？"奶奶抬起厚厚的眼皮。

"当然。这种东西，都是不可逆转的，一旦用了，就再也断不了了，而且，会越用越多……那时候，整个社会都迷乱了！他们的欲望就会贪婪得不可抑制，如果无法满足，他们就会侵略其他世界，包括我们的世界！就拿我们的亲戚鱼类来说，现在我们的分支河流里的鱼类，差不多都被污染了，被他们捉去放在养鱼塘里的，就更惨了，都被他们放入了一种什么激素，为的是让我们的鱼兄弟快快肥起来，然后再被他们捕杀！他们很快就会侵入我们的深海世界了！实际上，他们已经侵入了！……"

"那怎么办啊？"

"……我们只有求告海王了！"爷爷深思良久，慢慢地说。

吃罢了饭，全家一起到了海神柱。海神柱并不很高，但很粗壮，全家人一起合抱也抱不过来。按照海里的规矩，大家都把左手放在头顶上，默默跟随着爷爷念诵祷告词。当祷告词念诵到第八十遍的时候，突然海风狂作，供奉在海神柱上的蜡烛熄灭了，一个声音像是从另一个地方渐渐升起，吓得我毛骨悚然，但是偷偷看大人们的表情却很镇定，我的手紧紧拉住了妈妈，这样我会感觉好一些。那个声音渐渐强大起来："找到戒指的主人，把他带回到我们的世界，一切就会迎刃而解了……"

这个声音，反复说了多次。

回家的时候，我看见他们的心都定了，奶奶把珍藏多年的白珊瑚粉拿出来给我擦眼睛，边擦边说："我的小孙女啊，我的小百合！这是海底的密药，它能帮你辨别真伪，这回就指着你了！不管遇到什么艰难险阻，你一定要找到戒指的主人，把他带到我们的世界来！"

"……听海王的口气，这个人应当在人类世界举足轻重，把他带到我们的世界来，是要和人类世界讨价还价啊！……"

爸爸妈妈一直没有说话。妈妈的眼睛里还是含着说不出的忧伤，我问了，她不说。爸爸把我一直送到大海的出口，他亲自为我戴好了面具，然后悄悄地问有关哥哥的事情。他说，哥哥如果临走前也买了面具，那么我就会认不出他来了，他告诉我，哥哥的脚心上，有着一个记号，是一朵青色的曼陀罗花，那是在哥哥出海前的一个月圆之夜，由人类献给海洋的，有一瓣沉入了海底，镶嵌在了他的脚下，而另有一瓣儿，镶嵌在了一个女孩的脸上。

<h1 style="text-align:center">5</h1>

爸爸的话让我诧异。

我当然立即想起曼陀罗脸上的那块标记——我在人类社会的经验告诉我，人类似乎还很少在皮肤上文这类花纹。曼陀罗实际上是一种神秘的花朵，古印度婆罗门教的湿婆神，手心上有一朵曼陀罗花。曼陀罗每当月圆之夜便发出香气，吸引大批的瑜伽行者。古瑜伽行者们大多消瘦，他们在身体上涂满黑灰，在颈项上挂着一圈又一圈的古德拉什卡项链，双手虔诚地捧着三神一体的符咒，并且缓缓将它举至额际，同时口中吟唱着："本·堂卡尔！本·堂卡尔！"——本·堂卡尔便是湿婆神的别称。修行者们捧的符咒，是一支烟管，它的外形上端稍大，呈圆锥体状，这只烟管在瑜伽是象征着湿婆神的男性器官。

古瑜伽行者们对于植物充满了敬畏，他们在烟管里塞满了罂粟的雌花和洋金花叶，这两种烟草象征着湿婆神的宇宙根本。因为罂粟象征女性而洋金花叶象征男性，两性生殖力同时融于湿婆神，于是，从太古以来，湿婆神就是两性一体及宇宙创造力的象征。湿婆神生于我们的海上，与海王交往甚笃，所以，是他亲自把神圣的迷药配方告诉了海王，而海王出于对我们海内家庭的爱护，给了我们每家一点点，而我，竟然无意中把迷药传播给了人类，这无异于是滔天大罪啊！我没有受到海王的惩罚完全是因为我家几代人的虔诚，但这并不意味着永久不惩罚，我必须找到戒指的主人，必须找到！

曙色微明的时候我浮出海面，这才觉察到风景的改变：海边从前是树林的地方现在变成了工厂和瓦斯槽，夜的芳香没有了，我必须捏住鼻子，海面带有油污、氯和甲醇化合物，当然，还有粪、尿与死去的精液。一定有人造的着色剂毒死着我们世界的鱼。而从前港湾的岸边长满了灯芯草。被毁弃的机器、石灰和砖变成了一片铁锈色，代替了过去原野的纯粹碧绿。那里充满了一种化肥的味道，鸟和昆虫似乎已经绝迹，我默默地站在那儿，为之哀悼。

6

从海底世界返回，我史无前例地给曼陀罗打了个电话。

"喂，最近有空吗？想和你谈谈。"

"这么说，你愿意我去和你做伴喽？"

"不，去你的住所谈。"

"你是说，我家？"

"不，是你在外面的住所。"

她明显怔了一下，然后说："好啊，我成全你的好奇心！"

曼陀罗的住所远没有我想象的那般豪华。甚至可以说，她居所的陈设很简单：基本由铁艺和玻璃构成，在客厅和餐厅之间，隔着一扇秫秸秆编成的屏风，那种屏风我在一个家装市场见过，价钱很便宜。

只是铁艺和玻璃之间，有一叠叠的像画作一样的纸张，叠得很高，叠得很像一件特殊的艺术品。

曼陀罗很友好，领我参观了她的主卧客卧，主卫客卫，还有厨房，只是在参观厨房的时候我偶然发现，在厨房的拐角那里，还有一扇门。

"那是什么？小仓库？"

她淡淡看了一眼："对，用来装各种杂物的。……你看，"她随手打开冰箱，里面放着一盒意式肉酱面和一罐咖喱炒饭，都是冰冻的，"在微波炉里热三分钟就行，咱们的中午饭都有了。"

"你那么有钱，每天就吃这些？"

"谁告诉你我有钱？我妈妈？你别听她的，纯粹的神经病！"她摆出两个茶杯，各泡了一包水果茶。"我妈妈是世界上最愚蠢的人，她要是不那么蠢也离不了婚！"

"应当说，你妈妈是人类社会少有的好人！"

她怔了一下，然后哈哈狂笑："……你！……你可真有意思！人类社会？你怎么这么说话啊？难道你不是人类？"

我知道自己说走了嘴，但我并不想轻易认输，我紧盯着她，一字一句地说："曼陀罗，难道你属于人类社会吗？"

她的脸一下子发青了："你这是什么意思？"

"什么意思你知道，不能这么快就忘本吧？"

她喝了口茶："我不明白你的意思。"

我冷笑一声站起身来，在她宽大的客厅里飘逸着："……上古时代，每逢月圆之夜，人类就会把曼陀罗花撒向大海，向大海乞求爱情……这个故事，你真的一点也想不起来了？……"

她的呼吸急促起来，语速如同冰片一般犀利而坚硬："你到底是谁？！"

我微笑着拂去她的手："行了，发什么火啊。"

她望着窗外。"你说的话让我想起儿时的梦，小时候，我确实做过这样的梦，还不止一次……"

"好了，别装蒜了，你一直在骗我，迷药的秘密你已经泄露出去了，说吧，你从中赚了多少钱？！……好，你不愿意说也行，从今天起，你必须立即停止制作迷药，把现有的迷药全部毁掉！"

她冷笑起来："毁掉？你不是还说过让我还你吗？难道你要停止制作迷药的原因是为了让你独家享有？你既然把迷药说得那么可怕，那么你为什么要当迷药的第一个携带者？"

"闭嘴！告诉你，我自有携带的道理！这个，用不着让你知道，你也没有资格知道！还有，你说过，不久之后，会有很多人拥有和我同样的戒指，这无疑是告诉我，你已经把我的戒指拿去复制了，不过是因为这种戒指工艺复杂，不能一时半会儿制造出来罢了！我可把话说在前面，假如，我发现一个和我同样的戒指在人间出现，你可别怪我无情！"

她古怪的笑容着实让人厌恶。"……不管你是谁，人类的语言你学得还不大好，还没到炉火纯青的程度！……告诉你，复制，是21世纪人类的一大特点。因为人类有了互联网。如果你想在人类社会里混，你就得学会剽窃别人，也得允许别人剽窃你！……而且，说到底，迷药的成分主要是我们的家族，是我们曼陀罗花炼成香精制造的迷药，当然，还有别的香料，可我们是最主要的！要说剽窃，是你们剽窃了我们！"

我真想照着她那雪白发青的脸蛋抽一耳光。的确，我对人类的这一套还很陌生，我应当欲擒故纵绵里藏针什么的，可我一开口就把羊皮书上教我的这些着儿给忘了，照金马的说法，是过于憨直了，我一开口便进一步暴露了我的身份："……剽窃？太可笑了！你们不过是人类献给我们的祭品而已，祭品懂吗？"

她眯起眼睛："……哦……，这么说你来自海底了？你叫白合，这么说你是海百合了？哼，海底低等的生物，也配跟我理论！……"她话没说完，栗色的头发就被我狠狠地揪住了，她并不示弱，返过来用脚尖踢我，当然明显我比她更为强壮，她不是我的对手，看她那副瘦骨嶙峋弱不禁风的样子，我出手又急又快，像跺肉似的毫不留情，毫无怜香惜玉之心。

"唉，唉，百合，……"在我的暴虐之下她终于求饶了，她的小身子骨儿颤抖着似乎快散了架，"百合姐姐，你听我说，……"

她还真说出了一番道理。她说她知道纳米理论，她说21世纪的人类社会注重双赢，这和海洋世界的"共生"是一个道理，她说想和我联手干一番事业，她说我们两人都很聪明不愁事情干不成，最后，她答应帮助我寻找戒指的主人。交换条件是：我允许她制作迷药。当然，她承认复制戒指的事只是一句玩笑——"姐姐，你就不想想，以人类目前的工艺水平，能复制这么复杂精致的戒指吗？！"——这倒是，的确不能，也难怪眼尖的金马，一眼就看出此戒指非人间制造。

对于这个交易，我想了很久，最后我想，也许我很快就会找到戒指的主人呢，到那时再收拾她也不晚，很短的时间，不会对人类造成重大伤害；何况，现在她已经掌握了一部分制作迷药的秘密，只要有药引子，要拦也拦不住。

可我还是忍不住好奇心，问了她一句："告诉你，究竟是什么原因让你这么热衷制造迷药？为了钱？还是别的什么？！你必须告诉我真话，否则我绝不答应。

她的脸发生了奇怪的变化，她的一向凶悍孤傲的目光突然塌了下来，变成了一种无助的凄凉。"百合，"她轻声地说，好像声音大一点就要哭出来似的，"你不觉得这个世界很恶心吗？你不觉得待在这个世界很难很难吗？"

我惊奇地看着她："……你是想逃离这个世界，进入另一个虚拟的世界？……"

"哼，你又何以见得这个世界是真实的？而且致幻性的植物并不是毒品，我没有违法，我只不过是没你那么大的勇气，能够面对这个世界罢了。"

就这样，曼陀罗与我，结成了一种秘不示人的关系。

第四章

1

　　无论是董事长铜牛亲自到醉园迎驾，还是百合说什么花言巧语，天仙子的内心都不为所动。她太清楚地知道影视的戒律：她的书里充满了性的描写与困惑，因为她始终在怀疑，丈夫的出轨与"性"有着直接的关系。

　　天仙子和丈夫童男童女。新婚，对他们都是第一次。然而新婚之夜天仙子便怀了孕。以天仙子的敏感，竟然不到一个月就出现了早孕反应，她没胃口，看到什么都想吐，当然，对做爱更是避之不及，作为一个刚刚被开垦的处女，一下子就要做母亲，无论从心理还是生理，她都完全没有准备。

　　恋爱是谈了好几年了。那时的谈恋爱，无非是看看电影吃吃饭而已，顶多拉拉手抱一抱，连接吻都没有过，因此新婚之夜对他们来讲格外重要。也就是在新婚之夜，天仙子才发现丈夫其实有口臭。现在这种事情说出去别人都要笑掉大牙，但是对天仙子这一茬人，却并非什么新鲜事。天仙子在最初接触"性"的时候毫无快感，可问题是，当她快感来临欲火烧身的时候，丈夫却已经转身而去了。

　　实际上，丈夫阿豹也觉得自己很委屈：好不容易盼到结了婚，可过了不到一个月，天仙子便挂了免战牌。实际上，那是阿豹性欲最旺的时刻，几乎每时每刻他都在想着一件事：性。

那段时间他只要走在街上，就会悄悄地注意女人们，那些年轻的和年老的，好看的和不好看的，时尚的和土气的，实际上，和天仙子结婚之前他只有一点点可怜的性常识，正是新婚之夜揭开了那道掩藏已久的帷幕，他正想进入帷幕演出一场活色生香的戏剧之时，那帷幕又向他关上了！

归根结底出自对性的不了解和恐惧，他们这一代人都是这样的，但不同的是，阿豹想要的东西一定是要得到的。看到天仙子的早孕，他害怕，他不知道性交对一个孕妇到底会造成什么样的结果，而越是害怕，他就越是饥渴难耐。他在街上看到的女人都被他的眼睛剥了个精光，在最难以忍受的时候，他甚至想，哪怕是个保姆，是个农村来的大妈级人物，他也想干！

他一夜夜疯狂手淫，有时勉强入睡之后竟然遗精！他委屈至极长吁短叹，睡在老婆身边遗精的滋味的确非常不好受。眼看着气色一天天灰黄下来，他决定改变，哪怕是暂时性的。就在那时，他接到了时尚杂志罂粟的约稿。

罂粟约他到了一家很安静的咖啡座。在当时，还很少有那样精致的下午茶。他点了一杯英式红茶和一份日式海鲜煎饼，她则点了一杯卡布其诺和一份翡翠提拉米酥。两个人静静地说啊聊啊，后来录音机关掉了，外面的天空渐渐黑下来，小姐为他们点上了蜡烛。他知道罂粟至今独身，他清楚地看见烛光下，她的一对极其惹火的大乳房。

他们的第一次是在一家制片厂废旧的大棚里。阿豹本来也不是什么格调高雅的人，加上急不可耐，那一次把罂粟几乎生吃了，罂粟身上的每一寸肉都留下了他的齿痕。罂粟叫床的声音让远处的居民以为大棚里又在拍家庭暴力片儿。从第一次起，他就彻底离不开罂粟了。他尖锐地感觉到女人与女人的不同。天仙子属于那种中看不中吃的，也许将来会中吃，可那需要极大的耐心来开发，阿豹可没这个耐心。而长着一张小狐狸脸的罂粟，天生就有一种贱性，她懂得极大限度地使用自己的肉体，更懂得如何取悦男人，这对于正在饥渴中的阿豹来讲，极为重要。

而且还有一重是阿豹羞于开口的，是罂粟作为时尚杂志的主编，有签单权，罂粟带他吃遍了北京，从最洋的"蓝玛丽""金汉斯"的鹅肝、蜗牛和牛排到最土的定福庄炸臭豆腐和晋老西小李飞刀，他们几乎三日一小吃，五日一大宴，总有各种名目来支持他们的"吃"，阿豹平时和天仙子清贫惯了，哪经得起这样的糖衣炮弹？！

　　不过尽管如此，阿豹内心还是把罂粟作为一个暂时的替代物，他觉得最理想的状态是：天仙子依然作为妻子，而罂粟则作为一个关系恒定的情人。阿豹这样的盘算，实际上大大低估了罂粟。

　　糟就糟在罂粟绝不是一般女人，罂粟除了长相一般，各方面都很突出。她绝顶聪明善解人意，意志极其坚强，罂粟好像老早察觉了阿豹的意思，她根本不提婚姻的事，只是每一次都让阿豹尽情地满足，无论是性欲还是食欲，而且绝不求回报。但是突然有一天，当阿豹向她炫耀他的美丽女儿的时候，她突然说："假如让你在我和你的女儿之间做出选择的话，你选谁？！"

　　多年以后阿豹意识到，正是这句话成为他们关系的转机。尽管他当时表现得很不理智，可是在歇斯底里大发作之后，胜者却是罂粟。罂粟用理性来对待他的大吼大叫，用韧性来对待他的早泄式的暴怒。在罂粟进行温和的说理斗争的第二天，她突然消失了，手机关机，座机无人接听，简直就是人间蒸发，扛过了一周之后，他慌神了。

　　他到处找她，找到后来简直就是不顾体面了。单位的人说："罂粟出去度假去了。"邻居说："前两天还看见她呢。看见她在附近面馆里吃面。"他像个疯子似的在她住的那个小区附近转悠，结果却是一无所获。

　　踩着那些杨树的枯叶，一道狭长的阳光砸在阿豹头上，仿佛是折断了的宝剑。早上他刮胡子不小心刮出了血，他用手帕绑住下颚，明白一种依恋早已在心里长成了大树，在不知不觉中他的心早已被牢牢控制住了。

2

他突然接到了一个神秘电话。

"你不是一直在找罂粟吗？她在北郊的华清温泉。"

他再问，电话已经挂了。他到处打听，终于找到 B 城北郊的华清温泉。

这似乎是个纤尘未染的世界，细雨如织，飘洒成一首凄迷的曲子，罂粟躺在那儿，犹如一朵睡莲花倾倒于风雨之中。

他第一眼见到罂粟的时候简直惊呆了，她斜倚在温泉宾馆的床上，病恹恹的，却有着先前没有过的病态美，身上穿一件雪青色的丝绸睡衣，恰到好处地勾勒出了她的旖旎身段，她打开那枚精致的银簪，让发黄的长发瀑布一般流泻在地。她的眼神是柔软的，慵懒的，非常性感，让所有的男人一见之下都为之心动。

阿豹被逼向欲望的绝境，犹如一个贪杯者遇见了美酒佳酿，他扑上去，三下两下扒掉她的衣裳，可她却柔软地把他推开了。

"不行。"她说。

"怎么了？为什么？"他急不可耐。

"我做了人流，还没到开禁的日子。"

他惊呆了！世界上竟然有如此伟大的女性！她怀了他们的孩子，却一声不吭，不但不恃宠而娇，而且连一分钱也不要，连一点点麻烦也不打——在那一瞬间，他是真的被感动了，他的泪水就汪在眼睛里，而本来，他以为他是再不会为任何人、任何事掉泪的。

"嫁给我。"

她不语。

"嫁给我，你放心，我会把所有的事都摆平的。"

她看了看他。

"女儿的事我也想过了——我选你。"

他的声音虽然颤抖，但她的确听清楚了。她伸出一只手，优雅万千地拉住他，带着一点儿娇嗔："真的下决心了？不能后悔哟！"

他坐在她身旁："说吧，你打算什么时候结婚，怎么办事儿？"

她斜倚着被子，眼神特别妩媚："结婚对我来说可是头一次，而且，肯定是唯一的一次，我可不想糊里糊涂就把自己嫁了——我们去拉斯维加斯举行婚礼吧，听说好多明星都是在那儿办的。"

他立即点头，这时她提出任何条件他都会点头。三天之后发生的西班牙歌舞之夜事件如有神助——这件事使他在极短的时间内便办好了离婚手续，达到了预期目的。

对阿豹来说，之前的罂粟不过是只蝴蝶，但是这只蝴蝶终于冲破了茧。蝴蝶是花朵的陪嫁，单纯的性变成了真爱。

然而，罂粟机关算尽，却算漏了一件事：阿豹是不可能真正对他的女儿放手的。女儿是父亲的第一情人，曼陀罗在阿豹心中，永远排在罂粟前面。

3

自从把妹妹介绍给老虎之后，金马的日子就开始一点点好转了。原来他打的主意是百合，可没想到百合是个地道的生瓜蛋子——完全不懂人事。

金马奉巨龙之命写一部反腐倡廉的电影。金马请老虎喝酒，喝到酒酣耳热之时，一向过分清醒的老虎也说了一句舌头打卷的话："什么反腐？这不是都是给上边看的吗？腐败是趋势，禁止得了吗？"金马一听此话大喜过望，一连给老虎敬了三杯酒。

但是金马的写作并非一帆风顺，他每一稿出来都要开一个研讨会，而且每次来的人都不一样，所以意见经常相左，搞得金马无所适从，实际上，金马过去写过无数剧本，可惜最后统统毙掉了，无一幸存。有一部已经拍完，眼看要播出，金马已经私下里请朋友来家喝庆功酒了，可万没想到晴天霹雳，上面的领导说了一句话：我们的电影不能表现早恋题材！于是金大编的剧本禁播。金马也曾呼天抢地，做秦香莲拦轿告状姿态，企图打动领导的怜悯心，可殊不知领导们之所以能够成为领导，便是因了他们有着一颗坚如钢铁的心！金马怎么也想不明白自己写的纯情少女与"早恋"有什么关系，她不过是见了个英俊的中年男人，心思动了几动罢了，在剧本上表现的不过是两段 O·S（画外音），连眼睛对视都没有，就更别提什么具体动作了，难道这也算是"早恋"？！实在不行，完全可以删掉那两段画外嘛！但董事长铜牛说：删掉画外，却删不掉潜藏其中的那种思想意识！对领导的话，宁可信其有，不可信其无，宁可矫枉过正，也不能过犹不及，对于铜牛这几句绕口令式的禅语，金马回家后颇琢磨了一阵子。他知道，平时笑面菩萨式的董事长，在原则问题上是从不让步的，不然，纱帽翅也不可能戴得那么稳。

已经年过五十的金马只好哀叹自己的命运了。当然，也免不了骂娘。对喝过庆功酒的朋友的解释是：他的剧本，艺术上是一流的，卡掉他，完全是由于政治原因。于是朋友们肃然起敬。

天可怜见，金马总算是五十年的媳妇熬成婆，老虎终于网开一面，命他写一个反腐败题材的电影《正义永存》。名字便正义凛然，特别适合惯贴假胸毛示人的金大编主笔。金马刻不容缓地写了梗概，顺利通过，然后一气呵成。初稿印成五份交上，当天晚上，五位主管经理便分别给他打了电话，不约而同地赞道：好本子！金马大喜过望，正想高歌"翻身道情"，殊不知一周之后的研讨会上，各位私下里夸赞过他的经理们竟然默默不发一语。金马急得血压一点点往上升，频频向各位领导飞着媚眼，竟然毫无作用，一瞬间他真想立马做了变性手术，好让自己的媚眼多点含金量。

最后还是食堂掌勺的厨子哥们儿杨得水进来请示客饭的时候说了一句："哟，我可是瞅了一眼金大编那个剧本，解气！写得好！现在贪污腐败再不整治，国将不国了！就是女一号写得差点儿，嘿嘿，金大编好像不太会写女的……

在众人的哄笑声中，金马的脸红了又白白了又红，屈辱啊！他金马也算是圈子里的一号人物啊，再怎么不济，也轮不着一个厨子说三道四啊！金马觉得自己的自尊心被踏到了泥里，正一点点地被人往下踩，他真想立即站起来背起包就走，可看看那些领导们如泥菩萨一般的脸，他还是被镇住了。他觉得自己就像被压在雷峰塔下的白娘娘一般孤立无援，楚楚可怜。

其实厨子倒是帮了金马的忙，不但活跃了气氛，还让领导们找到了一个又好切入又无伤大雅的突破口。"是啊是啊，我也是感觉到金马同志写女性差一些，"铜牛温和地说，"你怎么看，老虎？"

一直伏案做沉思状的老虎这时如梦初醒般开了个玩笑："我也是在想这个问题，百思不解：金大编的桃花运历来不错啊，难道是犯了桃花劫，因为过于了解女性却反而不知道怎么写了？！"老虎的妙语立即引来哈哈大笑，金马也不得不跟着笑，但是他的笑却是比哭还难看。

第一次研讨便在关于桃花运的讨论中结束了。接下来是第二次，第三次，第四次……直到第九次，九易其稿的金马再也无法忍受了，他对着那些泥菩萨式的脸大吼了一声："你们到底要干什么？！"

直到这一声吼，轮奸式的折磨才告结束。

4

天仙子觉得自己的日子过不下去。

天仙子想啊想啊，觉得自己真的没犯什么过错，为什么老天要这么惩罚她，每天形只影单的，连鬼都不上门。而且，连电话也越来越少了，天仙子装了来电显示，生怕漏掉了什么电话，可是，每每她出趟门儿回来，来电显示上却什么也没有。慢慢的，天仙子好像不会说话了，她变得一开口就紧张，心会狂跳，血压升高。过去，她总是觉得一个人静下来会有很多东西可写，可现在，她独自一人在房间里转着，就是写不出一个字。倒是乱七八糟的东西会充斥在她的脑子里，煮成一锅糨糊。

她会做些恐怖的白日梦，她梦见自己被人割了舌头，嘴里满满的都是血，有一辆黑色的甲壳虫一样的车在追她，她知道那就是恐惧，那种恐惧竟然逼着她跳过十多米的围墙和栅栏，那辆车里还发出各种奇怪口音的呼喊，她奔进树林，可是这里的树全都秃了，树根上长满青苔，她看见太阳从黑色的云块间落下，听见砾石在车轮下发出嘎吱嘎吱的声音——声音近在耳边，她大叫一声醒来，汗水已经把衣裳湿透了。

她会接下去做梦：终于，她看见一座建筑了，螺旋式的。旁边还有榛木的小房子。她看见小房子外面挂着几件香槟色的胸衣，以为是废墟中的神殿出现，但是马上就有戴着面具的人，开始在她的身边狂舞，她舔舔舌头，马上惊诧地感觉那舌头真的没了！她看到了，但触觉不是她的，知觉更不是她的。她在梦中告诉自己是在做梦，但她害怕睁眼，怕一睁眼就看到死神黑色的肋骨。

终于她相信自己正面对电脑坐着。她进入邮箱，有个邮件跳出来，一打开，竟是境外的一个色情网站。她呆了。过去和前夫在一起，倒是看过些三级片，为了给房事助兴。但是从来没有这样的图片和视频！那些图片对她来讲充满了巨大的前所未有的刺激，她觉得自己的膀胱开始发涨，周身的血流开始涌动，从来没有过任何恶习的她，开始学着自慰，但是自慰的结果，却是更加的难受。天仙子一天到晚沉溺于自己营造的大水之中，拼命地抬头呼吸，其结果却是更加沉沦。有一天，她觉得自己的心脏开始憋闷，她照照镜子，自己嘴唇发紫，眼眶发黑，已经不行了的样子，就突然想起一个作家，也是在出现了这种样子之后，大叫数声而亡。对死亡的恐惧让她顾不得矜持了，她需要一个人，需要一个活生生的男人，她拨通了老虎的电话，老虎在那头沉吟了一会儿说，一小时后到。

她开始拼命地打扫。一个小时的时间，她需要倒垃圾换衣裳除尘化妆，果然时间紧巴巴的，当她还没来得及抹唇膏的时候，门铃已经响了。

老虎的脸没有一丝笑容。坐下来，缓口气，喝杯茶，茶杯一扔，就猛然抱住她，扒她的衣裳，她吃惊地看着他，觉得这个男人好像应当还有没有完成的东西，但是老虎绝对没有前戏的意思，他一口咬住她的乳头，另一只手就去扒她的内裤，而她这时候还完全没有准备，他在她还没有准备好的情况下进入了，进入的那一刹疼得她全身发抖，她自己也不懂得自己为什么在生育之后依然对性交充满恐惧，在他的不断抽送下她才慢慢有了体液，而她刚刚来了兴致，他却像是故意造成时间错位似的，心满意足地出来了。她躺在那儿半天说不出话。

老虎就像在自家一样去厨房打开她的冰箱，拿出一块月盛斋的酱羊肉大嚼起来——那是她给自己明天留的中饭，她懒得做饭，一人的饭没法做，菜不好买。

她冲洗自己，故意洗得很慢，好避免和他说话。他开了电视，边看边吃，还大声跟她说着什么。水声隔断了他们的世界。她在想，难道自己要的就是这个吗？是这个吗？！她再次看不起自己。莫名其妙地，她的泪水慢慢流下来，她在水雾里使劲吐唾沫，好把刚才他伸进去的舌头上带的什么吐出来。

是的，她的舌头，已经在梦里被割掉了，满嘴是血的感觉似乎还停留在舌尖上，可是什么时候又长出来了？

老虎实际一直在说《炼狱之花》，他说他希望天仙子能够尽早把稿子交出来，天仙子模模糊糊听到炼狱之花四个字的时候，就嚷着说她的稿子还早着呢，即使交出来，他们也未必能要。

难道他是在为炼狱之花而"舍身取义"？是啊，新官上任，他太需要一些能够奠基的作品了，但是这与天仙子的内心世界毫无关系。

老虎心满意足地走了，对着电脑她继续做梦：她梦见自己在照金属做成的镜子。依然不能说话。被什么压着，喘不上气来，她想喝口咖啡，但是小酒馆柜台下的罐子里，放着的是骨灰。

5

对百合来说，人类的种种规矩真是太奇怪了，她觉得自己被憋得难受。

以前在海底世界，有什么就可以说什么，而在人类世界却恰恰相反，想什么，一定要说出相反的话，才能赢得喝彩。糟就糟在百合既想说话又想赢得喝彩，那么就只好说假话。然而说假话其实是一门学问，因为一开头说假话结尾就必然需要呼应，而且牵一发而动全身，假如开头说了假话，那么所有的细节都要照顾到，有一点儿破绽就要通盘穿帮。这对于百合来说，的确难度极大，但她乐于尝试绝不排斥。每逢说出了一句假话而没被人识破，她心里便有一种孩子般的窃喜。特别是，在她和曼陀罗的交往中，她更多地是斗智斗勇，后来她才明白，在漫长的岁月里，对于曼陀罗，她好像始终在防范着——而在天仙子面前，她不由自主地要说真话，哪怕真话是多么不可接受，在实在没法说真话的时候，她就只好保持沉默。

毫无疑问她是懂得爱情的，在海底世界，爱情是一件简单而快乐的事。爸爸看中了妈妈，就把自己的名牌交到妈妈手上，如果妈妈也愿意的话，就在三天之内把自己的名牌交给爸爸，他们就可以在一起了。就这么简单得令人乏味，而且，他们会忠于对方一生一世，而绝不会像人类那样，碰到一点诱惑便改弦更张。

而人类世界的爱情，简直太复杂了。照羊皮书所写，人类的爱情，不是靠真正的两情相悦，羊皮书说真情是最脆弱的，简直不堪一击，如果爱上一个人，绝对不能轻易表达，尤其不能和盘托出，那样会"非常危险"，一定要先试探对方的意思，几个回合之后，才能在"最不经意"的时刻表达，而且在男人女人之间，主动与被动，控制与被控制的角色转化是极为重要的。百合想，天哪，这哪里是什么爱情，简直就是一场战争啊！她越是熟悉天仙子，就越是怀疑：这书是天仙子写的吗？不对吧？天仙子是很单纯的一个人啊！

很久以后，她终于壮着胆子说出自己的疑问，得到的回答是肯定的。天仙子说的确是她写的，是她的成名作，可惜，天仙子说她自己是个"叶公好龙"的人，她写了这些，是她头脑里的领悟，而在实际生活中，她不但不会使用这些伎俩，相反，她简直就是个弱智，而且，永远栽进同一个坑儿里。

百合可不愿像她这么活着，百合想，既然来人世一遭，就得活得有模有样，精彩纷呈。就说眼前吧，对老虎那种朦朦胧胧的感情，就特别让她神往，她甚至想一辈子都不戳穿，就要羊皮书上说的那种"镜花水月"的感觉，这样，她会觉得每天的生活都非常美好。即使是有一点波澜，她也会觉得是微风吹皱了彩虹映照的水面，白雪在山上的阳光里闪耀，面对美景她会榨一杯雪梨汁，但她不会喝，她怕喝下去甜蜜就会消失在肠子里。她走到院落中，看着百叶窗上的白漆已经在剥落，太阳耀花了她的眼睛，这时她会和邻居的女孩一起打网球，怀揣着一个秘密，那就是她的戒指，她的奇异的花朵纹章。

她会趁着打球的时候偷偷瞥一眼她的戒指，它还在，没有任何被仿造的迹象。网球在天空中飞得很慢，如此辽阔的天空下，有了太多的静默。

傍晚她偶尔会去参加一个叫作单向街的读书会。这个城市里涌出越来越多的作家，如蝗虫一般把各种粪便似的思想往年轻单纯的女孩们心里倒；另外一些时候她会买一张音乐会的票，音乐厅被挤在这个城市的一隅，周围全是施工工地，她的耳朵会从嘈杂的施工声中辨别出莫扎特的音乐，偶尔会看到舞台上闪亮着一列金缏装饰的高领子，在假发发粉的包装中，假扮的音乐神童会出来亮相。

不过此时的百合依然很幸福，起码，人类社会满足了她巨大的好奇心，她无论在哪儿，总觉得天空是彩色的，就像她家门前的院落，即使是凋谢的大丽菊，也会泛出令人意想不到的衰败的紫红色。她会在阳光充足的时候，把一瓣盛开的夹竹桃夹进羊皮书里，做成植物标本，她喜欢植物干枯的过程，她不觉得那是一个凋谢的过程，相反，她觉得越枯澹越美丽。

6

曼陀罗在一个偶然的机会发现了一个与戒指有关的重大秘密。

这个十五岁的女孩一直没闲着，她一直在探索：那戒指上的花朵究竟是什么花？戒指暗盒里的迷药究竟是什么致幻性植物的粉末？！

她已经与时俱进地成立了一个专门制作迷药的地下工厂，抛弃了过去的那套原始方法。她也曾试图仿造那枚戒指，但是难度实在太大了，她为此投了一笔巨资，几乎倾家荡产，但最后的结果依然是：失败。

　　她曾经以为，那粉末如同百合所默认的那样，正是曼陀罗花制成的迷药，然而却不是。她提纯了一克曼陀罗粉末，用纯金的天秤称了一下，接着又称了同一重量的来自暗盒的粉末，最后倒上专门用于测定迷药成分的淡蓝色药水，不可思议的事情发生了——那些纯粹的曼陀罗粉末变成了浅苹果色，而暗盒中的粉末则变成了一片银白，然后迅速地结成了块垒。

　　她发了几秒钟呆，想起自己一直以来的怀疑，是的她从一开始就怀疑这是不是真的曼陀罗迷药。她飞快地想象了两种可能，要么就是百合在骗她，而更大的可能是，连百合也不知道这迷药来自何方，很可能根本就是藏在戒指里的来自人类的迷药。也有可能与戒指上的花朵有关系。

　　曼陀罗早已精通迷药的种类与作用，尽管种类像植物一般繁多，却有着共同的对心理致幻的作用，它使疲于奔命的人身心松弛，就像是一桌色香味俱全的大餐，会勾起人们视觉、味觉和嗅觉的全面享受，那种扑天盖地的感受，足以压倒一切人类的情感。

　　她想，最关键的就是这朵奇异的花了——为了制作迷药她收集了无数植物，唯独没见到过这种花。

　　曼陀罗于是毫不犹豫地踏上了危险的旅程。她坚信随着神的指引，她会找到这种奇异花朵的诞生地，而一旦找到，她也就会顺理成章地找到这种特殊的迷药。

　　曼陀罗决定用最省钱的方式环游地球。她坐最廉价的火车和灰狗，从一个城市转到另一个城市，她听惯了车站地板上小孩的哭声，看惯了布满皱纹的脸上的哀伤，有时一觉醒来，正躺在某一个国家展翅的纪念铜像下面，这时候她就会向路人要一颗烟，深深地吸上一口。

　　她找不到丝毫迹象，每当她绝望的时候，她就会在自己的手腕上拉一道浅浅的血痕，学着中世纪巫婆的方法，把血涂到丛林的叶子上，试图从叶子上找到什么咒语。有时她会租辆车，开进实验室附近的停车场，从车里偷窥白色实验室里那些神秘的器具。有时候她会认错房子、街道或者楼梯，透过钥匙孔窥视，发现每间一样又不一样的厨房。饿极了的时候，她会按响门铃，用古怪的神情向站在面前的人要一块面包吃。

她的足迹冻结在很多国家的很多条小路上，脸上的那块青记更加明显，她索性就那样裸脸示人，接受雨滴的鞭打。她有时会睡在废弃的工厂里，可是有一次，她看见一个士兵拿来一桶汽油，另一个准备点火，她跳起来，用风一样的速度跑开了，她刚刚停下来，就听见身后巨大的爆响。

那是深夜，她觉得自己很可能迷失，她穿过被遗弃的果园、葡萄园和长满荆棘的堤岸，靠着萤火虫的小灯笼和飞过的流星照明，听见下面急流吼叫，有崩落的雪和着阴冷的硫磺的颜色滚滚而下。

终于在冰天雪地里她看见了一列火车停在车站。而月台上空空如也。

7

曼陀罗寻找迷药的过程就像是一部匪夷所思的动画片。因为这一切毕竟离现实太远了。她知道自己必须从此缄口不言，因为即使说了也会无人相信——她坐上那列空无一人的火车，火车只走了一站就停了下来。她只好走出来，不知身在何方。

好像是乡村。四周是荒野。远远的，有锯木场和森林，有一条河流经那儿，在草地和堤岸之间，有高大的蕨类植物，她习惯性地吸了一口，没有什么异味。她穿过那些植物，终于看到一座城堡。远远便能听见萨克斯的乐声，看到那张大桌子，她才意识到自己实在是太饿了！她一头扎进去，大口喝着蜂蜜和葡萄酒，再咬一口喷香的松饼。

没有人管她，当她抬起头来，却发现那些跳舞唱歌的人都似曾相识——他们是玛丽莲·梦露！约翰·肯尼迪！马龙·白兰度！葛丽泰·嘉宝！甚至哥白尼！迦利略！还有凡·高！塞尚！那个长着长长白胡子的老人，不是托尔斯泰又是谁？！还有那个矮胖的家伙，分明是巴尔扎克啊！

　　她觉得自己被梦魇住了，为什么她见到了他们，她在梦里都意识到，他们虽然伟大，但到底是死人啊！

　　不过他们都像是根本没有看见她，继续在那里欢歌狂舞。她急急地穿过一条回廊，走进庄园的深处。

　　被灰纱掩映的窗帘里，正在上演一幕戏剧：一个贵妇模样的女人，正在把她的情人放倒在床上，在情人的身体各个部位涂抹着香精。窗外的曼陀罗用她超级发达的嗅觉，判定那香精中有紫罗兰、豌豆花、忍冬花、柠檬油、风信子、鸢尾花和丁香，还有要命的金雀花、石南花、铁线莲和野玫瑰……天哪，她觉得自己隔着窗子已经几乎被薰倒了。

　　那女人是在杀她的情人！一定是的！谁也无法忍受这许多致命的香精，这种香精的浓度比一般迷药还要厉害，果然，那男人已经躺在贵妇的怀抱里无法动弹。

　　曼陀罗突然意识到，自己的机会到了！——如此精通香料配置的人，怎么会不知道暗盒里面真正的迷香成分？说不定，还会知道那奇异的花朵！

　　这时，这座未名城市的拱廊、过道和大理石广场，恰恰被晚霞染得鲜红，衣衫褴褛的乞丐们集体出动，蜂拥着去吃那张大长桌的残羹。虽然是残羹剩饭，到底是被名人们吃过的，也足以令人敬仰了，当然，已经死去的名人总比活着的更有价值。

第五章

1

天仙子写得实在是太慢了。我每天都在催她——我这么做可不是人类说的什么敬业，我是在找理由与老虎交谈，谈天仙子的书，就成了我和老虎通电话的理由。从天仙子的书谈开去，老虎成为我无话不谈的朋友。而且，我特别盼着有一天，他能突然对我说点什么。

有一天，老虎十分郑重地把我叫到他的办公室，对我说，不能光把宝押在这一个戏上，得想办法再抓一个戏，抓一个境外拍摄的戏。说这是上面的精神。人类所指的上面无非就是哪一级的领导。我表面上很认真地听老虎讲着，实际上我在悄悄地看着他那英俊的脸，琢磨着他的长长的眼睛，高高的鼻梁，棱角分明的嘴唇，我简直看得入了迷，以至他在跟我商量什么的时候我还在点头。

"你在想什么呢？"他的嘴角露出讥讽的微笑。

"没……我没想什么……你说什么？"

"还说你没想什么！那你怎么没听见我说什么啊？我在说，咱们做境外拍摄的这部戏，最好是一部女人戏。真正的女人奋斗史，最好是推出我们 B 城的阿信，要阳光向上，不要那些乱七八糟的，懂吗？"

我点了点头，其实我一点儿也不懂。不懂得他说的"乱七八糟"

是指什么，更不懂什么是"我们 B 城的阿信"。

"像咱们这样的大型国企公司，一定要保持品格，无论社会上搞什么名堂，咱们都要坚守。"

"坚守什么啊？"我迷惘地看着他。

他惊奇地看了我一眼，露出一种哭笑不得的表情："喂"，他说，"你是在真空里活着呢吗？"他皱着眉，上下打量着我，突然冒出一句话："百合，有时候，我真的觉得你有种很奇异的气息，真的，要是过去，说不定我会喜欢你……"

我很想问一句，那现在呢？可我忘了羊皮书上是怎么写的了，在这种情况下，该不该问这样的话，这样的话，会不会让人觉得愚不可及……在我犹豫的时候，他已经转成一副若无其事，坚不可摧的面孔了，好像刚才那一点点带着柔情的话语不是从这个嘴巴里说出来的似的。他说百合，你现在必须马上做一件事：找一个境外作者，为我们写一部境外拍摄的电影。据我的情报，现在很多公司都在蠢蠢欲动寻找境外合作了，我们要走在前面。

这回该轮到我皱眉头了："……可是，我上哪找这样的写手啊？我怎么会认识这种人啊？"他笑笑："很简单，天仙子。天仙子肯定有这样的朋友。"我本来想问，为什么你不找她啊，你不是也认识她吗？可我又忍住了。哦，羊皮书！羊皮书上好像说，凡是在这种情况下，领导们都不会亲自出面，领导们一定要装作若无其事的样子，领导要指使小卒子做这样的事。好吧，我找天仙子，好吧我找。

天仙子倒是好说话，立即介绍了一位从外邦来远东旅游的小姐，叫作番石榴。在这座城市北面的一间茶舍里，我和老虎一起会见了番石榴小姐。已经是深春了，番石榴穿一件薄毛衣，不一样的是，她的领口开得极低，露出了一半乳房。我看见老虎的眼睛不时瞟向她的乳房，我愤愤不平地想：哼，她的乳房，比我差多了，只不过她敢露我不敢露而已。我一定也要买这样一件低领的薄毛衣。我问她，这毛衣在哪买的，她回答："在我生活的摩里岛。"她这样回答的时候眼神里带着一种暗暗的骄傲。我暗想，这辈子我一定要去趟摩里岛，她好像听懂了我的心里话似的，似笑非笑地看了我一眼，说:"将来你去摩里岛，我带你去买，我看 B 城这里好像还没什么这种性感一点的衣裳。特别是春秋装。"她当着老虎说这样的话，简直是肆无忌惮，然而老虎似乎司空见惯似的，一点儿也没觉得别扭，倒是我害羞地低下了头。

那晚会见的收获，是番石榴推荐了一个叫小骡的摩里岛编剧。"他是我们那里唯一的编剧。"她说。然后她扭了扭腰肢说出了她的条件:在这部剧中演一个角色——由于她并没有强调演什么角色——龙套也算角色，所以精明的老虎毫不犹豫地答应了。

2

没想到的是，我很快就有了一个去摩里岛的机会。

这要归功于曼陀罗，曼陀罗说她的迷药生意越做越大，一直做到了摩里岛。曼陀罗说摩里岛土著秘藏有一种特殊的迷药，她说我应当感谢她，是她的发现让我洗清了罪孽——迷药并非海底才有，人类世界的某些密地早有迷药，她现在想做一种实验——那就是，把两个世界的迷药结合起来——那将是一次划时代的创造，是人类想象力所能达到的最为迷人的梦想。

不过她费尽心机也拿不到。她说能拿到迷药的只有我。

我问为什么，她说在电话里说不清楚，等到了再解释。我依然不吐口，最后她拿出了杀手锏，她说你不是让我帮你找戒指的主人吗，告诉你，很可能就在这儿。

我生平没有坐过人类的飞机，第一次坐就到遥远的摩里岛，说实话我很害怕，我不知道怎样买票，怎样到机场，带些什么东西，我想去问天仙子，可曼陀罗不让。曼陀罗说此事绝密，不能告诉任何人，她在电话里向我发号施令，让我到 B 城民航大厦买票，说一定要买往返机票，这样会便宜些，回来的日子一定要 OK 而不要OPEN，现在这个季节有可能买到打折票，这样也就更省钱了。然后，她让我准备一只箱子，最好是拉杆箱，她说不要带太大的箱子，但是一定要能放下一盒稻香春的点心。因为这里的土著居民非常喜欢这种点心，她也是无意中带了几块这种点心，结果被人一抢而空。

后来我终于知道她为什么非让我带上这种土著人喜欢的点心。原来依然是迷药问题。摩里岛的土著们个个结实壮健，曼陀罗的迷药因为先天薄弱而缺乏力量，对付一般人还行，对付摩里岛的土著可就差点儿事儿了。所以，把迷药放进香喷喷的点心里来诱惑他们，是曼陀罗一厢情愿的想法。

五月的摩里岛，气候已像远东三伏。但却绝不闷热。它热得爽，热得透亮，因为有海。远远地从飞机上看过去，摩里岛如海市蜃楼一般，美得令人惊叹。在领略了摩里岛特产黑珍珠的炫目光彩之后，我开始了摩里岛一站最精彩的节目：摩里文化村之旅。

文化村有七个部落。七个部落有七种风俗七种文化。当我乘着一条独木舟划过静静的水面时，各个部落穿着民族服装的土著人乘着同样的独木舟穿过那些奇异的热带和亚热带植物，漂过水面来欢迎我了。我忽然想起了我出生的海底，这里就像我出生的地方那样，依然保存着天真未凿与混沌未开的美丽。

那水如蓝丝绒一般厚重而深湛，越发显出水边绿叶扶疏之中大红扶桑的艳丽。那些颜色都是纯粹的天然色，包括摩里岛的姑娘，都是那么纯粹，那么天然，她们用各种鲜花编织成花冠花环，戴在头上颈上。头上的花不是随便戴的，若是已婚，戴在左边，若是未婚，戴在右边，戴在后边有孔雀开屏的意味：等待追求；千万别戴在前边，那样就会被人认为是傻瓜了。

各个部落都用最精彩的节目来欢迎游客，精彩之最的，要算莫里亚酋长的表演。这是个真正的表演大师。即使我们海底最好的演员也无法与他媲美。他个子不算太高，但极壮硕。头上扎一圈用薄荷叶编成的冠，上身赤裸，腰下围一圈兽皮，身上别着弓箭，英武之外透出几分狡黠。出人意料的是，他讲一口极漂亮的英语，同时会四国语言。他大手一挥，便有一个土著人如灵猿一般四肢并用攀到一棵椰树顶端，扔下一颗成熟的大椰子。那距离起码也有二十米，酋长却稳稳地单手接住，这一系列令人眼花缭乱的表演激起了热烈的掌声。

酋长接着把椰子和一把锤子递给身旁的一位黄头发蓝眼睛女士，女士竭尽全力，椰子纹丝没动。酋长微微一笑，像变魔术似的把椰子一举，又在膝上轻轻一磕，椰壳从中间裂开，早有乳白色的椰汁流下来。又是一阵热烈的掌声。接着是授花冠仪式。酋长叫了三个姑娘，先赠给她们每人一串花环，都是摩里岛的鲜花，沉甸甸的足有上百朵，然后按摩里岛礼节让她们每人吻他一下，他再授冠。这花冠上的花朵是不同的，鲜红的扶桑最上乘，其次是一种浅黄色的花，再次为白色花。第一位个子矮，因他站在高台上，她怎么也够不着他，姑娘急得抓耳挠腮，酋长抱着胳膊一点儿也不配合，一边还半是嘲讽半是怜悯地摇着头，大家哄堂大笑。第二个姑娘很干脆，根本没有那么多啰嗦，冲到石台上抱住酋长便亲了一下，酋长夸张地做着手势，大家几乎笑倒。这时我看到了番石榴！她红着脸站在那里，不动，一副惹人怜爱的样子，酋长情不自禁地弯了弯身，我看着她颈上的花环，蓦然心生一念，遂大叫：套啊！番石榴敏捷得令人吃惊，她瞥我一眼，一扬手，早把颈上的花环直接套到酋长的脖子上，还没等他反应过来，她使劲一抻，他下意识地一低头，脸上早响起一声轻吻。大家捂着肚子笑，又鼓掌又跺脚，酋长哈哈大笑，鲜红色的扶桑花冠自然属于番石榴了。

曼陀罗对我傻乎乎的样子十分不满。她说百合你怎么对什么都像着迷似的啊？这样的小儿科游戏有什么看的啊？这不就是酋长利用职权和女孩子公开调情吗？话还没说完，后面就有人递过来一枝鲜红的扶桑花，一个甜腻腻的声音说："谢谢你百合，谢谢你刚才帮了我。"

正是番石榴，她夹进我和曼陀罗中间，与我们并排走着，我看见曼陀罗对她一脸不屑。我接过花，闻了闻，发现花心里有一种前所未有的迷香，即使是在海底我生活过的王国里，那香气也是上乘的。

我和番石榴聊得开心，曼陀罗完全被晾在了一边，她的脸色越来越阴暗，最后，我邀请她们一起到我所住的威基宾馆里坐一坐，番石榴欣然答应，曼陀罗却气呼呼地走了，说中饭时再找我。

我觉得番石榴当得起这个名字，假如我没有记错，那应当是羊皮书里一个外邦女子的名字——和曼陀罗一样，也是一种美丽的致幻性植物。我把带来的稻香春点心拿出来给她吃，她吃了一块说好吃极了，然后就一块接一块地吃起来。看她吃的香喷喷的样子特别让我快活，我笑眯眯地看着她，她有模有样地把形状各异的点心放进小嘴里，然后不慌不忙地吃着，偶尔用淡红色的小舌尖舔一下嘴唇。到曼陀罗来找我一起用午餐的时候，巨大的稻香春盒子已经空了。

曼陀罗如母狼一般嚎叫了一声，把娇滴滴的番石榴吓了一大跳。

3

漂亮的女孩都自恋，番石榴自然也不例外。她家境富裕，每天的生活是上午睡到自然醒，差不多已经是十一点多钟，然后梳洗打扮，最烦琐的是要每天粘假睫毛，这种假睫毛与 B 城完全不同，它完全可以以假乱真，而且还散发出诱人的迷香。它需要化妆者有足够的耐心，一根根地把它粘在自己的睫毛上，略带弯卷的睫毛就像蝴蝶须一般美丽，以至于下眼睑上都会有着重重的阴影。

然后她会化彩妆，做雕花指甲和手腊，有时还会去摩里岛最好的美发厅去接发。她会看着我诚恳地说：百合，你为什么就不能稍微化点妆呢？你这样的脸形会非常上妆的——她的论调与金马如出一辙。

她提出请我做 SPAR，是摩里岛式的，与 B 城的完全不同——这是一个巨大的诱惑，我没有拒绝。但是因为她的馋嘴，我们的计划被迫改变了。

她真是个倒霉的女孩，不过是吃了一盒点心，就要戴罪立功，只身打入摩里岛土著内部。

曼陀罗的冷血真是令人发指。为了得到那想象中的迷药，她嘱咐番石榴必要时要有"献身精神"，一个女孩的贞操难道只顶得上一点迷药吗？我狠狠瞪着她，她的目光却滑向别处。当天晚饭后，曼陀罗一直把番石榴关在房间里，亲自为她化妆，曼陀罗在她的鼻影和上眼皮上抹上金棕色，眼尾到眉尾的地方用紫色银粉压下去，唇彩涂上冷调的冰紫色，指甲用了莹光色。曼陀罗狠狠看了番石榴两眼，仿佛忽然发现了什么似的，又开始为她准备服装，一身莲青色的晚礼服，高领裸肩，莲青色透明镶银嵌珠高跟鞋，再配上一支乳白色的马蹄莲……

番石榴对着镜子的时候，已经不认识自己了。

曼陀罗得意地望着自己的作品，冷冷地说："一个人应当懂得扬长避短。你看这样一来，你看上去至少高了三厘米。你的胸一般，锁骨也不漂亮，但是肩很美，所以应当选择这样的款。像你过去那么穿，真是很可惜了。"

番石榴一下子对曼陀罗崇拜得五体投地。在兴奋地转了许多圈儿之后，她为我详细介绍了那个叫小骡的编剧。据说他是摩里岛上的第一代远东人的后裔，他的祖先，便是个很有性格很有特点的女人，不如趁着今晚叫他来找我，而她，今晚另有任务，她含羞向我微笑，她说百合我去了。还没等我反应过来，她已经轻移莲步，绝尘而去。我转过头来看着曼陀罗，目光中不乏谴责，曼陀罗却像根本没看到似的，鼻孔朝天，高高地扬起了下巴。

4

小骡生得怪怪的，他挺白，不像当地土著，两只眼睛像圆规画的似的那么圆，翻鼻孔长下巴，笑起来很憨厚，他叫我姐姐，可实际上他比我大得多。小骡说，他现在掌管摩里岛唯一的一份土著报纸，他还把包里的报纸拿出来给我看，上面图文并茂，有各色人等的头像，其中还有那个酋长的。小骡说这份报纸是酋长花钱办的，所以每一期都要有酋长的消息和照片。

原来如此！

小骒给我讲述了他祖先的事：

他的祖先——那个第一个来到摩里岛的东方女人，名叫珍珠。珍珠家里穷得只有一条被子，十六岁那年父母双亡，出去打柴时遇见盗匪，遭受了凌辱，后来被卖到南洋的妓院，却又因不是处女被退了回来，被一个厨子所救。一位宗族老者要做大寿，召回海内外同宗之人，其中有一位是在海外发了大财的，他说他去的国家叫摩里岛，遍地黄金，最有诱惑力的，是可以同时娶五个老婆——这让在场的所有男人都跃跃欲试。就在这时机会来了，一位来自摩里岛的庄园主霍尔来到此地，要招收一批在橡胶园劳动的廉价猪仔。一下子，几百人都报了名，最后选定二百条精壮的汉子，厨子也是其中的一个——至于珍珠，是偷偷溜上船的，在半途被发现了，霍尔不能把她赶下海，只好气冲冲地默认了。不过厨子绝佳的厨艺很快赢得了霍尔全家，珍珠也沾了光，可以不必去橡胶园劳作而待在霍尔家里做女仆。但是好景不长，厨子竟传染上了麻疯病，被驱逐到麻疯病山上。当时他和珍珠已经有了四个儿女。珍珠面临着选择：是随丈夫到麻疯病山，还是留在已经爱上她的霍尔家里？她毫不犹豫地选择了前者……

听起来真的是个又伟大又好看的故事。小骒说，让我随便到哪个土著家里看看，他们现在还供奉着珍珠的像。因为珍珠当年用自制的中药医好了不少当地的土著。我立即随他和番石榴去了一家，果然，伸出舌头欢迎我的土著，笑眯眯地指着桌上的塑像，用一种奇怪的语言告诉我，那就是来自远东的伟大女人珍珠，那是他们心目中的女神。

我大喜过望，当即打电话报告老虎，我打电话的时候并没有考虑时差的问题，以致犯了一个小小的错误：当时正是老虎的夜半三点，而且，老虎身边明显地有个女人，哼哼唧唧地在阻止他接电话。

我的心立即被一瓢冷水浇透了，眼珠里似乎都要喷出凉气来！

见他们的鬼吧！什么曼陀罗，什么番石榴！什么小骒！！什么厨子什么珍珠！！统统见鬼去吧！！！我哪有什么心思在什么摩里岛游山玩水帮曼陀罗弄什么迷药找什么见鬼的题材！！！我心里装的其实全是老虎！我所做的一切其实都是为了他！

——我真的不知道自己什么时候沾染了人类"情感"的恶习。

上天作证，在这一瞬间我心里充满了对老虎的愤怒，就像羊皮书上说的那样，有时人的感情是可以被利用的。他利用了我！他利用了我的感情！对于我傻呼呼的心态，他一定全都看出来了，然后他就不动声色地利用我，让我到处帮他寻找什么题材，而他却搂着女人睡在黑甜乡里！

我的脸色大概当时就变了，因为小骡和番石榴都诧异地望着我。番石榴急忙兑现她的承诺：从袋子里掏出几件"性感的"的衣裳让我试穿，小骡一边轻轻地叫着百合姐姐一边问我能不能现在开始就写这个故事？我说了一句等我消息吧就一头蹿了出去，完全像一只没有驯服好的小动物。

5

情感是不是就是一种永远翻来覆去上天入地的东西？翌日上午我接到老虎口气温柔的电话，顿时昨晚的怒火又烟消云散。老虎的声音里充满了真诚的感激，他说百合你真是辛苦了，你说的题材实在太好了，我们要，我们当然要。你回来之后正好能赶上一个项目经理要走，到时我会帮你，你放心。

我想问一句项目经理走跟我有什么关系？又有什么事需要他帮忙？但又怕他取笑，只好弱弱地答应了一声。然后我说作者积极性很高，是不是可以让他开始写了，他顿了一下说最好还是能见一见，和他，和董事长都见一见。我说好。本来谈话到这里就可以无疾而终了，我最后还是没忍住问了一句："你太太回来了？"他怔了一下笑起来："哦，是的我太太回来了，你打电话的时候她就在我身边。""她不走了？……""当然不是，"他镇定地说，"她不过是短短地住几天，还得回去。"

他的回答没有任何破绽，但是很久之后我知道，睡在他身边的根本不是他太太，而是天仙子。天仙子在极度孤独中再次违反了自己的誓言，还是向那个根本不爱她的男人妥协了。

6

番石榴成功地拿到了摩里岛迷药。代价是付出了贞操。但其实对她来说也没什么不好，因为她真的喜欢那个酋长，而酋长也喜欢她。多疑的曼陀罗让我鉴定一下迷药的质量，我只是嗅了一嗅，就发现那种迷药里含有扶桑花和桃金娘提炼的香料，不过，的确有一种香味，是非常特殊的，我无法清晰地辨别，但我知道，那种香味其实本来就藏在我的戒指暗盒里，这时我已经清楚地知道，暗盒里的药，只有一小部分曼陀罗花的香料，大部分是完全不同的、非常特殊的一种迷香，或许，跟镶在戒指上的花朵有关系。

不过我牢记羊皮书上的教导，这时绝对要不露声色。我淡淡一笑说你真没必要兴师动众花这么大代价，你知道吗，这不过是我们的药里面加了点扶桑花和桃金娘制作的香料而已。曼陀罗半信半疑地收了药，她说她的钱快用完了，让我先帮她垫上机票钱，我毫不犹豫地答应了，但是我突然想起她的诺言还没实现，我说曼陀罗好像我们还有件事儿没办？……她眨了眨眼睛清晰地说："你指的是戒指的主人对吗？我看那个酋长应当知道……"

她的声音刚刚浮现，四周便似乎泛起了一圈圈的涟漪……似乎有什么事情就要发生，她好像被一种倏忽而至的寒气冰了一下，噎住了。

"百合，已经很累了，还是休息会儿吧，晚上你不是还要给我送机票吗？晚上再说……"她说着说着似乎就睁不开眼睛了，我只好告辞。

然而当天晚上我给她送机票的时候却出了惊天动地的大事情：

曼陀罗坐在梳妆台旁，变成了一个老妪。

严格地说是个木乃伊式的老女人。她的手里，还捏着那只装迷药的小盒子，里面却是空的。她的脸上蓦然出现了那么多皱纹，五官还是她的五官，可是衰老得全部松懈下来，成了一张皮。

是她服了过多的迷药变成了木乃伊，还是有什么人对她施了法术?!

我紧急地翻找羊皮书的内容，没有，完全没有这方面的应对措施，羊皮书的内容，完全是人类的各种游戏规则，没有这种匪夷所思的内容。我下意识地感觉，对于她的这种状态，我应当严守秘密不事张扬，于是我只好守着她，完全无所作为。

我拉开窗帘，星星渐渐显现出来，还有一轮下弦月。我从众多的星星中认出了海王星，抱着试一试的想法，我把戒指摘下来，让它正对着海王星，发出光芒。

过了大概有十几秒钟，海王星开始闪亮，变成了集束的光芒，与戒指的光对接了起来，那是一道巨大的光柱，我开始晕眩，然后，在那种迷离的状态中，我听见海王那熟悉而低沉的声音："……不要管她，她是自作自受……"

"啊……不，我的王，"我急切地呼唤着，"求你原谅我，我必须要管她，假如她做了什么错事，你可以惩罚她但不是现在，求求你，她的母亲是我最热爱的人，假如她有个一差二错，那么她的母亲会活不下去的。"

"那么好吧，小百合，我问你，如果需要你拿出全部财产来救她，你是否愿意，当然啦，不包括你的小戒指，我还指望着你的小戒指为我们的世界立下大功劳呢！哈哈哈……"

全部财产？我迅速地想了一下，我现在的全部财产，包括从海底世界带来的全部珠宝和少许的钱，当然，那些珠宝可以折算出巨额钱款。

"我愿意。"我听见我的声音在说。

"那么，请你在今晚把全部财产送到酋长那里，他会帮你想办法的。"

"那要是万一……"我想说，要是万一我把财产都交出去了酋长却不帮我怎么办，可话还没出口，海王星就熄灭了。无论我怎么拿戒指去比划都没用。海王星熄灭了，就像从来没亮起过一样。

看着曼陀罗的干枯的身子慢慢变得暗淡，我开始收拾我身边的"财产"。

可我心里真的很气，我跟她有什么关系啊？可我知道海王正在看着我，神的眼睛在盯着我，我不能和人类一样，说过的话不算数。一整晚附近的唱诗班都在唱诗，直到月亮和太阳交接的时候才慢慢停止。

7

莫里亚酋长独自坐在一尊大烛台旁边，面目有些狰狞。

然而戒指的亮光似乎令他晕眩，他看到那亮光的一刻，表情就变了，慢慢变得和善。我想起曼陀罗的话，仔细观察着他的表情，天呐可千万别是他啊，我觉得自己一点儿也不喜欢这个男人。

越怕越来事儿，他终于开口说话了，他说小姑娘，你戴的这个戒指好奇怪啊！我紧张得连看都不敢看他，我假装镇定地说一个戒指罢了有什么好奇怪的啊？但他可不是那么好哄的，他突然问我："你知道这枚花朵的名称吗？"

我摇摇头。

"那么，你认识詹吗？"

"谁是詹？"

他好像舒了口气，转移话题说："小姑娘，你这个戒指可不是一般的戒指，如果我没有猜错的话，这是所罗门王后裔的戒指。"

我全身抖了一下——在此之前，还没有任何人、包括我的父母和祖父母——向我如此肯定地讲述戒指的来历——也许他们像我一样对此一无所知。

酋长的脸在烛光下忽明忽暗，他的声音也似乎随着烛光的明暗而起伏。

"所罗门王你应当知道吧？他是大卫之子，是以色列的国王。圣经里有他的故事。他的父亲大卫开创了犹太王朝，并谋求建立一个从埃及边界直至幼发拉底河的帝国。所罗门继承王位以后消灭了他的政敌，把他的朋友安插在军队、政府和宗教机构的重要岗位上，还通过联姻的办法加强统治——他与各地国王的女儿和姐妹成亲，其中有一个是埃及法老的女儿，法老攻占并焚毁迦南人的迦萨城，把它送给了所罗门。当然，与所有帝国的开创者一样，所罗门也是以武力维持自己的版图。他大大地发展了商业贸易，兴建了耶路撒冷城墙和圣殿，他还是一位著名的诗人，写过一千多首诗歌……总之，小姑娘，所罗门当政时期是以色列与犹太联合王国的巅峰时期，军队强大，商业繁荣，耶和华圣殿和华美的王宫就是在那个时候建成的，他被后人认为是古代以色列最伟大的国王。所以，现在我们称赞一个人聪明，常常用"所罗门的智慧"这句话来形容……"

他卖弄了一番他的知识，我迷惘地看着他，不明白他说的这一切和我有什么关系。

"别着急小姑娘，我接着要说的是：就在所罗门给外国的贸易使团修筑馆驿之后，来自萨巴的美丽高贵的示巴女王对他进行了一次著名的神秘访问，有人推测说那是一次带有重大政治目的的国际访问。圣经里说，示巴女王听见所罗门之大名，就想去了解一下真相，她带了整整一个驼队的礼物！骆驼驮着香料、宝石和许多金子，浩浩荡荡地进入了耶路撒冷。她问了很多极其难解的问题，而所罗门全部回答正确。女王见所罗门确有大智慧，大荣耀，就赞颂他说：耶和华将永远立你做王，使你秉公行义。

……但是事情还没完，后来，传说是所罗门用他独特的智慧诱惑了尚是处女的示巴。示巴女王由于拜访所罗门而生下一个儿子。结局等于两国联姻，其后的萨巴国民中出现了所罗门的后代。

所罗门本来有一只著名的指环，戴上它就能与花鸟虫鱼飞禽走兽自由交谈，根据传说，他把这枚戒指送给了示巴，而示巴重新加工了这枚指环：首先，她让顶级的工匠为这枚戒指雕刻了一朵全世界只有萨巴族才有的花朵，然后在里面设了机关，加了只有示巴王国才有的香料，这香料也叫迷药，是示巴女王专门引诱男人用的，但是据说这只指环被吃醋的埃及法老的女儿派人偷走了，她误服了那里面的烈性迷药，结果化作木乃伊，最后被法老葬在了金字塔里。"

"这么说，曼陀罗化作木乃伊是因为误服了戒指里的迷药?！"

"当然，因为我在里面加了一点岛上的植物，所以药性更烈了一点儿，而她又如此贪婪，有很多东西都是，少食一点儿也许有益身心，但贪欲就会造成不可挽回的结果！而且……而且……"他脸上的那种狰狞中又添了几分阴险，"她也许在做一件可怕的事，我是要保护我们摩里岛的利益，绝不会让她得逞的！……我对你说，你一定要想好，我的小姑娘，像曼陀罗这种人早晚还会死于非命！你要想好，值不值得花那么大的代价解救她！！"

"当然，我一定要解救她。当然，当然有原因。但我没必要告诉你。"

他淡然一笑："那好啊，所有的事情都是有因果关系的。既然你愿意，那么我并不反对收藏一些海底世界的珍宝。"

"不过我想问你一件事，你既然知道戒指的由来，那么知不知道戒指的主人究竟在哪里呢?！"

他呵呵大笑了："小姑娘，你真可爱，我知道你负着海底的使命，真可惜我不知道。我只能告诉你，你投生的那个东方，也许真的投错了，西方吗？也不太像……如果按照这个故事的线索……"

"啊！如果按照这个故事的线索，很可能就在此地！古代的萨巴族，不恰恰就在此地吗?！"

他的眼睛里突然暴出两束亮光，然后慢慢熄灭了……他摇着头：不知道……不知道……我真的不知道……"

——但我想，他是知道的。

第六章

1

天仙子第一眼看见女儿就觉得她变了。除了过去一贯的冷漠，还有一种完全提不起精神来，仿佛大病了一场的感觉。过去曼陀罗瘦则瘦矣却并不憔悴，可现在举手投足间却完全失去了过去的自信。因为精神不好，美貌也打了折扣，天仙子急忙煲了猪手云豆羹为女儿滋补，曼陀罗一口口地吃着，毫无表情，无论天仙子多么着急，她都一言不发。

曼陀罗好久都没有恢复过去的美貌，她一直睡着不想见人。天仙子只好给百合打电话，百合似乎也对去摩里岛的事讳莫如深。天仙子没有办法，只好每天好吃好喝地伺候女儿，天仙子暗暗地想，一定是自己造了孽，上天给予的惩罚。

天仙子很恨自己。明明知道老虎不爱她，明明知道爱上一个人该怎么办——恰如她清醒时在羊皮书里写的那样："你若是爱上一个男士，万不可去主动表达，因为在爱情中爱得主动的那一方，都是受制于人的。"她明明知道这个，当她自以为爱情来临的时候，她却慌不择路，所有的纸上策略都烟消云散，一句话，在她百般试探之后，她断定了老虎不爱她，但她无法接受这个事实，只好继续自欺欺人，她唯一的希望是老虎帮她演戏，无论爱不爱她也要帮她演完这出戏，让她软着陆，否则，她会受不了，她会自杀，她很怕死，更怕自己死去没人照顾让她又爱又恨的女儿。

天仙子的这番心思，哪里瞒得过老虎的眼睛？！老虎带着一种居高临下的心态，洞若观火地俯看着天仙子拙劣的表演。他不戳破，没有什么好戳破的，既然老婆不在身边，天仙子又无法干涉自己的自由，那又有什么不好呢？开始他还比较收敛，后来简直就是明目张胆了，无非就是满足欲望呗，在老虎的眼里，这个傻冒女作家其实跟那些充气布娃娃也差不多，唯一不同的是还要多费点唾沫星子。至于爱，那是绝对谈不到的。这个城市的男人已经多年不知爱为何物了，女人对他们来说无非也就是一种商品，二十几岁的青涩了些，还有点哄抬物价的意思；三十岁以上就可以贱卖了，而且她们还常常自降身价。现在 SB 才去搞什么处女呢，又难弄又危险，一般的熟女也不行，时间长了之后她们就会恃宠而骄，要这要那的，好像男的欠了她们什么似的。比较理想的就是像天仙子这样的女人，她们傻就傻在至今也没能把爱和性分开来，由于她们那傻乎乎的带有献身精神式的爱，她们在交往过程中不会提出任何条件，还常常倒贴。而一旦腻了之后甩她们也很容易，因为这类女人的内心是骄傲的，伤她们是很容易的，一旦受了伤，她们出于自尊，还不敢揭露真相，总是自欺欺人，不了了之，因为她们貌似坚硬，实际上是最好欺负的一族。

天仙子是如此鄙视自己，自己这个已经做了母亲的人，竟然如此为了满足自己的情欲不顾女儿，她又一次下了决心：老虎再来的时候，自己一定要立即斩断这种关系，可是老虎没来。三天过去了，一个星期过去了，一个月过去了，依然没来，老虎，就像是在这个星球上消失了一般。

于是她心里的一种痛又被另一种痛所代替。

她开始讨厌自己，觉得自己正在变成一只苍蝇，用糖浆在洗涤自己。她看着自己好像进入了电视屏幕，觉得自己的服装和一切都那么可笑，语言和思想的时代明明已经过去，人们都在避开眼睛的对视，迅速地摆出各种欺骗的姿势，不妨按一下倒退按钮，把这座城市的历史再从头看一遍。找一个最适合自己的迷人的欺骗姿态，把自己暴露在外部，不再受内心苦恼的折磨，或者掉头逃开，或许很快就能看见脚印被野草覆盖，彻底离开那座城市的罪恶与快乐。

她这才明白那个被割掉舌头的梦的深刻寓意：她也许很可怜，但是这种可怜是任何语言所不能表达的。仿佛海浪被镇压在陡岸底下，又象被一只鱼钩钓着的鱼，尽管那鱼钩是金的，那鱼嘴上涂了口红，可残酷的现实是，她依然是钓饵上一条可怜的挣扎的活鱼。

清醒的时候她觉得自己卷入了一个无聊的故事，她甚至怀疑神的品质：因为神并没有为善良的人增添一点儿什么，也不从卑劣和虚伪那里剥夺什么，神似乎采取的是隐藏的策略，面对现代人，他从不现身，也许连他也感觉危险。

然而，这世界上就真的连一丁点儿的爱，一丁点儿的温暖也没有了吗？她还是不信。只不过神没有惠顾她，爱没有惠顾她。神也喜欢年轻人，喜欢那些飘在风中的颜色鲜明的裙子，而她，更希望碰上一只可以假装成诺亚方舟的纸船，那样的话，起码可以骗骗自己……

2

老虎特意为百合摆酒接风。

百合穿一身玫瑰紫的纱衣，戴摩里岛买来的银紫色耳环，这些，都是她在失去财产之前买的。老虎在给百合倒酒的时候，心里还在惦记着：她会给我买件什么礼物啊。

老虎这么想绝非没来由，以前的每次相聚，百合都是大包小包提了来，老虎是亲眼见过百合买东西的风范的，百合买东西从来不问价，有一次他们偶然在一家高档商场里面相遇，百合拉着他就找了一家品牌专卖店，叫什么LV的，百合说你的西服实在是该换了，你看这儿的新款西服多漂亮啊，不如买两套穿穿。当时他惊奇地看着她带着一种玩味的心理看她是否能够坚持到最后，但是让他吃惊的是，她根本不是在演而是动真格的，她满场乱飞地跑来跑去，把每套尺寸合适的西服都拿来给他试穿。一开始他还带着一种绝不相信的轻松和好玩心理，直到最后她准备付款的时候才大惊失色，他拦住她他说百合你千万不能这样，我们在公司是上下级关系，你要是这样以后就不好办了。他压低了声音为的是怕售货员听见，可是百合没头没脑地大声回答："什么叫不好办啊？不好办是什么意思啊？我又没想让你提拔我，我不过是觉得你身上的西服太老气该换了而已。"百合的声音让所有的售货员都听见了，老虎面红耳赤觉得自己陷入了一个尴尬的境地。

后来百合一掷千金地买了一套一万七千多元的西服，藏青色，款式绝对漂亮，为了和这套西服相配，百合又半强迫地为他买了一双漂亮的名牌皮鞋，老虎觉得这身行头可以参加华尔街的任何重要会议，但是到目前为止，他觉得自己没有穿的场合。然后百合又买自己的衣裳，她让他等在外面，自己跑进试衣间，一套套的衣裳穿了脱脱了穿，让他来评判。说实在他也是见过大世面的人，也曾经当过大型选秀活动的评委，所以审美上还是蛮自信的，那天百合一连买了四套衣裳，都相当成功。她今天身上穿的这套玫瑰紫的纱衣也是当时买的，如今穿着依然风姿绰约。

可是，为什么百合这次竟然没给他带来任何礼物呢？

老虎觉得奇怪。更奇怪的是接下来百合的问话："……原来我每月的工资只有这么一点点钱啊？"

"你是第一次用工资卡领钱？"他问。

"是啊，原来我以为……现在看起来，这点工资还不够一顿饭钱。"

"是啊，你现在不过是个普通编辑，如果……如果可以做项目经理的话，你的工资会比现在高得多……"

"那么，我怎么才能当上项目经理呢？"

"你一直活在外星上吗？"他盯着她有些诡秘地一笑，"百合，你来了公司以后一直传言不断，有人说你是某地首富的女儿，有人说你是上面某政要的亲戚，甚至，甚至……甚至有人说你是某国国王和某国女星的私生女！……总之大家都认为你是有背景的，而且背景大得很！……你，你能把真相告诉我吗？咱们也算是朋友了，把真相告诉我吧！我一定保密！！"

她困惑地看着他，真的不明白他在说什么。"你说的什么啊？

什么真相啊？！"百合知道当然不能告诉她来自另一个世界，她知道即使告诉了他，他也不会相信的！

"好了百合，你演得够成功的了！你看你多会装傻啊！一个小姑娘，照你说来是父母出国，可你哪来的那么些钱？看你干干净净的，不像是挣那些来路不明的钱啊！"

"对，我的父母是在很远很远的地方，可是难道父母不能为我留下或者寄来什么东西和钱财吗？"她愤然叫了起来，"这些人太恶心了！要知道我并没有招惹他们，可他们为什么总和我过不去啊？！"

他笑了笑："很正常啊，他们并不是专门跟你过不去，他们是恐怖的大多数，大多数的意义就是要和所有人过不去，每个人都要经过严格的审查，你今天合格了，但并不意味着永久合格！明白吗？……看来你还是不明白。譬如说我吧，我最近被议论得少了，并不意味着我就永远不被议论了。假如我明天酒后驾驶或者和演员剧团的哪个女演员出去吃饭，我的消息肯定又得上咱们 B 城的头版！这是个娱乐时代懂吗？什么都别太较真儿了，特别是在我这个位置，较真儿的话一天都不能活，懂吗？！"

"那你为什么还愿意待在这个位置啊？"

他一怔，哈哈大笑："百合啊，我真是服了你了！你真的像从另一个世界来的！告诉你吧，这个位置是个魔椅，上去就别想下来。很久以前有位伟人说过，与人奋斗其乐无穷！真的，位置的风险越大就越有刺激性，男人嘛，都喜欢这种刺激……算了，不跟你讲了，讲了你也不懂！……"他脸上的笑容划过一丝淫邪，"我会很快提你做项目经理，如果你表现得好一点的话。"

也许她的表情不是他所希望的，他又把口气放温和些，轻轻地问："我可以问个问题吗？你必须如实回答我。"

她点点头。

他的声音几乎成了耳语："……你……是不是最近破财了？去摩里岛回来之后……"

"是的，我破财了。我所有的钱财都丢失了。现在，我是个一无所有的人。"

她看着他，平静地说。

一向冷静之极的他竟然半张了嘴，说不出话来。

3

百合真的没想到钱对于人类社会是如此重要，其重要性简直等同于生命。

百合的工资几天就花光了，而所有的海底珠宝也没有了，她只好变卖自己的衣裳。好在她的衣裳成箱成笼，而且，都是名牌，还非常漂亮。

百合瞄准了离家不远的一个地方。地铁里，对面一个瞎子老头在歌唱，两边是卖 DVD 的，百合铺了一张简陋的席子，盘腿大坐，把带来的衣裳一件件铺上去，刚刚铺到第十七件的时候，她的眼前就出现了一大堆穿着各种鞋的脚。然后，就出现了手，一些穿着考究的小姐太太们，不顾体面地在百合的衣裳中扒来扒去，她们几乎是如同抢掠一般地抓狂着，每人都拿走三四件，不停地挑选着，正当百合的眼睛顾不过来的时候，突然发现人丛中好像有个熟悉的面孔，那张小小的狐狸脸，一闪就不见了，她好像也拿了几件衣裳在比划，百合突然感觉到一丝寒气掠过，好像是一种邪恶的信息——

百合有些担心了，她站起来开始叫唤："喂，大家还是把衣裳放在这儿挑吧！好不好啊？"

然而场面已经失控了。那位一闪即逝的小姐手里已经拿到了五件衣裳，她眼尖手快，早已发现那是意大利米罗和 BCBG 的牌子，恰恰这两种牌子都是她喜欢的，应当说价格相对已经算是低的了，但是她依然觉得远远不够，对于她——罂粟这样的女人，一切都没有底线。她悄悄地跑到一边去打了个手机，仅仅过了几分钟，那五套美丽昂贵的衣裳就归她所有了——城管来了，驱散了人群，人群趁乱把那些平时根本不敢问津的衣裳一抢而光，而百合却被带到了工商局。

罂粟一口气跑了差不多一站地，才觉得自己安全了。她双手发着抖，迫不及待地打开那些衣裳，这种感觉简直是太奇妙了！她判断那一套 BCBG 时装裙至少要值三万块钱！天哪！三万块钱！她是打死也舍不得买这样昂贵的衣裳的！可她是多么喜欢看那些橱窗里的模特儿啊！那些国贸大厦里面的高级品牌，经常是五位以上的数字，她常常在那些橱窗旁边流连忘返。她觉得自己的身材一点儿也不逊于那些模特儿，可为什么就没有穿那些漂亮豪华时装的福气呢?! 可现在她有了，而且没有花一分钱。不她一点儿也没有为那个被带进工商局的傻丫头难过，没准儿她也是从什么不法渠道弄来的呢，要不然怎么会在这个鬼地方摆摊儿呢？只能怨她倒霉，只能怨她运气不好！罂粟四顾无人，赶紧把衣裳重新装回袋子里，紧紧捏住，就像是捏紧了一个梦似的，生怕它溜走。

她决定，今晚要约见阿豹，穿这套 BCBG 的连衣裙。

4

大概就是从这一次开始，百合真正领略了人类世界的可怕。

当她从工商局走出来的时候，天已经擦黑了。

她漫无目的地走着，向着家的方向。她在想海底世界她自己的家，在那个世界，亿万年来也不曾发生过这样的事情。有一次，她和一条贝叶鱼同时发现了一只刚刚死去的大珠蚌，那里面有一颗价值连城的巨大明珠，她和贝叶都喜欢，但是她们互相谦让，她抢先把珠子塞给贝叶自己走了，可到家之后就看见珠子在自己的房间里熠熠放光，奶奶说小贝叶把你买的珠子带回来了。她吃了一惊，把珠子收好，然后在自己临走的时候仍然给了贝叶，这就是海底世界的生物们之间的关系。

她就这样失去了自己美丽而昂贵的衣裳，没有得到一分钱，还被几个又脏又丑的男人教训了一顿。她在想，人类实在是太恶了，难道他们做的这些事，神没有看见吗?!

她拉开窗帘，想在月圆的时候向海王星祈祷，可是外面无星无月，她肚里很饿，饿得睡不着觉。她在想，应当找谁？第一个想起的人是老虎，说实话她现在想念老虎，她知道她如果找他，他不会拒绝，可是，她需要为自己目前的窘境向他解释，而实际上，她无法解释。那么就是天仙子了，天仙子那里很安全，她可以在那儿吃好睡好，甚至可以住一段时间，可是依然面临着一个解释的问题，所谓解释，就是撒谎而已，百合还没有完全学会人类撒谎的本领，拿不准自己是不是能够把一个谎言编圆。

只有曼陀罗了！这一切都是因她而起，百合把自己全部的财产抵押出去，不过是为了拯救这个鬼知道该不该拯救的女孩子！她立即拨通了电话，电话那头传来曼陀罗懒洋洋的声音："来吧。"

5

曼陀罗破除法术之后，似乎一直处于一种失忆状态。百合倒是觉得这种状态挺好的，比过去的曼陀罗可爱。

只有曼陀罗自己知道，她并没有失忆，她什么都记得。

那一天，当她坐上地狱列车驰向那个无名古堡的时候，在无意间洞察了一个杀人的阴谋。一个贵妇模样的人用香料杀死了自己的情人。她当时觉得终于找到了机会——她的判断是对的：那位贵妇果然知道一点儿有关戒指的秘密。

她的判断自然首先来自那些香料的配置，那样的配置令她震惊。她断定贵妇完全懂得有关迷药的一切，她冲进第一现场，贵妇在慌乱中说出了一些本来不该说的话——很可惜她手头没有那枚戒指，但是按照她的描述，贵妇说那朵奇异的花来自摩里岛。至于叫什么花，那是打死也不敢说的，看着她脸上那种莫名惊恐的表情，曼陀罗的好奇心陡然又增加了数倍，她决定立即启程前往摩里岛。

贵妇劝她别去，贵妇说她从小就怀有一个巨大的梦想，想实现她想象中的美好爱情，为此她不惜用各种致幻性植物的配方配置出各种香料以迷倒她看中的男人，然而多少年过去了，她的梦早已幻灭。至于躺在这里的这个男人，是一个负义的王孙，她惩治这种人已有经年，她知道自己已经堕落了，但她不忍心看着一个十五岁的美丽女孩走自己同样的路。

"小姑娘，我劝你还是回去吧。回到你自己的国家里，人类不是说过吗？好死不如赖活着，何况你这么漂亮，这么聪明……"

"告诉我，怎么才能走进摩里岛王宫？"

"……那里有一位叫作莫里亚的酋长，很受王室的信任……不过我劝你别去，那里非常危险……"

曼陀罗完全置之不理，决定去会会那位莫里亚酋长。她已经深陷在自己建构的幻想之中，谁也无法阻拦。

没有想到的是，她刚刚开始描述戒指上那朵花的形状，并且希望得到酋长帮助，找到那种花与香料的时候，酋长便翻了脸，当时莫里亚好像突然变成了可以挤出蓝血的恶魔，扑上来掐住她的脖子，把所有的迷药都灌进了她的嘴里，她心里是清楚的，手脚却僵硬着无法动弹。她眼前出现无法描摹的幻象：被橡树根纠缠的房子上面坐着一个流浪的神，远处有人在弹钢琴，一个长着卷发的女孩被奇怪地贴了胡须，拿着一支黏土长颈瓶，里面不知是酒还是蒸馏水。后来她终于看见那个弹琴的女孩，竟然是坐在马桶上，钢琴上摆着的苍白的玫瑰带点紫色。有一大群人四仰八叉地躺在周围，还有一口大锅，咕嘟嘟地煮着药水，那药水的香气浸透了她的全身，她觉得自己昏迷了很久很久才醒过来，全身的力气都失掉了。

她比以前更瘦了，一件吊带睡衣撑着她细小的骨架，她眯眯糊糊地半睁着眼睛，从冰箱里拿出半成品：咖喱炒饭和意式肉酱面，又煎了几个鸡蛋，百合一边狼吞虎咽一边谴责："怎么你永远吃这两样东西啊？"曼陀罗又给她倒了一杯红酒。百合吃饱喝够之后靠在沙发上，喘出一口气来，慢慢地说："我破产了，在你这儿住些日子，可以吗？"曼陀罗冷冷地垂着眼皮说了一句："随便。"然后就从柜子里拿出一套干净的床单被褥，放在客房的床上，然后去卫生间放洗澡水。

百合在洗澡的时候把剩的最后一点玫瑰精油用完了。然后就倒在床上呼呼大睡,凌晨时分她忽然做了个梦,梦见一朵萎败的花就开在自己的床头,越开越大,就在它变得人那么大的时候,她惊叫一声惊醒了——在漆黑的夜里,曼陀罗正一动不动地站在她的床前,看着她。

她一下子坐起来,肩上的吊带滑落了,露出肩膀和前胸上的一片雪白。

"百合,过去的事都是我错了,求求你,给我一点迷药吧。你知道,我早就离不开这玩意儿了,现在我天天失眠,没有食欲,很多见过我的人都说我不如以前好看了,所以,我现在天天闭关,连人都没兴趣见了,一个人猫在家里不知道要干什么,百合啊,你不知道那种滋味有多难受!真的是抓狂啊!!……"

曼陀罗站在她的床头说了很多,曼陀罗的话让她突发奇想,她一直奇怪摩里岛的那个夜晚到底发生了什么,可曼陀罗总是讳莫如深,做出一副失忆的样子,然而百合内心深处,并不相信她失忆。

"你得告诉我,摩里岛的那个夜晚,到底发生了什么?!"

曼陀罗双眼都变得迷惘:"哪个夜晚,我记得我们去了摩里岛,在那待了起码四个晚上,然后就回来了,什么事也没有发生啊?!"

"我们临走前的那个晚上,你变成了一个木乃伊,最后是我把全部财产抵押出去,才请得莫里亚酋长来为你解除了法术,难道你一点儿不记得?!"

她迷惘的眼睛变得吃惊了:"你说什么?百合,你不会是还在做梦吧?什么木乃伊?什么酋长?不过是临走那天晚上有个小偷把我的迷药偷走了,我没有了迷药,一直痛苦而已……"

"那我问你,还记得番石榴吗?那个女孩,因为吃光了稻香春的点心让你生气,然后你让人家牺牲贞操来为你换迷药……"

她做一副苦思苦想状:"……我做过这种事?……实在想不起来了……"

百合拿出随身带着的几张照片:"这是番石榴,这是莫里亚酋长,这是我和你……这你总归不会认不出来了吧?!"

"啊!天哪!……"她的脸变得煞白,惊叫起来,"你看哪,你看百合，这里面还有一个人，还有第五个人你看见了吗?！"

她的惊叫让百合后背发凉，当时，万籁俱寂，百合一手撑着床，慢慢地把眼光挪到那张照片上，可是，什么也没有，背景是摩里岛的文化村。

她恐惧地看着百合："你真的看不见吗百合？就在文化村的林子里有一张人脸，你看不见吗？一张老人的脸?！"

百合毛骨悚然地重新拿起照片放在灯下，依然什么也看不见，百合把灯慢慢拧暗，就在灯光变化的时候百合真的看见了一张脸，一张老人的脸——那是海王的脸。

曼陀罗是真的害怕了，因为，她过去是见过这张老人脸的。

6

百合真的被提拔为项目经理，她的工资一下子长了很多，她对工资这个东西终于有了概念——原来工资就相当于海底的贝壳，她攒了很多贝壳，可以用它们去换她需要的东西。

她在曼陀罗家住下来了，曼陀罗似乎仍然处于失忆状态，不过曼陀罗的确有一个大大的优点：和她一样慷慨。曼陀罗拿出存折对她说，过去做生意的时候还赚到过一些钱，随时可以取出来用，密码她告诉了百合，折子放在她们共同知道的地方。尽管如此，百合依然非常自觉，只有在自己的工资用完，而又非常需要的时候动这些钱，这是一笔很大的存款，她真的不知道曼陀罗靠做什么生意赚的钱。曼陀罗说你就别管那么多了，反正你花吧，随便花，就当是自己的钱一样。

曼陀罗这么做，自然是对百合终于给了她一点迷药的报答，百合告诉她自己所剩的也不多了，只能给她一点点。实际上百合只给了她小米粒那么一点点，她就已经感激涕零了。她不再失眠，肤色也慢慢恢复，整个人也从那种完全被打垮了的状态里渐渐走出来。她和百合话不多，每天说话都是在吃晚饭的时候，她不再吃那种冷冻的半成品，她经常带回很昂贵的食物，而且她们还常常到外面去吃。当然，她吃的很少，好像纯粹是为了陪百合，而百合天生有个大胃，好像永远装不满似的，说真的百合自己都不好意思了，可曼陀罗总是为百合点各种让她难以拒绝的美食。有一天晚上，她们在一家日料吃饭，她突然对着百合说百合你真好看。然后就拿了一面小镜子给百合照，百合在镜子里看见一个脸色白里透红的大娃娃，还鼓着腮帮子大嚼着——百合想，自己什么时候变成这样了？

再看看她，瘦得像根芦柴棒，虽然比百合小几岁，但看上去她们年纪相仿，她在百合旁边就像受气的小媳妇。自从遭遇摩里岛那次毁灭性打击，她好像伤了元气，再也恢复不过来了似的。

当晚，她们在一起看影碟，是她带回来的。这张碟一打开就吓了百合一大跳，那里面全是做爱：男人和女人，男人和男人，女人和女人，甚至还有野兽。吓得百合毛骨悚然。但是百合的好奇心迫使自己看下去——曼陀罗拉住百合的手，好像在给她壮胆。

影碟看完了，曼陀罗站在她面前，慢慢脱掉自己的吊带裙。

她先是发呆，后来好像一下子明白了曼陀罗要干什么，她蓦地站起，脚底抹油似的溜进房间里，任曼陀罗怎么敲也不开。

曼陀罗的声音十分轻柔："百合，百合你别怕啊，真的很好，你会觉得，意想不到的好，那种感觉，你要是没尝过，真是枉费一生啊！……"

曼陀罗不断地说着，声音慢慢变成一种奇怪的耳语。她好像慢慢听进去了。但是她依然没开门。

转眼间，她来到人类世界已经几年了，她习惯了这儿的生活，可是，她的内心世界依然属于海底。在海底，大家肌肤相亲的前提只有一个字：爱。并不排斥和同性，她和小贝叶也有相亲相爱的时候，她们觉得很自然，然而对曼陀罗，她没有这种感觉。

心跳和钟响融为一体，都是有节律的声音，还有门外越来越弱的耳语声。她慢慢地被催眠了。不知过了多久，在一片静寂中，她听到了一个声音，来自那个小仓库，她怔了一下，以为是梦里的声音，但突然地，她惊醒了，不，那是现实中的声音，是实实在在的声音！就来自那个小仓库。

一瞬间她睡意全无，听了听，门外已经不再有耳语的声音。她悄悄地走向那个小仓库，却看见那上面，安着一把锁。她把耳朵贴在仓库门上，悄悄地问："有人吗？"

她问了几声，没有声音，就在她刚刚转身离开的时候，她听见里面哗的一声响，像是有人把一杯水泼在了地上。

她惊住了。是的秘密就在那儿，就在那扇门里。曼陀罗从来不开那扇门，也永远把她从那扇门前引开。

7

曼陀罗也有很认真很静默的时候。

那是她认真研究那些花朵的标本的时候。

那时候，百合就会悄悄沏上一杯茶，在透明的阳光底下，欣赏这个怪异的女孩。应当承认，这个女孩静默下来还是很让人怜爱的。

百合这才知道，她那些铁艺和玻璃之间，一叠叠的像画作一样的纸张，都是花的标本。

曼陀罗说，制作迷药的第一步，就是要了解这些花朵，这些迷药和香料的来源。高兴的时候她会招手让百合过去，告诉她许多有关花朵的事情，百合是第一次从她嘴里听说关于"花语"。是的那本羊皮书上有"如花解语，似玉生香"这类的词儿，但是百合并不明白，花语是指人类用花来表达人的语言，表达人的某种感情与愿望，在 E 时代，甚至成为了一种信息交流形式。绝不能在不了解花语的情况下就乱送别人鲜花，结果只会引来别人的误会。

曼陀罗说，花语最早起源于古希腊，那个时候不止是花，叶子、果树都有一定的含义。在希腊神话里记载过爱神出生时创造了玫瑰的故事，于是玫瑰从那个时代起就成为了爱情的代名词。

"花语真正盛行其实是在法国皇室时期，当时贵族们收集了民间的花语信息，然后让那些含有特殊花语的花朵在他们的后花园里生长。"曼陀罗有些诡秘地看着窗外的云，"19 世纪的时候，社会风气还不是十分开放，在大庭广众下表达爱意是难事儿，所以恋人们赠送的花就成了爱的信使。"

关于花语的描述吸引了百合，她大睁着一双清澈见底的眼睛，听着。她的这种姿态让曼陀罗很得意。

"譬如现在 B 城的人都兴在情人节送蓝色妖姬，"曼陀罗满脸不屑的样子，"可是他们根本不懂，单枝蓝色妖姬的意思是承诺，而双枝蓝色妖姬的意思是：相遇是一种宿命；至于三枝蓝色妖姬，是说：你是我最深的爱恋，希望永远铭记我们美丽的爱情。这帮土老帽儿，他们不过是跟风儿罢了。"

曼陀罗打开那一页页夹着花朵标本的纸，里面的蓝色妖姬是一种蓝色的玫瑰，如同蓝色天鹅绒一般华贵。

又打开一页，鸢尾花，外观像蝴蝶，很美的花。曼陀罗不经意地说："它别名就叫蓝蝴蝶，也叫爱丽丝，它是恋爱的使者，是制造香水的最佳原料。欧洲人认为它象征光明和自由，古埃及人觉得鸢尾花是力量与雄辩的象征，不同颜色的鸢尾有不同的花语：白色代表纯真；黄色表示友谊永固；蓝色是破碎的激情；紫色代表爱与吉祥；深宝蓝色的德国鸢尾代表神圣……"

又翻到一页，黑里透红红里透金的玫瑰。"……看，这是黑玫瑰，多漂亮，玫瑰里我只喜欢它，这种叫"黑魔术"，很神秘；这种叫"黑美人"，花型小一点，光泽好，像金丝绒似的，你知道它的花语是什么吗？……"曼陀罗盯着百合，一字一句地说："它代表真心；我是恶魔，但我是个真心的恶魔知道吗？我送了你这个，你就得归我所有！"

百合一下子转过脸去，"那你永远别送我这个！"

曼陀罗笑起来："逗你玩呢傻孩子！看看这个吧，花中妙品虞美人，是不是像美女？长袖善舞，华丽文雅，可惜不能作观赏，要是切了，汁水外流，很快花枝就会萎缩，娇气得很。它的花语是安慰、慰问的意思，你要是生病了我可以买了它去慰问你。"

"我可不想为了它生病。"百合喃喃地说。然后她就被一朵可怕的花吓到了，那花就像是一领废旧了的绸缎，打成了一个起了皱的包裹，巨大，颜色像陈旧的血迹——

"这叫魔鬼之花，也叫尸香魔芋。它的花语是死亡。"曼陀罗继续说着，好像说着完全与她无关的事。"它生长在苏门答腊群岛，是世界上体型最大的花，它的臭味能引来苍蝇来为它授粉。传说中它能乱人心智，产生幻象，引诱着人走向死亡，好像它就是那个专门守护所罗门王宝藏的恶鬼。……它……"

"好了，别说了，翻篇儿翻篇儿……快点啊！……"

"哈，原来我们的百合也有害怕的时候！"曼陀罗更加得意，又翻了一页，"好了好了，这种花叫天蝶梅，又叫雪球花，它代表青春美丽！好了吧？它代表你！"

百合这才凑上去看了看，看见一朵朵小花围成一个大球，小花呈星形簇生，清雅妩媚，就像雪白的皱纹纸做成的，百合上去闻了闻，一股很正的清香。"这花好香，应当是制造香料的好花朵啊。"

曼陀罗哼了一声："可这花是中看不中用。它呀，虽然香，可不合群儿！和任何其他香料都配不到一起，所以也只好弃之不用了！"

那天，当星星出现的时候，百合终于看到了传说中的彼岸花。

这不是花，这只是一幅画。它藏在了银色封面的夹层里："这是我第一次给人看。我妈千方百计地想看，我都躲过去了！……你看它多美！"

百合战战兢兢地看着这支画在羊皮纸上的怪异的花，她甚至觉得此花比那个什么魔鬼之花还可怕。它有红白两色，真是雪白血红。而且，上面还有金色的斑点。

"这才是最顶级的花呢！你知道它的花语吗？灾难、分离、死亡之美！它也叫曼珠沙华，我就叫它曼珠沙华，比彼岸花这名字美多了。它只开在黄泉路上，所以我拿不到它，只能把它按照传说中的样子画出来。那些守候着男人的傻女人，纯粹是假装幸福的守候，实际上她们守候的是通往黄泉路的彼岸！这彼岸其实是永远到不了的距离，除非死。"

百合觉得浑身发冷，她下决心要摆脱曼陀罗，无论她对自己多好，都要摆脱，可是在那个时候，她还是问了一句愚不可及的话：

"那你听说过炼狱之花吗？"

曼陀罗的脸色一下子变了。曼陀罗说什么炼狱之花？你一定是说我妈妈正在写的那部傻小说吧？！她不过是在我这儿批发了一个词儿，就用来当书名，她对花，对香料和迷药可以说是一无所知。炼狱之花，根本就不存在。

最后百合伸开自己的小胖手，指着戒指上的花朵："你要是能说出这朵花的花语，我就服你。"

曼陀罗沮丧着："这朵花，别说花语了，连花名也不知道。"

在那个星光灿烂的夜晚，她们两个谁也没想到，曼陀罗到死也不知道那戒指上的花朵——她后来正是死于魔鬼之花和曼珠沙华。而炼狱之花，它是存在的，并不仅仅存在于天仙子的幻想中。

8

阿豹看到罂粟出现时果然眼前一亮。今天的罂粟容光焕发，的确非比寻常。罂粟穿一件紫色调的服装，黑紫相间，腰间有精致的金色花纹，低胸，露出很深的乳沟，令人想入非非。

那一天他们做爱酣畅淋漓，完事儿之后像平时一样，她枕在他的臂弯里，似乎不经意地回答他的话："你也看出这衣服不一样了？当然不一样，跟你说，这衣服摆在国贸的橱窗里，几万。"她感觉到身旁这个人僵住了，半晌，才动了一动，又动了一动，捏了捏那件连衣裙的衣角："好是好，可也看不出这么贵啊？！""世界名牌你懂吗？光这个牌子就不得了，BCBG，中国有几个人穿得起啊？""那你哪来这么多钱啊？"

她微微一扭脖子："别人送的。"

"谁？"

"一个大老板。"

"什么目的？想泡你？"

"哼，"她又媚笑了一声，"不过是在时尚杂志上发了个头条。……倒是，想泡我的有钱人也确实大有人在，"她戳了一下他的脑门儿，"你可得有点危机感啊！嘻嘻……"

他觉得自己一下子被打中了，好久以来，他一直有桩心事，他想做买卖，他想在经济上打个翻身仗，眼看着别人一天天富起来，"忍看朋辈成'新贵'"，他心有不甘，特别是过去的连襟金马似乎越来越阔，买了房子买了车，他听女儿曼陀罗说起，心里不是滋味。就在前些日子，他接触到一个大公司的老总，说想让阿豹到他那里去当副总，说起一单抵押担保的买卖，当时老总想让他做担保人，因为他和另一个公司的总经理是发小，铁哥们儿。他犹豫不定，不知道水有多深。

那天他们谈到很晚，阿豹突然发现，罂粟不但是性感尤物，还着实是个商场精英。罂粟鼓励他一定要接下这单生意，她飞快地帮他算了一笔账——如果此单做成了，那么赚下来的至少有七位数。

罂粟说，该出手时就得出手啊！

阿豹想，是该自己出手的时候了。

然后他们打开电视，偎在一起，一下子就看见了金马那张志得意满的大头像，金马在大侃反腐倡廉问题，谈得口沫横飞，满脸忧国忧民，意正词严。他的反腐剧终于开播了，据说还有些反响。

罂粟说换频道吧，看见他我就恶心。阿豹说我倒是挺欣赏他的表演的，他演得真好啊！我敢说他是个利用写反腐搞腐败的人，以前不得志是因为没有机会腐败，假如有了这种机会，我看他比谁都腐败！你信不信？

罂粟冷冷哼了一声躺了下去："不知道，你大舅子的事儿，倒问别人？"

阿豹双手捧起罂粟的脸："别着急，三年之内，我让你坐上宝马。"

罂粟似笑非笑地斜睨着他："……三年，是不是太长了点儿？我都老了……"

他们的身体又黏在了一起。黑暗中，阿豹觉得罂粟化成了一摊水，一抓，就从手指缝里流泻出去了。

第七章

1

晚上闲得无聊打开了电视，意外地，我看到一张大脸，差不多覆盖住了屏幕，是金马！我知道最近正在播他写的那部反腐戏，他现在今非昔比，俨然是个人物了！

但是他说话水平真的有限：他反复地说什么过去一直郁郁不得志的原因，他眼睛里含着愤怒，脸上的肌肉在抽搐着，他骂那些评论家水平太低，过去一直看不懂他写的东西，一直不承认他，说到这里他脖子一梗青筋迸出来："现在，我根本不需要他们了！我的观众加起来有一个亿！他们算什么呀，有几个人知道他们啊？过去我还一直把这些人供着，想给他们拎点儿点心过去，哼，真是高看他们了！他们眼里，根本没有我这样忧国忧民、以社会为己任的作家，他们眼里只有那些个人化写作，脱光了衣服写作的人！！！……"

金马因为过于激动，一口唾沫从暴牙缝里漏出去，喷了主持人一脸。我看得哈哈大笑，我看见那个主持人一下子沉了脸，冷冷地说："对不起金大编，我看你就是脱光了衣裳也没人看！！"

我笑得几乎背过气去，曼陀罗从另一个房间冲过来，当她弄清楚是怎么回事的时候，她好气又好笑地盯着我说："百合我看你疯了吧？我明明听见刚才那句话是你说的啊！你不想想，人家主持人怎么会说这种话呢？"

我一怔，再看主持人笑容可掬的样子，这才回想起刚才那话的确是我心里想说的，可我怎么一不留神就说出来了呢？而且还认为是别人说的！我过去可没这毛病啊，我怔怔地看了她一眼，她狠狠地拧了我脸蛋一下："你真是让人恨又不是，喜欢又不是！看你，最近光长肉了，还不减减肥！"

"你管得着吗？"我嘴上这么说着，还是跑到镜前照了照——我的脸蛋已经变得像圆规画的那么圆了——我为什么这么容易长肉啊？！

"哼，像我这么缺心少肺的人，当然容易长肉了，谁像你，越长越像猴儿，真给人类世界丢脸！"

曼陀罗被我说得无精打采，她最近越发瘦得可怜，两根锁骨像锥子似的凸了出来，她从冰箱里拿了两罐酸奶，递给我一罐，自己走到窗前慢慢吸着。我走过去，轻轻推了她一下："喂，我可不是讨厌你大舅啊，他好歹还帮过我的忙，我就是觉得他那样儿特别好玩儿……"

话还没说完，我突然觉得自己被两条灼热的铁箍给箍住了，箍得死死的喘不过气来，半晌我才反应过来——那两条铁箍，竟是曼陀罗的两根瘦胳膊。

我被她拖进一个灼热的死海里，她张开血盆大口吊出一条血红的长舌头，活像一条响尾蛇吐出毒信子，那阵势完全是要把我吞了！她像鼻涕虫似的粘在我身上，粘得牢牢的，怎么也撕不开……她嘴里不停地重复着："百合、百合、百合我喜欢你，真的喜欢……"那满脸迷醉的样子真让我觉得自己成了宝，我觉得自己在使尽全力地推开她，可其实根本没有力气，她身上那要命的迷香把我的力气夺走了……

可我依然没有让她得逞，在紧要关头，我的戒指突然爆发出一种奇亮的光，曼陀罗看见那光就捂住了双眼，然后她像奴隶一般跪在我的身边，吻着我的脚趾，她说百合你的脚指甲该剪了，我来剪，我还会给你涂上一种非常漂亮的指甲油。

2

多年之后在回忆中，我才深感那一段生活实际上是我有史以来最惬意的生活。有了那一段生活，我才明白为什么自有人类以来，便不停地为权力而斗争，甚至金钱都没有那么大的诱惑，而且往往是有权便有钱，便有一切。

我的快乐就来自我的一点小小的权力：我终于有了一个可以使唤的奴隶，我可以随心所欲地使用我的控制力——原来这可以为一个人带来无穷尽的快感！而且，妙就妙在曼陀罗不是个一般的奴隶，她是超级聪明的，善解人意的，虽九死而犹未悔的！在她的侍奉下我真的成了一个女王，一个只有一个臣民的女王。

每天早上我要睡到自然醒，我刚一伸懒腰打呵欠她就会小心翼翼地递上来一条雪白的手巾，然后我会掀开被子，我往往裸睡，因为我看过一个什么人的健康须知上写着裸睡会有助于智力。我掀开被子的时候她就会在我身上及时地喷洒一点橙花油，据说橙花油是提精神的，晚上她会给我喷薰衣草油，薰衣草油是助眠的。

喷完橙花油之后她就会帮我穿上湖丝的袍子，她说湖丝接触皮肤的细致与绵密程度远远高于苏丝，但是湖丝因为衰败了所以颜色和款式都不如苏丝杭丝。我身上穿的是她亲手为我缝制的湖丝袍子，上面绣了大朵的扶桑花，看来她还在留恋着那种罪恶的香气。

然后她会为我打水洗脸刷牙，然后用银色的托盘把丰盛的早餐端到我的床上，今天她为我端来的是西式早餐：一牙蒜香面包，一大杯香蕉牛奶，西式煎蛋、培根香肠和油浸橄榄菜。我边吃边要听她读报纸，我听到今天的头版新闻里讲了一个娱乐界大师骤然死去，全民哀悼的事，这倒也罢了，但是紧接着我听到她念出一条链接：知名作家天仙子咒死大师该当何罪？！

我吓了一跳，看着她那张毫无表情的瘦脸，我急于证实此天仙子是否彼天仙子，她眉毛也没抬一下地肯定说："当然。"

然后她耐心而完全不带一丝感情色彩地向我讲述了这件事的前因后果，她说之所以这样，是因为天仙子在羊皮书上说了，此大师今年将命丧黄泉，我不信，立即叫她把羊皮书拿来，她冷冷地说就在第 185 页第七行。

果真，羊皮书上真的写着，从冥王星进入小熊星座的第三天，生于癸丑年的男性要受影响，假如这男性五行属金，且血型为 AB，而又生肖属牛的话，那么命中难逃一劫。羊皮书上信誓旦旦地指出爪哇国国王便犯此太岁，而避祸的方法是进入地下室，千万别频繁曝光，和土命的人多在一起，或许还能有救，否则必死无疑。天仙子书中还举了某大师的例子，她说譬如某大师，一定要在这一年中住进地下室，不要露面，尤其不能与开保时捷的火行女性相聚——而众所周知，大师何止与火行女性相聚？他的新情人就是一个五行属火的女子，且开的正是保时捷！

于是天仙子自然引起了公愤！天仙子吧惨遭刷屏，曼陀罗打开电脑，只见天仙子吧里充满了污言秽语，可她似乎对母亲的灾难完全无动于衷，甚至脸上还露出一丝幸灾乐祸的笑意。

我狠狠地盯着她："你为什么不帮她？"

"这种事，帮得了吗？"她又小声嘀咕一句，"都是她自己找的！蠢东西！"

我一把揪住她的衣领："你不是甘愿做我的奴隶吗？那么我现在命令你，在一小时之内，必须把她的吧清了，懂吗？"我边说边换衣裳，摔门而去，临关门前还听她问："你上哪儿啊？！"

3

我当然去找天仙子。

不出我所料，天仙子的状态非常不好，她脸色灰暗，好像连头发都变灰了，眼睛无神，最可怕的是她的胸好像整个塌了下去，那种青春性感的感觉好像一下子离她而去，她看到我的时候，眼睛里似乎还有敌意。

"你是来看我笑话来了，对吗？"

我扑上去拉住她的手，什么也没说，她的眼睛在我脸上转来转去了好一会儿，突然，如冰川塌陷火山爆发，她哇地哭出来，哭了一个山摇地动日月无光。我一直拉着她的手，不知道说什么才好。

在人类世界，女性面临精神崩溃的时候，急救措施不外乎两条：华衣美食。这一点，我早已屡试不爽。天仙子对穿衣裳没什么追求，只有用美食来挽救她了。我打开冰箱空空如也，摸摸手袋一文不名，尽管那么讨厌曼陀罗，可又不能不求助于她。

可是曼陀罗的手机打不通。一个讨厌的女声不断地响起："对不起，您拨打的电话不在服务区。"

天仙子终于哭够了，她拉着我的手，问我该怎么办？我心里觉得太奇怪了，在人类社会，每逢我不知道该怎么办的时候，我总是去查找那本羊皮书，而现在羊皮书的作者反而请教我——该怎么办！难道她那本书并不是由于她自己的彻悟，而是由各种书中的各种道理拼凑的吗？！我低头半晌嗫嚅着说："你没想到查查那本羊皮书么？"

天仙子仿佛一惊，然后眼睛从下往上盯住了我："你倒提醒我了，从咱们认识那天你就一直在说羊皮书的事儿，可是，我的羊皮书的样书只有一本啊！怎么会跑到你手里的？"

我也惊住了，假如，实话实说，告诉她那本书是在路上捡的，她肯定不信，但是，我至今还没学会人类随口说谎的本事，我无法在短时间内编造出令人信服的谎言，于是我只好呆呆地看着她，说不出话。

天仙子显然是误解了我，她收回目光，淡淡地说："好了百合，谢谢你。你可以走了。"

我呆呆地走出门去，不知道如何解释。人类社会真的是太复杂了，有时你真心想要帮一个人，可结果并不好，那种受人误解、不信任的感觉实在是太难受了。相比之下，海底世界是多么单纯！我们从来不怀疑别人对我们的好，对我们的友谊和爱！同样，我们对别人的爱也从来不打折扣！我们永远不会费脑子去想这些我们看来非常简单而人类看来非常复杂的问题！

我走出天仙子家门口的一大片阴凉，进入了烈日如火的天空。我看见我的影子投射在柏油路上，犹如黑白照片一般清晰，我看见我的影子突然晃动起来，一会儿变长一会儿变短，我突然有些害怕，下意识地回了一下头，看见天仙子的脸正贴在她家的外飘窗上，因为鼻子压瘪了，所以看起来有些怪异。

4

我的突然昏厥让天仙子惊慌无比，据她说，我走进烈日里，就像是喝醉了酒似的晃悠起来，她本来以为我是在故意走舞步逗她玩儿，直到砰然倒地，她才缓过神儿来。她说百合你为什么不为自己辩解呢？我不过是说了那么一句话，我其实特希望你能为自己辩解，因为我自己也不相信自己的说法，我需要你的强有力的辩解来支持我心里相反的想法。我听了这话就叹了一声，我说你累不累啊？你们人类怎么都这么累啊？本来我还以为你会不一样呢。

听了这话天仙子的眼睛里就流过一丝诡谲的神色，她说百合你说什么，你说我们人类？难道你不是人类？

我真觉得自己很失败。妈妈白白花钱买了这么一幅昂贵的面具，可我在不长的时间里，竟然暴露无遗。曼陀罗，金马、老虎，现在又是天仙子……每一个接近我的人都对我的身份质疑，可见我是太不会伪装了！而且到现在，戒指的主人还一点线索都没有。

我对天仙子说了实话，我说那本羊皮书是在路上捡的，我甚至向她背诵了几段羊皮里的格言警句。天仙子听了就翻她的书架去了。半晌，她一脸茫然地转过身："好奇怪，真的没了呢。我怎么会把这本书扔在路上呢？！……"她的注意力终于转移了，她边说边换衣裳，她说百合我们出去吃饭吧，附近新开了一家法餐。

我心里没底，因为每次吃饭都是我付账，好像成了习惯。成了习惯的事一般很难改变。天仙子像每次点菜似的那么豪爽，法国蜗牛和鹅肝是少不了的，另外，什么香煎银雪鱼，什么法式牛尾浓汤什么的，都是天价。过去我有钱的时候对这些价位完全没有概念，可现在，我心里直发冷。那种不踏实的感觉伴随了我整个一顿饭，那么正点的法餐也没让我兴奋起来。

天仙子倒是说个没完没了，她冤啊！她说她凭良心发誓，她当初写这个的时候，完全没有伤害他人的意思，她边说边吃，什么都没耽误，天仙子的能量大得惊人，我现在最怕就是听她说话，在之后的岁月里越来越怕，这是因为天仙子一说起话来就是两三个小时，假如不及时打住，她的话会像流水一样没完没了。后来我慢慢发现，实际上人类社会中的女人，大多是些不幸者，但是她们的不幸与贪欲一样多，假如她们的性欲没有得到满足会用食欲补，假如食欲也满足不了就会有一种奇特的说话欲，真是太奇怪了，天仙子尤其让人受不了的是还特别敏感，假如她对你说话，那么她一定是要求你要专注地听，你要全神贯注眼睛一眨不眨，这样让我感觉非常之累，譬如现在，她反复地激动地申述着她的冤屈，在和假想敌对抗的时候总是用一根手指指着我，这让我惊恐万分，后来我实在忍不住打了个呵欠，她立即停住用极为不满的眼光盯着我说："你不想听了？"我只好说我想听我太想听了，只是，只是……

"那好，买单吧。你也累了，需要休息。"她的态度一下子变得冰冷。她向服务员挥了一下手，然后就向我示意，天哪最害怕的一刻终于来到了，服务员走到我旁边，我的双手都凉了，我鼓起勇气说天仙子这一次你来结吧，我忘了带钱了。

我看见她本来已经愠怒的脸一下子变青了。她在手袋里面掏来掏去我想她也面临着极为尴尬的时刻，真的一切都怪我，由于平时养成的习惯她认为我应当付账，我没有及时告诉她这个以至于她在选择餐馆及点菜等一系列问题上犯下大错。我双唇发着抖试图向她解释，但还没等我说出她就蹦出一句让我难受很久的话："我本来以为你是来安慰我的，没想到你也会趁火打劫！"

我呆坐在那儿，觉得半个餐馆的人都在盯着我看，我的脸热辣辣的，心想钱这个东西在人类社会真的是太致命了！没有钱，所有的好心都会在瞬间变成驴肝肺，没有人相信你的解释，甚至没有人会听你的解释。语言和好心一样，在钱的面前都会软弱得一触即溃。

幸好在我的电话呼救之后，老虎及时赶到。老虎解救了我，而天仙子，见到老虎似乎就化成了一团蜂蜡，这时我好像在他们交流的鼻息里闻到了一股迷药的气息，我张皇失措地看了他们一眼，心里突然地疼痛起来，为了掩饰这疼痛，我匆匆逃离。

我逃到外面的阳光里，也学着人类点上一支烟，边走边吸，让身心被烟雾笼罩，使劲记起他们种种的好。

5

小骡又来电话了，自从我们从摩里岛回来，小骡的电话就如影随形般地跟过来，没完没了。小骡说他的梗概已经写得差不多了，我懒洋洋地说那你发过来吧，尽管我知道这件事做成的结果就是又有钱又有名，可我还是没有丝毫动力。

终于有一天，小骡对我说，他已经把剧本初稿写完了！他要坐上三十多个小时的飞机，把剧本亲自送到我的手上，当然，他也准备和我的"领导"面谈。

我这才觉得，要动真的了。当然要向老虎汇报。自从那次付账事件之后，我已经好久和老虎没有联系了。曼陀罗装了个来电显示的电话，只要一看是老虎或者天仙子，我们就毫不留情地任其铃响，只是不接而已。

老虎约了醉园大饭店，不但自己来了，还把董事长也请来了。小骡显然是没有料到董事长会来，他只带了两份礼物，明显是准备送给我和老虎的。小骡倒也直接，趁着董事长和老虎谈话的当儿，轻轻拉一拉我的袖子："姐姐，要不，我先送他们，你的以后再说……"我吃了一惊，在我生活的那个世界，这样做是要遭海王惩罚的！可是人类世界……我实在忘了羊皮书里是怎样写的了，也可能，把这一点遗漏了？但是时不我待，两位领导已经转过头来了，小骡也不再看重我的表态，急忙把手里拿的两份礼物献将上去，两位领导反应不尽相同：董事长显出一副正气凛然的样子，挥了挥手，老虎却很痛快地接了，然后又替董事长把另一份也接了。然后他们开始谈，诺大一个饭店，好像我变成了一团空气似的。小骡的脸上全是谄笑，说着一些让人不断起鸡皮疙瘩的话，把两位领导哄得不错。有些事情真是无师自通：小骡虽然并不曾学过金马发明的歌谣，做的事情却颇有天赋。后来董事长铜牛因为有事先告辞了，这才像突然想到我似的说："百合啊，你去把饭安排一下，还有客人的食宿。"

我点了点头，心里很不高兴。在海底和人间这种地位的反差让我难受。但是为了使命，我也只好去做这些我根本不愿意做的。大约老虎也看出我不高兴了，他急忙对着小骡说："我们对你这个题材是很重视的，不然我们不会派百合来做，她可是我们这儿的主力啊。"小骡这才打了一个怔，把一双大眼珠子调向我，同样媚笑着说："那是那是啊，百合姐和我们一见如故。我们谈得可好了，不然也不会把我这敝帚自珍的题材拿出来啊！……"我这回可是没给他面子："什么一见如故啊？我怎么没感觉到啊？"老虎在一旁笑起来，连连说："好了好了，我们的百合喜欢开玩笑，骡先生你不要介意啊，好，我们去吃饭吧，骡先生喜欢什么样的口味？这个饭店大概有七种口味，日式韩式意式法式，中式的有粤菜湘菜还有淮扬菜……""淮扬菜吧，小骡的祖籍就在那儿。"没等小骡说话我便抢着回答，因为我喜欢吃淮扬菜，而且，我也怕老虎一高兴请他吃意餐，这个饭店的意餐有名的贵，领导一高兴，最后负责买单的是我，太贵了，财务不会给我走账，这个道理，我倒是弄清了。

老虎上洗手间的时候，小骡急忙做卑躬屈膝状："百合姐，委屈你了，这样吧，你说个数，如果我拿到了稿费，你拿回扣怎么样？"

我原是最讨厌人类社会什么回扣什么提成一类的词儿的，可是鉴于小骡的表现，我决定：不要白不要。我说我要百分之二十，本来是准备他侃侃价的，没想到他一口答应。他刚答应了老虎就回来了，我心里开始忐忑，我怕他会把这件事告诉老虎，更加困惑的是，我不知道自己怎么一时使性子就要了回扣，我难道真的穷疯了吗？

下面他们谈了什么我一概没有听，只记得那天结束的时候他们两个都是面带笑容似乎各得其所的样子。有谁能预见到几年之后他们竟然成了仇敌啊，是真正的仇敌，恨不得白刀子进红刀子出的！

小骡临走的时候我专门对他说，那天关于回扣的事情取消。没想到他一听此言好像天塌下来似的，他说百合姐我怎么得罪你了？是回扣还不够多吗？如果不够多那就加给你好了，我不过是要个名分罢了。

至今我才理解他当时的惊慌——当时的人类社会已经有了这种做交易的潜规则，只不过还不那么明目张胆就是了。

第八章

1

曼陀罗生下来就知道自己与众不同。很早的时候，她就能从大人的眼神里读出他们心底的想法，她蔑视他们，蔑视一切人。她觉得用不着和众人沟通，所谓群众，不过是一群可憎的乌鸦而已。

再大些，一个偶然的时刻，她亲眼目睹了父亲和那个女人的丑剧——当时他们赤身裸体抱在一起，变成了一个黑白相间的太极图。那时她还是个孩子，她就那么站在他们的床前，一动不动地俯视着他们，直到父亲突然看见了她。

从此父亲总是悄悄地塞给她钱和各种好东西。她冷冷地不动声色地接受。但她从心里看不起父亲，也看不起母亲。她觉得自己那时已经彻底了解了所谓"夫妻"与"爱情"，她注视着她的父母，觉得他们很可怜：他们在家里压低声音吵架，但是只要门铃一响，他们的脸就会立即多云转晴，装出欢欣鼓舞的样子与朋友攀谈，还经常劝诫别的朋友要珍惜婚姻，她都替他们累。但是后来发现似乎所有的成年人都在这么伪装着，没有假面具，似乎他们一天也活不了。

从那时她就发誓，将来决不要婚姻，更不要任何男人，男人是另一种动物，她嫌他们脏。

她很早就有了种种可怕的难对人言的秘密。她很小的时候就偷偷看过母亲天仙子的羊皮书，羊皮书里写满了她这个年龄不该看的东西，还有许多让她看了血脉偾张的图画，她开始在梦中使劲地蹭自己，后来一夜夜无法入眠，再后来，她觉得身体内部出现了什么可怕的问题——那是既然无法明言又难以解决的问题。特别是，当她初潮来临之时，她觉得自己的身体内部起了巨大的变化，渴望与拒绝一样强大，掳住了她整个的身心，她不知道如何排解，就会在静夜之中，用课堂上削铅笔的小刀，在自己身体的各个部位划上深浅不一的伤痕，事后她并不是不后悔，可当时就是无法克制那种奇怪的冲动，好像只有疼痛能够缓解她身体内部的不安……

有一天，她终于用那把小刀戳破了自己的处女膜，一缕缕暗色的血流出来，她咬牙忍痛不让自己喊出声来，她一夜夜地翻滚，一刻也不停止，好像停下来就要死了似的。她脸色已经定格成灰色，于是她浓妆艳抹，化妆品于她便成了一片甲胄，白天黑夜都不再摘下来，但是身体的一天天走向毁灭却是势在必行的了。

直到那个夜晚，那个西班牙现代舞之夜，她死而复生了！

多年以前她在看西班牙歌舞剧时的那一声啼哭，就是她内心某种东西的觉醒。当时百合的手越过母亲天仙子触碰到了她的脸蛋儿时，她觉得蓦然一惊，那天晚上她做了个梦，她梦见自己变成了一朵巨大的曼陀罗花，美丽而有毒。她在海面上漂啊漂啊，越沉越深。她很害怕，怕自己沉入万劫不复的深渊。

突然，有什么软绵绵的东西把她接住了，她觉得自己深深陷入一片云彩之中，那种柔软好像打通了她身上的什么脉络，她一下子觉得光芒四射明艳照人，她全身一下子好像有了使不完的力气，她看到四周全是那种软绵绵的乳白色，她知道那是海百合，是海底最美丽最昂贵的生物。

而那天晚上的手指的触碰，让她再次感受到那种全身通透的感觉，当时她飞速地抓走了那枚戒指，完全不是为了想偷窃什么，她只是想把那种突然而至的光芒留在身边。

之后她就认识了百合。百合是以一种强势的、蛮不讲理的方式进入她的生活的。百合对她的仇视溢于言表，然而，她却是恰恰相反，时间越长，就越是感到百合的可爱：百合没有任何人类的陋习，她自然天成，朴实无华，喜欢享受一切华衣美食，根本不懂得现在女孩的标准是"骨感美"，百合胖乎乎的像个大娃娃，最重要的是她健康之极，勇敢之极，生气勃勃，头发乌黑蹭亮，皮肤汪出水来，"唇不点而含丹，眉不画而横翠"，正好与曼陀罗相反。

她闻见了那种香气，那种迷药的香气，她用她的手法偷了一点点迷药，当天晚上，她就把那一点点药粉服食下去，啊——那是怎样的梦啊！！——她梦见自己变成了阿佛洛狄德，从一堆金光闪闪的泡沫里慢慢升起来，周围有无数的鸟儿在啼鸣，巨型的贝壳载着她走到岸上，她赤着脚在岸边走着，所到之处鲜花盛开，万物生长：水仙、番石榴、蓝色天仙子和白色百合……她在海边种植了石榴木，酿造出美味的葡萄酒，酒里掺着大量令人销魂的催情剂，引来无数人世间的痴男怨女，夜间，大家沉睡在玫瑰花间，玫瑰花油如同珠泪一般滴落下来，浸透了香精的鸽子在他们的头顶上拍打羽毛，所有的人都簇拥着她，享受着她带来的丰饶与美丽。

自那之后，她天天疯了似的研究剩下的一点点药粉的配方，彻夜炼制迷药，但因为药引子太少，总是不能达到纯度的效果，终于有一天，梦再次来临，但那不是一个美丽的梦，那是个噩梦——有一个面目不清的老人对她说了几句含混不清的话，她听懂了，那个老人是说，如果把她脸上那朵曼陀罗花削下来放进炼制迷药的锅子里，将会出现独一无二的迷药。她在梦里问：那么我的脸呢？我的脸怎么办？会不会出现一个大疤痕啊？……老人回答："不，不会的，你削掉它，还会有新的曼陀罗花长出来，而每一次炼制，都需要一朵新的曼陀罗花，别想一劳永逸……呵呵……"

她在老人阴险的笑声中醒了，一身大汗。就在第二天，她遇见了一个男人，一个神秘的男人。这个神秘的男人，脚心上刺了一朵曼陀罗花，她觉得自己得救了。

她沉浸在迷药之中，须臾不可离，迷药是她逃避这个世界的唯一办法。可是自从摩里岛的那番遭遇之后，她终于知道，除了迷药之外，这世间还应当有点儿别的什么。除了在迷药制造的梦中得到虚幻的爱之外，她还应当得到一点点实在的抚摸。

眼下，曼陀罗觉得能救自己的只有百合，这个与众不同的又胖又漂亮又纯洁又厉害又不谙世事又爱享受的小可爱。自从摩里岛的那次获救，曼陀罗已经确定百合是一个在她生命中占有重要位置的人，可难受的是，无论曼陀罗怎么伺候她讨好她被她奴役都完全没有用，从她内心深处，她愿意为百合做一切，这是极度自私的她从来没有过的想法，她想，这或许就是爱了，真的，她爱百合。思想肮脏的人往往会爱一个干净纯洁的人，她想，如果这个浊世上还有一个没被污染的人，那么她一定就是百合——谁也没规定同性之间不会产生爱情吧？！

一直被她那么厌弃那么鄙视的人类爱情，竟然在她自己自以为早已封冻的心底悄悄滋长，而百合，无疑就是她的原子破冰船。

然而那天百合给她看的那张照片里那个隐约可见的第五个人，正是她梦中那个阴险的老人！难道，这是什么不祥的预示么？！

她从睡梦中惊醒，大汗淋漓。

2

在罂粟的不断鞭策下，阿豹终于辞了公职，来到那家大公司。老总没有食言，随即就任命他做了副总。没过几天，就开始跟他谈那个也许是觊觎已久的红港项目。老总把他和另一个副总叫来开会商量如何筹资的方法，主要是想办法解决融资渠道和融资手段，老总特别对他说，他认识的那个发小王总，掌管着一家极高档的酒楼，应当有办法解决资金问题。

阿豹立即找了王总，小时候叫王四儿的。王总请他到那家高档酒楼吃下午茶，寒暄过后，阿豹直接说明来意，王总也很痛快，说既然这样，那不妨用我这个超豪华的大酒楼为你们做资金抵押担保，作为互利，你们花点儿钱把我这酒楼装修了如何，正好我要装修了。

阿豹马上回去汇报，老总一听大喜，立即与对方签了反担保协议，但是过了几天有些不放心，便派人到酒楼去考察，考察之后才突然发现，那酒楼即使装出花儿来，也不过才要二百万之多，超过部分很可能被他们挪作他用，于是老总郑重告知阿豹，本公司只同意担保二百万元，让阿豹把那份反担保协议追回。

阿豹觉得这一切都再好办不过了。所谓的王总，在他眼里不过是那个小时候流着两条黄龙鼻涕的王四儿，那时候都住平房，他和王四儿家算是邻居，两家偶尔做了什么好吃的，香味儿都会飘过去。那时阿豹是孩子头儿，弹弓打鸟斗鸡走狗捞鱼拦虾无一不精，附近小河里鱼虾虽小，下雨后水涨时去拦，也能大桶地捞回，回来就裹了面炸，香味能传出一个街区。头一个闻香而来的就是王四儿，拖着两条鼻涕就进来了，手没洗筷子没拿就先抓起一条炸好的鱼，一口咬下去，阿豹上去夺也不过才能夺个鱼尾巴，嘴里吃着两手还抓得满满的，别提多招人恨了。

阿豹其实有天真的一面，在他的心目中，人物都是定格的，没有变化的，譬如想起王总，他总是想起那个流着鼻涕的王四儿，而忽略了岁月带给人的变化。而最后，实际上他正是败在这种变化上。

但是在当时，他十分欣喜，他再次约了罂粟，认为巨富已指日可待。他找了一家环境极好又极贵的私家菜，罂粟也不客气，点了这里最贵的芽菜梭子蟹和鳕鱼煲，味道的确是美，罂粟的吃相很好，她能不动声色地吃光一大桌山珍海味，而不必担心长胖。她是天生的那种瘦肉型，但是该凸起的地方绝对凸起，阿豹已经深感罂粟在这段时间内的突飞猛进了。

他们上演的仍然是老节目，吃完饭，就开车去了罂粟家，罂粟家里一看就是那种局部不错但缺少总体构想的格局，但是局部不错就够了，最漂亮的局部自然就是床：罂粟把心思都用在了这张床上：这张床很像是18世纪法国公主的床：有层层叠叠的花边，罗可可式的图案，铁划金钩精雕细琢一点儿不带含糊的，罂粟买了比印度神油还贵的一种迷药，据说这是最近在坊间悄悄流行的。过去没有阿豹的时候，她偶然也带男人来这里睡，但她也有些提心吊胆，现在的男人，有几个没在脏地方待过，她很难想象，连一个报社的多年故交，老实出了名的，还跟她讲了对小姐们特殊服务的感受呢。她梦寐以求的，实际上就是现在这样的格局，规律性的性生活才对女人有益，否则，还不如没有。

罂粟是大事小事都不吃亏的人，总是把事情算得精而又精。而表面上，她显得开朗活泼，她经常的策略是：干脆把别人对利益难以启齿的话半开玩笑地说出来，这样既拔了头筹占了便宜，还落个光明磊落，别人还说不出什么。她总是以弱胜强以柔克刚，表面上对阿豹百依百顺，实际上把他操控于掌心之中，还让阿豹觉得很舒坦。罂粟这样的功夫可非一朝一夕所能练就，真正要苦其心智劳其体肤空乏其身行拂乱其所为……不过罂粟也并没吃多大的苦，因为她有个好家庭，有个好爹，他爹是名厨，有通天本事。从爹那里，罂粟耳濡目染学到不少处事为人的本事，然而爹这个金字招牌，不到万不得已，绝不使用。与阿豹肌肤相亲达三年之久，她才貌似无意地说出这个秘密，令阿豹咋舌不已。

而现在，她和阿豹躺在这张美丽绝伦的床上，享受迷药与阿豹带来的快感，在快乐接近尾声的时候，她一向的忧患意识又突然出现了，不知为什么她总觉得公司让阿豹找王总做担保这件事有点不靠谱。发小？发小能说明什么呢？难道人不是在变的吗？连爱得要死要活的人，都会突然之间分手，那世界上还有什么是不可变的呢？！

于是在阿豹坐起身来抽上一支烟的时候，她突然说："你注意，在反担保合同中，让你们老总签字，你千万不要签字。"

事实证明，这句话在后来发生的事情中，拯救了阿豹。

3

天仙子觉得自己到了地狱的边缘。不，是已经到了地狱。

她写不出一个字。

她每天都烈火焚身，明知山有虎偏向虎山行：每天的第一件事就是打开电脑看自己的贴吧，看那些能让人疯掉的污言秽语。有时她潜水，有时也穿上马甲回骂，可这一点点微弱的声音，怎能抵挡那几十万骂战大军？！她注意到只有一个网名叫"东方不败"的网友常常站出来帮她说话。"东方不败"常常发出惊人高论，恰似吕布的方天画戟，但是她奇怪这样一柄锐利的方天画戟怎么会起这样一个名字，是他（她）有意掩饰性别？还是真的练过"葵花宝典"？她有点想约他（她）出来，可又害怕见光死。但是这一腔悲愤同谁诉啊？！老虎？不行。她很害怕再度与老虎恢复那种暗无天日的关系，哥哥金马？不，她能想象到哥哥幸灾乐祸的笑容，百合？不，刚刚一起吃过饭，要不是老虎赶来买单，她天仙子就要丢大人了！她奇怪百合过去一向乐于买单，为什么单单这次忘了带钱？是真的忘了吗？百合是不是也想从失败者身上找到一点居高临下的感觉呢？！

剩下的只有女儿了。女儿曼陀罗有多久没回家了，连她自己都记不清了。她和女儿之间的关系，永远是单相思的关系。她怕女儿，怕女儿脸上那种刻毒的微笑，怕女儿犀利的言辞，她永远不是女儿的对手，她怀疑即使自己死了，女儿恐怕也不会落下一滴眼泪，可是现在，现在这个被舆论绞杀的疯狂时刻，女儿大概不会不出手相救吧？

4

自从海百合进入人类世界以来，第一个真正喜欢的人就是羊皮书的作者天仙子，现在天仙子遇难，她很难过，可是一切事情都搞砸了。

她躺在床上，梳理着自己的思路，搞砸的根本原因，当然是钱。她再次感到恐惧：钱，对于人类来说，实在是太重要太重要了，它几乎就是一切，尽管有些人还羞答答地不愿承认，但实际上就是如此。

她想，她唯一的办法就是再回去一趟，取一些海底的珠宝。自从那天吃饭回来，她已经几天没有出屋了。曼陀罗一日三餐地把好吃的放在她的门边，她并不开门，任凭曼陀罗如何低声下气，她都不理不睬，但是她奇怪地发现，不吃饭并不能使她消瘦，甚至不能让她有一丝丝的憔悴，她在镜子里看到的，依然是个唇红齿白的胖娃娃。

这天在她轻轻开了一道门缝的时候，一直等在外边的曼陀罗箭一般地冲了过来，只觉得艳光一闪，她这才发现曼陀罗竟然赤身裸体地等在外边，只在颈项处、双臂处、手、脚腕处戴了漂亮的首饰，那样子还真像印度阿育王时代的修瑜伽女。曼陀罗如同一支行将萎谢的花朵，匍匐在了百合脚下，她仰起脸，她的脸让百合吓了一大跳，这还是那个美丽非凡的女孩吗？明明变成了一个饱受摧残的怨妇！那种衰败，那种怨毒，那种已经完全无法自控的欲望！……都让百合害怕，怕得发抖！

百合不知是心乱如麻还是一片空白，她觉得自己的衣裳如同蝶翼一般纷纷殒落，曼陀罗金属一般冰凉坚硬的手指在她童贞的皮肤上划来划去，但是她除了觉得有点痒痒之外并没有什么其他的感觉，她看着曼陀罗着迷般的表情，委实不知道自己到底是哪一点迷住了她！

后来，当曼陀罗费尽心力，终于剥掉了百合的最后一缕衣裳的时候，她已经大汗淋漓累得喘不上气了，看着百合满脸的天真无邪，她突然觉得自己所有的劲儿都白使了。

曼陀罗用最后的一点劲儿狠命掐住了百合的脖子，但是她的力气实在太小了，百合没用什么劲儿就把她甩开了，惊叫道："你到底要干什么？！"

曼陀罗如电闪雷鸣一般痛哭起来："你！你！我早晚会死在你手里！"曼陀罗的哭绝对是一场疾风暴雨，扫荡一切，而且她哭的时间是那么长，她不断重复着一句话："我就不明白了！我就不明白了！……"当她把这话重复了一百遍的时候百合才不关痛痒地问了一句："你不明白什么啊？"

百合糟糕的问话导致了曼陀罗新一轮的大哭——她不明白的

事儿太多了，首先她不明白自己为什么拒绝那么多英俊有钱男子的追求，而单单迷上了这个不知世事的胖娃娃，然后她不明白自己为什么把这件事看得这么重，以至"衣带渐宽终不毁，为伊消得人憔悴"，为这件事把自己弄成这个人不人鬼不鬼的样子，而她最最不明白的就是百合的态度，她凭什么？她凭什么这样对我啊，我这个被千人抢万人疼的香饽饽，怎么到了她这儿就变成了一块千人踩万人踏的烂抹布了呢?！！

曼陀罗觉得自己的心都快疼得炸开了，她眼前这个触手可及的娃娃，本来应当是很容易被占有的啊，可是一切到底是怎么了？怎么这么难?！她设计的一切都变成了零，甚至负数，完全没有用，这双近在咫尺的天真未凿的眼睛让她如此迷恋又如此痛恨，她觉得自己完全要疯掉了！

她一直哭到声带嘶哑发不出声，哭到再也哭不动了才算收声。从肿了的眼皮向世界看到的第一个场景，就是百合竟然在看羊皮书。她扑过去一把把书抢在手里，用最后的力气来撕扯，不过她只来得及撕破了书皮和扉页，就被百合夺走了。

"我不过是想查查羊皮书里碰到这类问题该怎么办。"百合认真的回答让曼陀罗哭笑不得爱恨交加，她说不出什么来了，她只能自认倒霉。

5

曼陀罗就是在这样的心情下回到母亲身边的。但是她见到母亲第一眼的时候就立即恢复了过去对母亲的那份憎恶。这种憎恶并不在于对象对于自己的好坏，即使母亲把心肝肺都扒出来给她炒着吃，也换不来她的爱，相反，尽管她负气出走，把百合一个人留在家中，可心下还是惦记她的，可以说刚一出门儿就惦记上了，这家伙会做饭吗？对，是给她留了足够的钱，可她不会出去的时候忘了锁门吧？或者更糟，把钥匙锁进门儿里了，这样的事儿，她肯定干得出来。

天仙子因为过于激动而没有注意曼陀罗的神情，她紧紧拉着女儿的手如同一把铁钳，曼陀罗只看见她的嘴在一张一合发出颤抖的声音，却听不清她在说什么。曼陀罗只觉得她哭起来很难看：鼻涕眼泪一锅粥都糊在脸上，曼陀罗使劲挣出自己的手，以免那种脏东西流到自己的手上。

天仙子拉着女儿去看电脑屏幕，女儿只是淡淡地扫了一眼便说："网上的东西有这么大的杀伤力吗？网络不过是个虚拟世界，有什么好怕的？你就全当他们是一群疯狗狂吠不就行了？要么根本不看，要么全部删除！早知这样当初别装神弄鬼啊！瞧你那点儿出息！"说罢，曼陀罗熟练地移动鼠标，连续点击数次，屏幕上顿时一片空白。

天仙子的眼泪还是止不住地流着，嘴里说着："删是删了，可是坏名声也出去了！怎么消除影响啊？……"曼陀罗冷笑不止："你怎么不想这还是因祸得福呢！你过去写了十多年谁知道你是谁啊？你又想出名又装矜持？我呸！如今谁不知道，只有不要脸才能真正出名儿啊，不信你就给我出去裸奔一圈儿，回来保证家喻户晓了！现在没让你裸奔你就出了名儿了，还怎么着？别得了便宜卖乖了！谁不买名人的账啊？新闻正面负面都行，就怕没人理！你这十几年爬格子，有人理你吗？你现在再出去瞧瞧，那得是什么成色！提醒你啊，趁现在推出你的新书，正是时候！"

天仙子不吭气了。她暗自心惊，女儿的话让她觉得，自己已经和女儿形同陌路，她不知道女儿出走之后一直过的是什么样的生活，是什么样的环境造就了现在的女儿，她不敢问，她怕女儿，越来越怕。

好不容易收了泪，她突然小声说："忘了把那个东方不败的话留下来了，他一直是支持我的。"

曼陀罗突然大声冷笑两声："哼，'你要挺住，你要敢于与网上垃圾为敌，你要有烈火焚烧若等闲的勇气！'对吗？"

天仙子呆住了。

"您的浪漫主义幻想特想把这人想象成一个敢于英雄救美的帅哥吧？可惜不是。"

天仙子默默地拉住女儿的手，心里蓦然涌起一股暖意。女儿毕竟是女儿，血浓于水，可女儿的手什么时候变成了这样的瘦骨嶙峋啊？

曼陀罗把手抽了回去，冷冷地说："别以为是我，我没那么好。……你把饭摆出来吧，我饿了。"

天仙子巴不得这一声儿，忙不迭地摆饭，把平时舍不得吃的好东西都拿出来，又到厨房去做曼陀罗爱吃的火腿煎饼。

当烤得焦黄喷香的煎饼端上桌子的时候，天仙子看见女儿一条腿弯曲在椅子上，另一条腿在椅子沿儿上晃荡，一只手不住地夹菜，另一只手按在椅子背儿上摇，这样的姿势，若在过去天仙子是一定要管的，记得女儿刚刚学会自己吃饭的时候天仙子就做了这样的规定："一只手夹菜，另一只手一定要端住碗，这是规矩！"女儿也曾经忘记这么做，忘记这么做的结果便是打手心。天仙子狠狠打过女儿的手心，她记得，女儿用凶恶的眼神看着她，一声不哭。

而现在，她哪还敢再说什么，女儿能回家，跟自己说上几句话，吃几口自己做的饭，自己已经深感荣幸了——恰如皇帝能够突然临幸一个关在冷宫中数年的白头宫女似的，天仙子觉得自己高兴得有点神经错乱了。

"顺便说一句，"曼陀罗继续晃着椅子吃饭，目光撩乱，"你想知道东方不败是谁吗？——告诉你吧，是百合。"

6

曼陀罗关门的声音比平时大，但是百合像平时一样不以为意。她对镜照照自己，揩掉嘴角边的点心渣子，觉得自己好像又胖了一圈儿。她煞有介事地打开小骡的剧本，开始读，怎么也读不下去。说实在的，在梗概阶段她就没好好看。在这个公司里做编辑也有段时间了，但是像小骡这么积极的作者她还是头一回遇到。她总觉得，这是个慢活儿，但小骡的积极主动打乱了她的节奏。

已经有好久了，她发现人类世界一个特别有趣的现象，那就是：越是讲故事讲得天昏地暗日月无光的人笔头子越不行，而一些真写得好的，往往是茶壶里装饺子有东西倒不出来。小骡不幸就属于前者。

小骡那个所谓摩里岛祖先的故事，谁听了谁感动，谁听了谁说好。可怎么一到了他的笔下就变成了这么乱七八糟？这叫电影儿吗？他看过电影儿吗？但凡看过电影儿的人也不会写出这样的臭大粪啊！

但是她强迫自己硬着头皮看，这是她的工作——她必须交给领导一份审读意见。可现在，她觉得自己掉坑里了。

小骡没有任何写作基础。没有任何基础的人还想玩儿花活，一会儿闪回，一会叠印，一会儿定格，一会儿淡出淡入，可基本的叙事功底等于零，说白了，就是根本不会用笔讲故事。

百合站起身来回踱步，脑子里一团糨糊。她依然惦念着天仙子，这个她来到人类世界后的第一位老师。她现在还记得当时捡到羊皮书的情景，那本已经被她翻旧了的书，里面的插画色彩依然那样新鲜，在她初来乍到的日子里，是这本书教会了她很多事情，没有它，她几乎不知道该怎么在这个奇怪的世界里生活。

然而，她早就发现，书的作者却往往忘掉了书中的戒律，从而引祸上身。譬如这次诅咒某大师死亡的事，就十分蹊跷，但是从另一方面来看，也证明了天仙子的确有预测的本领，天仙子在书上曾经提示：某大师一定要在这一年中住进地下室，不要露面，尤其不能与开保时捷的火行女性相聚——所以，她真的想在合适的时候建议天仙子开个类似预测一类的门面，说不定会赚到大钱呢——她现在对钱可是有概念了！

百合在胡思乱想中发现挂钟的时针已经指向中午十二点，她照例感到饿，打开冰箱看曼陀罗给她买的东西——没什么好吃的，很让人失望。总算有一大块新鲜的奶油蛋糕和柠檬，她取出来，把柠檬汁挤在蛋糕上面，这时，她听见了一个声音，确切地说，那是个熟悉的声音——好像有人把一杯水泼在地上，声音来自小仓库。

百合觉得，那个神秘的地方早该曝光了。

7

阿豹顺利地挣下了第一笔钱，准备和罂粟到拉斯维加斯结婚了。第一笔钱并不是来自他所服务的公司，恰恰相反，它来自王总——当他告诉罂粟的时候她不知为什么有些不祥的预感——王总并没有把那份反担保协议还回来。

但是阿豹却一脸笃定，阿豹心里的王总还是那个两筒鼻涕的王四儿，他无视罂粟的提醒，悄悄接受了王总派人送来的一笔款子，连罂粟也没告诉，他想，去拉斯维加斯的钱够了，他要给她一个惊喜。

罂粟在时尚杂志干得很好，杂志有个栏目是名家访谈，罂粟接手之后渐渐把它变成了一个专门拉钱的栏目，首先，她特别精心制作和宣传这个栏目，她的目的很明显：就是要把这个栏目做成品牌，然后让它成为钓饵，专门去钓那些渴望名利之徒——没想到这样的人比她想象的还多得多。她应接不暇。为了能够排队上"访谈"，有的人竟然不惜血本——她简直是惊喜交加，除了交给单位的那部分钱之外，她的私囊大大地肥起来了，因此也对阿豹有了更高的要求——他得配得上她的品级啊！

就在这个中秋之夜，阿豹准备宣布惊喜的那个晚上，罂粟接到一位权贵的助理打来的电话。这电话让她惊喜：那位权贵想请她吃晚饭。——那位权贵，便是那个鼎鼎大名的电影公司董事长，老虎的上司。他其实住在 A 城，B 城的这家影视公司，不过是他无数企业中的一个罢了。那位助理转达铜牛董事长的话："想一睹罂粟小姐的芳容。"罂粟连想也没想就答应了，地点约在醉园。

与她想象的完全相反，出来的是一位魁伟佛相的中年男子，身上穿着设计极简的一线大牌。他在谈话间很快露出自己的年岁，罂粟吓了一跳——他看上去比自己的实际年龄老很多啊！好像是一个历尽沧桑的大佛。

在 A 城富豪排行榜上名列前三的铜牛先生原来是这样的！他的谈话方式非常直接，三言两语就进入了实质性内容。他说很早就注意到了这本著名的时尚杂志，特别是名人访谈这个栏目，注意到了罂粟小姐的冰雪聪明，今天他约她出来，是想随便聊聊。以罂粟的职场经验，立即明白了"随便聊聊"的实际意义。她急忙做洗耳恭听状。一泡茶之后她明白：铜牛是想告诉她：他是个极其成功的商人，但在感情上却是个失败者。对此，他其实耿耿于怀，却又要装作不介意，他是把她看作免费的心理医生了。

他手下有无数王牌企业，随便动一动便会有巨额回报。最近，他正在跟他的第二任老婆办离婚手续。

罂粟悄悄打开录音笔，整个中秋夜就被遮蔽在了铜牛先生营造的氛围里，那个中秋夜没有月亮，不断有贺中秋的短信打断这漫长的谈话，十一点钟的时候罂粟收到阿豹的短信：怎么还不回来？蜡烛已经快烧尽了。罂粟的脸上微微划过一丝异样的表情，铜牛先生立即停住："怎么？"罂粟马上调整笑容："没事儿，一个朋友。您接着说，我正听得上瘾呢。"

那个中秋之夜，阿豹面对已经快要成灰的蜡炬，正在打盹儿，忽听门铃响起，他一下子兴奋起来，开门便大嚷："你怎么才回来？！"

可是透过迷蒙的睡眼，他看见两个冷若冰霜的男人站在门口，其中胖点的那个举起一张纸，恍惚间他看到检查院几个字，他呆在那里，全身一下子凉了。

8

百合万没想到，她打开那扇门的刹那，便为自己的家族立了一功。

那扇小小的铁门很难打开，她几乎用尽了所有的办法。最后在毫无办法的时候，她无意中用手指烦躁地划着门，突然，手上的戒指在不经意间触到了铁门，竟然立即划出了一道深深的划痕。

这戒指果然非同凡响！她摘下它，它就成了一只特定的钻石切割工具——它锋利无比，毫不费力便划开了一个巨大的铁框空洞——足以让她进入。

这小仓库让她很失望。里面乱七八糟的废品堆积如山，唯独没有什么让她眼前一亮的东西。她对色彩很敏感，假如有什么漂亮的东西不会逃过她的眼睛，可是现在，她的眼前灰蒙蒙一片，到处都是灰尘和破烂，那种浓浓的灰尘味呛得她喘不过气来。她准备开溜了。

但是她听见了一个声音。

一个微弱的细若游丝的声音在这样的暗夜里，怕是很恐怖的吧。她觉得心被什么东西牢牢拽紧了，她捂住鼻子像小偷似的四下看着，终于发现那声音发出的地方——一大堆烂报纸里面。

她首先看到的是他的脚！——他的一只脚的皮被扒掉了，那种被扒掉皮的颜色很恐怖！

那个细若游丝的声音在说：救救我，请把我救出去……

她的第一个反应是快跑，快快离开现场，但是，一种不可救药的悲悯之心拉住了她。

她小心翼翼地走向他。

他的脸被一大堆胡子弄得很脏，但她仍然能够感觉到，他其实是个年轻人，不过是因为一直没有刮过胡子洗过脸，所以弄成这副样子而已。看他那双眼睛，竟然有几分熟悉，他痴痴地无助地望着她，她被他的目光弄得心乱如麻。

第九章

1

我把他扶进浴室，帮他脱掉衣裳。他很脏。可以说是太脏了。浴缸里的水很快变黑，然后又换了一池水。就这样一共换了七次水，水才慢慢清澈了。

别误会，这是我自己家里的浴缸，本来我是想在曼陀罗那儿给他洗的，可他不干，他的眼神非常惊恐，好像有人随时会把他杀了似的。

洗干净了，刮了胡子，我发现他竟然是个很漂亮的男子，而且，越发觉得有点儿熟悉，他也痴痴地对着我看，问他的来历，他竟然完全记不得了。很明显他患了失忆症，但是一点儿也没有丧失感觉，也许感觉比以前还要敏锐，他痛，一直在痛，说着说着他会痛得轻轻地抽搐。我很害怕那被剥了皮的脚，我的目光一直在躲着那个地方，可越躲，越是要悄悄地瞥上一眼。

他终于说："……我，我好像在哪儿见过你？……"

我说："我也觉得有儿点熟悉。……你的脚怎么了？难道连这个也不记得了？"

"记得，当然记得。就是前些年的一个晚上，有两个蒙面人把我绑架到一个极为偏僻的地方，那里像幽冥世界一般安静，穿过一片沼泽就来到了那地方，有几棵树，半堵墙，断壁残垣，远远就能看见那里冒着一股股白烟，再走近些，便是一股浓烈扑鼻的香，几乎把人薰倒。……有个女孩穿着一身白衣白袍，是很旧的那种白，上面布满了肮脏的斑点，她拿着一个杵子似的东西，冷冷地盯着我，后来我知道她叫曼陀罗。"提到这个名字，他痛苦地咽了一口唾沫，"她递了个眼色，周围的女人便一拥而上，脱光了我的衣裳。……我不知道她们要干什么，大叫起来，她们用一块很脏的布堵上我的嘴，然后把我的两只脚抬起来给她看——她满意地点了一下头，两个女的就冲了上来，用一把锋利的刀开始旋我脚上的皮……我一下子疼昏过去，再也不知道了……可奇怪的是，三个月之后，我左脚的标记又长了出来，然后她们再次把它旋掉……就这样，不断地长出，不断地旋掉，每三个月，我就要经历一次无法忍受的痛苦……"

"你说什么标记？你这只脚有什么与众不同的地方吗？"

"当然，我的脚心上，有着一个记号，是一朵青色的曼陀罗花，那是由一个德高望众的老人亲自为我文的。

呵……我吃惊得要喊起来了！曼陀罗花的标记？！是……是哥哥！

我抓住他的手："你还记得我吗？"

他细细地打量着我，慢慢摇头。

哦，他已经忘记了一切，他失踪的时候，我太小，但是现在，我只能把疑问藏在心里，无论如何不能与他相认，我要做的是——尽快把他送回海底！

我一动不动地盯着他的眼睛："难道你没注意那个女孩的左脸吗？"

"当时她的左脸是被头发挡着的，后来，在她把我放进小仓库的几年里，有一次她给我送水，我才发现，原来她左脸上长着一个和我脚心上一模一样的胎记！我一开始甚至以为，是她把我的标志移植到了脸上！——"

我的心剧烈地跳动起来。我突然想到，也许我无意间已经掌握了曼陀罗的核心秘密！

——回想起摩里岛那次可怕的经历，我在想，是不是曼陀罗为了迷药，为了她不可遏制的欲望，问了什么不该问的话，才遭到突然变身的惩罚！并不像她自己说的，是因为误服了过多的迷药……

当时莫里亚酋长曾经说过："……她犯了弥天大罪！……"

呵……，万幸啊万幸！幸好我没屈从于她的那一套，不然是不是也得被她拿走什么器官啊！勿庸置疑的是，神一直在保护着我。当然，我用全部财产赎她并不后悔，我为的是天仙子而不是她。

尽管我知道我的处境万分危险，但我还是对哥哥承诺："别怕，你就暂时住在我这儿好了。我会带你上医院看伤，虽然我已经没钱了，但是你吃饱饭应当没问题。"

他怔了一下，一双好看的黑眼睛慢慢渗出了泪珠儿。

2

我硬着头皮向老虎借了一些钱，带哥哥看病。我给哥哥起了个人类的名字叫脚心，专门纪念他那曾经有过曼陀罗花印记的脚心。他的眼睛很漂亮也很善良，还带点神经质——可是我们俩长得一点也不像。

我用借来的钱给脚心买了一副拐杖，带他看病的时候，他可以拄着拐杖一瘸一拐地走。大夫觉得他的伤势很奇怪，大夫说他脚心的皮很难植上了，问了他的年龄和家庭，他全都忘了，我在一边只好说他是我哥哥，患了失忆症。大夫问他的皮是怎么脱落的，我说是被坏人害的。大夫说只能把他大腿的皮削下来一块试一试，手术成功与否不能保证，

我和脚心互相深深凝望了一眼，我问他："要试试吗？"他问大夫这个手术要花多少钱，大夫说很贵的，大约要两万块。他立即说不做了。他可怜巴巴地低下了头，我看他那可怜巴巴的样子心就软了，做出一副无所畏惧的样子说："做，只要能好，多少钱都做！"大夫冷冷地看着我说："可惜我不能给你这个承诺，只能赌一把。""那就赌一把！"没等他话音落地我就接了过去。

多少年后想起我当时的样子，完全可以用年轻气盛来形容。是的我太年轻了，而且从那时开始到现在，我从来不相信自己会老。

在决定赌一把之后，我又开始疯狂地借钱。借钱很难，只有老虎痛快些——当然，后来我才明白，他其实"慷"的是公家之"慨"。

不过自从那天我发现了他与天仙子的秘密之后，我对他再没有过去那种近似爱情的感觉了——我现在除了想把哥哥的病治好，心里可以说是一片空白，什么念头也没有。

有了钱，我立即把脚心送进了医院。我让他住上了最好的病房，我把一切都安排得很好，离开的时候已经是晚上了。他巴巴地看着我，依依不舍。

"乖乖的，明天我再来看你……"我像哄小孩似的哄着他。

他的眼睛里再次闪现出泪花——哥哥他可真爱哭啊，他的性格也和我截然不同，我们真的是同胞兄妹吗？

我们同样经历过物种的迷宫，哥哥出海的时候，一定也像爷爷和爸爸一样，曾经怀揣英雄的梦想。但是他的梦想在一个闷热的晚上被闪电射穿了，曼陀罗就像是一道闪电粉碎了他的英雄之梦，而现在他不知此刻是谁，而过去又是谁？

3

鉴于天仙子小说总是出不来，小骡剧本严重不靠谱，而我又总是没钱可花，于是老虎让我去南方抓一部涉案片，而编剧自然又是金马。

剧情涉及到一个发生在南方的贩婴案件——人类的恶行简直令人发指，为了赚钱，不满周岁的小婴儿被他们弄进集装箱里，打一种让他们哭不出来的针，这样便可以很安全地在火车上过夜，然后运到需要买孩子的地方去，获取暴利。而这样做的结果，是会导致这些孩子终生致残！

作为灵长动物之首的人类，真是集天地最恶之大成啊！就像奶奶常说的那样，他们会遭报应的！这一点，他们已经察觉到了，只是他们似乎没有办法克服自己的欲望而已。

我突然想——我将来不会变得和人类一样吧？这个念头一闪而过，心里一片寒冷。

临走前我去看了看脚心，他术后一切正常，大夫说，他起码还得住一个月，我把借来的钱装成红包交给大夫（这是老虎提醒的），拜托他好好照顾脚心，并且对所有前来探视的人挡驾——他捏了捏红包，大约感觉到了它的厚度，于是欣然答应了。

金马比我想象的还要恶心，自从他出名之后，对我的态度就远不如从前那么热情了。大概他觉得我是个生瓜蛋子吧，从我这儿什么好儿也捞不着，我又没钱了，还有什么必要对我好啊？和我一起出差，他竟然让我给他拎着一大堆沉甸甸的资料，我一个年轻女孩，他一个大老爷们，这若是在海底世界，是必定要受重罚的。我当然也不是省油的灯，下火车走了两步我就重重地把那一大堆东西扔到了地上。他转过头一怔。我说："金大编，以后这种东西你要是拎不动，就请自带小厮一名，我是项目负责人，不是拎包的。"说罢，我就全身轻快地往前走去。他只好恶狠狠地叹一口气，然后把那包重物拎起来。

听说金马驾到，当地官员以迅雷不及掩耳的速度赶往宾馆，当天晚上开了一个热闹的派对。当地的头号大官亲自主持，人类喜欢的鲍翅生蚝扇贝什么的都上了，人们频频给金马敬酒。我真是奇了怪了，这些鲍翅之类的在我们的世界里值个什么啊？可人类拿它们当作待客的佳肴——不过实事求是地说，他们确实会做，做得好吃，我想过了，将来完成任务回去之后，要在海底开个餐馆，专门卖人类世界的佳肴，一定很火。

像以往一样，在他们互相敬酒的时候我低头狂吃，万没想到，他们爱乌及乌，竟然来给我敬酒了，那个最大的官走到我面前，狂夸一通我年轻有为之类，然后说："先干为敬！"一仰脖儿就把一杯酒喝了，把空杯亮给我看，我不知所措，金马在一旁挤眉弄眼，急得什么似的，我随手拿起面前的一杯哈密瓜汁，我说我不会喝酒，只好喝点果汁了。我看那个大官的脸色一下子变得很难看，周围的人脸色也变了，金马在一旁谄笑道："百合的确不会喝酒，她是以果汁代酒，只要感情有，什么都是酒对吧？……"大官这才略略缓过来，周围人打着哈哈，总算是过了。我虽然没看金马，可也感觉到他一直在恶狠狠地瞪着我。

不出意料，回到宾馆金马就跟我翻了。为了防止他像大话西游里的唐僧那样啰嗦，还没等他说两句话我就把他关在了门外。我的理由很充分，我说我要洗洗睡了，明天再说吧。可怜金马一腔怒火无法发泄，活活地憋在了肚子里，估计他要是再跟我出两趟差，必得癌症无疑。

不过他并没有放过我。我刚刚睡着，床头的电话粗暴地响了起来，金马的声音在暗夜中格外刺耳："喂，百合吗？赶快起来！书记刚才来电话请咱们去唱卡拉OK，你对人家那个态度人家还能这样，够有肚量的了，你还不找补一下？快点起来打扮一下，别黑着一张脸，让人家觉得你除了吃对什么都没兴趣！"

"你说对了金大编，我还就是除了吃对什么都没兴趣，起码对你们这些狗屁男人没兴趣！"

那边哑了一秒钟，然后说："百合啊百合，我看你是越学越坏了！那么乖巧伶俐的一个女孩，怎么变成这样了？！告诉我，是不是跟曼陀罗学的？那可是个坏丫头，你这么单纯的人老跟她泡一起，可不就是近朱者赤近墨者黑吗？！快点起来吧，别让人家等啊！"

"谁也没拦着你啊，你去呗。反正我不去，我睡得正香呢。"

"你！——百合！我——我求求你了，人家现在可能都去了，咱们还要求着人家给资料呢！你可不能把我的路堵死啊！……百合，百合……"

当他叫到第二十声的时候，我终于起床了。既然已经栽了面儿涎下脸来求我，我还真不能不给他这个面子——他毕竟还是天仙子的哥哥啊。但是我一点儿没有打扮，连脸也没洗，套上一件毛线袍子就出去了，头发还乱蓬蓬的。

看到我这个样子，大官的脸色顿时又不对了，我装作没看见，金马拼了老命使劲造气氛，从来不唱歌的他竟然连续点了五首歌，每当音乐响起的时候他就捏着嗓子说，这首歌我是献给谁谁的……真让人起鸡皮疙瘩。然后他就玩儿命地让我唱，说实在的我觉得KTV包房里的音乐真是令人作呕，这样的音乐怎么能引起我唱歌的兴致呢?！要知道，海底的音乐是非常美的，每到春天，我们家族的女性是会在黎明时分浮出水面唱歌的，那时候，附近的渔民都会笑笑说:"海百合又在歌唱了。"那种美丽的声音足以把一万个强壮的渔民迷倒。

可现在，面对着这一群喝得面色紫涨的老男人，我怎么会把我熟知的海底音乐暴露出来呢? 所以任凭他们说破大天，我也不为所动。

老男人们大概觉得无趣，终于不唱了，于是金马提议去吃宵夜。大官的兴致又好起来，介绍说附近有一家很不错的夜宵店。金马立即说由我们来请。大概是因为晚餐过于丰盛而卡拉OK也不便宜，超过了应有的接待费，大官这次没有推辞。

金马一下子点了数十种菜数十种点心，大约他觉得我腰包里挎着的公款闲着也是闲着吧。我不吭声儿，反正他点了我就吃，这儿的宵夜味道的确不错。大官可能想改善和我的关系，一个劲儿挑话头儿说话。他和蔼可亲地问我多大了，在公司工作几年了，是哪儿的人，家里是做什么的。他问一句金马就替我答一句，到后来他终于没的问了，消停了。吃的也差不多了，金马立即示意我结账。我一摸挎包，哟，公款锁在宾馆的保险柜里忘带出来了。

金马这下气得非同小可，脸都黄了，又当着大官诸人的面，只好哆哆嗦嗦地掏出自己的钱夹子，一边眼睛还瞪着我，一边小声对服务生说:开张发票，抬头写巨龙影视发展有限公司。——万没想到，服务生傲岸地扬了扬下巴说:"对不起，发票没有了，过两天再来拿吧。"——

——金马再也无法克制，终于爆发了:"你! 过两天是什么意思?! 过两天是过几天?! 我们后天就走了! 哪个有空再为这张发票跑一趟?! ""对不起先生，"那位服务生大概是见得多了，根本就没把金马的咆哮放在眼里，"我们现在没有发票这是事实，至于你是不是能为这张发票跑一趟，那是你们自己的事情。"服务生的镇定令金马愈加老羞成怒，他把桌子一拍冲了过去，立即被大官和几个随从拉住了，我心中暗笑，因为我知道大官们如果不拉住他他也是做不出什么来的，没准儿更丢脸，若是真的动起手来，他未必是那几个服务生的对手。

金马恨极——他这趟差事算砸在我手里了！——他还真做得出来，为了那一张发票，他决定再多留几天，我可没耐心等他了，我还惦记着脚心呢。再说，若再和大官那些人多相处两天，不是他们疯了就得是我疯了，赶紧走吧，还落个全须全尾儿。

4

我从车站直奔医院。

我突然发现我惦念脚心的程度要超过任何人。从羊皮书中我知道，对脚心那样牵肠挂肚的担忧和思念属于血浓于水，到底我和脚心是有血缘关系的，就是不一样啊。

但是脚心不在医院。

大夫说，两天前，有人把他接走了。我像金马为发票那样为脚心发狂了，我拽住大夫不松手直至大夫说出了全部的详情——我判断一定是曼陀罗派人把他绑架了，一定是！

我冲到曼陀罗家，铁将军把门。我用我的戒指划开了玻璃，跳进去的时候扎破了手指，我就那么鲜血淋淋的冲了进去。

曼陀罗家变化好大：俨然是一派阿拉伯式的装修风格，装饰和味道中都渗透了一种淫靡的香气。找到那间小仓库，已经不存在了，彻底的装修已经把那两面非承重墙打掉，小仓库已经化作了客厅的一部分。再翻冰箱，却是依然如故：只有一包冷冻咖喱饭和冷冻意酱面。

我不死心，依然到处翻找，每个隔扇每个柜子都打开了，在一个装着巨大钟表的柜子面前我站住了——那个柜子是紧锁着的，上面有一个椭圆形的密码盘——我的古老的戒指在现代的密码盘面前无能为力了。

身后的声音冷冷地响起："你在干什么？入室盗窃？要不要我打报警电话？"

我猛然回身：曼陀罗直挺挺地站在那儿，她愈加瘦了，瘦得如同一根芦苇，但眼睛里似乎又有了神，除了左边那力图被头发盖住的青记，她简直有一种冥间的美。

"该打报警电话的是我，你把他弄到哪去了？"

"他是谁？谁是他？"

"别装蒜，赶快把他交出来，否则别怪我不客气！"

一丝痛苦的神情划过她的眼神，但很快，她便恢复了那种冷冷的态度："对不起，我看你是精神出问题了，请你出去，别在这儿无理取闹！"

我自己都没想到我的出手如此凌厉，对，我们水族的后代出手，要比动作最快的人类还要快上五十又十分之三秒。那一巴掌是我来到人类世界后最最痛快的一巴掌，我居然把她扇得宛如陀罗一般转了四个圈儿，然后倒在地上。她捂着脸，咬住牙没有哭，眼神里带着一种恶狠狠的表情，她就那么看着我，黑而长的睫毛像黑寡妇的扇子似的那么恐怖。

就这样，我们不知对峙了多久，她慢慢坐起来，拍了两下巴掌。她拍巴掌的姿势，很像羊皮书中介绍阿拉伯贵妇呼唤奴隶的那种姿势。果然，"奴隶"被她唤来了，那是两个膀大腰圆的汉子，他们慢慢逼向我。我看着他们，突然觉得那天去医院绑架脚心的便是他们了。

架子上的那个罗马钟盘，时针一分一秒地逝去，那种声音恰似放大了的耳语，有一种末日将临的感觉。就在按照海底时间计算已经超过七分钟的时候，我突然说出了一番我本来并不想说的话。我说曼陀罗你要是敢动我一根毫毛，我就会让你死得很难看。

我不知道我当时说话的表情，我的表情也许只能从曼陀罗的脸上折射出来，那是一种恐惧的光。我继续说，我说你还记得摩里岛的那个晚上吗？你与恶魔的交易失败让你消失生命变成木乃伊，是我用自己的全部财产抵押才换回了你的生命你忘了吗？！早知道你是这么个恶魔，我真是多余做了这件事！告诉你曼陀罗，你必须在三天之内把他给我送来，不然你别后悔！！

曼陀罗脸上的惊愕一点点闪烁着，在我拔脚要走的瞬间，她突然扑上来抱住了我的脚："百合，别走，我求了你别走！百合你不懂，你不懂我需要他，没有他我就活不成了，我也需要你，别离开我好吗百合？别离开我啊……"

"没有他活不成？应当说是没有他的皮你就活不成吧？滚开！从此以后我不认识你！"

她示意那两个壮汉退下"——那如果我说我已经帮你找到了戒指的主人呢？！"

我只犹豫了三秒钟。"你别骗我了！你已经骗过我一回了！有意思吗？我起码不会两次掉进一个坑儿里！三天，记住，三天！！"

曼陀罗扑上来，死死地拉住我："百合，别生我的气，我是个病人，我一直在自我折磨，但是我不知道我得了什么病，要是我知道病因就好了。多年来我无法接受我存在的地方，我只觉得我应该活在别的地方，活在别的人群里，那些人，都是像你这样的人，真的，我一直想应当有个地方，那儿有真正的树木，大海，声音，友谊和爱情。永远免掉那些不必要的奔忙，那些让人恶心的面具，我去找过了，没有。我知道那个晚上是你救了我，我也曾经为你去寻找那个戒指的主人，也许你不相信，我竟然走进过地狱车站，见到过那些戴着桂冠的死去的伟人，最后我相信，戒指的主人的确就在摩里岛，真的，可是我真的无法再进一步了，摩里岛的那个酋长，他是个魔鬼。"

我觉得她拉住我的双手，不再那么坚硬了，她虽然没有落泪，但那样子比哭出来还难受："百合，你真的不了解我，我没那么坏。也许在你面前我应当感到羞耻，可在其他人面前，我比他们好得多！百合，真的没想到，这么短短的时间，你竟然爱上了这么个窝囊男人，你太让我失望了！"

我好气又好笑，显然她是误解了我和哥哥的关系，但我不想解释，我想继续看看她的表演。

她接着又说出一句让我瞠目结舌的话："……如果，如果你不能给我迷药，那你就要和我相爱，我们一起逃避，一定要逃避这个世界，我一天也受不了了！"

我冷笑："笑话！相爱？是要挟我吗？我凭什么要满足你的要求？"

"就凭我一直真心真意地爱你！难道你没有感觉，是块石头吗？！"她终于咆哮起来。

"对不起，你的爱，我消受不起。你还是离我远点儿，好吗？"

我拂去她的手，不愿再看她脸上惊愕的表情，因为也许再过一分钟，我又会被她的表演迷惑了。

我听见她在我身后上气不接下气地哭起来："我知道你爱的是妈妈，可真正多余的人是我！是我！妈妈……早就和这个时代妥协了，她不是不想下跪，只是不知道向谁下跪而已！……"

我顺手扫了一下她那些花朵标本，那些宝贝在一瞬间统统坍塌了……

5

没想到金马的能量这么大，他竟然把我告到了董事长那里。董事长铜牛在我眼里一直是个佛爷般的老人，他干了一辈子大众传媒，在业界威望很高，从来也没见他发脾气。所以当我见到他暴跳如雷的时候真真的吓了一跳！

他双手拍桌子，把桌子拍得山响，以致我不得不堵起耳朵，我的这个举动无疑引得他更加生气，他吼叫的时候嘴巴拧歪了，唾沫喷出来，再也不像佛爷，而像是羊皮书里画的那些狰恶之神了——我真的不知道金马是怎么夸大其词的。

我断断续续地听见，他说那个大官是我们重要的关系，我的所作所为侮辱了那个大官，也侮辱了我们公司，更侮辱了他本人。他说马上会召集董事会研究我的去留问题。他的话我听不太明白，但也大致知道，他的意思是想赶我走了。

奇怪的是，我没有一点点伤心，更不想辩解。我心不在焉。我只是在想着脚心的事，我对脚心牵肠挂肚，我在想，在三天期限中，曼陀罗会不会把脚心还回来。

我照常吃中饭，公司的人都用异样的眼光看着我，我猜想他们毫不理解我在挨训之后为什么还能吃得这么香。吃罢饭，我沿着回家的路走着，突然手机响了，这是老虎最近给我买的手机，花了人类钱币三千多元，据说还是个不错的手机。打来的是老虎，他声调严肃地问了问我出差的情况，然后说，晚上开完董事会后会来我家。

老虎敲门的时候已经很晚了。他一脸严肃地走进来，坐在那里就开始吸烟——这还是我第一次见他吸烟。一支，又一支，一言不发。我没有烟缸，只好拿个小茶碟子递过去，当我递过去的时候他顺势把我拉到了他的身边，坐下。我们已经好久没有坐得这么近了，但他并没有像过去那样充满深情，只是摸摸我的头，叹了口气。然后说："百合啊百合，你可什么时候才能长大啊！"那口气，活像是我的爷爷。

我特别烦别人用这样的口气对我说话，于是我梗起脖子反问他："我又怎么了？""什么叫又怎么了？你还要怎么样啊？！……虐待金大编，侮辱我们的重要关系户，轻视董事长……你早该被开除了！"

"这么说我还没被开除？"我心头一喜。他无可奈何地看了我一眼，揪了一下我的鼻头，"……刚才会上，我为你据理力争，总算以微弱优势，否决了把你开除的决定。"他又叹了一口气，"……你总是这么天真，以一种不变的眼光看人，你知道，金马可是今非昔比鸟枪换炮了，他再不是把你介绍到公司的那个金马了！他现在可是了不得的人物，一提起巨龙公司，大家首先想到的就是金马！连董事长也不能不买他的账！你一个小丫头片子，那么不给他面子，让他当众出丑，他能不记恨你吗？！那个关系户，是咱们董事长的拜把兄弟，你不给人家敬酒倒也罢了，人家大人大量给你敬酒，你用一杯果汁对付，你跟任何人去说说，这说得过去吗？人家会怀疑，巨龙公司怎么会有这样的项目经理！会进一步怀疑巨龙公司的品质！另外，董事长找你谈话，你不理不睬，毫无认错之意，最后连招呼也不打一个就走了，你眼里还有董事长吗？你一个公司的项目经理，连董事长都不放在眼里，那你眼里还能有别人吗？！……你看看，我在这儿说，你就一颗一颗地吃杏仁儿，恐怕你连一个字也没听进去，那杏仁很好吃是吗？你知道人家现在都说你什么吗？——人家都说，你除了吃，对什么都没兴趣！"

他那副样子以为这话是给了我一颗炸弹，孰不知一听此言我笑逐颜开："那有什么错啊，我看天仙子的书上写着，连你们的老祖宗都说食色性也呢，这是地球上所有生物之本能……"

"那你是地球上哪类生物？"

他说这句话的语速很快。他的脸色阴沉，让人看了有点害怕。要是过去我又得吓一大跳，但现在我无所谓。随便他们把我当成什么，反正我死不承认就是了。"装傻"，是人类社会的一大法宝。

"你别吓唬我好不好？我可胆儿小。"我嘻皮笑脸地说。

他气得脸都青了："百合，真的没想到，那么单纯的女孩，变化这么大！你再不是我喜欢的那个百合了！……"他猛地抽了口烟，然后又把烟头按在烟缸里狠狠掐灭。

"咦？原来你喜欢过我？怎么没听你说过啊？"我依然嘻皮笑脸。

他怒视了我好一会儿，缓和下来，叹了口气，然后，把我的脸蛋捧起来，轻轻地吻了一下。然后他开始吻我的耳朵，我觉得痒痒，就突然咯咯大笑起来，他一把捂住我的嘴："你呀！你可真是……"

后来我才知道，我的这一笑破坏了当时的气氛，阻止了老虎对我下手，这一笑，救了我自己。

6

　　每天上班的时候，那个诺大的文化广场是我的必经之路，那里无论冬夏春秋都聚集着人群，我就奇了怪了，为什么这个城市里的闲人永远如此之多？他们究竟靠什么生存啊？最奇怪的是，他们的脸上永远漾着松弛的笑意，而相反，那些所谓的白领金领，倒永远是一脸紧张，一脑门子官司。看来，人的快乐与否、滋润与否真不在挣钱多少，我看就是地铁里卖唱的还偷着乐呢。这一启示对我来说极其重要，我一下子就想到：这次虽然过关了，可我不定哪天就被开了呢。那也没什么了不起，羊皮书里说人挪活树挪死，说不定我离开这家公司，倒是件好事儿呢！就是心里有点舍不得小骡那个项目，甭管怎么样，还能以这个项目为名再去趟摩里岛呢，而且，还会跟老虎一起去，那该有多好！不管怎么说，他对我还相当不错的！

　　那天，我和老虎神聊，把在摩里岛内心感情的大起大落都讲了，他听了哈哈大笑，捏着我的鼻子说你这个没心没肺的小傻瓜，现在的女孩长个尾巴都变猴儿了，怎么还有你这样的异类？我不喜欢他的笑声，就说我才不是小傻瓜呢，爸爸妈妈都说我是冰雪聪明的小可爱！他笑得更厉害了，连连说对对对，当然你是冰雪聪明的小可爱！当然当然！……

　　我喜欢夕阳落山时的广场。在广场不高的台阶上，每一层都星星点点地站立着人群，我喜欢这样的不规则的透视感，很像一个电影里的场景，也许就像麦克尔·汉内克的惯用手法那样，最后的结局来一个莫名其妙的的全景——全景中叠印着熙熙攘攘的人群——最近我几乎天天在看人类世界的影碟，记住了很多漂亮的细节。

　　一个醉汉歪歪倒倒地跑到台阶上，脱掉上衣光着膀子，然后突然地吼出一嗓子："大河——向东流啊，天上的星星向北斗哇！……"热心观众们立即喊一声好！醉汉多少有点人来疯，立即东倒西歪地接着唱下去，文化广场上人头攒动，有喝彩的，有笑的，有跺脚的，连广场边上讨饭的瘸腿老太太都咧开没牙的嘴乐了。怪不得羊皮书上说这是个全民娱乐的时代，是个娱乐至死的时代。但是我又突然想起羊皮书上回顾历史的时候说，许多年前，这个民族也有娱乐节目—看处决犯人。据说那时的闲人们也很多，也有很多热心观众，还有的人把蒸好的馒头蘸了犯人的血拿回去治病——大补——羊皮书上如是说。

"路见不平一声吼哇，该出手时就出手哇！——"醉汉完全沉浸在自己的歌声中，还做出各种裸体造形，下面的观众们也就越发如醉如痴了——我忽发奇想：将来哪天实在不行，我就做个街头卖唱者吧，只要我把海底的歌声泄露那么一点点，人类世界就会轰动！

我穿过广场的时候早已夕阳西下，手机响了，不出意料是老虎的声音。老虎的声音有点焦急，他说百合你在哪儿呢？快回家看看吧，你们家好像有人，灯亮着，可我敲了半天门敲不开——

我的心忽悠一下，莫不是脚心回来了？！

我一路狂奔，打开门，真的是脚心！但是……但是他已经不是完整的脚心了！他的右脚已经齐齐地被切下去，光秃秃的，他的头发也被剃光了，他的眼神里没有丝毫抱怨和痛苦，只有怯怯的感激的闪光——我泪如泉涌。

第十章

1

罂粟把阿豹保释出来的时候，已经过了四十八个小时了。一路上阿豹不断地悄悄瞟向罂粟，投去感激的眼神，但是他一句话也不敢说，因为罂粟的脸色实在太难看了。

阿豹回去就在厨房忙里忙外，直到把饭菜都端上桌来，罂粟才恹恹地说了一句话："你知道捞人是要钱的吧？"——

——这一句话，一下子把阿豹彻底打败了，他颓坐在椅子上，头垂在了胸口，声音比蚊子大不了多少："我知道我欠你的，我会还。相信我罂粟，我一定会挣大钱的！——我一定会……让你过上舒心的日子……"

罂粟夹了口菜放在嘴里慢慢嚼着，脸上划过一丝不易觉察的冷笑。"阿豹，"她轻轻开口了，"咱们谁跟谁？就别说这话了。我也观察很久了，恕我直言阿豹，你挣不了大钱，你不是挣大钱的人，你在前边挣的那点儿钱，还不够我在后边儿给你擦屁股用呢！大钱，不是人人都可以挣的！……咱们要想过舒心的日子嘛，倒是有个办法……""你说，你快说嘛，"阿豹急不可待。

罂粟几次张嘴又咽了下去："……时机还不成熟。等我再想想吧。……"说完，就再不理阿豹的百般央告，自顾自地吃起饭来了。

罂粟心里在筹划的，是一个惊天的阴谋。

罂粟是那种天生把运筹学学到家的女人，大便宜小便宜一个也不能落空，所以，在整个计划没有成熟之前，她是不会向任何人吐露一个字的。

在这四十八小时之内，她和那位鼎鼎大名的巨龙公司董事长铜牛先生已经谈了三次，而现在，铜牛先生已经完全拜倒在她的石榴裙下。

铜牛先生本来是想借此名刊炫耀一下自己企业家的身份，稍带着做个免费心理咨询，可是由于内心的苦恼被眼明心亮的罂粟一眼看穿，他便如开闸的洪水一般一发而不可收了。

原来，铜牛先生第一个太太是大学同窗，因为不能生孩子，而铜牛先生又是独子，所以在母亲的巨大压力之下解除了婚约。而第二个太太倒是非常美丽，两人结婚多年，并且生了三个漂亮的儿子。奇怪的是，自从太太更年期之后，不知何时产生了"暴力倾向"，譬如，不知哪句话就会得罪她，而她，就会突然地把一个杯子扔过来，铜牛先生捂着腮帮子说："不怕你笑话，我这边的牙床还是肿的哪！"

铜牛先生把他们见面的地点安排在了醉园饭店一个情趣盎然的包间里，假山石上有潺潺的小溪水滴答着，铜牛先生略显平板的声音在溪水的伴奏下有了几分生气。铜牛先生仿佛有着极其深沉无法言说的痛苦，他说了又说，就像是召开忆苦大会，只有在罕见的间歇阶段罂粟才能插进去几句话，而这几句话又成了下一阶段忆苦的导火索。由于罂粟善解人意充满智慧的插话，铜牛先生感觉相见恨晚。譬如当他说："这种苦恼真是说不出来……"的时候，她就及时插一句："我完全明白，这种形而上的痛苦才是真正的痛苦——"

呵——就这一句话，让铜牛先生的声音立即升高了八度："哎呀，你说得太对了！形而上的痛苦才是真正的痛苦！是的！太对了！！你真是太聪明了！……"

然后铜牛先生就开始控诉他的岳丈一家都有暴力倾向。他的岳父母曾经在他家住了长达半年之久，他亲眼目睹了岳父对岳母施暴。

于是罂粟对铜牛说，如果再有婚姻，一定要看重对方的家庭。

因为一个人的行为举止有百分之八十来自遗传。

罂粟的话，句句打中铜牛的要害。且她总是站在铜牛的立场说话，因此让他觉得如沐春风。铜牛细细看着罂粟在想："这可真是个人物啊！又年轻又绝顶聪明，可惜长太太过一般了点，……不过身材很好，不是不可以考虑……"铜牛的眼神，完完全全让罂粟看了去，罂粟心里冷笑："还挑剔我呢？过些时让你给我下跪信不信？"罂粟完全有这个自信，罂粟的确应当有这个自信。她很早就发现了一个真理：把男人搞定的绝窍根本不在什么美貌和才华，而在于女人的"腥味儿"，但是一旦得手，要把男人长期牢牢抓在手中，仅凭腥味就不好使了，还得有几招狠的，这种冷兵器只有聪明的女人可以掌握在手中。所谓前倨而后恭也。

铜牛带血带泪地说，老婆经常当着儿子的面训斥他，并且可以随时随地抓到什么东西就向他扔过去。他想与老婆离婚，实在是逼不得已。

他一连讲了三个小时之后，终于起身上洗手间，回来的时候他说，去洗手间的路可真长啊，简直可以搭计程车！然后他自己哈哈大笑起来，为自己这个自以为十分高明的笑话，又说了半个小时之久。

罂粟看着他想，就算是大话西游里的唐僧，比起眼前这位先生也该是甘拜下风啊！她如今真的很理解那些听唐僧啰嗦的小妖怪们为什么一个个勒着脖子上吊了！但她是罂粟不是那些小妖怪，她有忍功。她是女版的忍者神龟。无论她心里多么反感，却总能条件反射式地显出同情的样子。我们的罂粟心里暗暗在想，这位铜大老板的出现，或许在自己的生命中，意义很大啊——

她心里的那个阴谋，一路在慢慢生长……

2

天仙子总算是从那种极端绝望的心境中走了出来。她关闭了网络，夜以继日地开始继续写她的长篇《炼狱之花》，每每写到悲伤之处，就趴在桌上大哭一场。本是想借写作疗伤的，可不知为什么，简直就是越写越痛，越写越想不明白！——她到底招谁惹谁了？为什么她深爱的丈夫就这么弃她而去？为什么她深爱的女儿对她如此仇视？最要命的是，为什么她无意中说对了的一个箴言，竟然引起成千上万的陌生人的恶意刷屏？！他们并不认识她，可他们为什么要使用如此恶毒、肮脏、下流的语言呢？！

他们的心里一定有着积累很久的厚厚的毒素！一种淤积的毒素，苦于没有发泄的渠道，一旦找到了宣泄口就不肯放过！她不幸就偶然成了这样的一个宣泄口。可是她在想，这个国度这样巨大的恶积累起来，真的是很可怕啊！！即使是上帝，即使是宗教，也很难清除这恶，何况，这个民族的无神论者，占了百分之九十九。

那么剩下的只有写作这一条路了。她下决心要好好写，要把自己的命搭进去写，她就不信，用命写的作品战胜不了现在那些无病呻吟隔靴搔痒小骂大帮忙的假现实主义！

她狂写，她怒写。她写得废寝忘食形销骨立，她内心的血、泪和所有的汁水与液体都化作了文字铺到纸上，自己变成了一个木乃伊。

有一天，当她实在写不动了的时候，她沿着洒满夕阳余辉的小路走到了百合家，她想向百合表示感谢和歉意，毕竟在她最痛苦的时候，是百合支持了她——这个小姑娘，几乎是现在支撑她内心尚存的善意的唯一人选了。

百合几乎是欢快地迎接了她。但是她第一眼就看到了屋里的另一个人——一个黑眼睛的异族男人，那人的一只脚已经没了，包着厚厚的纱布——想必拆开来会非常恐怖，但是那人的一双眼睛非常善良，而且还有些湿润，好像含着泪水似的。

"欢迎你天仙子，这是我哥哥脚心。"百合介绍得非常自然，百合的放松让天仙子也放松下来，脚心善意地向她笑了笑，天仙子突然觉得，这个少了一只脚的男人的笑非常奇特，那种笑由于过于真挚而十分明亮，明亮得就像是一缕光线拂过，天仙子想起初见百合的时候，百合也是这种明亮的笑，而现在她的笑似乎已经染了一点点粉尘，不那么明亮了。

但是脚心似乎很害羞，还有几分惧怕，他摇着他的轮椅回了房间。看到天仙子的目光百合笑了："觉得奇怪是吗？为什么会突然跑出来这么个哥哥，其实是我觉得他很可怜，就把他从坏人的手里解救出来了。"在说到"坏人"两个字的时候，曼陀罗的影子突然在眼前飘过，百合的神情恍惚了一下。是啊，有好久没见到曼陀罗了。

天仙子瘫坐在沙发上，这才觉得全身真的放松了，而在之前，她其实是一直绷紧着的，紧到身上像捆过似的动弹不得。这个房间，因为没有什么家俱而显得空旷，但是且慢，她突然闻到了一种香气，一种似乎熟悉的香气，

她的憔悴与灰暗让百合吃惊，百合不知怎么办才好，打开冰箱空空荡荡，只好拿出仅存的两只橘子，切开请天仙子吃。天仙子看着她，意味深长地笑了一下："能见到你就很好了，我不想吃。"

天仙子看到一旁早已卷了页儿的羊皮书，拿过来，随手翻着，心里暗暗生了感动，微微地从睫毛下面观察对面的女孩，觉得她的确有着非人间的气息，她的心里似乎是一片天籁，只有这样的心地才可能有这样毫无瑕疵的皮肤，这样乌亮欲滴的头发，天仙子的心情非常复杂，她似乎看到了遥远的自己，又深刻感受到现在的自己所受到的一切暗伤，可她绝不愿意让百合或者一切人看到这暗伤，她在想，她起码还能写，她起码还是个作家，而眼前这个傻姑娘，一天到晚不知干些什么，连本来属于自己的财产，也莫名其妙地失去了——可她为什么不着急呢？她那吹弹即破的皮肤为什么没有一根皱纹呢？究竟是什么样的力量在暗中支持她呢？

"百合，听说你破财了？破财免灾，你也别太难过了。"

女孩似乎怔了一会儿神才反应过来："哦，对，不过也没什么，我有工资，破财不影响我的生活。起码够吃了。"她依然笑嘻嘻的。她那种满不在乎的表情实在让天仙子惊异。"那么，你哥哥也靠你养活了，那很紧张啊。"

女孩似乎对这个话题并没有太大兴趣："其实真没什么，你们人类……哦，一个人就算尽情消费能花多少？所以现在那些你们说

的贪官污吏们真是笨蛋，他们要那么多钱干吗？一个人就是尽其所能消费，一辈子也花不了多少钱啊，他们弄那么多钱，最后给枪毙了，真是不值！"

女孩说这话时那种又天真又老道的样子让天仙子心动，天仙子始终觉得，这女孩是有来历的，然而她无法判断，女孩究竟是何方神圣。

天仙子掰开一瓣橘子放进嘴里，橘子已经干了，味同嚼蜡，她心里一阵难过："百合，我是来道歉的，那个时候，我最难的时候，你帮了我，可我不但没谢你，还那样对你，我真的……真的挺不像话的，百合，这是一点小小的……"她从手袋里拿出一个信封放在桌上，"小小的心意……"她预备着女孩推辞，她预备着你推我让很久。可是女孩再次让她惊讶了。

女孩百合带着好奇的表情打开那个信封，看着里面的两千块钱，满脸惊奇和快乐："咦？这是你给我的？好啊好啊，我正缺这个呢。"还没等天仙子反应过来，女孩已经打上了电话："喂，是西毕林西餐厅吗？对，是我，是啊，好久没让你们送餐了，今天中午送吧，三人份的，最高的那一档。好吧，快点。"

百合的做派让天仙子目瞪口呆。她知道西毕林西餐厅的最高一档，一小份便是三百多，这样一来，刚刚给她的两千块便一下子少了一半以上，她急忙拦："喂，我不在这儿吃饭，说好了要和曼陀罗一起吃午饭的，她……""这么说曼陀罗中午回家是吗？好，你带我去，我正要找她。"

天仙子百年不遇说了一次谎，还就被将住了。她无法圆谎，只好硬着头皮答应了。她一路上都在想着怎么为自己圆谎，可是打开门的时候，她呆住了，曼陀罗真的在家，穿了个空心T恤、光着两条瘦腿在大吃冰淇淋。

天仙子一向反感女儿的这些不雅动作，可现在她突然觉得，女儿的这些动作，才是人类最初的动作，是自由的动作，尽管天仙子刻意避让，但岁月已经使她清澈的血变得混浊，时间逼着她从一个善良的女子变成满怀恶意，密谋复仇的人。时间逼一切人变成别样的人。

她的笔本来长着枝叶，满覆着花朵，可现在被一种拥挤可怕的气味薰死了。

3

罂粟对铜牛说，她要给他做个专访，还要给他在 A 城的工作环境中拍些照片。话说到这个份儿上，铜牛不得不说到邀请的事。其实以铜牛的财力，邀请个把如罂粟者去 A 城，简直就是小菜一碟。无奈铜牛生性节俭，连过去老婆用钱他都要录入明细账，何况他人？！但铜牛已经进入罂粟的系统，刹不住了。

罂粟到了 A 城，先狂购一气，她知道此刻绝不能动铜牛的钱，分毫也不行。岂止是不动，当铜牛带她到赌场去玩，并且亲手塞给她赌资的时候，被她坚决地推辞了。这让铜牛骤生敬意。

罂粟的手壮得让人吃惊。她先玩老虎机，赢了三百多块钱。接下来玩押大押小，玩二十一点，最后竟玩上了豪斯。

发牌员是个漂亮的混血男子，说一口漂亮的英文，脸上总挂着温柔又带点圆滑的笑，好像对谁都很友善。玩了几把之后，罂粟渐渐发现了规律：只要她和发牌员的目光一对视，她就能凭感觉来判断这把是输还是赢。豪斯的赢可不是那种小打小闹的赢，所以她从那目光中得到的判断也就格外重要。连赢了七把，这时她感觉到左边的气息不对，原来铜牛悄悄地坐在了她的左手，她心里叫一声不好，没来得及 STOP，就一把输掉了，还好没有全输光，还算是保了本，但即使如此，罂粟也情不自禁地心里长牙，暗想将来一定要让姓铜的加倍赔偿，脸上却露出灿烂笑容，笑眯眯地打招呼说："您也过来了？这种低俗的游戏，仔细脏了您的眼！"

罂粟一说这类的话，铜牛便觉得周身通泰。他建议一起去附近的咖啡厅坐坐，反正他今天已经请了假，索性奢侈一天吧！

这个咖啡厅非常特别，整个像个真空玻璃罩，里面的看得见外面，外面却看不见里面。地板也是玻璃的，不，严格来说是琉璃，通透得可以看见地下养的水草，不知为什么，罂粟害怕这种通体透明的地板，走在上面，她总是担心自己会跌倒，或者一脚踩空。

铜牛倒是话锋很健，他开始前三皇后五帝地回忆自己的先人，他的先人们在他的描述中似乎一个个都活转了过来，个个才华横溢文采昭璋，好像都是文曲星再世。当年，铜家是 A 城一霸啊！与之形成巨大落差的是他老婆珊黛的先人，全都是贫民窟出身，为一块奶油太妃糖就能打出人命来的。铜牛说这些的时候脸上飞扬着难以言传的快意，而最后的落点却很痛楚：这样家庭出身的女人对付他这样的大少爷，简直就是用牛刀杀鸡。

罂粟让自己的脸上充满同情的温暖，嘴上仍然说着温和的话，她知道这时候还不到火候。果然，越是解劝铜牛先生就越是义愤填膺："她以为她是谁啊？她家就是贫民窟的穷光蛋嘛，充其量不过是个小家碧玉，像我这样的家庭，能够容她，她就该千恩万谢了啊！——"罂粟忙说："铜牛先生快别这么说，现在谁还论出身啊？有道是英雄不论出处，您太太漂亮，人前带得出去，还三个那么优秀的儿子，别人还不定怎么羡慕您呢！"铜牛喝一口蓝山咖啡，长叹一声："人前是那样，人后的苦，只有我自己知道啊！……""好在您的苦难不是已经结束了吗？""你哪知道，财产还没有分割完毕。哎！要是女人都像你这么善良就好了！"

罂粟心里轻轻冷笑了一声，她知道自己的时间没有白费。

4

天仙子看见，女儿看到身后的百合脸色就变了，是一种在女儿脸上从来没见过的惶恐。她看见百合微笑着走过去和女儿耳语了几句，然后女儿站起来，用发抖的声音说："妈妈，我们出去一会儿。"

然后，还没等她反应过来，她就看见百合搂着自己的女儿，出去了。

她突然想起：女儿这种害怕的表情自己好像见过一回，那是若干年前，哥哥请她看西班牙现代舞的那个晚上，也是这个百合，轻轻的抚了一下女儿的脸蛋，女儿就被吓得号啕大哭。

难道百合的身上有什么可怕的东西吗？还是她们之间相克？

通向河滩的路上，曼陀罗一直在小声地告饶。她越是看见百合的脸上毫无表情，她心里越是发虚。她想抽空溜掉，但百合的力气大得吓人，百合胖乎乎的手现在变成了一把紧铐，捏得她的小鸡骨头咯吱吱响。

河滩的黄昏，天空被夕阳的余辉反射成了一块巨大的琥珀，两个女孩对峙着，像是琥珀里的小虫子。

曼陀罗看见，对面那个女孩的眼睛里冒着一股股蓝色的火苗，她想起那个女孩曾经泄露的一切，她判断那个女孩属于海底世界。而对于她来说，她不过是祖先们曾经奉献给海洋的曼陀罗花，一闻到海洋的味道，她就有着无比向往和惧怕。

在黄昏消失、黑暗降临的那一刻，曼陀罗终于开口了。曼陀罗觉得，她是在对着一片虚无说话，因此说得毫无忌惮。

"百合，我对你说的都是真的，我费尽了千辛万苦，走遍了世界，才慢慢接近了真相。我拿准了，戒指的主人就在摩里岛，这无可怀疑，但是真相被牢牢地控制了，我猜想这是有关世界与摩里岛的一个重大秘密，当我问到戒指的花朵和迷药的时候，那个魔鬼酋长就恶狠狠地出手了，把我变成了木乃伊，是他，把很多迷药灌进了我的嘴里，当时我人还清醒，可是手脚已经不能动弹了……"

百合想起那个晚上与酋长的谈话。她突然想起莫里亚酋长开场时间的那两个古怪的问题。哦，或许正是她不经意的回答，才让她逃过了一劫？

"……是的百合，自从那个西班牙现代舞的夜晚，我就被你的海底迷药迷住了。我承认，我偷了迷药，可我只偷了一点点，你的迷药就是我的药引子，我靠这一点点药引子起家，花了多少辛苦才炼就了今天的成色，所以我的迷药贵得惊人，在当今世界，只有王侯将相和少数特权阶层才享受得起。……我的目标，是把海底迷药和来自人类的迷药结合在一起，配制成一种独一无二绝无仅有的香料配方，我要让那些骑在我们头上的人向我们跪下！……"

"别做梦了，那根本不是什么海底迷药，那个戒指是来自人类的，所以，那个暗盒里的迷药也是来自人类的。"

"是啊，我也就是在发现了这个之后，才去寻找的。我断定，那个暗盒里的迷药就是戒指上那种奇异的花朵制成的，可是线索中断了……摩里岛的那个晚上，我被毁了，至今还没能恢复元气。我全部的财产，只出不进，已经是坐吃山空了。……可是百合，我至今都不明白，你要寻找的是戒指的主人，可你现在为什么爱上了另一个男人，你难道忘了你的使命吗？！……告诉你，我有个新发现，我发现海王其实并不信任你，他一直在监视你！……"

她的话被百合毫不留情的打断了。"少跟我来这套！别扯七扯八的！我今天就想问你，你为什么把我哥哥的脚给砍断了？！"百合说出这话的时候头发又开始冒青烟，眼睛里吐火苗儿。

"什么？！你哥哥？！"

"对！他是我的哥哥！是我的亲哥哥！"

曼陀罗呆了。良久，她说出了一个让百合不寒而栗的故事——那个故事，前面已经由她的哥哥描述过了，然而现在她听起来仍然不寒而栗。

5

自从那次不寻常的谈话之后，罂粟按部就班地给董事长做了专访，拍了照片。在采访过程中，她发现铜牛这个大老板竟然不怎么知道外界的事，他把自己关起来挣钱，至于花钱，他却不在行。她把他带出了他的小世界，和他一起在 A 城的花花世界里游览，然后又以补拍照片为借口，说服他一起返回 B 城。在 B 城罂粟更是如鱼得水，一下子把铜牛带到郊区去洗澡泡温泉，铜牛别看挣了那么大钱，其实这辈子并没有真正享受过什么。这座城市的每一个夜间细节都让他惊讶，他刚刚明白自己引以为豪的一切，原来在罂粟来说早已司空见惯，而最让他惊讶的，莫过于罂粟的处事态度——这个相貌平平的女孩竟像一个女王——当她轻声轻气地面对那些服务生的时候，她冷漠的眼睛和拿捏得恰到好处的派头，足以让那些服务生心生敬畏。是不是这个城市的人都有一种贱性？一种奴性？所以才有如今强者为王弱肉强食恃强凌弱的局面。这个城市的人似乎都在疯狂地抢夺话语权——因为如果没有这个的话，你就算是个超级优秀的人，也完全没有出头之日。

铜牛披着浴衣从温泉里走出来的时候，感觉到身心从未有过的放松。罂粟已经在温泉边的白色雕花树脂桌旁等着他了，她叫好了点心和咖啡，他一眼看去暗叫惭愧，当她在他那里做客的时候，他隆重推出的蓝山咖啡，在这里根本算不上什么，特别是他看到她消费起来比自己潇洒随意得多，他心里本来还存有的那一点点警惕和炫耀也消失殆尽了，一个念头慢慢地在他的脑海里清晰起来。

两个月后，封面登着他的大照片的时尚杂志如期发行——里面的照片与版式做得相当考究，他看了又看，以至于那几页都有点卷了——幸好还是极好的进口纸，久违的笑容溢满了他的嘴角，他拿起电话对罂粟说："喂，你知道吗？我老婆现在带着儿子们旅行去了，我在趁这个机会清理资产。"

"清理资产？干吗？"她是一贯的装糊涂。

"小姐啊，你真是太单纯了！难道我们在财产分割之前我不需要完全掌控我的财产吗？这也是为我们将来考虑啊！"

她听见自己的心怦怦地跳起来了，但嘴上还是一如既往地平静："您说什么？我们？"

"当然，我已经想好了。——这桩事彻底了结之后，就正式向你求婚。"他一字一顿地说，似乎每一个字都含有深义。

6

小骒的邀请信到的时间恰恰好——正是老虎想出去躲清闲的日

子。小骡在邀请信里说：非常希望董事长、老虎与百合到摩里岛上来考察指导。"考察指导"这样的词当然是小骡向 B 城的人学的，百合想，有番石榴在那儿，小骡不愁不会用这样的词儿。

老虎之所以想出去躲躲，完全是因为董事长到点儿了，每逢这样的时刻，人们的劣根性就会暴露无遗，整个公司呈现出一种十分微妙的状态：所有人都以为那个即将空出来的位子是给自己留的，而最有希望接替这个位子的老虎自然而然成为众矢之的。老虎是从十几岁便熟读孙子兵法三十六计的，索性在这个敏感时期，躲开。何况，和百合这个少见的生瓜蛋子一起出去转转，是他一直以来的想法——对于这个小姑娘，他一直怀有一种强烈的好奇。

老虎自然坐在头等舱。无聊的时候，他去找坐在拥挤的经济舱里的百合，百合红头涨脸的脸色很不好看。百合想，为什么人类要这样分三六九等？他们不总是高叫着女士优先吗？可为什么身强力壮的老虎可以坐头等舱，而年轻稚嫩的女孩百合只能坐经济舱呢?！而且吃的也不同，老虎就像是读出了百合的心思似的，老虎说百合你去头等舱坐一坐吧，我旁边有个空位。

百合坐在老虎旁边，接过老虎递过来的只有头等舱才有的干果零食。百合吃得很香，吃完就睡着了。睡得正香的时候被人推醒，迷迷糊糊地她觉得有个柔软的声音在说："小姐，请回到您的座位上去。……"百合最烦睡觉被人吵醒，她的第一个反应就是看老虎，这时候老虎应当说话啊——可他一句话也没说，只是笑呵呵地看着她，那笑里还带着幸灾乐祸。百合气得把眼一闭，任他服务员怎么说，就是不睁眼。最后老虎发话了："我说百合，你差不多点好不好？人家这个位子的人回来了，赶紧给人让座儿啊！"百合唰地一下站起来，这个动作一点儿过渡也没有，足足把老虎和服务员都吓了一大跳。百合说好啊，本来我在我的位子待得好好的，是你请我过来的，既然我睡着了，你就应当把位子让出来让那个人先坐着，等我醒了再换位子啊，凭什么就一定要我去坐经济舱，难道你是人我不是人？难道你要休息我就不要休息？何况你还是个大男人，我还是个小姑娘呢。你也好意思你！"说罢回身就走，把整个一等舱的人目瞪口呆地扔在那里。

　　老虎当然知道百合的生瓜蛋子脾气，平常也娇宠她。可做梦也没想到她还有这一手，一向极自尊的他可不是一般的生气，他觉得一股气直窜向他的肝脏，这要是在公司，当时他就敢把她开了！谢天谢地他还没来得及对她做什么，如果要真是那样的话这个生瓜还不定做出什么惊天动地的气人事呢！他气得发木的脸连一个愤怒的表情也做不出来了，只有狠狠地把手绢往脸上一搭，睡他娘的觉吧！

　　——他心里直发虚，就凭她这二百五脾气，谁知道这趟摩里岛之游会生出什么幺蛾子来啊？！

第十一章

1

小骡像我想象的那样，一脸媚笑地直扑老虎的行李车，老虎这回还算乖，很自觉地过来帮我推车，自从我从一等舱出来之后，我们就再没讲过一句话。番石榴也来了，亲热地拉着我的手，一边还帮我拿着手提行李。

番石榴越长越漂亮了，她说她这次要亲自为我们开车，转遍摩里岛的每个角落。而小骡则要做导游，为我们讲解摩里岛许多不为人知的历史。而且，最让我惊喜的是，这趟还有可能见到摩里岛的王储詹！早就听说过摩里岛如今还是君主立宪制，而且他们年轻的王储非常智慧和英俊！——有很多人把他比作所罗门再世呢！连莫里亚酋长这样的人也不得不承认，摩里岛之所以成为全世界快乐指数最高的国家，是因为有詹。

我开心极了，所以中饭吃得格外香。我们是在著名的索罗瀑布附近吃的饭，随便找了一家自助餐。我看见老虎的脸色显得非常疲惫，我当然知道他还在生着我的气，但是我觉得他生气毫无道理。一个国家的皇帝和乞丐在我眼里是一样的，他们都是平等的人，难道他有什么特殊之处该享受别人不能享受的待遇吗？我看没有。

当然我的看法照例会被人类觉得"幼稚"，进入人类社会以来我听到最多的就是这两个字，也许我将来会入乡随俗慢慢适应，但我的内心永远不会改变。

索罗瀑布真的令人叹为观止！那真是羊皮书里说的"飞流直下三千尺"啊！不是三千尺，是三千丈！！所有参观的人都领到一件雨披，没有这件雨披全身都要湿透，即使有这件雨披身上也湿得差不多了。小骡拿着一个数码相机（人类越来越多地开始玩这个了），煞有介事地闪了又闪，鬼知道他能拍出什么样的照片？！面对如此壮观的自然景色，我痴迷至极，张开大嘴去接那瀑布飞溅的水珠，水珠如同珍珠一般流进我的嘴里，清凉甘甜如饴，——呵，有多久我没尝到来自大自然的水的滋味了！想到这壮观的瀑布最终会流入我的海洋王国里，我的心就高兴得化开了——直到番石榴喘吁吁地冲过来，大声喊着说："我们等你好久了"的时候，我才如梦初醒。

下午的安排是王储接见。老虎沉着脸命我准备好礼物。礼物是两件：一件真正的中国古董——是一只上过鉴宝节目的被鉴定为真品的青花官窑瓷瓶，另一件不过是价值几十块钱但装潢精美透着传统文化的一双筷子，他简单扼要地交代说，假如王储真的对我们友好，并且在谈判中对于双方合拍提供实质性的支持，我们就送古董，反之，我们就只送筷子。但是事情的发展很有趣：在走进摩里王宫的时候，王储亲自到外面迎接，老虎照例气宇轩昂地走在前面，却被王储客气地拦住了，王储说对不起，按照我们的礼节，应当请这位小姐先进，王储的话刚一落音，顿时礼炮齐鸣鲜花盛开，穿着节日盛装的皇家仪仗队在乐声中有节奏地高举起镶着彩色流苏的旗子，我挺胸抬头走进镶满珍珠宝石的大门，两边的仆人一起向我鞠躬，王储手心的温度恰到好处，我爽到全身如同鲜花一般开放，在那样的时刻我没有忘记偷偷地瞥了老虎一眼，他被排在番石榴之后，脸色铁青。

双方进行了合作谈判。王储很真诚，看来他非常细致地阅读了我们事先传过来的文案，他说凡是需要在摩里岛拍摄部分的资金，全部由他支持，场地也由他来解决。并且安排了第二天的盛大晚宴。谈判结束后，他亲自带领我们参观摩里宫的景观，那些美丽的热带植物中，有许多可以制作成为一流迷香的花朵，我和番石榴交换了一下眼色，心照不宣。互赠礼品的时候，我假装没看见老虎心里长牙频频飞来的眼色，毫不犹豫地把两件礼物统统奉献出来。王储高兴地拥抱了我，并且按照他们国家的礼仪，在我的脸颊上轻轻吻了一下。

老虎的脸已经绿了。

2

当天晚上，老虎把自己扔进了"卡西诺"（赌场）。我则去逛商场，摩里岛的衣裳可真漂亮啊！可惜我现在是个穷人，要不真的想把钱全都扔在这儿呢！现在呢，只能慢慢地挑，挑那些价廉物美的，或者按照人类的说法是"买着便宜看着贵"的。这个商场的格局很奇怪，像一个偌大的剧院，而且结构非常复杂，从一个试衣间出来就是一面镜子，而这面镜子又是另一个试衣间的门，这样一间间的走过去，我来到一间漾着迷迭香气味的房间，那里挂满了陈旧发潮的旧戏服，那些舞台剧的戏服是如此令我迷恋，它们总是让我想入非非，让我想起海底世界的舞台。我就那么一间间地逛下去，直到番石榴走来，番石榴说百合你让我好找。难道你不想看看我们世界闻名的赌场吗？

老虎简直就是疯了。他夜以继日地泡在赌场里，而小骡，尽管呵欠连天，也依然执着地堆着一脸媚笑，陪在身边。番石榴拉着我走进这个赌场的时候，至少该是晚上1点了。那些坐在老虎机前的背影们战斗正酣，叮叮当当的钱币声让我想起羊皮书里一句美丽的诗：大珠小珠落玉盘。连番石榴也换了一罐筹码，但是我丝毫没有赌博的愿望，我只是站在一个角落里，悄悄观察着老虎和小骡的脸。老虎的贪欲和小骡的谄媚都让我觉得恶心。

突然，我发现老虎的手伸向那个装公款的军绿色袋子，随随便便就抓出了一大堆钱。我就那么看着他，就像看电影大片似的。这个大片可是非同寻常，看得让我难以置信。当时我还想，是不是他赌晕了，搞错了，忘了那是公款了？！

不，不对。他身边并没有别的钱，也就是说，他身边的钱只有这个装公款的口袋——而小骤，大概是没有什么关于"公款"的概念的。他拿了那些钱就乖乖地换筹码去了，当满满的一罐筹码放到老虎眼前的时候，我费了好大力气才克制住自己，没有冲过去。

我没有冲到老虎面前，却冲出了赌场。我听见自己的心在狂跳。

深夜还有微光。第一次看见人类的光，觉得是鲜艳夺目的——可现在微弱无比。有几只蟋蟀在叫。它们其实活在与人不同的时间里。逃离开赌场那种古怪的声音之后，我并没有觉得轻松，而是第一次感到了人类所说的那种——孤独。

可是，当我看到羊皮书里写着许多个"孤独"的时候，我就觉得连"孤独"也拥挤得孤独不起来了。好比太阳，在羊皮书里画一千个太阳也没用，它只能是一个。

那个夜晚突然变成了一个彩色的夜晚：树木是绿的，花是彩色的，远远的，像是伊甸园的苹果树，从那棵苹果树的后面，向我走来了一个人，一个年轻的男人，他穿着一套简朴的猎装，有款有型，而且有一种内在的高贵——这种高贵让平时气宇轩昂的老虎变成了男仆。在夜的光线下，他应当算是真正的孤独者，他是唯一的那个太阳，他向我走来，我也是唯一的，我是孤独的月亮。

让人类在孤独中拥挤吧，太阳和月亮永远只有一个。

他是詹。

3

我那个春天的幻想终于在三年后的秋天实现了。

我们一起穿过树林，走到海边。他久久地凝视着我，轻轻地说，小百合，我在梦里见过你。

他说，百合，有一件事我很奇怪：在梦里见到你的时候你是海百合，是海底的生物，你是什么时候完成基因转换的？

他说，百合，我被女性伤害过，绝望过，我曾经怀疑自己是上帝的弃儿。但是自从见到你的那一刻，我觉得上帝从来没有抛弃过我，甚至对我格外恩宠，我应当感恩。

月光下詹的脸很美，是男人那种很干净很简约的美。我不知道说什么才好，只是一高兴就把戒指里的迷药拿出了一点——芳香四溢，我看见月神伊库丝契尔悠然降临在月圆之夜的海洋之上，海边突然生长出成片的曼陀罗花。我把盛开的曼陀罗花供奉在海面上——那是我生长的地方。我们互相给对方脱掉了衣裳，宇宙间只剩了我们两个人：我全身赤裸向月神祈祷，美妙的曼陀罗花象征着女人花朵一般美丽的阴部，经过我的祈祷，整个海洋都变成了催情迷药，詹牵着我的手，慢慢走进海洋，把自己融入迷幻的海水中，这时有热气蒸腾出来，就像所罗门的《雅歌》中告诉书拉密的那样："你园里新结出的嫩芽似天堂乐园，结了石榴，有佳美的果实，凤仙花番红花发出没药一般的香气，你不可抵挡。"在沸腾的海水中我们紧紧拥抱，我们的裸体像花朵一般绽放，毛孔发出热气腾腾的吼叫，在极乐的瞬间，我们都化成了海水，如同水一样柔软，可以随意弯曲，并且在月神的抚摸下，变得通体透明，放射出可怕的光芒，照亮了黑夜。

呵……一切几乎和我梦中一模一样，只是曼陀罗花凋谢得太快了，我还沉醉其中的时候，月神微笑地看着我们，好像说：梦已结束。GAME OVER。

这时，万籁俱寂，我躺在他的臂弯里，跟他讲述自己在春天做的那个梦，他惊讶地看着我说，他也曾经做过一个类似的梦，梦见一支海百合从深海中升起，变成了一个纯洁无瑕的女孩，在一个月圆之夜与他交合，他说那种交合与他过去的性经验完全不同，他过去的性交是一种肉体交合，那种享乐转瞬即逝，而那一次在梦中，他觉得自己和那个女子都变成了通体透明的精灵，那种交合是一种长久的美妙绝伦的享受，是完全一体的境界，以至他醒来之后依然能够感觉到那种通透和神往。

只是在说到曼陀罗花的时候我们产生了严重的分歧，我认为曼陀罗花是最美的花朵，是植物中稀有的富于神性的花朵，它可以对世间万物施爱情魔法。而他却坚持认为，曼陀罗花虽然美丽但是有毒，据说经化验之后发现它含有高成分的生物碱，足以致死人类，属不宜栽培之植物。

我突然想起了曼陀罗，然后觉得他的分析也许是有道理的。

4

我懒洋洋地伸出手，一道明亮的光耀花了他的眼睛。

他大睁着眼睛，因为离得近，我看见他的眼睛里反射出那枚戒指，他的眼睛本来就美，这时显得晶光闪烁，瞳仁好像镶上了一圈金边，我着迷地看着他，并没有听清他的话。

"什么？"我问。

"……我在问你，这戒指你是怎么得来的？……"

我半张了嘴望着他："……哦，难道，你认得它……难道，你是它的主人？！……"

他把一双美丽的眼睛朝向天空，这时彩色的夜晚变黑了，月亮就顶在我们头上。我不断地吻着他的像孩子一样柔软的唇髭，轻轻向他说起了有关戒指的一切。

他听着，不发一语。

后来，在月亮的四周出现光晕的时候，他转向我，紧紧地抱住我，把我按在他的胸口，他说听啊，听得见它在咚咚地跳吗？！我说听着像是战鼓。他微微笑了一下说："我找到你了，我的小百合。"

我们拥抱在一起，没有再做爱。我们只是互相凝视着，深深地看着对方的眼睛，用最温柔的手抚摸对方的脸。他说小百合你留下来吧，别走了。留下来，我们在一起，如果你不愿意过宫廷生活，我可以宣布放弃继承权。

我把头深埋在他的胸口。的确，他是戒指的主人！——原来人类的男人并不都像金马老虎小骡阿豹那样恶心，男人也可以是这样美好，这样多情，这样无私勇敢，这样温柔善良，这样体谅女人的心……我把戒指摘下来递给他，悄声告诉他莫里亚酋长讲的故事，他微微一笑说："呵，他是我们这里有名的男巫，这个故事，他已经对我讲过无数遍了，……从我小时候开始……"他把戒指放在手中转了个圈，喃喃自语："难道，我真的是示巴女王的后裔？……"

"难道你还有什么怀疑吗？"

"不不，"他的胳膊从我颈子上弯下来，手指轻拂着我的发梢，"告诉你一个秘密，"他举起戒指，"知道这朵花的名字吗？"

我的心都快停止跳动了——这朵花，这朵奇异的花的谜底，就要揭开了——

"它叫月亮花，别名炼狱之花。它非常古老，而且是全世界独一无二的，它有记忆，不但有记忆，还有高级生物的一切智慧，所罗门王的智慧，正是来源于它。所罗门王不但把戒指赠给了示巴女王，还把月亮花也迁徙到了我们的萨巴，月亮花，它可以看到一切过去未来现在之事——"

"我想看看这朵花。"

他摇头，"不行，小百合，现在不行。如果现在给你看了，整个摩里岛都会受到神的惩罚。"

"那什么时候行？"

他微笑了："等你成为摩里岛王妃的时候。"

他温柔的吻再次印在我的唇上，夜已深，我留恋这个温暖的怀抱，但我明白自己必须离开："我该走了。"

他问："为什么非要走？是他们对你有约束吗？"

"不，……是……是我还有些没有尽到的责任。"我在这一瞬间想的是哥哥，我有责任把哥哥送回海底。

他的眼眶里泛起了亮晶晶的东西，我赶紧掉转头，生怕自己哭出来。他把戒指戴在我的手上，他说好吧我的小百合，那么我等着你，一直等着你，等到你再来到我身边的时候，我会在同样美丽的晚上，跪下来向你求婚。

他已经坐起来，我们再次抱在一起，摩擦着对方脸上的泪水。

他的眼神正在穿越远方的青色密林。我被无形无声的气流吹向比想象更远的荒漠，可我却脱离不了他目光的射程，前方是倾斜再倾斜的月光，月光中我的胸脯流荡着盈亮的雪白，上面有他温柔的指痕，这是一个没有隐私的夜晚，他的毛发，他的鼻息，他的眼神，都在对我诉说着爱——我不得不想，同是人类，同是男人，为什么有如此大的差别呢？！

<h1 style="text-align:center">5</h1>

次日清早就被 MORNING CALL 唤醒，我们该离开摩里岛了。小骡和番石榴都来送行。我注意到小骡的脸是灰的，老虎的脸是绿的，趁着老虎在贵宾室休息的时候小骡悄悄对我说："昨天我们赌了一夜，一整夜。"我冷冷地看着他，他的脸上又出现了那种习惯性的讨好笑容："老虎输了，输光了。"

哼，输光了？我倒是想看看他怎么办？公款都在他手里，他怎么赔？

番石榴倒是一如既往地光鲜，拉着我的手和我说这说那，缠磨着我，这部戏一定要给她安排一个角色，我说你为什么不找老虎啊，他做主。她说老虎自从踏上摩里岛就进了赌场，根本说不上话。在办登机牌的时候老虎才懒洋洋地出来，显然他是睡了一会儿，脸色比刚才好了一点，他连看也不看我一眼就对小骡他们说："詹怎么样，在协议上签字了吗？"小骡他们就都转过头来看着我，我转过头去看着遥远的窗外。小骡为了打圆场急忙转移话题，但是老虎的脸色阴沉得难看，就像是纪念碑上那些死气沉沉的浮雕。

一路上老虎在一等舱睡死过去，这回连表面文章也没做一做。可我偏偏不想让他舒服——我在一等舱找了个空座儿，大模大样儿地坐在那儿，位置在他的侧后方，可以观察他的一举一动，但他却没有发现我。看来他真的是把公款都输光了，连吃饭的胃口也没有，每一次服务员送来饭菜，他都冷冷地摆摆手。我懒得再看他那单调的睡姿，开始回忆詹。詹的气息似乎还留在我的身体里，他的气息在我的身体里闪光，像是要冲出我的身体，飞翔。

我面对着眼前的一杯红酒开始沉思——我现在终于会沉思了，不再像过去那样傻乎乎。当我刚刚进入人类社会的时候，我觉得一切都有可能，好像生命就是一场美妙的魔术秀。可现在，我只看见舷窗外灰蒙蒙的天，还有老虎那样让人难受的背影。

我想象中的葡萄酒沉睡在詹王储后宫的栎木桶里。那样的酒喝一口人就醉了。葡萄园中有一个教堂，教堂的钟声把我们唤醒。我们手牵手，美丽的颜色和声音立即变成了真实的影像，我会收到他的礼物：一瞥眼光，一个微笑，一颗星，一袭带皱褶的绸衣……我们走上白日柔光中的山丘，眺望水色、城市、道路和风俗。

然后我们乘上菩提树干刻成的独木舟，舟中铺着一些海狸毛皮。我们换上原始人的兽皮，麋鹿和山猫伴着我们，风追过深水，我们的头发在大风中飞扬，他把镶满钻石的王冠扔进水里，我们所有的财产只剩了那一枚戒指，可是我们对着大风快乐地笑着，对着水宣称：所罗门和示巴女王回来了！

可这时水怪突然从水中钻了出来。巨大的脸逼向我——啊，这是老虎的愤怒的脸——他惊醒了我的白日梦——

"——我再说一遍，你回去马上做账，做完之后给我看！"

我差一点冲口而出："你是想让我帮你做假账来掩盖你挪用公款的事实吗？！"

——可我没有说，我把这句话生生咽下去了。自从咽下这句话之后我就觉得自己成熟了。是的按照羊皮书的要求我是决不能说这句话的，岂止是不能说，我还得装作若无其事，揣着明白装糊涂地给他把事情办好。——但是我终于还是没成熟到这种程度，我只是看着他，呆怔怔的，确切地说是装傻充愣。我的这种表情更大程度地激怒了他，他的脸慢慢变歪了，变得很难看，他压低声音说百合我在跟你说话你听见了吗？！他越是这样我就越想气他，我一脸无辜地点了点头，说：听见了，但是我不明白是什么意思。

他的样子好像灭口的心都有。

6

出我预料的是曼陀罗没有食言。

曼陀罗真的把一个好端端的哥哥给我还回来了。很久之后我才知道，其实并不是什么法术，而是她的确花了一笔巨款接好了哥哥的脚。但是当时我真的相信了法术——我觉得曼陀罗这家伙的确有点儿邪的。我拿起放大镜，在哥哥的脚腕上看了又看，除了一道发红凸起的伤疤之外，和正常人比较起来，竟然没有任何的异样。我又让哥哥走给我看，脚步依然有点儿蹒跚，曼陀罗在一旁说，正常，那么久没有走路的人，能够这样已经很好了。这当然也很有说服力。

我决定把哥哥送回海里。

——哥哥与人类社会格格不入，且没有我的勇气与乐观精神，遇到恶势力只能逃避，连回手之力都没有。

当天夜里，我和哥哥秘密入海，他一入海便还了阳，显得自由快乐，遇到在礁石下面成群结队游过的海鳗、如盘子那么大的金黄色蝴蝶鱼，羞人答答的海龟，神龙见首不见尾的白鳍鲨，还有像个大酒瓶的、嘴巴一圈荧光色的小丑鱼，他都笑嘻嘻地去跟人家搭讪，也不管人家爱不爱搭理他。

我们想在回家之前多玩一会儿，就游到那只大沉船附近去玩儿，三十米长的木船沉在海底深处，成为不少鱼群们的活动场所。这船沉了至少一百年，可船形依然清晰。我们俩穿过闸板和船舱，玩捉迷藏。海底五彩斑斓的珊瑚、海胆和海葵，美得让那些不知天高地厚的人类只有下跪的份儿！我摘了一块珊瑚石，成千上万尾鱼儿突然涌来，盘旋着，高速而紧凑，密密麻麻围成一个风暴眼，在水底撒下一团强烈的光束，我敢保证它们是来欢迎我们的，可如果换了人类，肯定会遭到它们的袭击。

可是，它们始终犹疑，哥哥说，它们一定是看见你那张人类面具了！你看，我一入海面具就自动脱落了，可你的那个还戴得结结实实的。我不服气地说，这只能证明你和人类社会格格不入，可我，能达到出世和入世的自由转换！——话音未落，我就哎哟叫了起来——原来，我的面具已经牢牢粘在了我的脸上！比上次还牢固，几乎是无法揭开的了！

我咬牙忍痛摘掉面具，这一回，脸上渗出比上次更多的血，很疼，更令人懊丧——也许，在人类社会，我陷得太深了。

家里人的态度尤其令我难受，他们像欢迎英雄一样迎接哥哥，对我，却是强作笑容。尤其是奶奶，她把家里剩的珍贵的白珊瑚粉拿出来，调好了，全部涂在哥哥已经好了的左脚上，却一点点也没留给我。

海底世界召开了盛大的宴会，海王竟然也出席了。海王用他浑厚的男中音讲了一番话，海王说热烈欢迎我们海百合家族的传人返回海底世界——于是哥哥站起来向大家频频点头，整个海洋响起了热烈的掌声，我知道，这掌声在人类听起来就是海啸。许多家族的海生物向哥哥蜂拥而来，手里端着软珊瑚做成的美丽酒杯——没有任何人注意到我，连我儿时的好友小贝叶也没理我，他们都在向哥哥欢呼跳跃——我觉得自己脸上的笑容慢慢变得僵硬了，我端起一个贝壳杯子，慢慢地离开了人群。

海底像一块青绿相间的琉璃。琉璃的缝隙里，流动着奇幻的色彩。在人类的羊皮书里，有着关于龙宫和海盗船的故事，还有阿拉伯飞毯上的美人鱼。这都是他们的幻想，可悲的是，他们的想象力如此馈乏，其实海底王朝是一个比他们想象中美丽一千倍的地方，人很容易老去，可海底世界的生物永远不老，对，我们可以死去，但永远不老。因为美丽本身是脆弱的，很容易在一个混浊的大染缸里失色，人类对美着迷，却又怀着奇怪的妒意，他们看见美便要把它供起来，然后吃掉它。即使是月里嫦娥他们也要想尽办法褪去她的粉裙，让她的美丽和妩媚一起消失——哪怕他们从此见不到月光。

我回到自己的房间里，我的房间已经长满了青苔，窗外的海生物们开始起舞，就像是翩翩起舞的蝙蝠。在他们中间我看见了妈妈，她忧郁的眼神因哥哥的回归焕发出亮光。她换了新的鼻环，她依然是海底世界最美的，但那又怎么样呢？她竟然没跟我说一句话，还有爸爸，他忙着接待宾客打理宴席，也顾不上跟我说话——我的父母不理睬我，我的奶奶不用珊瑚粉敷我受伤流血的脸，那么这个世界，还有什么是我的？

　　——难道只有离别是我的吗？

第十二章

1

罂粟如愿嫁入豪门。

铜牛万万没想到，新婚之夜便是他新的地狱——面对妖冶如花的罂粟，他根本没法儿对付，无从下手。他原来以为，他是在前妻的重压之下才软趴趴的，殊不知，他早已彻头彻尾地永垂不朽了！

"你可以吃药嘛——"趴在他身上的那具销魂肉体娇滴滴地开口了。

吃药？他心中一惊。谁不知道这类药品的副作用？！这么说，这个女人也和他前妻一样，视他的健康与生命于不顾？！这对于他这种极度自恋的人来说，简直就是不能容忍！可他的脸色刚刚一变，罂粟就像读懂了他的内心独白似的，变得温柔如水："再说，这也没什么，小事一件，你不必太挂心。一切慢慢来，总会好的，没有颠鸾倒凤，也有琴棋书画嘛。"说罢下得床去，倒了两杯波尔多，两人慢慢对酌，顿时把铜牛感动得一塌糊涂。

铜牛觉得欠了罂粟，便慢慢对她言听计从。一日晚餐，罂粟亲自下厨，做了一桌好菜，都是铜牛素日喜欢吃的。铜牛立即端出老太爷的派头，抿一口酒，从不开玩笑的他竟然幽了一默："难为你了，我亲爱的罂粟夫人。我发现你很有管家理财的才华，今天正式任命你兼任铜氏家族的管家！"

谁想，这句话却成为了罂粟生活的一个转折点——她立即笑着反问："说到理财，请问官人，一块钱可以做什么？"没等铜牛回答，她便一口说了下去——

——一块钱，可以找人买张五十块的假钞；然后拿这五十块去小学门口的书刊亭打电话，从老花眼老头手里得到49块5毛真钱；然后到地下市场买黄碟，还价5毛买到9张，剩五块乘长途到附近的县城，以每张15块的价格卖掉得135元；回程5元，到小商品批发市场买学生用的笔260支，到学校门口摆摊，以每支1·5元的价钱卖掉得390元。

铜牛听得哈哈大笑，被夫人的幽默感染，然而夫人迎着他那双不会转了的眼珠淡淡地说："可惜这不是我的专利，这是一个熟人告诉我的生意经，还远远没完呢！要听下边儿的吗？"

铜牛为了自己的好奇心付出了惨重的代价——

——这专利是阿豹的。

罂粟在进入铜氏家族后的第六十天把阿豹介绍给了夫君。夫君怀着巨大的兴趣听了阿豹关于一块钱可以做什么的全部陈述：

——卖笔得了390元之后，可以找道上兄弟打麻将，故意输100，从其口中得知摇头丸的进货渠道，290元购得58颗，以10元价格卖到舞厅得580元；交保护费80，剩500在舞厅收小弟（高中生，每人50足矣），10个小弟替你收保护费，一天能收到2000，除去分红，还得1500；然后去娱乐城找小姐，开价300但给1000，小姐保证对你死心塌地，尊你为鸡头，并介绍姐妹给你，剩500块到快倒闭的印刷厂印广告，贴的满城都是，10个小姐每天每人接客5次，每次分给你100，每天收入是 $10 \times 5 \times 100$ 得5000，一个月下来是15万；10万租店铺开娱乐中心，5万招小姐30名（高级），每人每天接客3次，一次分红得300，一个月是 $30 \times 3 \times 300 \times 30$ 得81万；工商税务公安交10万（保护费），剩71万到云南带货，只要到了内地翻10倍，此行程要半个月左右，得700万（10万路上花销和必要的买枪）；干了这一票金盆洗手，注册房产公司，从农村招民工（可能会招到买你黄碟的，哈哈）月工资600招到100个花6万，请客送礼到市政花100万（千万不要少），市政的所有工程都到手，做豆腐渣工程，路修了扒扒了修，两个月赚到2000万；赔偿民工命钱3万（2个月接了20多个工程，累死了1个，不怕，上面有人），以月薪5万请会五门外语的博士生，出国找品牌做代理，代理意大利的皮鞋销往中国，然后拿样品到温州，做假货，一个月下来赚了五千万；被意大利厂家发现，赔偿一千万，加上上个月剩余一千多万，找美国财团融资做网站（博士生不能让他闲着），融到2个亿，挤垮搜狐和新浪，成为中国第一大门户网站，上市，市值达到2亿美元，收买证券公司，成为黑马，第一天升10倍，第二天一开市卖掉所有股票(51%)。得10.2亿美元。不到半年你就成为中国富豪，下半生无忧。——

阿豹说一句铜牛笑一阵，说完了，铜牛笑得趴在了沙发上。阿豹急忙恭敬地去搀扶老板，笑得抽筋的铜牛断断续续地喘着说："哎——哎呀，我这一辈子从出娘胎还没这么笑过，你——你给我留下来，你必须给我留下来！——"

罂粟心中暗喜，脸上却是相反的表情，急急把丈夫拉到一边，小声对着他耳朵情急似的说："你留他做什么？他什么也不会，难道我们家要养个闲人？""他怎么会是闲人呢亲爱的？过去皇帝还有弄臣嘛！现在我们什么都有，缺少的就是欢笑和健康，有他在，我们就圆满了耶！"

罂粟心里冷笑一声："哼，圆满？这个词用得好！用得精到！"

铜牛让阿豹做了管家，对于罂粟来说，的确是"圆满"了。

2

有相当长的一段时间，罂粟的确觉得自己很圆满，花着铜牛的钱，享受着阿豹的性爱，还有，控制他人高高在上的欲望，全部实现了！对一个女人来说，还需要什么呢？

阿豹表现也无可挑剔——他努力担当一个"弄臣"的角色，为了扮好这个角色，他几乎使尽了浑身解数，不过其实他的来源也很有限，不过是相声、二人转和网络，蒙年轻人可能蒙不了，可蒙年过花甲的铜牛可是绰绰有余。

譬如：水饺算男生还是女生？答案：男生。因为水饺有包皮。

又如：语文老师问：穷则独善其身的下句是什么？同学答：富则妻妾成群。老师又问：后宫佳丽三千人的下句呢？同学答：铁杵磨成绣花针。老师晕倒。

再如：初从文，三年不中；后习武，校场发一矢，中鼓吏，逐之出；遂学医，有所成。自撰一良方，须用牛乳服，服之，卒。

还有：当盖茨新婚返回西雅图时，立刻被一群记者包围了。其中一个问他太太蜜月过得如何，太太答：MICROSOFT（微软）。

还有：造句不容易：

A.其中：学生：我的其中一只左脚受伤了。

批语：你是蜈蚣吗？

B.陆陆续续：学生：下班，爸爸陆陆续续地回家了。

批语：你到底有几个爸爸？

C.欣欣向荣：学生：弟弟长得欣欣向荣。

批语：你弟弟是植物人吗？

D.难过：学生：我家门前有条水沟很难过。

批语：老师更难过。

E.又……又……：学生：我的妈妈又矮又高又胖又瘦。

批语：你妈妈是变形金刚吗？

F.况且：学生：一列火车经过，况且况且况且……

批语：……

还有：2009最流行的十大网络语言：

A.你让我滚，我滚了，你让我回来，对不起，我滚远了。

B.流氓不可怕，就怕流氓有文化。

C.走牛B的路，让傻B去说吧。

D.XP 不发威，你当我是 DOS 啊？

E. 好好活着，因为我们会死很久！

F. 人又不聪明，还学人家秃顶！

G. 没什么事别找我，有什么事更别找我！

H. 宁和明白人打一架，也决不和 SB 说句话！

I. 再牛 B 的肖邦，也弹不出老子的悲伤！

J. 只要锄头舞得好，哪有墙角挖不倒？！

还有：人生四悲：

他乡遇故知——情敌。

久旱逢甘霖——一滴。

金榜题名时——重名。

洞房花烛夜——隔壁！……

等等，等等，不一而足。

……就这么天天逗着铜牛玩，日子过得快乐无比。终于有一天，好日子到了头儿。铜牛兴冲冲地从办公室回来，手里挥着一本书："喂，看呐看呐，这本书真是绝了！太绝了！

罂粟阿豹一起冲过来，看见桌子上的书——乳白色烫金特种纸封面，鲜红的腰封，书名是《海百合的传说》，小字写着著名作家天仙子代表作最新修订版。

罂粟轻轻摸了一下那封面，有凹凸不平的感觉，但是后来阿豹坚持说，是她的手在发抖。

3

罂粟觉得，报应终于来了。

她强作镇静，打开尘封已久的电脑，关于《海百合的传说》和作者天仙子的消息扑面而来，她记得这部书已经出了几版了，但在 A 城还是首版。天仙子的近照有好几帧——天仙子似乎笑得很灿烂，而那种灿烂根本就是她无法容忍的。

她更加无法容忍的是：铜牛竟然说，他崇拜这个女作家。

铜牛说："这个作家实在太厉害了！她竟然可以洞悉人的最隐蔽的秘密！——哇！我觉得她是整个 B 城最天才的女作家！别的那些，都是炒出来的……"

罂粟听了这话就去了 A 城最好的整形医院。她给丈夫留了一张字条——她知道，也可能将有较长夫妻分离的时间了——她很踏实，因为她的卡里已经盛满了丈夫的钱。

——一个新的计划在她头脑里慢慢清晰起来——卧塌之侧，岂容他人酣睡？！她可不是等闲之辈，丈夫竟然当面狂夸另一个女人，虽然只是口头表扬，但其狂热程度，完全可以视为意淫了——这岂是百战百胜的罂粟所能容忍的，何况，丈夫狂夸的这女人还是她的手下败将！

经过一系列例行检查，罂粟为自己设计了一张新的面孔。这面孔年轻俏丽，脸型像李嘉欣，眼睛像徐若瑄，鼻子像关之琳，嘴巴像钟丽缇——她要让自己成为一个新人！岂止如此，她还要写作，要写出比这个女人好一万倍的小说，让 AB 两城的人都只能抬头仰视她，如同看夜晚的星星一样！

多少年了，其实她一直生活得压抑。压抑的原因就是自己的这张脸——这张普通得不能再普通的脸。为了让自己不那么普通，她一直用自己特殊的聪明才智善解人意来弥补这一不足。当然，就她这张脸的水平来说，她目前所能达到的综合价值指数已经是最高的了。但是她不满足。不满足是一切 super mam 或 super womam 的共同特征。当然，这种隐隐的不满足是需要刺激的。丈夫对天仙子的赞美就是最大的刺激。罂粟在心里冷笑着："我要让你们看看什么叫美，什么叫性感，什么叫才华横溢！"

罂粟整形的计划定在了丈夫出国谈项目的时期。她用巨款请了 A 城最好的整形外科医生大卫·李，大卫·李详细分析了她的容貌之后，建议她暂时不要垫鼻子——因为那种硅胶材料在世界范围内都没有真正过关，否则迈克尔·杰克逊就不会有那么烂的鼻子了。

但是罂粟真的有股狠劲儿。她几乎是毫不犹豫地拒绝了大卫·李的善意。她说：Let's to try。

罂粟就这样躺在了大卫·李的刀下，从容不迫。在她被麻翻之前，她还来得及想："没事的，韩国那么多美女，不都是这样整出来的吗?！"

好像过了很久很久，好像有一个世纪那么久，罂粟听见遥远的地方有个声音在呼唤她的名字。她想张嘴应答，可就是没有力气。于是她用尽力气点了一下头，就听见一个惊喜的声音："好了，她醒过来了！——"是一个那么那么熟悉的声音，可就是想不起，那是谁。

好在这样的状态并没有持续多久，在术后二十分钟，罂粟总算从全麻状态下彻底苏醒。她的脸还全部被包裹着，完全看不见眼前的人们。但是她已经从握着她手腕的那只手确认，这是阿豹——长满了厚茧的手，疙里疙瘩，还有比一般人都要厚的指甲。

有了这样的厚度她很放心。她捏牢那只手轻轻地问："大夫，什么时候我可以看见自己的脸？"

——这是罂粟在十二个小时术后说出的第一句话。

4

半年之后，B城的寂寞文坛终于恢复了一线生机——一个笔名叫作粟儿的青年女作家横空出世，占领了B城文坛的半壁江山。

一个寂寥的秋日清晨，天仙子接到一个陌生的电话，电话那边的声音是温柔的、性感的，那声音说："请问是天仙子女士吗？我是粟儿。很冒昧给您打电话，您下周四有时间吗？是不是可以请您参加一个文学研究院的活动？如果您能参加，那真是我们所有人的荣幸！"

用词的纤巧、语调的真诚及声音的质地都恰到好处地满足了天仙子的虚荣心，她几乎是毫不犹豫地答应了。第二天，她收到一个快递——一本叫作《改头换面》的书，她看见作者署名是粟儿，还有粟儿的玉照——美丽得简直不像真人！

她这才想起，在那种声音的压迫下，她竟然忘了问一句：文研院到底是什么活动？

现在一切都晚了，只有硬着头皮读下去——这本书写的是一个女人做美容手术之后改变了生活，写得非常直白，非常理论化，甚至很像医科杂志的那些文章，怎么也看不出好儿来。但是她明白她必须得发言，还得言必称好。

天仙子说到底还算是个真性情的人，让她违心地赞美什么，她即便做了，心里也会十分不爽。然而她万没有想到，她进入会场便像走进了一个"坛场"似的，好像是有着一种什么巨大的魔力迫使所有到会的人都必须口吐莲花。

那魔力说穿了就是钱。

是的，这是所有与会者开过的最为豪华的作品研讨会。每个人的红包里装了五千美元，会议室的桌椅都是最为考究的紫檀，每个人的面前有大红袍泡制的琥珀色茶水，有最高档的蓝山咖啡，和装有火龙果、山竹、荔枝和青柠的水果盘。而且大家被告知，他们将在这个超豪华的酒店住上三天，享受总统套的待遇，然后，还要辗转 A 城，再住上三天，享受 A 城的全部超豪华待遇，这样算下来，怎么也得要五百万人民币才拿得下来，天仙子想。

五百万买了所有的文坛大腕儿，众口一词地喊好。溢美之词更是比着开花儿：什么 B 城文豪曹公鲁公之后第一人，什么 B 城的多丽丝·莱辛，什么当代文坛盛开的花朵，所有人攀比着用最美丽的词藻歌颂这位来历不明、疑似巨鳄背景的美丽女子，当然，也有眼尖的同性，发现她的锁骨脖颈处有一道极淡的印迹，印迹以上是雪白的肌肤，以下则是淡淡的浅黄色。当然，天仙子也是发现秘密者之一，她想，莫不是她脸上做过那种中药去斑？只做了脸蛋，所以脖子还保持着原来的肤色。

但是这个粟儿实在是讨人喜欢，不但能满足男人的欲望，还能满足女人的虚荣，所以，这实在是一个对人性弱点了解很透的人，她掌控了人性的弱点，因此可以对症下药，招招都使在刀尖上，一点儿也不浪费。

——天仙子当然也被哄得很好，心里很舒坦——她怎么会想到——这个粟儿，就是那个抢她丈夫、破坏她家庭、几乎把她置于死地的女人呢！！

她更加想不到的是：在研讨会的最后一天，老虎竟然出现了！

老虎是代表影视界来参加歌颂咏叹调的，老虎说我认为这部书很好，完全可以改编成一个非常好看的电影，粟儿小姐何时有暇，我们可以谈谈有关版权购买的问题。粟儿的眉眼顿时飞动起来看上去喜出望外。粟儿立即表态：虎总那敢情好，虎总过去我们只能在电影院看到您的大名，没想到今天看见真人了。顺便问一句虎总您为什么不能客串一个角色呢？您是不是怕您串了之后一线大牌明星也没饭吃了？

一语未了，大家爆笑。一向不苟言笑的老虎也笑眯了眼，嘴里连连说道："粟儿小姐可真会说话，真会说话，真不愧是《改头换面》的作者啊！……"

天仙子张圆了的嘴半天才合拢，她眼神迷离地盯着老虎，一直怀疑这些话是不是从他嘴里说出来的。不像啊！太不像他了！他是真的糊涂了还是揣着明白装糊涂啊？《改头换面》怎么可能改编成一部电影呢？他还没老啊！人其实是很容易老去的，天仙子觉得自己就如泛黄的苹果，每天都流失着它的水分。苹果色彩鲜艳的时候可以做观赏品，就如天上的月亮，地上妩媚的月影，供着它比吃掉它更难受，可问题是明媚鲜艳的时候无人问津，她只能坐等自己变老，失去所有的水分。

可是她多想让自己失去的水分蒸发到天空上，变成云朵，那样，她就可以绽放一亿年了！

然而，眼前的老虎是在痴人说梦吗？

5

一个不速之客的来访诠释了天仙子的疑问——粟儿穿一身最简

朴的素服，拎着两包天仙子最喜欢阅读的彩印百科全书，走进了天仙子的家门。

这一套彩印百科，至少有三十本。小开本，全部用精美的特种纸印刷，每一页都有图片，色彩漂亮之极。上至上古时代的海底生物，下至当代淫靡的男欢女爱，应有尽有。天仙子也曾经零零散散地买了几本，终是因为太贵不敢问津，现在一下子居然全部得到，当然喜出望外，整个心膨胀起来，就像是从尘世一下子被拉进了天堂的环抱——至于粟儿如何得知这一准确情报，她连想也没想。

——最最寻常的灰裙子也掩埋不了粟儿惊人的美丽。然而只有在此时，面对面如此近距离的时候，天仙子才发现粟儿的鼻子上似乎略略有一点瑕疵。那像是一只石膏打造的鼻子，鼻尖有一点点奇怪的地方，不能叫作残破，因为远不如残破那么严重，就像是石膏像被不小心磕了一下，那种质感甚至让她很想去摸摸那地方，以求获得某种真实。

不过还没容她细想下去，粟儿就以天仙子最喜欢的方式开了口。粟儿说天仙子姐姐你知道你的问题在哪吗？你的问题在于：人家都是拼命地想提升自己，通过各种可能的方法，而你，因为起点太高了，你需要的不是提高，而是降低。你停下来十年，现在的这批写作者才有可能追上你——

粟儿的话说得情真意切，让天仙子完全丧失了警惕——这话就像是灵魂被抚摸一样舒坦，天仙子到底是没修炼出来的，特别是：完全不知道世界上阿谀的方式有千百种，更不知道，天空上哪块云彩会突然下雨。

于是，天仙子就把说这话的人当作了知音——这时她正是身陷困境需要知音的时候，眼前的女人整容手术做得太成功了，以至于让天仙子忘了有时面具可以用人皮的，笔墨可以借用他人的骨头和血。在那个晚上，她相信了这位文坛新秀，她向这位知音坦白了一切写作的秘密。她说她从童年时就喜欢眺望天空，她把自己亮闪闪的眼睛挂在天上，然后，用女神赫拉的神情，藐视无知与粗鄙，然后拐弯抹角地咒骂这个世界，最后用悲剧来自虐。

而这位坐在对面的美丽的知音，温柔地充满善意地看着她，说出一番让她感激涕零的话："天仙子姐姐，你的眼睛要从天空上落下来，你的姿态要放低，再放低，最好低于你的读者，你得隐去你自己，那样，你才能享有更多的读者，你的天才作品才能更富于肉感，让我们这些凡夫俗子能够想办法贴近你。"

　　"你也别把我的小说说得那么高。"天仙子认真地说，她每逢听到夸奖总是自作多情地很认真，"为这个事我想了很久了，是像老鼠那样贴近地沟，还是像凡·高的向日葵那样贴近天空？也许贴近天空的结果一无所获，可老鼠能在地沟里扒出足够它子子孙孙享用的残羹，尽管这样，我仍然愿意用浓墨重彩去掩埋读者的双眼和呼吸，让向日葵对着天空说话，让风会哭也会笑，让雨会流泪也会流汗，而人类，对着这样的画面，必须哑口无言。"

　　粟儿看着眼前的天仙子，脸上笑了，但心里呆了。她明白，眼前的女人是她真正的劲敌。如果她想在文坛混，那么第一要义就是除掉这个女人。对，除掉这个女人，不惜一切手段。

6

　　当天仙子秉烛夜读，为粟儿赶写印象记的时候，粟儿已经睡在老虎的床上了。

　　一番颠鸾倒凤之后，粟儿趴在老虎的脸上，把香气喷洒在老虎的鼻孔里，在老虎看来粟儿简直就是唇齿生香，锦心绣口！是啊，百合太生，番石榴太傻，天仙子太迂，曼陀罗太冷，而眼前的粟儿，才是他真正的停泊地，真正的温柔富贵乡！他轻轻拨弄着她的乳房，听着她和颜悦色地说出一番话："……虽说你是出了名的一身正气两袖清风，可在这个商品时代，也不能不考虑一些实际的问题……"

　　"你指的什么？"

　　"譬如你抓的电影，几乎都是文艺片，谁都知道文艺片是赚不了钱的，即便是抓商业片吧，也跟你本人的收益没什么关系……其实，你完全可以……"

"说下去！"

"譬如，纯属建议啊，譬如你现在抓的那部海外题材，完全可以外聘导演啊，为什么非要用你们公司自己的导演呢？"

"你是说……将来分账会方便一些？……可是，谁做这部剧的导演合适呢？！"

"我这儿倒有个合适的人选……"她说。然后，她用更柔媚的声音，更温香的唇息，悄声推荐了阿豹——"他是你的崇拜者。"她说，"我敢保证，他会恰到好处地执行你的意图。……"

那一天他们谈得很晚，几乎把所有的细节都讨论过了。夜半，他们余兴未了，起来喝了红酒，由粟儿建议，到那片离他们很近的海滩去坐坐。他们到了海边便兴致盎然地脱掉衣裳，如同两条鱼儿游入水中，在水中嬉戏玩耍，弄出一些液体污染了海面。

然而他们做梦也没想到，有另外一个人目睹了他们的一切——那个人就站在海边，形体如同透明的水晶杯一般美丽。她的头发像是燃烧的熊熊烈火，她的眼睛穿过最深邃的黑暗看到两具正在水中的交媾的裸体，她看得清海里的一切事物，因为她本身就来自海洋——她是百合。

第十三章

1

我分明认出那个男人是老虎。

老虎和一个女人在裸泳，在交媾，这本身就令人奇怪。

老虎其实是把权力看得至高无上的，对于女人，他是慎之又慎的。即便是神仙 MM，也休想让他为之冒险。是啊现在已经夜半三点，但这并不能说明什么，只能说明这个女人非同凡响，竟然能让一个正在向上爬的男人暂时停止前进的脚步，浏览一下周围的风景——假如你了解这个城市中男人的真实状况，你就会知道这件事有多大的难度了！

那个女人转过身来，这样我就在月光下清晰地看见了她的脸，她的脸是美丽的，但美得极不真实，像是蜡像馆中的蜡像，然而她的姿态却似曾相识——那是一种假装优雅的姿态，不是血液里的，而是经过后天努力学习的——当然，那也没有什么不好。但是且慢，我觉得她身上有一种不祥的信号。一种恶的信号，好像看见她就会让我想起一件不愉快的往事——那是什么呢？我想不起来。

当然他们不会想到在这万籁俱寂的夜中还有一双眼睛。

自摩里岛回来之后，这已经是我第十二个不眠之夜了。我陷入了人类那该死的爱情。比起这种爱情，先前对于老虎的好感简直就是小儿科完全不值一提。我不再轻巧，爱让我变得沉重。爱像是焦干的嘴唇吞下的沙子，滚烫难受，灼得我无法平静。

我已经把哥哥送回海底，我的使命已经完成，再没有任何力量阻止我和詹的结合了！我必须马上走，马上离开这个邪恶的城市，嫁给詹，去海底世界回复我的使命。

我为自己骄傲——我没有智慧，没有技能，没有信仰，但我有一种奇怪的力量，它扯碎了世界，如同一波年轻的浪，冲向海岸，淹去那些衰人的痕迹。这力量不是我的心，不是我的血，不是我的生命，它是一种未知的声音，如同浪的拍击，风的合唱，树的摇曳，崩溃者和离散者最后的呓语。在他们的畏惧和颤栗中，我想我会完成使命——揭示这时代的羞耻——它被允许以侏儒和恶魔的舌头喧哗，却毫不留情地禁止真纯的话语，谁敢说出一个字，谁就将成为下一个失踪的人。

可是我真的完成使命了么？

的确，海底世界只是让我来寻找戒指的主人，可是，难道我只顾惜自己的幸福，而置那些真纯的声音于不顾么？

难道，我明明有能力制止，却姑息养奸，允许那些侏儒与恶魔的舌头继续喧哗，让这片邪恶的土地更加邪恶么？！

那一对男女在泛滥的海水里做着罪恶的交易——一定是的。我生于斯长于斯，无法忍受海水枯竭，亿万鱼儿在痛苦中跳跃，海生物的没落与灭绝；我无法忍受海王和我的家族被邪恶的力量追逐逃亡。而我，现在正洞穿这邪恶，我在深入恶的灵魂，而月光，正在向我揭开他们的脸。他们的脸很不真实，仿佛一碰就会消失。

"最成功的骗子不必再说谎以求生。因为被骗的人，全成为他的拥护者。"——这好像是羊皮书中一个叫作莎士比亚的人说的。

不，现在还不是我走进玻璃暖房的时候，詹。等着我。

2

老虎以迅雷不及掩耳之势定了导演——竟然是天仙子的前夫阿

豹！呵——天哪，这里面一定有着某种可怕的原因！

果然，不久我就开始接到小骡告状的电话。小骡在那边呜噜呜噜地说："百合姐姐，你知道吗？虎总派来的这个阿豹导演很不像话，他一天到晚吃喝玩乐下赌场，一点儿正经事也不干！""怎么可能？他这次去的任务是选演员啊！""哼，美其名曰选演员，其实不过就是拉关系罢了！他张贴了选演员的广告，有很多人来报名，可是百合姐姐，你知道他问什么？他问的第一句话就是：你们家是干什么的？！……结果，后来他选的演员，全都是富豪子弟，说白了就全是买下来的！……更糟的是……更糟的是……是他还想泡番石榴，你知道，番石榴可一直是我的偶像啊！……"

小骡絮絮叨叨地说了半晌，我心里的怒火像波浪般起起落落。不过我已经能够控制自己了——能够控制，这是一大进步。面对他的控诉我冷静地说："行了，我知道了。你也不必这么生气，观察观察再说吧，不要这么急于作结论，更不要到处说，听见了吗？"

——可惜的是，小骡并没听我的劝告。

几天之后，老虎突然找到我，表情严肃地问我有关小骡的情况，我心里明白事情要糟，果然，几句话之后老虎说："这个小骡讨厌得很，到处告导演的状，竟然一直告到董事长那去了！太不像话了！实在不行把他换掉！"——董事长铜牛虽然到点了，但是按照人类的规矩，大概还要在这个位子上缠绵一阵子。

自从摩里岛回来，老虎好像还是第一次找我谈话，他不再提做账的事，可能已经找别人解决了吧？反正他知道，从我这儿什么也得不到。

我一脸天真地问他："那么这个阿豹导过什么戏啊？"

他警觉地看了看我，敷衍地说："……他导过什么戏并不重要，重要的是，他是科班出身，艺术感觉好，现在起用新人很重要啊！这部戏我不但导演要用新人，演员也要用新人哩！……"

然而不识趣的小骡却一遍遍地打来电话，终于把老虎逼急了。"喂，百合啊，"他在电话那头说，"我给你发了一个邮件你尽快看看吧！是个去过摩里岛的女孩子写的，你判断一下，看看是不是能够代替小骡，毕竟人家已经写出来了，是个现成的，要是不错的话，很快就能开拍了……"

我连夜看完。看罢大惊——这部剧，竟然大量剽窃了《炼狱之花》！不但故事，人物，甚至细节都有完全相似之处。"去过摩里岛的女孩子？"难道是曼陀罗？不，不至于。曼陀罗还不至于无耻到这个地步。那么，会是谁呢？！

3

答案很快就有了。

现在，答案就坐在我的对面，慢慢地喝着一杯卡布基诺。

现在，她抬起头来，眼睫毛做作地在灯光下晃动。她的确是美丽的，但是美丽得很科幻，——也许你不大懂我的意思，那是一种无创意的美，是魔兽世界里的科幻美女，她尽可以迷倒这个城市里那些品味低俗的男人，却难逃我的法眼。

这是被这座城市的人认为的 BOBO 式装饰夜店——布尔乔亚和波西米亚，墙壁上画满了壁虎，还有活的——是夜店主人的宠物。我觉得这些壁虎的眼睛甚至美于这个女人——壁虎们的眼睛不是一眼就能看透的——它们的眼睛里会射出一种坚硬的幽蓝，那种颜色很高级。美女们不断进进出出，穿得都很随意，卧室里竟然长满了苔藓，又潮湿又温暖，和美女们一样随意，只有我眼前这个女人，刻意打扮成一个贵妇，她穿香奈儿的黑色纱衣，戴 ANNASUI 的金碧辉煌的首饰，有意裸出胸颈，即使这样我也认得，这正是在海中与老虎共浴的那个女人，于是一切答案在我心中明晰。

"你什么时候去的摩里岛？"我放下杯子突然发问。

显然她早有准备。她说她是在春天去的摩里岛，然后她开始向我描述春天的摩里岛如何美丽。我毫不客气地打断她，我说你可真是天才，一个春天就可以让你写摩里岛的故事吗？她沉着（是的沉着，她好像永远有一只多用话匣子，有时准备抛出各种不同的经过组装的回答）地说："我好像记得一句话，一个没有见到大海的人写大海，可以比长年在海边生活的人写得更好。"我冷冷地笑了，假如是在我踏入人类社会之初，也许会被这种似是而非的话震住，但现在我什么都不怕了，几乎没有任何间隙我便回了话，我的话如一支箭，恰恰射准了她的咽喉——因为我看见她的咽喉似乎动了一下，"沉着"终于被破坏了——我说的话是："不过，假如这个没见过海的人的描述，不巧跟那个生活在海边的人完全一致，就要麻烦了。"

她的眼睛突然射出两道金绿色的光："你什么意思？"

我的光立即与她对接——她可真是找死，向我们海底生物发光，这不是找死吗？我们的光在深海中都能熠熠生辉，何况是在这个假装时髦的夜店？！

她被我的光压得几乎睁不开眼，但我承认这的确是个不一般的女人，她的慌乱只在一瞬间就被控制住了，她垂下眼睑，轻声问我："要多少？"

我被重锤敲击了一下，一瞬间我心里有了无数个主意又同时被推翻。不过那只是一瞬间的事，我很快作了决定：决不心软，要让这个女人付出代价，搞垮她！为天仙子赢得时间！而且，我已经领教了没钱的滋味，这是我的一个翻身机会——我把一只手向她伸过去，她怔了一下："不……不……不会是五千万吧？"我的心在狂喜，我的脸依然冰冷——我是什么时候学会这一套的？我突然有点怕了——我的心再不纯净了，我心里的恶念——要整垮一个女人的恶念，一点儿不比人类更少！

"那么，就先给你五百万吧。"她的脸如此平静，脸上的纹路没有一丝被牵动。她说五百万这个数字的时候，就像是说一个概念，一个完全与她无关的概念。

我看不见自己此时的表情，但是我能够听见自己心里的声音，那个声音好像在说："百合，你完了，你把她整垮的同时，你也就完了。"那个声音如此清晰，可是我却没有去阻拦她开支票的手。一切的事以后再说——我对自己这么说，现在当务之急，就是要整垮

172

这个卑鄙的女人，而且，我需要钱，没钱的穷酸日子我过够了！而且我需要立即把老虎所有的钱还掉！连本带利地还掉！我不想欠任何人的，特别是老虎——他已经彻底堕落，我不想陪他患上什么精神隐疾，更不想为他殉葬！

当然，还有曼陀罗，我曾经用过她的钱，如今也一道偿还——已经很久没有她的消息了，现在在她母亲的书稿遭人剽窃的时候，她一定不会保持沉默吧？

——哦，自称爱我的曼陀罗，她应当是我最好的同谋。

4

曼陀罗的每一次出场都有戏剧性。

看到她那一身淫霏的装饰我问："干吗要造一种'千呼万唤始出来，犹抱瑟琶半遮面的效果？'"（瞧，我现在对人类的用语已经非常娴熟了，甚至对于一般诗词歌赋的掌握）

她心情竟然出奇地好。她晃着满头青蛇一般的卷发，笑嘻嘻地说："我最近好开心啊百合，都顾不上想你了！"然后她按了一下铃，一个男人应声出现。

我吃了一惊——竟是董事长铜牛！铜牛笑眯眯地向我点头，先发制人地说："你好百合，你够沉着啊，有这么漂亮可爱的朋友，竟然一直把她雪藏着！"

我立即回了一句："董事长先生，真可惜我不了解你的口味。"

他哈哈一笑算是自我解嘲。他全身顶级名牌，却永远给人一种洗不干净的感觉。特别是，他和娇小玲珑的曼陀罗站在一起，让人想起"买瘦肉搭肥肉"的时代，怎么也不搭。不过曼陀罗好像根本不在乎这些，曼陀罗当着我的面捏他鼻子摸他脑袋，好像是对一种父爱缺失的补偿。铜牛在微笑的同时面呈抑郁，曼陀罗叫了外卖，是很高级的一种。一向高傲的她竟然像变了个人似的，对铜牛呵护有加。

趁着铜牛上厕所的工夫，我对她轻蔑地一瞥："哼，没想到一个口口声声说爱我，离了我就活不了的人，这么快就移情别恋了。"我以为她会因理亏而改善态度，没想到，她竟一下子几乎把脸贴到了我的脸上，我看见她脸上满是真实的愤怒，嘴唇在发着抖："你还好意思说！我尽了自己最大的努力，你依然如故，我总得让自己活下去啊！如果你不健忘的话应当记得我的话，或者你，或者迷药，鱼与熊掌，我总得有一样，你这么说，是成心不让我活吗?！"

"别那么危言耸听！难道刚才那个老家伙能和迷药画等号吗？"

"当然！你以为迷药是什么？迷药就是钱！懂吗？钱！！这个老东西有得是钱！最近他被一个女人坑了——结婚才不到一年，那女人整了容，从 A 城回到 B 城，让他重新做了鳏夫。他非常痛苦，慌不择路，这对我正好是个时机。我可以随心所欲地左右他，尽情地花他的钱！而且……而且……"

"而且什么？"

"……你知道坑他的那个女人是谁吗？……我看了照片，就是当年夺走我爸的那个烂女人！"

我惊得说不出话来。

"可惜她彻底整了容，不然我现在就要她死！"

"喂，迷药的事你可悠着点儿，即使老家伙不在乎钱，你也不能玩得太大了，迷药再进一步可就是毒品了，那可是违法的！"

她笑起来："你可真是个雏儿！迷药怎么会变成毒品呢？迷药是致幻性植物，跟香烟的意思差不多，在很多西方国家都可以公开出售的，毒品是化学制剂，看来什么时候我得给你做做启蒙教育……"

话未落音，铜牛先生已经挺胸凸肚地回来了，一边开着一句这时候惯常开的玩笑："这洗手间太远了，简直可以搭计程车了。"

这句用烂了的笑话依然让我们习惯性地笑起来。

是啊我也是有面具的。

有一种极深的恐惧突然向我袭来——我的面具——它会不会有朝一日再也摘不下来了？是啊，我曾经两次返回我的世界，摘掉它一次比一次难，甚至会渗血——那种疼痛，真是想起来就发抖……不，当然不，我的世界是有着各种法术的，奶奶掌握着海底世界的一切法术，在任何情况下她都会有办法的。

这么想着我渐渐平静下来，开始静静欣赏曼陀罗还远不算炉火纯青的表演。

5

我的账面上突然出现的钱金光闪闪——哈哈！我又变成有钱人了！失而复得才懂得钱的宝贵！MY GOD，我又可以在人类世界叱咤风云了！

可怜的小骡！他无疑变成了这场钱权交易的牺牲品——没办法，这个事实告诉他，世界就是如此，让他早点清醒吧！

可是他真的会甘心成为牺牲品吗？以我了解的小骡，可是个相当执着的人哪！

这件事有麻烦。

这件事肯定有麻烦！

账面上金光闪闪的数字慢慢变得暗淡……怎么办呢？

我慢慢站起身，走着。镜子里出现了一个女孩的身影。很平凡，很普通，那张娃娃脸已经不再清纯，甚至那双因为生动而美丽的眼睛也不那么生动了——间或一抢，里面会透出些陈旧的光来——

——我是什么时候变得陈旧的？

瞧，我有点忌讳那个字：老。

老不是年龄。不是皱纹，不是中风，不是忙碌和唠叨，它是一种表情，是一种精神的隐疾，患了这种隐疾，很难治愈。

——老是人类世界的庸俗和百无聊赖——我老了吗？

确切地说，我正在变老。

太可怕了，我还没有结婚，还没有真正地谈过恋爱，就在变老了。

我真想立即插翅飞向摩里岛，立即投向詹的怀抱。在人类世界里，只有詹的怀抱是温暖的。

詹，你在想我吗？就像我在想念你一样？愿你赐我爱与悲悯。

可是詹，为什么我们离开以后，你连一个电话也没打来？摩里岛虽然尚未建成网络，但电话是可以打的啊。

我抓起电话，迫不及待地拨了号，电话里却传来一个空蒙的声音——对不起，你拨打的电话是空号。

恐惧再次升起——我疯狂地拨号——依然是那个声音，那个声音好像在澄清着某种幻想，把世界染成一片雪洞似的白。

难道，关于詹的一切都不曾发生过，仅仅是我的梦吗？

我换了一个号码，是小骡的，听见他绝望的声音，我才回到了现实中。

6

不出所料，小骡对更换编剧一事作出了强烈的反应。他再也不想压抑自己，他在电话里狂叫着老虎要为他的行为负责！！！小骡咆哮着说姐姐告诉你，我有办法联系到你们 B 城的最高层，到时候让老虎阿豹他们等着瞧吧！！他们肯定是个利益集团！你知道吗？他们百分之百有背后的利益交换，这个他们是不会告诉你的！你放心姐姐，没你的事，你是好人，我知道……

我在心里暗暗冷笑：好人？哪有好人？我这个好人刚刚为了这件事拿到了一笔数目可观的钱财，当然，我拿这笔钱有我的理由。第一我要搞垮那个科幻美女，第二我也讨厌小骡为了达到目的做出的那副下贱样儿，小骡这种人没什么好怜惜的。我唯一对不起的人是天仙子。

我冷冷地挂断小骡的电话，及时终止了他令人生厌的咆哮，然后走出门去——几步之遥便是一个小小的网吧，网吧虽然简陋，甚至可以说是肮脏，却并不妨碍我上网——那时化名"东方不败"帮天仙子打笔仗，已经把我的网络技术练得十分娴熟。

我给天仙子发了一封邮件——原封不动地把科幻美女的抄袭之作与联系方式发给了她。

我知道我这么做完全违反了海底世界的规则。

而羊皮书上也写着"受人钱财，为人消灾"。

我为自己做的事感到恐惧——但我无法克制自己不这么做。

第十四章

1

对于詹王储来说，摩里王宫不过是个监狱——特别是在百合离去之后。

王储怎么也想不明白，究竟是什么样的牵挂让这个女孩能够匆匆告别热恋，返回一个自己并不喜欢的地方去。王储得了相思病，他天天泡在后花园里，假如远远地发现侍从，他就会毫不留情地喝斥他们，让他们离他远点儿！

——伴着他的只有一本《圣经》，袖珍型的。他往往在午夜翻阅《圣经》，然后从《圣经》的字里行间，寻找通向伊甸园的路——他的花园其实就是伊甸园。花园里的露水其实并不属于清晨——它属于夜晚，属于黑色的路径。露水升起的时候其实是一天最美的时刻。这时，神迹还没有在天空中消退，这种半人半神的境界很适合摩里岛王储。他会躺在被露水浸湿的草地上仰望星空，星空像是有三千万多字的大字典，每颗星都是一个字，他翻来覆去地看着星星的书，想索求关于海王星与海洋的奥秘——他想了解与百合有关的一切，他不明白，海百合为什么变成了百合？它们的名字虽然差不多，却是两种完全不同的物种啊！

接着他会在朦胧升起的霞光里走向那个尘封已久的家族秘密，在他的后花园里，有一枝世界上独一无二的花朵——它叫月亮花。

月亮花有七瓣儿，每一瓣儿的形状都如同新月。它的雌蕊可以用来制作迷药，因为量少，所以格外珍贵。然而它最神奇的地方，却是每一瓣花都可以成为一个按钮，掀动它，便可以看到过去未来现在之事，看到整个世界。它就像是最古老的一台摄像机，七瓣花有七个功能：焦距，播放，快进，快退，暂停，停止与音量。而那个镜头，正是花朵中间那一块貌似水晶的镶嵌，据说，远古时代的萨巴族，就曾经凭借着月亮花的神奇，打败过数次敌国的侵略。

王储弯着腰寻找着，他把焦距对准了远东，他搜寻着，却找不见百合的身影。

王储就那么弯着腰，一直搜索，从曙光初起直到暮色降临，直到海王星升起的时候，他好像突然之间，听到了一声怪笑——非常短促又非常清晰，但是瞬时便消失得无影无踪。他下意识地抬起头来，海王星恰恰悬在头顶。

王储在怪自己的笨拙——即使是神谕，他也完全不懂。难道，百合有什么障眼法，要知道，家族的魔镜的功效之一，便是可以搜寻到心上的人啊！

王储直起身，紧握着《圣经》，心里忐忑不安。他的忐忑是因了他心里藏了一段不为人知的历史：他不知道如果他说出了这段历史，心爱的人是不是可以原谅他？他想他无论如何是要向她彻底坦白的，不过也许不是现在。

詹王储眼看着天空再度黑暗下去，眼看着露水再度浸淫了那些无辜的花朵，以他纯净的心灵，无论如何也难以想象，那可爱的女孩子百合也是戴了面具的，当然是海底世界为了应付人类世界的面具——但那总是面具啊！只要是戴了面具，便无法在他的魔镜里面显示。

而他更想不到的是，在他徜徉于后花园的时候，他想念的女孩给他来了电话——那部电话里的回答把女孩打蒙了。

2

当精疲力尽的詹终于回到后宫的时候，他接到了另一个电话——是那个编剧小骡打来的。小骡只礼貌地说了两句问候殿下的话便开始上气不接下气地控诉起来，糟糕的是小骡的语言组织能力很差而心里又太气愤，以至于他嘟囔了很久王储也没明白什么意思。

王储只好出于悲悯之心安慰了他一番。从王储的话语中小骡一下子明白王储什么也没听懂，且心思似乎也不在这里，小骡只好强压愤怒礼貌地挂了电话，但是他的一腔怒火无法发泄，想想也没什么人可以倾诉衷肠，于是只好驱车去找番石榴。

番石榴不在家。

一向喜欢安安静静待在家里贴假睫毛试验唇蜜色彩的番石榴不在家——小骡心里一惊——一种很不好的预感猛然袭上心头。

小骡如同一个梦游者一般走向一个地方，那个地方正被一个 B 城人占领着——那是被老虎钦点的导演阿豹，终止了那部《珍珠传》的拍摄，已经建了组，正在按照一个叫粟儿的文坛新锐的剧本，在拍摄一部叫作《炼狱之花》的电影。

当然，没有一个人比阿豹更了解《炼狱之花》的来龙去脉了。偶然地，他也会在打板的时刻，蓦然被演员们的台词所震撼——那是记忆深处的结，前妻偻着背打电脑的身影这时会瞬间划过，那背影有时会忽然转身，眼睛里是如梦如幻的表情，嘴里似乎在自言自语："你说，这种事有可能吗？这种事有可能发生吗？！"

事实证明，一切都是有可能发生的。

就在那之后不久，他与前妻天仙子婚变。前妻一夜夜的劳作，变成了如今这个剧本，但是这剧本上署的是另一个女人的名字——这一点，即便心硬如阿豹，也难免有些别扭。自然，推荐他进入剧组并且将来有望与老虎合伙分红对他这个多年来无戏可拍的导演是巨大的好事，从某些方面来说甚至可以说是救命之恩，可是，不知从何时开始，他已经在躲避罂粟了。

说真的他有点儿怕她。在肉欲已经不再那么疯狂之后，特别是，在距离她很远的摩里岛上，他想起他与她相识的过程与全部的骗局，他有点害怕。但是他完全懂得，摆脱她不容易。不，她决不是那种缠人的女人，也许今天他对她说分手，或许根本不必说，只是一个眼神，她明天就会立即自行消失——但是——

但是的后面让他很怕。据他对她的了解，她会以一种特殊的方式让他领教她，这种领教并不比下地狱更好受。

不过阿豹到底是阿豹。阿豹是今朝有酒今朝醉的人，他现在不想那么多。他用番石榴来麻痹自己，番石榴真是个单纯的女孩，除了想多拍点戏出名以外，脑子里空空如也。

他不顾别人反对让番石榴做了女一号，他完全不介意番石榴的生涩，不厌其烦地一次次 NG，有一次，竟然整整 NG 了四十余次，拍完那个场景，番石榴瘫在地上，脸色苍白几乎断气。

那个晚上他请她吃了饭，在摩里岛最好的餐馆。他们喝了很多，是……，之后，他把她送到旅馆，一切该发生的就发生了，顺理成章。

番石榴长着一副漂亮却无特点的面孔，与她做爱也像她那张脸一样，毫无特色可言，却也说不出什么太大毛病。但是比较罂粟而言，阿豹现在宁可选择番石榴。番石榴虽然远没有罂粟那样花样百出，却安静，安全，甚至可以召之即来，呼之即去。

不过阿豹实在不曾想到——接近脑残的番石榴也是有人惦着的！

在剧组，番石榴享受和他同等的待遇，中午的时候都是盒饭，而晚上，他却可以把她领到海边，去享受一次"准晚宴"。海边的这个餐厅好像就是为他们设计的，这个叫作雷米的世界级餐吧，小到一把餐椅都是请英国剑桥设计师设计的。所有菜品都不允许放味精，从整体环境到每个细微之处都充满了美食艺术的融合，开放式厨房让就餐者对食物制作一目了然，餐具选择了一种美丽的高档骨质瓷，菜品制作更是无比考究，连一道简单的清炒豆苗，也只取每根豆苗顶端的四分之一精华——据说，连酋长甚至詹王储本人都常来这里就餐。因为这里不仅是设计一流食材新鲜，最重要的是有一种特别的氛围，有一种无法阻挡的魅惑——这多半来自这里的顶级红酒。

晚熟的 Sauvignon 会更细腻，浓郁而精致，Le pin 波尔多入口丝滑，有黑色水果及薰烤的香味，这样的酒也就罢了，但酒单上那一串让人无法抵挡的名字，在番石榴眼里一直闪闪发光：Petrus，Haut，brion，Moulin a-vent，pyrenees-estate……她一定要再点一瓶Weltachs-Eiswein（德国蓝冰王），阿豹看了看价钱，正在犹豫，突然觉得眼前刷的一闪，亮晶晶的葡萄酒汁就泼到了他脸上，他第一反应是番石榴干的，他觉得这个游戏不好玩，但是他很快看到暗淡灯光背后的脸——那是小骡，那个一直在找他麻烦的前任编剧，他蓦地起身，本能地做出一副决斗前扔白手套的姿势。

——小骡的厚嘴唇在发抖，他的一双圆眼睛瞪得像圆规画的那么圆，怒火把他的头发喷得老高，但是尽管如此，阿豹依然很快从他的怒火背后看到了他的脆弱和胆怯。阿豹一把提拎起他的领子，把他狠狠地甩了出去，小骡栽倒在嵌着琉璃的地板上，大鼻孔里流着血。番石榴还没来得及表情的时候，阿豹已经从容不迫地挽着小情人的臂膀走出去了，临走时没忘记在餐桌上扔下了足够的钱——当然，是公款。

小骡虽然怯阵却很执着。他一个鹞子翻身爬将起来，揣着那部永远相伴的佳能 G10，跌跌撞撞地跟着前头那一对人儿走了。当晚，他彻夜未眠，一张张地复制光盘，他知道，他制作的播客明天就会传遍全世界。

3

铜牛大发雷霆。

铜牛及时召开董事会，当众训斥老虎——谁都知道老虎将是铜牛无可替代的接班人，不料阴沟翻船，一切都变成了零。

谁都知道老虎最爱面子，而铜牛也从来对老虎爱护有加，从来不曾对他说过一句重话。可眼前，铜牛像他愤怒时的一向做派那样，用双拳狠狠敲击着桌子，那一双拳头本来就特别粗大，这时像肿了的发面馒头似的好像随时都会爆炸！老虎脸色苍白低头不语，心里却长满了牙，想把那头闹事的小骡活活嚼了！接着联想到这一切都是因为百合不听话——他并不是没有预料到今天的结果，他早就想把那个家伙换了，可百合总是阳奉阴违，一味拖延，所以才造成今天的一切！当然，也有可能，早换他也会有危险，总之这个叫小骡的家伙根本就是个危险人物！当初是怎么决定让他当编剧的？！这么一想，又恨到番石榴身上——那个一辈子只配跑龙套的脑残，她怎么就推荐了这么个东西！活活就是头驴嘛！一定是有一腿，一定是了！当初自己怎么就没想到这层！这两个 SB，倒真是天造地设的一对啊！！

现在可倒好，全世界的播客都在播放 B 城的潜规则：阿豹和女一号颠鸾倒凤的镜头，他们的体征与做爱习惯已经大白于天下——著名的巨龙公司的声誉，都让他们丢尽了！也难怪董事长大光其火啊！

唯一补救的办法，是立即换掉他们，换掉导演和女一号，导演，自己是学过的，这时去救场，也算是亡羊补牢——那么，女一号该换谁呢？！

会后，众人怀着各自不同的心理，看到脸色苍白的老虎走进董事长的办公室。

老虎悄悄瞥着董事长的脸色，知道最初的风暴已经过去，壮起胆子说出了自己的人选：女一号，建议由红透 B 城的新锐美女作家粟儿来扮演，导演，自己可以顶上去。

铜牛在原地转了三个圈，慢慢地说出一句让老虎无论如何也无法相信的话："我倒是觉得女一号有个更好的人选。有个叫曼陀罗的女孩子，你可以安排今天见一见。她似乎更合适这个角色。导演嘛，暂时还是阿豹。让他将功赎罪吧。"

老虎猛地抬起头，又迅速沉了下去。他什么也不敢说，特别是在这个时候。本来数月前自己就可以安全接班的，可谁知这个铜牛，用尽一切办法在这个位子上磨蹭，害得他现在除了装孙子之外，别无选择。

他按了按自己的心头怒火，尽力用一向沉稳的态度支持了自己的上级，他说还是董事长考虑得对，他马上会见曼陀罗，另外，他认为这件事未必不是好事，这样一来，全世界都会怀着巨大的好奇期待《炼狱之花》，这个播客，相当于一次大规模的免费广告啊！

这么一说，铜牛铁青的脸才慢慢舒展开来，但是距离笑容还很远。铜牛用手指点着老虎说："你注意，这一次不能再失误了，你给我好好观察一下曼陀罗，看看她是不是女一号的最佳人选！实在不行，再拖一拖都可以。前期费用确实严重超支了，现在可以暂时解散剧组，我们不怕慢，我们要成功！今年我们只压这一部戏，这是我们的年度巨献！"

众人观察到，老虎从董事长办公室走出来的时候，脸上再次出现了死而复生的神气。

4

天仙子这才懂得飞来横祸的意思。

她本想逃避这个世界，可这个世界偏偏不放过她——自从她接到一位匿名者发来的《炼狱之花》的剧本之后，她病倒了。

——那明明是她的！

明明是她流着汗，淌着血，一个字一个字地搭建起来的一座宫殿，现在却俨然署上了别人的名字，而且，在附录的宣传材料里，也完全没有提她一个字——说是作者粟儿十年劳作的结晶！她想起那个粟儿就是来看她的科幻美女，一时产生了和解的幻想，然而当她发现自己电脑里的文件突然不翼而飞的时候，她一下子懂得了自己面临着什么——她觉得好像突然失明了，周围变得一片黑暗，然后嗡的一声身体里有个什么引擎坏了，她蓦然变成了一张白纸，飘飘地倒了下去。

对于天仙子这样的人来说，其实死亡很早就是她的秘密情侣。自从被前夫遗弃之后，每个夜晚都让她窒息，而与老虎的短暂恋情，更是加速了她的萎谢。她只能靠着自己的文字，把活下去的耐心慢慢地延长，可那种耐心依然如同灯芯一般在燃烧在缩短，她完全无能为力，不可操控。

她在昏迷中做了个奇怪的梦，她梦见自己像个衣架似的挂在街市旁边，一个小孩走过来，很近地凝视着她，良久，转头问他的母亲："那是谁的遗像？"

——她在梦中一惊，突然觉得自己悬挂在那儿，就像是一块风干的腊肉。

醒来，好久她才反应过来，自己没有死，也没有变成风干的腊肉。有一只温暖柔软的小手轻握着她，还有温暖的眼泪洒在她的脸上。

当然是百合，曼陀罗的手没有这么温暖。她一下子抓住了那只小手，然后她看见那张可爱的孩子气的小脸上挂着的泪珠儿。

"谢谢你，百合。"她真挚地说，"你永远在我最失意的时候支持我，真是抱歉，我还误会过你。百合，你是我认识的最善良最单纯的女孩，原谅我，我曾经以为你对我好有什么目的……"

但是那张可爱的孩子脸上的眼泪淌得更多了，简真是喷涌而出，"你别这么说天仙子，你千万别这么说，告诉你，我……我……我已经学坏了，我已经变得很坏很坏了，……我已经不是过去的百合了，呜呜"她索性大声地哭起来，"将来我会把一切都告诉你，但是现在，我必须把你接走，我要把你安排在最好的医院，接受最好的治疗，走吧天仙子，外面的车在等着……"

"可是，哪来的钱？我已经没什么钱了，你不是也破产了吗？……"

"这个你就别管了，我要是付不起的话也不会来接你。"百合扶起了她，"放心吧，我又有钱了，我又变成一个有钱人了！"

假如天仙子现在不在病痛中，她会听出百合最后这句话中的嘲讽与自嘲，但是她现在，外界的一切对她来说都无法识别了，都不重要了，她需要一个人，需要一个依靠，需要一只温暖的手，这只手适时地出现了，这是一只温润如玉的孩子般的小手，她抓着这只手，她可以随着这只手去到世界上的任何一个地方。

5

　　百合花了一大笔钱请来 B 城最好的电脑专家为天仙子的作品做修复工作。然而，专家们在进行了全部可能性的修复之后，都只好摇头。有一位专家说，电脑中了无可挽回的巨毒——所有的文字信息都消失殆尽了，无法修复。

　　天仙子绝望了。

　　天仙子进入了一个昏睡的状态，她不断地做那个奇怪的梦：这回她挂在了一家衣服店里，没有重量，像一件长袖丝衫在风中徬徨。她的手脚在虚空里徒劳地挥舞着，地上好像有淡淡的影子。没有人注意到她，在人群中她无法发出声音，她在心里声嘶力竭地喊着："看着我，我在这儿！我在这儿！……"然而，没人注意，没有任何人理睬她。

　　好像只有一些小孩子隔着玻璃看她，好像要对她说什么，那些小孩的嘴唇就贴在玻璃上，是绿的，可是她觉得自己非常非常累了，她什么也不想说，她想睡了。后来，小孩子们不见了，玻璃上出现了一大片美丽的海水绿色。浮动着，浮动着……渐渐地把她淹没了……

　　天仙子病重的消息很快传遍了 B 城的文坛。开始有人来探病。渐渐地，探病的人络绎不绝了。天仙子讨厌见到这些人，她能从他们假装关怀的面具背后看到窃喜。这些人平时是不理睬她的，但是这时，他们都能居高临下地看到这个被他们生生雪藏起来的才女的窘境，他们心里惧怕她的才华，所以才要尽一切力量来压迫她，无视她的存在，而现在，他们终于看到她的末日将临，在心中升腾起一丝快感的同时，却又真的有点良心发现——他们是不是太亏待她了?! 如果她就这样去了另一个世界，他们会被饶恕吗?!

　　百合及时阻挡了这些人，她知道，天仙子现在最需要的是谁——当然是女儿，当然是曼陀罗。

曼陀罗正在度过她人生最幸福的阶段。——是的。曼陀罗从不相信感情。从很小的时候，从她的父母那里她就明白，所有的感情都不可靠。然而，这是理智上的明白，她依然不可救药地爱上了百合，为此她也不惜放下身段苦求百合，但在绝望之后，她终于得到了可以用于自我欺骗的精神的欢娱——她只需要一样东西，那就是迷药，当然，得到迷药的前提是：钱。

——而邂逅相遇的铜牛应运而生，首先，他已经不行了，他不需要性，他只需要看着漂亮女孩过过干瘾就行了。这点对曼陀罗极其重要——她根本无法忍受和一个满身皱皮的老男人做爱。其次，他有得是钱，他花一点对他来讲无足轻重的钱，就可以换取欣赏美色和智力冲撞的快感，他觉得值了。再有，他心甘情愿地做曼陀罗的奴隶。

曼陀罗炼制迷药的手段已经惊人地高级。她用罂粟、扶桑、番石榴、玫瑰、天仙子、洋金花和蔓陀罗花的根茎，制成了相当高级的香料。她的地下工厂可以成批量地生产迷药，然后赚得大量的钱。她已经成为江湖上的一个传奇人物。

那个下午，曼陀罗穿一身时尚秋装走进医院的大门，引来人们的注目。

此刻的城市处处可见飘飘洒洒的黄叶，曼陀罗的服饰显示出秋天苍凉的痕迹。细瘦的颈子上挂着一条彩色蓝宝吊坠，吊坠也是叶形的，有蓝宝镶嵌其中。曼陀罗的服饰处处可见秋天的情愫，脸上却是春天般的欢愉，好像母亲的病痛与她毫无关系。即便这样，曼陀罗的到来依然缓解了天仙子郁闷的心情——天仙子挣扎着爬起身，眼巴巴地看着女儿，曼陀罗避开母亲的目光——她最不喜欢的就是母亲这一代人的煽情。曼陀罗坐下了，跟百合打过招呼之后的第一句话就是："为什么不告她?！这个粟儿，是哪来的？雇私人侦探调查她！把她的底细摸清之后对付她就是了。"她终于转向她的母亲，"你怎么永远都是这样，事情来了就变成一摊泥？真让人看不起！"

曼陀罗就像是母亲的一剂肾上腺素，她吵也罢，骂也罢，都会给母亲注入生命。天仙子靠着被子坐了起来，一手拉着百合，一手拉着女儿，泪如雨下："我的孩子，你们两个都是我的女儿，有你们在，我心里总算不那么慌了。打什么官司，又没有证据，雇私人侦探，还要花那么多钱！算了吧，我的病也是没希望的了，今天趁着百合也在，我把遗嘱写好，今天我就把我全部的遗产，全部的版税……都交给你，这件心事了了，我走得也就踏实了……"

曼陀罗看着枯瘦如柴的母亲，嘴上依然没有丝毫悯念之情："行了你啊！又是这一套！谁稀罕你那点儿破遗产？！告诉你现在我有得是钱！雇私人侦探怎么了？实在不行在网上展开人肉搜索，非把那婊子的底细查出来不可！我现在黑白两道都有人，怕个鸟！我就不信那个逼玩意儿没有碴儿！弄出来就让她知道灶王爷有三只眼！姑奶奶我有九只眼！！……"

曼陀罗还骂了一系列脏话，惊得天仙子与百合目瞪口呆。最后百合说："喂，士别三日，当刮目相看啊！好，过去我们联手做过事，今天为了天仙子，我们再联手一下怎么样？"

曼陀罗的眼睛转向百合，目光立即变得温柔，她依然喜欢百合，这是无可救药的喜欢——她点点头，悄悄拉了一下百合的手。

6

百合与曼陀罗的联手并未能挽救危局。

她们请了 A、B 两城公认的最好的律师，然而一审依然败诉了——原因只有一个：证据不足。

E 时代是一个无情的时代，它可以在转瞬之间，删除一切。尽管百合与曼陀罗力证此事，但依然证据不足：老虎与阿豹坚决不肯出庭作证，最重要的，是电子文本俨然存在粟儿的电脑上，而天仙子的电脑却空无一物。

粟儿并没有因为这个官司而被搞臭，相反，她的知名度成几何级数增长，这个城市的潜规则早已被悄悄改写——那就是笑贫不笑娼——抄袭成为一种美德而辛苦写作则被认为是 SB。粟儿的粉丝粉条们一夜之间爆棚，粟儿的博客上几乎全是溢美之词——而天仙子，却被众人当作失败者而被抛弃。

天仙子气得发抖，她手脚冰凉不能站立，甚至连坐起来也困难了。她的脸色一天天黑下去，百合寸步不离地照料着她，心里痛悔着自己做过的事，时至今日，她依然想挽救天仙子的生命以实现自我救赎，可是她惊恐地发现，天仙子的生命在一点点地蒸发着，化成烟，化成云雾……似乎什么力量也无法阻止。

金马——天仙子的亲哥哥竟然也乘她之危——这天他来看她，把自己化身为神，摆出一副居高临下的样子。他现在也的确应当居高临下了，由于对于主流大众传播的特殊贡献，金马现在业已成为B市的副市长！连铜牛老虎这些过去在他眼里不可一世的人物都成了草芥，何况这个不懂得与时俱进的妹妹。

他先是脱下GUCCI薄呢大衣，批评妹妹过于懦弱，然后拿出一盒过期的麦乳精口服液，非逼着她喝下去，说这是人体需要的最高营养，甚至有起死回生的作用。

金马这些年飞黄腾达，平步青云，用典出亲妹妹的方式换得了第一部成功的电影之后，他觉得他不再需要别人了。几经周折，他已经是B城最高阶层的一员，如今他的司机为他开着宝马转悠，见着有两分姿色的小姑娘就扑，在这个权钱能通神的世道，再没有比金马更加惬意的人了！他要风得风要水得水，当然他并不离婚，而是家里红旗不倒外面彩旗飘飘，他可以用上万的佳肴来慰劳自己，而对于这个可怜的亲妹妹，却只舍得拿几盒早已过了期的麦乳精。

那天如果不是百合与曼陀罗赶到，金马对妹妹不啻于谋杀的迫害就会成功了——而两个女孩当然不会放过她，百合风一般抢走已经拿在天仙子手中的吸管，把那管营养液扔得老远，而曼陀罗简直就是抢上前去，给了这个可怕的舅舅狠狠的一个大嘴巴！

天仙子当场昏了过去。

而金马，这个貌似叱咤风云所向无敌的B城领导，竟然脸色苍白嘴唇发抖，最后一句话也没说出来，捂着腮帮子，踉踉跄跄地走了。

两个女孩同时目送着这个男人的背影，她们知道，他将从此在她们的生活中消失，——也许，将来也会在公众的视野中消失——如果是那样，她们觉得自己成为了为民除害的英雄。

7

　　百合无数次地想象，她会在法庭上把那张五百万的支票扔在粟儿的脸上，以作为强有力的证据——可事实上她根本没做到，也做不到。那张支票早被她兑了现，已经花掉了一大半——为天仙子的病和官司——她接受支票的初衷是想整垮粟儿和让自己重新成为一个有钱人，可现在，这两样目的一个也没达到。

　　而日夜思念的詹，却在这样一个最不恰当的时候到来了。

　　爱情会让一个人变得超级敏感：詹看到百合的第一眼，就发觉这个女孩有心事，这个女孩的脸上并没有出现预期的激动和欢乐，这让他费解。

　　实际上，詹来到这个东方古国经历了千难万险。首先是，摩里岛全体大臣都不同意他的出访，大臣们说，摩里岛现在有许多远远比出访更重要的事务，由于老王生命垂危，所有的事都需要詹的签名与纹章。

　　但是詹心意已决。

　　就在临行前的夜晚，酋长求见。

　　酋长直截了当地说："殿下，我认为你这次突然抛弃摩里岛臣民的做法是不明智的。"

　　一向好脾气的詹却罕见地发了火："莫里亚先生，虽然我贵为王储，但是哪一部宪法也没有规定王储就没有享有自由的权利，何况，我已经就重大事件与王室内阁成员交换了意见。这是我自己的事，希望阁下不必干涉。"

　　酋长并没有因此停止劝谏。酋长说殿下难道你真的不明白吗？老王的生命危在旦夕，老王一旦离去，摩里岛会出现什么局面你想过吗？难道你为了一个小女孩连国家都不要了么？！"

詹怔住了。他深深地盯了酋长一眼，搞不清这个老滑头是怎么知道这一切的。酋长继续说尊敬的殿下，有一件事我始终不大明白，那就是：所罗门王的戒指究竟给了示巴还是埃及公主？如果给了示巴，那么埃及公主棺墓里的戒指又是从哪来的？如果给了埃及公主，那么戒指怎么会在海洋里出现？！"

詹冷冷地问："莫里亚先生，你到底什么意思？"

莫里亚狂笑起来，他把一根粗手指头指向天空："殿下，你看见那颗明亮的大星了吗？——那就是海王星！你知道吗？对于人类世界的侵害，海洋世界早已忍无可忍，他们绞尽脑汁才想出一个与人类和解的办法——那就是和亲！就是和亲你懂吗？！"又是一阵狂笑，"多年前，您曾经受过女性的伤害，把戒指扔进海里，可按照海洋的习俗，那就是向大海求婚！海王为此召开了三天联席会议，决定让他们最美丽的海百合公主来到人类社会和亲。说来也是机缘巧合，那位小公主刚生下来，那枚戒指正好套在了她的头上，而她举行成人礼的那一天，戒指弹了出来，正巧戴在她的手上，可见她的确是您理想的未婚妻！……可是，海洋世界也太愚蠢了，他们以为献出一个公主就能救他们的世界，殊不知人类世界早就变了，人类变得比所有的物种都无耻，对付他们只能以恶制恶！看，海王星在闪烁，它可以作证我说的一切都是真的！……"

詹垂下他那长长的睫毛，沉默良久，轻轻地说："那么，我能为海洋世界做些什么呢？"

莫里亚的大嘴也适时地闭了起来："要制定规则，要制定我们与自然世界互不侵犯的规则。从我们摩里岛开始做起，当然，殿下你在这方面一直是做得最好的，与花鸟鱼虫珍禽走兽一直处得很好，这一点很像所罗门王。所以我们摩里岛也被称为当今世界唯一被神雪藏的地方。可是殿下，有一点你可是远远不如所罗门王，那就是——"

"什么？"

"女人。"

詹皱了皱眉头。

"据不完全统计，所罗门王一生有数百个女人，王都能让她们各司其职，当然王也是分三六九等的，对示巴女王和埃及公主更特殊些，但她们也不过是他的女人。"酋长抬起眼睛，富有深意地盯着詹，"女人就是女人，如果把爱情这种东西看得太重，世界就要乱套。"

詹长时间地沉默，酋长心里已经十分不耐，但出于对詹的尊重，口气上依然和婉："殿下，我猜你将来一定会是一位不怒而威的君主。你的沉默真让人害怕。殿下，尽管我知道我的话会令你不悦，但出于对您和摩里岛的热爱与忠诚，我还是要说一句：放弃吧，殿下！放弃对那个女孩子的爱吧！当然，那个女孩的确是可爱的，但以殿下的聪明智慧，不会不知道，越是可爱单纯的人，就越是容易受污染的道理吧？她投生的那个远东古国，到处都很脏，难道她能长时间地保持身心的洁净吗？如果是那样，她恐怕连生存也会有问题吧？"

詹终于开了金口："当然，正因如此，我想去见她，把她接来快点完婚，难道这有什么问题吗？"

"当然，当然没有问题，殿下，"酋长默默地站起来，"我衷心祝愿您找到理想的伴侣。不过作为老臣我还是想提醒您一句，她在如此短的时间内就迷倒了您，这当然证明她本身就很迷人，可是除此之外，难道就没有其他的原因吗？！"

詹刷地站起，如同一把宝剑一般挺得笔直："你到底是什么意思？！"

在王储如电目光的逼视下，酋长终于断断续续地讲了摩里岛那个夜晚的故事。当詹听到小百合用自己全部的钱财来换取朋友的生命时，眼睛里竟浮现出了泪水，心里对她的爱，竟然又增长了几分，完全没有听到酋长对于百合拥有迷药的告诫。

"可是别忘了殿下，你过去受女人的伤害，正是起源于迷药啊！"酋长终于忍不住喊起来了——他心里痛恨所罗门与示巴女王的后裔，竟然如此不清醒，如此怀有妇人之仁！在他的心灵深处，怀有妇人之仁的人是绝不会有大出息的！

酋长强忍愤怒按照礼仪倒退着鞠躬，远远离去，剩下詹独自一人怔在那里。

酋长最后的话搅乱了他早已平静如水的心灵，如同搅拌机一般把早已沉入水底的沉渣再度泛起，这些沉渣如此纷繁沉重，以至重得让他无法站立。

他直挺挺地坐下了。

8

像是一个不真实的梦，许多年前的场景再次浮现眼前。

——那是数年前他的一次微服出访。他扮作一个男爵，走进一个乡村小旅馆。他注意到，在他办理住宿的时候，不经意间看到那个老板的诡谲的目光。当晚，他坐在木桌边用餐，那个老板缓缓走来，也坐在了他的身旁，有一个相貌绝美的女佣端来了黑面包和一种撒着植物碎屑的汤。他立即被那美女吸引了，拿起那个粗陶做的勺子喝了一口，突然听见身旁的老板问："好喝吗？"

他转过头，大吃一惊——那个老板竟然是个女人，此刻她已经戴上了花头巾。他这时才感觉到，一种异香慢慢浸入了他的骨头里，他觉得全身无力，头晕目眩，却又和病态的头晕不同，那是一种飘飘欲仙的感觉，他觉得自己被扶进了一个帐幔，两个赤身裸体的女人躺在那里，慢慢地脱掉了他的衣裳，他觉得身躯已经不属于自己，幽暗的烛光中有一个戴花头巾的女人给他送来了一只镶嵌着宝石的杯子，里面有一点蓝色的饮料，他喝了那饮料，冰凉甘甜，可是过了一会儿，心中的火就狂烧起来。他忘了今夕何夕，只觉得三个女人淫荡的目光一直像烛光一般闪烁。翌日，他起不来床，觉得自己轻得变成了一片树叶。但是那种醉人的迷香依然引领着他，把他引到小旅馆后面的小花园里，正当他欣赏那湖纯净的水时，水中突然冒出三个身穿黑袍的女子，只露出三双眼睛——他认出那正是昨天深夜那三双淫荡的眼睛，于是掉头就跑。但是他完全跑不动，他被拉进了湖水里同她们一起沐浴，在香气缭绕的湖水里那三个女子脱去黑袍，他觉得她们美如天仙。他和这三个幽灵般的女子最后都变成了花瓣漂在了水上——那时，其实他已奄奄一息，他再也闻不到香气的时候，才发现那三个女人丑得令人作呕。

当时的确是莫里亚救了他。莫里亚把那三个女人的舌头割掉，在摩里岛最大的广场实施了火刑。虽然此事成为了摩里岛的最高机密，除了他与酋长之外无一人知晓，但是本性纯洁的詹无法忍受自己被玷污的事实，他曾经自残，并且把最昂贵的祖传戒指扔进大海，发誓此生再不沾女人——直到某一个春天他突然做了一个梦，梦见和一个美丽而纯洁的女子交合，那决非是单纯的肉体快感，而是一种灵肉合一的境界，是世界上最美的精神之花，他醒来的时候，发现月亮花的光芒照亮了整个后花园。

夜晚，詹约百合来到海边，默默地对坐着。

詹痛苦地发现，百合黑亮欲滴的眼睛里，已经有了一丝混浊。百合说，她依然不能跟他走，因为，还有些事情没有了。说到这个，他发现她的永远快乐的眼睛里突然绽放出强烈的痛苦，他说你怎么了？！

百合突然紧紧地抱住了他，百合的小身子滚热滚热像个孩子似的紧紧地黏着他。百合说詹，我犯错了，詹，我犯下了十恶不赦的大错！说完百合就突然痛哭起来，百合一边哭着一边想原来哭是这样的！哭出来，心里那块重重的东西就减轻了，但是奇怪的是，为什么在这之前她哭不出来？只有见了詹，只有在他的怀抱里，才能安心地哭？

詹吓坏了。他还从没见百合哭过，他看见那张粉红的小脸，哭得如同梨花带雨。他心里温热的怜爱之情如同发酵一般向外涌动，他紧紧地抱着她，用皇室最名贵的手帕一点点揩去她的眼泪，他总算听懂了她断断续续地讲述……哦，原来是这样！他心里叹道。原来在这个古老的远东国家，区区五百万竟然影响到三个女人的命运！

詹飞快地签了一张支票，那个数字大到让百合害怕。

9

老虎对董事长的话阳奉阴违，他并没有马上找曼陀罗，他知道，在B城，有时时间可以改变一切——他铜牛的屁股再沉，也不可能永久地坐在一个地方，现在是他卧薪尝胆的最后时刻，他的光明，指日可待了！

曼陀罗的生意越做越大。终于有一天，她在BOBO对面的使馆区，开了一家名叫"曼陀罗花"的夜店。当然她是有意这么做的，她有意要和这家有名的老夜店叫板。开店那天，她有意请了这个城市最顶尖的明星——她在请他们的时候施展了一个小小的诡计，她说A城将会有一位世界顶级的电影投资人来到此地——她说的当然是铜牛。在这一点上铜牛力挺了她。铜牛穿了路易威登的全套品牌：路易威登长久地屹立于国际精品行业翘楚的地位，于是铜牛也就自然成了崇尚品牌的男女们眼中的翘楚。LV遮挡了铜牛全身的肥肉，让他显得仪表堂堂高大魁梧。

而曼陀罗，则身着GUCCI最新款，那其中含有狂野摇滚的元素，把性感、冷艳和自信表露无遗。据说设计师受到一些顶级摄影作品的启发，以物料、颜色和剪裁互相配合，设计出有如万花筒般千变万化的造型，游走于高贵典雅与神秘性感之间。这一款时装系列无论在颜色、细节和创意上，均以最精练的手法，演绎现代主义的风格。用奢华日装布料，制成印满放射式花卉图案的短裙，饰以珍珠、玛瑙和水晶，和式褶裥、刺绣、拼布和贴花等工艺超卓的细节，实在令人叹为观止。这种华丽成功地掩盖了曼陀罗的所有失意，令她光彩照人，而她本人也确实兴奋起来，细瘦的小骨架像柳枝一般性感地摇摆。

曼陀罗的兴奋自然也包含了母亲官司的二审胜诉。

恐怕连母亲自己也没想到会起死回生——曼陀罗想。起死回生的关键，众人都说是一个钱字，只有曼陀罗心下明白，这只是因为百合，因为她内心深处最看重最爱的百合。她现在不愿提这个爱字，甚至连想也不愿想，但她知道，她依然爱百合，绝不是因为百合救过她并且救了她的母亲，从她见到百合的那天起，她就爱上了她。她可以不在乎一切，但她在乎百合。虽然她已经对自己一厢情愿的想法深感绝望，也对百合一向无视她的自尊极其恼火，可只要那可爱的孩子能向自己笑一笑，她就能保持整整一天愉快的心情。

她永远牢记百合在法庭上的姿态——那个粉妆玉琢的娃娃出人意料地拿出此案的关键证据——五百万的现金支票——那五百万在百合的脸上只是一个轻蔑的微笑。那种轻蔑让她想起摩里岛那个恐怖的夜晚，正是百合对钱财的轻蔑救了她，她知道，百合过过一段一文一名的日子，但是什么样的日子都难不倒百合。

百合是她开业仪式最该请的人——可是，她没有来，她当然不会来。百合在赢了官司之后已经辞职，听说是去了摩里岛。

然而曼陀罗内心的最深处，仍然有一丝不安。她下意识地觉得，那个笔名粟儿的女人，是不会善罢甘休的，也许，事情还没有结束。

开业仪式成为了地道的时装秀——

第一个走进来的是一位天后级的歌星——虽然她已贵为天后，但做梦都想的还是做电影明星。她穿的是普拉达晚装，烟一般透明的纱衣，巴洛克式的华丽氛围搭羽毛梦幻配饰，并且有着若隐若现的朋克元素。曼陀罗走上去拥抱了她，闻见她身上的幽雅的香奈儿香水味道，两人竭力互相称赞了一番，曼陀罗的心几乎兴奋得要从胸口跳出来——天呐，这在一天前还是难以想象的事，她以为她这一生只能在电视上看看这位天后呢——可是，依靠她的铜牛，她竟然在转瞬间实现了自己的梦想。

一位曾经荣获坎城最佳女主的大明星带着保镖走进来，穿女公爵缎刺绣晚装，戴花朵形宝石戒指——明艳的紫色与金色刺绣花朵由领下散开，在红色女公爵缎的映衬下更添夺目光彩。最顶级的奢华材质，数百小时的完美手工，据说由时装界的凯撒大帝 Karl Lagerfeld 亲自掌镜创作，看上去竟不是时装，而是如梦如幻的艺术品。

一姐级的大明星们络绎不绝地走进——有的戴着 Stone Age 的新款饰品，灵感来自充满神秘色彩的枫丹白露森林，妩媚如宝石精灵亿年的沉积；有的戴"八宝"手镯，T 台上，超宽的手镯成为张扬时代的点缀和视线的焦点；有的中性打扮，感觉金属质地般的硬朗；有的全身缀满质感细腻的立体花朵、迷人晕色，透明泡芙袖、甜美小圆领和蝴蝶结如春天般纯真。

迷人的香气的氤氲，梦幻的迷离色彩的熏染，让全场的人们如醉如痴——他们听见曼陀罗的低沉温柔的私语般的献辞："……我的梦想就是做一位裁缝，开家小工作坊，专门为我崇拜的女性做美丽的衣服。我会有自己的回头客、自己的沙发，我会请他们喝茶，享受安逸的气氛。——这不是我说的，这是 DOMENICO·Dolce 说的，我的梦想是每天从晚上 10 点工作到翌日上午 10 点，然后我要做阿拉伯鲜花浴，做按摩、休息，然后去购物，把挣来的钱花掉。……朋友们，请相信我，我要让这里成为这座城市独一无二的夜店，希望你们尽情享受这里所有的奢迷，愿'曼陀罗花'因你们而更加美丽！……"

曼陀罗的致辞被掌声打断，这时她看见，有一位戴面纱的女子走了进来，女子显然是不想让更多的人注意到她，她穿釉蓝漆彩的 Costume National 高跟鞋，深蓝色翻领夹克，戴全套在银雕艺术精品界执牛耳的北欧银饰品牌 GEORG JENSEN——那牌子的创始人曾被纽约先锋论坛赞誉为"近三百年来最伟大的银雕艺术家"。尽管如此，蓝色与银色的搭配在一片炫目的色彩中依然是朴素的，只有少数人认出那是顶级品牌，当然，包括曼陀罗。

曼陀罗的目光穿越了那一片炫目的色彩看到那一块小小的银蓝色，她的目光迅速洞穿了面纱背后的美女，她觉得那女人美得奇怪，但继而便认出那不过是披着一张美丽的皮，皮里面裹着的是一些可怕的东西，她说不清为什么可怕，但是那种可怕分明唤醒了她的记忆——那时她的年龄还是一个女童向少女的过渡时期，她亲眼目睹一个女人与自己的母亲撕打，之后不久，她的家就破裂了。以她极其敏锐的触角，她感觉到了这个身着蓝色配戴银饰的女人的气息——她正是那个破坏她家庭的女人——她已经很久没见到自己的父亲了，她怀疑自己的父亲正被这个女人掌控着。可是，她是见过那个女人的，难道一次整容能够如此彻底地改变一个人的形象吗？！她觉得自己很难断定。

曼陀罗看见那个女人低眉垂目，把自己缩成很小的一团，好像要避开所有人的目光，但是从她垂下的眼睑背后，依然射出两股慑人的光，那光射向了铜牛——好像是在质询着什么。天呐，曼陀罗突然感觉到了一种潜在的危险，她飞也似的走到铜牛身边，拉住了他的手。所有在场者都为这一温馨的举动鼓起掌来，当然，除了那个女人。

铜牛却很惊诧——曼陀罗的手冰凉冰凉的，像死人一样。

10

笔名粟儿的罂粟与曼陀罗一样，同样感觉到一种危险的逼近。

这种危险是如此强大，是她在天仙子、百合与所有同性那里，都不曾遇见过。

——她当然知道曼陀罗是谁。

她当然知道，当曼陀罗还是个十来岁的小女孩的时候，她就潜入她的家庭，夺走了她的父亲。那个晚上罂粟依然记忆犹新——她惊异地发现，那个十来岁的女孩眼睛里闪动的，是一种完全成熟的光芒。那种光芒射向罂粟和女孩的母亲，都是一种不屑和讥讽。罂粟记得自己短暂地被刺痛了一下——由于当时与女孩母亲的大打出手，她来不及回顾那目光的含意，可现在，那种目光穿过岁月，笔直地向她袭来，她几乎抵挡不住。

她知道自己必须避其锋芒，采取以静制动以柔克刚的策略。她沉静地伸出手和夜店的男女主人轻轻一握，礼貌地向他们表示了祝贺，之后就头也不回地走了，留下一片简单却又奢华的蓝色。

但是曼陀罗不知道的却是：片刻间那女人把一叶纸条留在了铜牛手里。对着那女子恍然若梦般美丽的脸，铜牛下意识地捏牢了纸条——直到去洗手间小解的时候，他才偷偷打开了那张条子，上面俨然写着："请问官人，一块钱可以干什么？"

铜牛拿着条子发起抖来，抖得像秋风中的一树朽叶。

第十五章

1

这回我当然坐的是头等舱——正大光明地享受头等舱的待遇让我得意非凡。更让我得意的是：二审官司打赢了！生命垂危的天仙子，竟然起死回生！不过说真的，经历过这一次的折腾，她的容颜完全老去，至少老了十年。

法庭上，天仙子坐在轮椅上，仿佛刚刚从地狱里走过似的，面色灰暗得让人害怕。她虚弱得几乎话都说不出来，然而，当形势突然逆转，那个笔名粟儿的女人突然大热倒灶之时，她竟然从轮椅上站了起来，她好像还高喊了一声什么，是的她高喊了一声，高喊一声之后就昏倒了。整个法庭乱成一团，那个粟儿似乎还想假充好人扶她起来，被曼陀罗闪电似的冲了上去，把她的母亲与这个可怕的女人隔开了。一瞬间我感觉到了曼陀罗心里最深处尚有一丝善念。也就是那一瞬间，我原谅了曼陀罗所有的过去。我在心里默念着："再见吧朋友们，再见吧曾经爱我和我曾经爱过的人，我要离开你们去过另一种生活了，祝你们好运！……"

机场那一串串雪花造型的灯，对我来说便是识别摩里岛的标志。然而当我出关之后却大失所望——本来应当站着詹的地方竟站着那个讨厌的莫里亚，那个酋长，假模假式地披了件兽皮站在那儿，还远远地向我鞠躬。

我警惕男人们摆出绅士的态度，特别是莫里亚这样的人。果然，他告诉我一个不幸的消息：老王去世了——詹在乱世中继承王位——可以想象整个王室的混乱和詹巨大的悲痛与压力，可即使是在这样的时候，詹依然为我亲自布置了房间，用一百粒美钻与一千朵白玫瑰表达了他的爱意——还有他喜爱的那些珍禽异兽，都纷纷走出来向我致敬——他们致敬的方式各有不同，雁鹅围绕在我的身旁，大狗滑稽与小狗美妞不断地舔我的手，大鹦鹉落在我的肩膀上，悄悄用她那漂亮的鹰钩嘴对我耳语，长颈鹿弯下细长的脖子亲吻着我，斑马则远远地看着我装酷，而蜂鸟索性就用大致相等于光线的速度煽动她那五颜六色的翅膀，在我眼前现出一片光怪陆离的迷雾……

夜晚，戴着重孝的詹和我对坐在长长的橡木餐桌的两端，按照王室的规矩用餐。我们吃得很简单，只上了三道菜：汤、主菜与甜品，当然是一如既往地精致。餐后，詹让仆人们退下，拉着我的手走进他的后花园——

——这是一座美呆了的热带雨林花园！各种植物遮天蔽日，满地是湿滑的苔藓，高大的乔木群落错综复杂，林下藤类植物茂盛，有大量美丽的寄生植物，老茎生花形成了奇异的空中花园：棕榈、梧桐、木棉、番木瓜、乌木、紫檀、咖啡、可可、油棕、椰子、橡胶树、非洲楝、大缘柄桑、黄梨、桃花心木……天呐，随便弄棵树到 B 城，也会成为价值连城的珍奇树木。还有那些极其艳丽的花朵——在星光下闪着光，像是一粒粒名贵的宝石。

终于我看到那传说中的月亮花了——她距离其他的花很远，她茕茕孑立，一枝独秀，花瓣儿的形状如同新月，花的颜色，恰如我的戒指那样，她会随着光线改变成各种微妙的颜色，而平时，她就象月光一般白，象珠贝一样亮。她的雄蕊是金色的，而雌蕊则是蓝色天鹅绒一般的色彩……我看入了迷，摘下我的小戒指和她对照着，真的是一般无二啊！

詹微笑着看我："你认出来了吧？月亮花，全世界只有我们的花园里有，这是很值得骄傲的。"

我轻轻地碰了那花一下，花瓣立即合拢，就像是 B 城的含羞草。詹微笑着勾起我的手指，在花的上方轻轻摇了摇，呵……那花又慢慢地开放了，真是如花解语啊。詹说，花也怕生，他打的这个手势，就是告诉月亮花，这是朋友，不必害怕。

我看着詹那双美而纯净的眼睛，心里的爱如潮水涌动，他似乎也有同样的感受，我们几乎是同时紧紧地拥抱住了对方，我们抱得那么紧，就象是生怕什么人把对方抢走了似的。

一些古怪的声音纷至沓来——难道这花园里除了我们，还有旁人在偷窥？！还没来得及叫出来，温柔的大猩猩代姆就钻到了我们之间。惘然四顾——哦，羚羊、河马、长颈鹿、狮、豹、灵猫、鹦鹉、鸠鸽、孔雀、犀鸟、巨嘴鸟、太阳鸟、蕉鹃、八色鸫……都潜伏在黑暗中，它们把我们包围了！詹看着我笑："以后我们就要跟他们一起生活了，怕么？""怕？——才怪呢！"我也笑了，周围那些高高矮矮的宝宝们似乎也在为我们高兴，他们竟然围着我们跳起舞来，跳的舞步很乱，我被他们逗得哈哈大笑，跟詹手拉手也跳起来，跳着跳着竟然忘了情，我唱起歌来——这下子惹了大祸：海百合公主的歌声即使在深海中也是最迷人的，何况是在人类世界，我刚刚唱了一句："啊索米亚啊……"所有的宝宝们就都醉倒了，他们的倒下引起了连锁反应，高大的乔木与低矮的灌木纷纷被压坍，空中花园轰然倒下，我和詹被笼罩在艳丽的花与藤中，动弹不得。我看见，皇宫似乎也颤抖起来，从颤抖的皇宫里面走出一个人，一个披着兽皮的人，一个我此时最不想见到的人——他是莫里亚酋长。

詹立即收住了笑容，但他依然紧搂着我，没有松手。莫里亚居高临下地看着我们，面无表情地说："殿下，现在是国丧期间，您不认为您这样做很不妥吗？"

詹一点儿没有让我失望，他很从容，很镇静。他说谢谢你酋长，谢谢你的提醒，不过今后我不太需要你的提醒了，我做的事是否妥当，会有专门的王室内阁成员提醒我。然后詹从容地拨开荆棘，挽着我说："我们走吧，百合。"

我看见莫里亚的脸一点点变绿了，就像当年老虎在赌场上输光了的那种脸色，很可怕。

2

番石榴和小骡请我吃饭，当然买单的是小骡。看小骡那种兴奋无比的样子，恨不得让他买十次单他都乐意。他一边殷勤地给我布菜一边欣喜地唠叨着：《炼狱之花》剧组解散了，那个讨厌的阿豹就要滚蛋了。百合姐，你可真太牛了！太牛了！不过他们说，我制作的播客也很有效果！很有效果！……百合姐姐，你怎么不动声色就把他们给打垮了呢？！真是兵不血刃啊！！……你真是太了不起了！从此后你指哪我打哪！兄弟我绝不说二话！……"

我讨厌小骡的絮絮絮叨叨，更讨厌他这些不着边际的话，但是我同时又觉得他好玩，批评他是一件让我心生快感的事。只是可怜的番石榴求爷爷告奶奶卖了两次身，好不容易才赚到了这么个角色，其沮丧之情可以想见。她一直噘着薄薄的嘴唇一言不发，好在还并没有影响她的食量。半晌，她才从法式蜗牛汤里抬起头说："百合姐，这个戏真的不拍了吗？"

"当然，《炼狱之花》版权在天仙子手里，天仙子根本就没有卖版权，巨龙有什么资格拍？要拍还得拍过去的那个《珍珠传》，可是老虎已经因为此事被免职，珍珠拍不拍还得听董事长的，要知道，《炼狱之花》已经花掉前期费用八百多万了啊！阿豹回去要么赔钱，要么坐牢！"

小骡在一阵欢呼之后，突然悟出了什么似的，一下子趴在了桌上："百合姐——"他瞪着一双圆眼睛眼巴巴地看着我："这么说，珍珠也有可能不拍了是吗？"

我看了他一眼，没说话。

他的情绪一下子降到了冰点："为什么是这样……"

"为什么是这样？为什么就不能是这样？！告诉你，当你决定为一件事讨公道的时候，你就得同时决定承担一切负面的效果！因为世界上根本就没有公道！"我终于喊起来。我在骂他的时候心里想着我自己的委屈——好好地生活在海里，非逼着我到人类世界和亲，受尽了艰难困苦，好不容易找到了自己心爱的人，万里迢迢来到摩里岛准备完婚，可又偏偏碰上老王驾崩！——为什么世界上有这么多的挫折？为什么这些挫折都要我来承受，难道就因为我比别人承受力强吗？！

接下来是长时间的沉默。终于番石榴吃完了最后一勺甜品，半睁着她那双刚接完假睫毛的眼睛看着我："百合姐，我真的没有希望了吗？"

我正视着她，慢慢地说："这个世界很脏，好人都没希望。"

然后，我慢慢地推开餐碟，站起来，把一沓簇新的钞票放在桌上，转身而去。

小骡并没有放过阿豹。

对于阿豹对番石榴的侵犯，小骡耿耿于怀。在机场上，小骡玩儿了一个被人用剩了的把戏：让人乘阿豹不备，在他随身带的小包里放上了毒品，被海关逮了个正着。按照毒品的分量，阿豹需要被关押三年！

我不想再看这个世界了，我觉得恶心。阿豹恶心小骡也恶心，粟儿恶心番石榴也恶心，老虎恶心金马更恶心。我只有闭关待在詹的后花园里，与那些可爱的珍禽异兽为伴，默默等待着一年国丧期满。那时，我将与詹完婚，詹将会把一份新的提案转交给人类的最高法庭，届时，人类世界与海洋世界乃至整个自然界，将会有一个新的约定。那时，我就会圆满完成使命——我将可以自由地穿行于人类世界与海洋世界，而完全不必戴什么面具——那是多么引人入胜啊！过去我每每想到这个，心里就充满了无限的力量，可现在……不知为什么，我打不起精神，我觉得那一切都太遥远、太遥远了……

3

詹很快发现了我情绪上的变化。这天，当我们和羚羊一起用餐的时候，看到我把面包卷儿一块块地喂给羚羊，詹走过来搂着我，用他那弹钢琴的细长手指慢慢插进我浓密的头发里，轻轻抚摸，詹说百合你怎么不爱说话了？是在这里生活不习惯？是想你的父母了？还是……还是……没有耐心等我了？……

我摇着头，眼泪扑簌簌地落下来——不知为什么我变得爱哭了。我说不出来我内心的真实感受。只有用眼泪来表达。

詹被我的眼泪吓坏了，他急忙拿出纸巾给我擦泪，连连道歉，说是为了国事而怠慢了我，他拉着我的手走进后花园的深处，亲手摘了一朵花给我戴在头上，然后让我在月光下的泉水水面上照自己的影子，我看见那朵花已经把我的容颜照亮了。我的整个肌肤变得十分美丽，我如醉如痴，似乎所有的思想都淹没在雾里，那是不断聚合的大雾，飘逸着凡间的浮尘，从脚底蓬涌而升。

詹，你能始终待我如初吗？我现在戴着你后花园里的花她粘在我的发间，做你的花朵的标本，你觉得好吗？

在水面上我看见詹迷蒙的眸子，月光四散破裂，折射出雨林深处的黑暗。

那一枝月亮花，在黑暗中遗世孤立，给人光明与温暖——什么时候，我的发际间能别上这朵月亮花啊！

"为什么她也叫炼狱之花？"

"我对你说过，她有着最高等生物的一切智慧，她记录了全世界每个人的一生，所有的罪恶，所有的善行，所有的美德，所有的高尚与卑劣，所有的美丽与丑恶……"

我举起我的戒指："詹，你看，我戒指上的这朵花仿得多像啊，跟这朵真的月亮花一模一样！我和我的家人朋友，一直在寻找，在猜测，这究竟是什么花朵，终于找到答案了！那么，戒指暗盒里的迷香，会不会就是她的精髓呢？！"

詹拿起戒指闻了一下，肯定地说："戒指里的香气，还不完全是它的香，还包含了一种来自海洋世界的迷香——这是来自两个世界的混和香料，是顶级的香，有了这个，我们再不怕其他的魅惑了！"

"你受过迷香的魅惑吗？"

詹怔了一下，没有正面回答："我对你说过的，月亮花就像一个奇怪的仪器。它可以像万花筒一般转来转去，它可以看到任何一个人的过去未来与现在——当然，那个人必须是裸脸。"詹说完这话，就目光诡异地看着我："百合，你是不是还有什么……没有告诉我的事……"

我想了又想，觉得从来没有对他隐瞒过任何事，可他依然看着我，最后他说，好了，我不问了，每个人都会有自己的隐私。我说詹，我所有的事情都对你说过，他微笑着摇头："不不，我们换个话题吧。我尊重你的隐私，也希望你同样尊重我的隐私。……这里就是你的家，在这儿，在整个宫里和花园，你可以随意出入，可以动用任何东西——除了这枝花。是的，只有我们结婚之后，你才可以运用她。这是新晋摩里岛国王对你的唯一要求——在其他所有的方面，你都是自由的。"

我眨眨眼，看见他那一惯挂着温和微笑的脸上，一脸严肃。

我把戒指放在他的手里："詹，戒指在这儿，还给你。我等着那一天——你亲手把戒指戴在我的手上。"

詹小心翼翼地接过去，捧在手心上："那么就让我们在月亮花面前发誓吧。我再说一遍，等国丧一结束，我们就举行婚礼。我会跪下来，向你求婚——亲爱的，亲爱的海百合公主。"

月亮花似乎解语，她闪了一闪，花瓣儿慢慢卷起来，再度伸展开的时候，亮丽的光已经照耀了整个后花园。

4

曼陀罗发来很长的伊妹儿。

曼陀罗说她开了一家叫作"曼陀罗花"的夜店，现在在经营与人气等各方面已经全方位地压倒了"BOBO"。有很多超级明星慕名而来，当然，也有些不受欢迎的人不请自来——譬如那位打输了官司的科幻美女。

应当说曼陀罗此时还是很有底气的。她很自信，她说下一步她将说服铜牛投资《珍珠传》，而她自己将尝试过一把明星瘾！接着她写道，这样，就又可以和我在一起了，她说这个想法绝不是不可能，她说铜牛在老虎被停职之后，正在准备用《珍珠传》来代替《炼狱之花》，依然与摩里岛合作，用那个 SB 小骡的剧本，当然，那个剧本还不成熟，还要改。

她提到她母亲天仙子，虽然官司赢了，脱离生命危险了，可是这次事件让母亲受到了严重的刺激，她说母亲一下子衰老了很多，一直闭门谢客，不愿见人。而且母亲添了一个奇怪的癖好——收集灯泡，她不明白母亲天仙子—— 一个曾经那么聪慧卓越的人怎么染上了这么一个并不高级的嗜好，她每天的生活就是在搜集各种各样的灯泡，然后小心翼翼地把灯泡们藏起来。

然后她问我，听传闻说我做了摩里岛的王妃，是不是真的？如果是这样，祝贺我，她说詹实在是她遇见的人类最好的男人，好到她一见到他就感到自惭形秽。末了儿她肉麻地说百合姐姐，只有你才配得上他，真的，百合姐姐，你的婚礼一定要邀请我呀，我一定要送给你一件特别的礼物！

——特别的礼物？现在的礼物还能有什么特别的？什么都不会出人意料，因为人类的想象力太馈乏了。现在是个复制与粘贴的时代，说穿了是个原创可以被公然剽窃的年代，水牌越多越是红姑娘！甭管香车宝马是怎么挣来的，也比门前冷落车马稀强百倍！在这个意义上，天仙子是注定要被时代抛弃的，而那个叫粟儿的科幻美女，才是天然不可替代的当代英雄，确切地说是当代巾帼英雄！

而曼陀罗，似乎介于我与粟儿之间，她其实想像粟儿那样，什么便宜都占，什么都不耽误，贼不走空，闪展腾挪之间，名利双收——有疼自己的男人，有豪宅香车，有很高的业界知名度，有美丽的容颜与衣饰，还要有 SHOW 给别人看的 DIY，最好这 DIY 的手艺一流是谁也学不走的。然而她的灵魂深处，似乎还有一丝痛感。这一丝痛感无疑来自真情，是的在曼陀罗的内心深处还是有一丝真情的，这大概是她与粟儿之间唯一的不同吧？

其实这只能证明她的道路很危险——在这个时代，成功人士代表了一种极致，而任何不彻底的转变或者根基都代表了一种危险性，小则非驴非马不伦不类，大则会影响自己的选择——对自己最最有利的而决不考虑任何他者的选择。而"选择"这个词，是这个时代最为致命的词。

我在中午的太阳光下不知不觉迷糊起来，曼陀罗打在电脑上的字像羊皮书上的字那样跳跃着，小狗美妞趴在我的怀里，我在睡着前迷迷糊糊地想——我是什么时候学会了思考？像人类那样思考——甚至更甚，我单纯的心底什么时候塞上了这许多乱七八糟的东西？

我睡着了，梦见自己像是人类的婴儿那样被人剪断了脐带，我躺在那儿，好像随时会被人类勒死，我发出一声连自己都不相信的号哭，我的号哭好像把他们吓着了，接着我听见咔嗒一声锁门的声音，然后看见门镜里一只窥视的眼睛。

我在睡梦里想大声喊叫：为什么我不能成为我想做的那种人？！为什么？！为什么我会变？我告诉你们，我成了现在的我，都要怪你们！怪你们所有的人！！！

詹依然如故，可我觉得我们的故事已经变了味儿。我们的故事陷落进坚硬的水泥路面里，一天天的日子挤不出一滴水分，爱的灵感被无情地剥夺，物是人非，阳光寂寥，花朵萎谢——我远远地观赏那枝独一无二的月亮花，幻想着将来有一天，我会把她摘下，戴在发际。

阳光似乎在草丛中嗡嗡作响。我就睡在伊甸园的苹果树下，但是却见不到我的亚当。

睡梦中，我突然对自己有点害怕了……

5

对于新一轮团队的到来，小骡和番石榴当然比我更着急。当我把这个消息告诉他们的时候，他们两人完全如同疯了一般——小骡的表现活像羊皮书里讲的那个"范进中举"——单腿跳了起来——就差口吐白沫了。而番石榴则就地来了个前滚翻后滚翻连接跪跳起"——这样的高难动作懒散的番石榴平时是绝对不做的。

我却完全打不起精神来。是的我们的官司暂时打赢了，天仙子的版权也争回来了。可是又怎么样呢？在我一直生活着的那个远东国家，已经没有什么是非对错的概念。天仙子在一夜之间衰老了，可粟儿还在蠢蠢欲动，她似乎准备上诉高法。——没有什么对她不利的舆论，所有的人就像看戏似的看着这一切，在法庭上粟儿虽然输了，可真正输的是天仙子——她由于承受不住灵魂的痛苦而哀嚎而衰老，可是真正的罪魁却活得好好的，还因此声名大震。

——这是什么世道人心啊！

詹说，B城真的该好好反省了。可我在内心觉得，反省也没用。这个城市曾经发生过各种惊天动地的大事件，其中之一就是他们违反了摩西的戒律，曾经释放过所罗门王羁押在胆瓶里的魔鬼。魔鬼在他们那片土地上到处游荡，再也回不去了——它走进了他们每个人的心中，那片土地上的人群早已被毒化了，什么也救不了他们。

可是詹说，我太悲观了。在这方面，他是个乐观主义者，可我觉得他之所以乐观是因为他没有真正在B城生活过。而詹坚持说，他之所以乐观，是由于他看到的是没有喝掉的那半杯水，而我看到的，永远是被喝掉水的那半截空杯子。

每天詹在忙完政务之后都会陪我。我们两人手拉着手，在热带雨林的后花园里徜徉。所有美丽的动植物们也和我们一起享受美好的时光。

我对詹说了海底世界的一切，以便他将来去的时候不那么陌生。他听起来饶有兴趣，特别是当他听到妈妈是海底最美的美女、奶奶有秘制的白珊瑚粉，哥哥脚心上的曼陀罗花，还有爷爷和爸爸常常祭拜的海神柱……詹的眼睛里出现十分向往的神情，但他同时似乎又有些紧张，他会紧扣我的手指，喃喃地说："你说，他们会接受我吗？"

"当然，他们会很喜欢你的！……只是，你要稍微委屈一下，你初次见他们的时候，得戴一张面具——一张海底世界的面具，那相当于我们的通行证——就像我来到人类世界必须戴上你们的面具一样！"

詹突然高兴地跳起来，他说小百合，你终于对我说了！我迷惑地看着他好一会儿，才突然省悟到前几天他说的关于隐私的话题——我说这不是什么秘密，更不是我的隐私——我只是把这事忘了，因为我现在戴着这张面具已经很习惯了。

詹像个孩子似的拉着我奔跑起来，一口气跑到花园的最深处——那枝月亮花就在那儿，似乎随时准备开口说话。它的旁边，是一口蓝色的小湖，小得像个洗脸盆似的，在岩石与桧木之间，发散出一种奇特的气味。夜的丹青笔墨把一切都美化了。

"我知道你有巨大的好奇心，耐心一点啊，日子不是一天天地过去吗？很快，我就会亲自教你如何操纵这枝月亮花了，她是真正的炼狱之花，每个人，每桩事，都记录在案，在示巴女王的时代，上帝是专门根据月亮花的记录来进行末日审判的，当然，也有些人是看不清的，譬如你，我就会看不清，因为你戴着面具，而且，是海底而不是人类的面具。

"可是人类有几个不戴面具裸脸示人的啊？"

"问题就在这儿。人类的面具，因为戴长了，已经长在了他们的脸上，已经变成了他们的裸脸，所以，我是可以看清的。而你，戴的是一副海底的面具，这种面具完全可以抵御这朵神奇的花。"

"这么说你悄悄看过我？"

"是的，在想你想到无法忍受的时候。"

我们又抱在了一起，紧紧的，只有在这种时候，我才觉得我是我自己。

他说，他想立刻满足我的好奇心，让我亲眼看到我熟悉的人的过去与未来，但他不能违反祖先的规定。我说，真想立刻把我脸上的面具摘掉，但我也不能违反海底世界的戒律——于是我们两人像两个小孩一般跳进那口湖水里。依然手牵着手，我们的手渐渐冰凉，天空射出最纯粹的光，月色滑过我们光滑的肩膀。在银色的世界里，我们都各自遵守着自己的金科玉律。

我拉着他冰凉的手突然想起一个可怕的问题：

我们盼着的那一天，真的会来吗？

6

曼陀罗的伊妹儿不断地来。

尽管我从来不回，但我看得是很细的。我从字里行间了解天仙子的消息。

终于有一天，曼陀罗发来了她一生中最后的一封电子信：那里面透露出来的全是绝望的气息。

在断断续续的描述中，我终于弄明白了：原来，在这短短的时间里，B城的信息竟然发生了翻天覆地的改变——《珍珠传》还要拍不假，但是女一号已经不再是曼陀罗了！

我太了解曼陀罗了。对于心高气傲的她来说，还远远不仅是这件事本身，她当然更在乎此事真正的背景——这意味着，她的那位对手不但抢走了她在戏中的角色，更抢走了她人生的角色。

曼陀罗一向不把别人放在眼里，看来她绝对犯了轻敌的毛病。一番恶斗之后，她败了。她的败绝对是情理之中的——因为她坏的还不够彻底。

她得了躁狂抑郁症，每天只能靠加大药物来控制自己——她早已从迷恋迷药走到了迷恋毒品。

她在信里写道：百合姐姐，我知道你始终喜欢我的妈妈，却讨厌我，这是因为你的善良和同情心——你永远只同情弱者，可是你知道吗？其实我很羡慕我妈妈呢！因为不管怎么样她真心爱过也被爱过，可是作为一个女人，我一生都没有得到这些，所以我是个彻底的失败者。我再说一遍，我爱的是你，我只爱你，你为什么不能理解我？为什么只有异性爱是正常的，同性爱就不正常？我觉得男人很脏也很笨，我没法爱他们……

下面她说了好多令我脸红的话，我不愿卒读，把电脑关上了。

那个抢占曼陀罗位置的女人，正是那位输了官司的科幻美女，那个在 B 城红极一时的女作家，那个来历不明的粟儿——原来，她就是曼陀罗提起过的，曾经深深伤害过铜牛的那个卷钱而走的铜牛第三任太太，可是她又是怎样成功地杀了一个回马枪，再度夺走铜牛，并且成功地抢戏变成了女主角呢?! ——这是何等的手腕儿啊!!

——这个女人，引起了我巨大的好奇。

如果说我身上有什么软肋的话，那就是我的无法抗拒的好奇心。我的好奇心从小就几乎把族群毁灭——由于我无法抑制对海神柱的好奇，我曾经在很小的时候，在月黑风高之夜悄悄爬到海神柱上，我发现那个高不可攀的柱子上什么也没有，只有一眼深不见底的孔洞，于是我在那孔洞里放了一把贝壳，听见贝壳遥远的回声，我幼小的心里颇感欣慰。万万没想到，那其实是堵塞了海神的秘密通道——海神大怒，掀起海啸，几乎把我们的海百合家族灭族，最后还是爷爷奶奶亲自出面，并且把我家秘制的珊瑚粉拿出来奉献，才算勉强平息。

但那次可怕的事件并没有扼杀我的好奇心，后来我一直注意观察海神的行迹，直到我弄清所谓的海神柱不过是海神的生殖器而已。——我这才明白他大发雷庭的真正原因其实是恼羞成怒。

而现在，我对这个来历不明的女人充满了好奇，这好奇心烧灼着我，让我鬼使神差般地来到了詹的后花园。

也是命运使然，那一晚，詹为了国事，一直忙到天亮。

其实我一直在盼着詹，盼着他来制止我，可是没有，任何人也没有来制止我——包括那些可爱的动物们，今晚也变得格外乖巧，早早便入睡了。我乘着星光走进花园的深处，那枝独一无二的月亮花就在那儿，像是如约而至的情人。

我碰了她一下，冰凉的。又碰了她一下。死气沉沉。我轻轻转动花茎，那块挡在我眼前的水晶片慢慢移开了，花朵突然变得很大，大得有点恐怖，像是一只巨大的万花筒，呈现在我眼前的，是转动着的世界，是物换星移的宇宙。然后我无师自通地按了一枚花瓣，那个花瓣让我对准了夜色中的人群，我看见了詹！看见了詹在主持一个重要的会议，他脸色疲倦但是讲话条理清晰语气坚定，用的不是官方语言所以我听不懂他在讲什么，但是看到那些大臣们的表情，我明白他是具有绝对权威并且深得人心的。然后我又试探着按了第二个花瓣，那个花瓣好像是负责专门转动方向的，我看见夜色中摩里岛的人们，大多已经入睡，但是夜总会和赌场的灯光依然明亮，出人意料地，我看见莫里亚酋长竟然正在和番石榴做爱！瘦弱的番石榴被强壮的酋长弄得像一片秋风中的落叶，不断发出绝望的呻吟，而那个自作多情的小骡，却一个人孤独地半躺在被子里，拿着个笔记本电脑在奋笔疾书——或许他依然为改写《珍珠传》而绞尽脑汁吧，看着他皱着眉头翻来覆去的痛苦劲儿，真是令人惨不忍睹。终于他再也忍受不了了，他掏出手提电话，用摩里岛的土著语言叫着番石榴的名字，可是电话里显然一片杳然。

　　我继续转动按钮，哇——天突然亮了，半晌我才反应过来，我这是转到了东半球，我很快找到了 B 城，然后在 B 城一座公寓里找到了曼陀罗——不她的模样并没有怎么大变，但她深黑的眼圈和癫狂的眼神让我有点害怕。她的穿着依然十分讲究，甚至可以说是奢华——水绿色丝质套裙装上点缀着黑色花朵织网。贴身剪裁的短款女式紧身胸衣。低领口周围纵向分布着带褶水绿色丝绸和紫色细丝带。左胸口点缀着着深红色、紫色、绿色丝质和天鹅绒花饰。衣服的前中部系着一排小小的玻璃扣。裙子后面非常宽大，在轻盈长裙摆的边缘处系着褶皱丝绸带子。黑丝网罩裙上系着丝质和天鹅绒质地的花朵——但是这些花朵、刺珠和钻饰在她绝望的神色中都变得暗淡无光。

　　但是且慢，并非所有的花朵都暗淡无光——明明有一朵花隐隐地开在了墙壁上：那花就像是一领废旧了的绸缎，打成了一个起了皱的包裹，巨大，颜色像陈旧的血迹——是尸香魔芋！——"它的花语是死亡。"曼陀罗曾经这样无关痛痒地说——可是，现在轮到她了。

那朵花在壁影上越来越巨大，终于淹没了她。

她一个人在那个我曾经住过的房子里，闪展腾挪，像一只粘在蛛网上跑不掉的小虫子，挣扎得越厉害，陷落得也就越深。忽然，她好像惊呆了似的看着墙角上的那台传真机——那个传真机好像发出一种声音（这朵花对声音的传导很不好，也许是我没有找对调节音量的花瓣），因为我看见她的眼睛随着传真机上慢慢升起的传真件而变得惊恐万状。

我急忙寻找放大缩小的花瓣儿，没有，我乱按一气，不留神按在雄蕊上，画面立即放得很大，我可以清晰地看到那传真的内容：上面的黑体字惊心动魄地写着：明年今天是你的忌日！

7

我看到曼陀罗惊恐的眼睛，她拿起笔飞快地写下几行字，我无论如何看不清上面的字迹。

然后她拿起一面镜子，翻来覆去地照着自己，接着又突然把那镜子摔了，紧接着一阵爆响，她把她能够得着的物件儿全摔了，玻璃碎末如同雪花一般漫天飞舞，搅得周天寒彻。我觉得自己的脑门儿也突然变得冰凉——原来是我过于专注碰上了那块水晶片，就那么一瞬间，镜头又转了，我看到了一幕最最让人恶心的画面：那位"科幻美女"正在与董事长亲热，这座豪宅完全是王室的装饰，路易十五时期的，那么复杂和华丽的巴洛克式花纹。董事长的脸上完全是一派迷恋——而那个科幻美女的笑容背后，满满地都是厌恶、蔑视和如意算盘得逞之后的得意。

我试着按了几个花瓣，聚焦在那个女人的身上，然后慢慢放大，当大到不能再大的时候，突然之间，花瓣急速地旋转起来，画面上下摇摆，幅度越来越大，终于，眼前变成一片刷白的，好像一股磁力把我牢牢抓住，天哪，我完全控制不了这朵花了！我完全不知道下一步会发生什么，正当我想逃离她的时候，不可思议的景象出现了！

——那个科幻美女，正在天仙子的家中，在对天仙子甜言蜜语地说着什么，我使劲擦擦眼睛，没错儿，这确实是天仙子的家，我熟悉的沙发和桌椅，还有天仙子那台已经用旧了的东芝笔记本，天仙子被她说得笑逐颜开。我的手下意识地碰到一片花瓣——画面又变了，变成了那个女人在某医院整容——我明白了！原来这就是詹说的所谓能看到人的过去未来现在之事！如果按住那个花瓣不撒手，那么这个女人的一生，这个女人真实的来历便会全部展现在我的眼前——就如DVD的快退键一般！

原来是这样！

在那个时候，上天作证：我竟然完全忘了对詹的承诺，完全忘了詹的告诫，与其说我被月亮花所吸引，不如说我被自己巨大的好奇心所征服，我的手牢牢地吸在了那枚花瓣上，看到了这个女人的过去——这个女人在手术床躺下来的时候，完全是另一副面孔——普通平凡似曾相识。倒过去，她和董事长及天仙子的前夫阿豹在一起说着什么，董事长挥舞着一本书，哦我看清楚了，那正是天仙子的书，是那本《海百合的传说》！

我右手一直按着那枚花瓣，于是画面不断地往回倒：那个女人和阿豹在一起缠绵、并且密谋着什么；那个女人和董事长举行盛大的婚礼；那个女人在采访董事长；那个女人竟然出现在地铁的地下通道里，从拥挤的人群里往外钻，一群工商人员走了进来，再倒回去，她手里拿着四五件高档的连衣裙，她在打电话，显然是她给这些工商打的电话，再倒回去——那正是那些可怜的米罗时装，贩卖这些时装的正是当年曾经一文不名的我！

再也没有比这些画面更令人惊奇的了！

所有的记忆如潮水般涌来：是啊，当年，倒霉的我最惨的时候曾经到地铁通道下去卖过时装，不但没赚一文钱，还被请到工商去做了客。而当时，我并没有想那么多：为什么恰恰工商就在那一刻出现？而现在，终于真相大白，元凶就是那个在人群中闪了一下的小狐狸脸，她至少拿走了我五件高级时装，价值B城币种至少五万余元！

我说怎么会觉得她似曾相识，原来如此！

我疯了似的按住花瓣不撒手，时光不断倒流，我终于读懂了一个完整版的故事：原来这个女人就是那个著名时尚杂志的副主编，她勾引了有妇之夫阿豹，就在那个我与天仙子曼陀罗相识的西班牙现代舞之夜，她和阿豹一起羞辱了天仙子，造成天仙子的离异，曼陀罗从小就受到家庭变故的侵扰。然后，她逼阿豹赚钱，害得阿豹坐了班房，然后她又与阿豹合谋做局，嫁董事长铜牛为妻，花着铜牛的钱，享受着阿豹的爱抚，然而天仙子的一本书又让她妒火中烧，她给铜牛留了字条，然后去整容，把自己整成了一个科幻美女，然后去了B城，通过欺骗手段获取天仙子的信任，借机剽窃了天仙子的新作，同时又用钱把评论界买通，最后竟成了B城最美最有才华的女作家，并且在老虎床上完成了她的心愿：让阿豹去导"她的新作"《炼狱之花》，她当然知道阿豹会尽心尽力，另外她也利用老虎的弱点，让情夫去为自己赚更多的钱——如果不是我和曼陀罗的联合行动，她简直就可以上天入地了！

在二审败诉之后她并没闲着，她居然又杀了个回马枪，在曼陀罗夜店开张的时候回到了铜牛身旁，而现在比她年轻至少十五岁的曼陀罗独守空房，以吸毒来排解自己的空虚，而她，却竟然又让铜牛回心转意，这个女人，她到底手里有多少法宝？！

我想起羊皮书里的一句话：女人对待男人的法宝，绝非美丽或者才华，而是一种独特的腥骚味儿。

是了，以天仙子的美丽和才气，以曼陀罗的豆蔻年华和绝世聪慧，都斗不过一个全身腥骚味儿、伶牙俐齿、能屈能伸、善于察言观色的贱女人！

何况阿豹，何况铜牛，甚至老虎！

答案就在这儿，就在这朵神奇的花里——这太好了，这是上天的录像——它可以作为我们彻底打败这个女人的铁证！

天空已经出现了曙光，我转过头，看到詹悲伤中不乏严厉的目光在盯着我，他的嘴巴蠕动着，轻轻说了一句："百合，你违约了。"

天亮了，仆人把各种报纸送来，我看到B城的报纸上有一整版，报道了曼陀罗跳楼自杀的消息。

第十六章

1

尽管 B 城这些年很热闹,然而曼陀罗的跳楼自杀依然撼动了这座城市。

首先是 B 城的那些大牌明星们,他们已经习惯了曼陀罗美丽的夜店,习惯了带着情人或者红粉知己到那里去消磨无聊的夜晚,他们真心地喜欢这个永远只留一种发型、永远盖着半边脸的漂亮年轻的店主,他们中有很多人介绍她去客串电影,却都被她婉拒。她寻找了各种各样拒绝的理由,但是只有一位曾经做过国际名模的大牌知道她真实的想法,当时她们一起喝着马爹利,带着几分微醺,曼陀罗说她本来想演跨国题材的《珍珠传》,但是因为编剧太平庸,她现在宁可等一等,第一部电影一定要演她母亲小说里的女主角,那个叫作《炼狱之花》的故事太凄美了,那个女主角也很合适她,最重要的是,她预测这部电影无论谁来拍都能拿国际奖,最后她带着微笑问:"您知道炼狱之花是什么吗?……它是远古人类对迷药的别称。"——至今,那位国际名模都记着她当时那种奇怪的笑容:那是想象中的当夏娃犯罪被逐出乐园之前的微笑,是一种因彻底绝望而生成的美丽。

由 B 城所有大牌明星发起,要为曼陀罗开一个史无前例的隆重的追悼会,但是最后却没有开成——这原因让人匪夷所思——竟是因了她的母亲，那个过气儿了的女作家天仙子。天仙子自从染上了收藏灯泡的癖好之后，已经以自己的方式与外界彻底隔绝。她常常会陷入一种奇怪的幻觉，她觉得，有时候身体会飞起来，就像一张撕下来的皇历，越飞越薄，变成一抹淡去的月光，被风刮来刮去，她认定风就是她前世的仇人，总是使劲地拧她的衣领，她觉得自己随时有被勒死的危险。

她终于懂得，一个人在最无助的时候才是真实的自己。她悬在空中，被风虐待，连自己也不知道会停在哪里，或许她很快就会变成她以前梦中那片风干的腊肉？想到这个，她并不伤感。她已经不像以前那么容易感伤了。她最终发现了对付周围世界的秘密——把内心掏空，只留下自己的影子，把目光弯曲起来，像只小猫那样蜷缩蠕动，找个避难的巢穴，藏起不会说谎不会弯曲的舌头，然后厚着脸皮去面对一盘甜食。美丽的女人肉体，早已从幸福和美满中剔除，只剩下一两块残缺的骨头。这个城市残存的人们，从来排除暗淡的意象，大家都在努力塑造光明和美好，可惜越塑造，光明美好越离人们远去。所以，过气女作家决定，要真正用双手塑造一个属于自己的光明和美好。于是她跪在女儿的尸体旁，把收集来的各种灯泡一个个地垒起来，建成一座造型奇异的陵墓。奇怪的是，没有什么人来阻拦她，人们只是站在远处看着，渐渐地围成了一个大大的圈子。连巡警也被她脸上的庄严镇住了，几次想干涉却又不敢轻易开口。

谁也没想到，天仙子的愿望竟是由铜牛来最后完成的。当她用颤抖的提前进入老年的手搭起了最后一颗灯泡时，铜牛来了。她看了铜牛一眼，面对这个杀害女儿的刽子手，她面无表情，倒是铜牛哭得鼻涕一把泪一把的，铜牛从小就会玩无线电修半导体，这时他跪在那里接上了电源，于是所有的灯泡亮了起来——有如一座灿烂的宫殿，照亮了这个城市。

铜牛好像是个男巫，拿起魔杖说声变，一切就都变了，灯泡们变成了透明的花朵，散发出闪电般的气息。冰冷的寒夜里有了温暖的光，散落在周围的人群慢慢聚拢了，因为大家都怕冷，怕黑暗。

有一个人在光影中说:"从来没有见过这么美丽的陵墓啊,比古代帝王宠妃的墓园还要华丽!"于是大家在朦胧的光线里喝起酒来,他们喝一点,再向陵墓洒一点,这座奇异的陵墓立即充满了酒香。铜牛亲自为天仙子斟了一杯酒,天仙子连想也没想便一饮而尽。于是大家轮番向她敬酒,她把所有的酒都喝了,她觉得世界变成了一片红色,她得意自己终于完成了光明与美好的塑造,然而在那一片红色中她突然认出了一张熟悉的脸——她本来觉得她再不会看到那张脸了,那个女孩已经离她远去,可是明明,她又回来了,那个此时此刻天仙子最需要的女孩——她是百合。

2

当曼陀罗如同一片树叶般从楼顶慢慢飘下来的时候,睡在深海海底的海百合王子突然惊醒。他眼前一片强光,原来竟是海王星强烈的光芒,几乎晃花了他的眼睛。接着,他感觉到自己脚心上的曼陀罗花一阵剧痛,同时,他听到海王低沉的声音:"王子殿下,你的曼陀罗花大概要离开这个世界了,我想你应当去看看她。"

腿已经被奶奶彻底治好的王子,自从回到海底王国之后,没有一天不在想念那个曾经百般虐待他的无情无义的女孩,以致今天还不曾婚恋。这种感觉真的太奇怪了。无论是可爱的贝叶还是漂亮的海星,她们的示好都无法打动他,父母的催促在他就是耳边风,他今天才追问自己的内心:他的心灵深处到底发生了什么?!

是的,无论他多么不愿承认:曼陀罗——那个奇美又怪异、狠毒又冷酷的女孩占据了他的心。

趁着夜色,他匆匆戴上了他的面具,就那么浮出海面,来到了人类世界。

幸好夜色正浓,街道上并无一个行人。他飞似的跑向那个他曾经熟悉的宅邸,看见那个他曾经恨之入骨的美丽妖精正在血泊里挣扎着。——曼陀罗从楼顶跳下来的时候并没有立即断气,她还活着。

让他惊讶的是：她脸上的那个曼陀罗花的印迹，正在一秒钟一秒钟地消退！他突然感到——那也许就是她生命的体征！他突然觉得，他能救她，这在那一瞬间，他想出了一个匪夷所思的法子——

曼陀罗做梦也没想到，她生命中最后的景象，竟然是一个似曾相识的年轻男人，那个男人好像非常悲戚，那个男人的黑眼睛里汪着泪，那个男人说："曼陀罗，我得到海王的召唤，赶来救你。"

头上流着血的曼陀罗轻轻张了张嘴，曼陀罗说我认出你来了，你是百合的哥哥，你想怎么救我呢？

那个男人的泪水溢出来了，那个男人说你知道吗？你脸上的那朵曼陀罗花正在消失，那个印记也许是我们生命的共同的体征，现在，我把它给你，我也许可以替你去死。

眼睛已经被鲜血糊住了的曼陀罗呆了一呆，竟然发出一阵弱弱的笑声："你真可爱，傻孩子！你把我感动了。你让我知道，原来这个世上还有人爱我。可惜我爱的不是你。……我记得，曾经答应你妹妹，要在她的婚礼上送给她一件特别的礼物，你知道是什么吗？如果方便请你告诉她，在我死去的九九八十一天，打开我的陵墓，她就会得到那份独一无二的礼物……别傻了，趁着天还没亮，赶快回到你的世界吧。要不然，那些讨厌的人类又会找你的麻烦……"

这是女孩曼陀罗留在世上的最后的话。

海百合王子紧紧地抱住这个正在慢慢变得僵冷的身体，泪如泉涌，他亲眼看着那朵曼陀罗的标记一点点地离开她的脸颊，他用自己的眼泪揩干净她的脸，那张脸因为没有了那青色的标记而显得异常干净和美丽。她是个美丽的女孩子，太美丽了，他舍不得放开她——直到东方现出第一丝曙光，海王亲自用一阵强烈的风把他卷走。

直到这时他才朦朦胧胧地感觉到，他与这个女孩的前世渊源，也许就来自于那些人类祭拜月神时供奉的曼陀罗花——有一瓣沉入了海底，镶嵌在了他的脚下，而另有一瓣儿，镶嵌在了一个女孩的脸上。

3

　　她们仍然约在老地方——那个法国餐厅——尽管法餐已经由于价位太高而变成了大众化的"王品牛排"。

　　暗淡的灯光下，天仙子的皱纹依然清晰可见——她真的老了，百合在心里哀叹：从初次见到她到现在，她的变化实在是太大了！她再不是那个美貌性感绝顶聪慧的女作家，而是个半老的妇人了。——一个心地单纯的人，真是经不得精神摧残啊！

　　天仙子的自我感觉倒还不错，见到百合，她觉得自己混乱的思维一下子清晰了，她有了安全感，一直憋在胸中无法直言的话突然以诗意的形式涌了出来，令百合目瞪口呆。

　　天仙子说，我们从小被教导要追求真理，可是我现在倒是觉得，从现实出发，还不如学习如何制造比真理更合逻辑的谎言呢！那样的话大家都会轻松得多。

　　天仙子说，我一直都忽略了一个问题，那就是：在我们这个城市中，权力就是一切，我们这些没有权力的人，还是老老实实恭恭敬敬地向权力鞠躬吧。

　　天仙子还说了些令人费解的话。她说别爱这个星球，这个星球早晚会灭亡。别爱城市，这个城市不久就会破碎。别爱人民，人民不过是一些恐怖的大多数。别去看你小时候经过的小溪，不然那水里出现的脸肯定会让你自己吓一大跳！当然，也别爱男人，别爱女人，甚至……甚至别爱自己的儿女，。说到这里明显地哽咽了一下，然后接着说，总之除了自己谁也别爱，不然，不然的话会受重伤！内部所有的脏器都会被毁坏，就……就像我现在这样！……

　　天仙子终于无法忍受，痛哭起来。照百合看来，她哭的样子至少比刚才说话的样子好看得多。

　　不知过了多久，天仙子的哭声才渐渐平息。百合一直沉默着，她知道自己现在所能说出的所有话都是废话。

然而，她的内心并没有沉默，她的内心在翻江倒海——她想起那个不寻常的夜晚，当詹发现了她的违约时的痛心疾首。当时她不但没有认错，反而得寸进尺地请求，请求詹允许她把那个奇妙花朵中的关键段落录下来，以作为终审中的关键证据，詹当然不会同意。詹惊异地看着她，詹说：你疯了。

　　天仙子的哭声搅扰了她。

　　天仙子的泪水是涌在心头的血，是压在地壳下的岩浆；天仙子是人类仅存的硕果，因为她具有敏慧、优雅、怀疑的心灵，一直在探索着善与恶，到现在刚刚明白，人类恶毒的智慧在这地球上无以复加。她刚刚明白，应当使用模棱两可的词句，而把明晰的词句丢给词汇收容所。她刚刚明白，只有享有话语权的人才享有判断力。她刚刚明白，这个时代的幽默也已经变成了谄媚者的幽默。她刚刚明白，人们如此热爱死人，只有当人死后才能获得一丝真情——她心爱的女儿曼陀罗就是最好的例子。

　　但是她明白得太晚了。

　　在天仙子的泪水中，百合下了一个天大的决心。

　　在痛哭之后，天仙子终于出示了一张有价值的纸条：上面写着：

　　　　爸爸，请你离开那个女人，过去，她抢走了妈妈的爱人，现在又抢走了我的靠山。她是个恶魔。女儿绝笔。

　　百合想，这就是了，这一定就是那天晚上看到她惊恐万状的时候写下的那几行字。

4

　　已经被停职的老虎陷入可怕的境地之中。

　　整夜整夜地，他无法入眠，他想不通，为什么那么多贪婪的人得不到惩治，而他，一向清廉、只不过偶尔犯了一点小错，而这小错尚未实现，他便永远失去了董事长的信任，便彻底丧失了进取的机会！

一开始他恨百合。都是因为这个生瓜蛋子！联合那两个傻B小骡和番石榴把事情搞砸；然而当他得知，那个诱他入瓮的科幻美女又回到了董事长的床上，他内心的火焰才真正燃烧起来。他花钱请了私家侦探调查那个女人——那个钱是很贵的，但他不吝一掷千金——因为此事还不仅仅关系到他本人的名誉，更多的是他无法忍受被一个女人玩弄了自尊！老虎的自尊在圈内是有名的，为此，他多年来宁可禁欲也不愿染指任何绯闻，连他认为极其安全的天仙子，他也是适可而止，及时鸣金收兵。

他自认为很会"闻香识女人"，没想到却栽在了这样一个女人手里，而这个女人竟是董事长的情妇！

他曾经怀疑其实是董事长玩的试探把戏，后来两三个回合下来，他又觉得事情远不像他想象的那样。事情比他想象的复杂得多。"比人还精"的老虎第一次在"人"的面前一筹莫展了。他吃不下睡不着不愿见人形同软禁，成天围着的他的那些人也似乎在一夜之间消失殆尽，让他明白了人情冷暖世态炎凉虎落平阳被犬欺的滋味。这对于一个一向惯于发号施令前呼后拥运筹帷幄决胜千里的男人来说，简直比死还要痛苦！

一切都归罪于那个女人！他恶狠狠地想。真是智者千虑必有一失啊！早知如此，宁可跟百合那个生瓜玩点儿柏拉图，也别沾这个腥啊，早就知道世上没有免费午餐，怎么还会犯这种低级错误！这么想着，倒是觉得这世上还是那个稀有的生瓜小百合可爱，虽然有时候也能把人气得要死，可她心里干净，从不藏污纳垢，用不着想起前辈领袖"以革命的两手对付反革命的两手"的教导，用不着那么累。

老虎起来喝了口酒，然后竟然咕嘟嘟地大口喝起来，这些时他频频买醉，偶尔清醒的时候，他会自言自语喋喋不休，他会下意识地打开冰箱，用手指撕着放了好几天的熟肉，酒就在好久没刮的胡子上滴淌，他会面对镜子扯下脖子上的金链子，突然想起那个科幻美女，就在这面镜子前解开她的头发，拿一枚玳瑁梳子，慢慢地梳那头黑油油的长发，然后往裸体上喷洒 CD 香水。她的乳房很像他现在用的酒杯形状。在那段时间，老虎竟然第一次拿起了菜篮子，因为那个女人不喜欢到餐馆吃饭。

菜篮子仍然在那儿，那上面还放着几只洋葱。椅臂上还有一只长袜，一件压皱的衣裳，那是她留下来的，有时她会撒娇地把脚丫放在他的脸上，他的脸会感觉到她脚趾的柔嫩和温暖，他会因她的脚而心安。

午夜的敲门声迫使老虎放下酒杯，他踉踉跄跄老大不情愿地去开门，他真的没想到，来的是个年轻女子，不是那个科幻美女而是百合，确切地说是长大了的百合。长大了的百合竟然如此美丽，他惊讶地发现其实她比那个科幻美女要美得多！因为她的美透露出一种生动与真实，老虎透过醉醺醺的眼睛，看到百合坚定凛然的神态。百合说老虎你愿意在高院为天仙子作证吗？

这时黎明初起，老虎看到在微光中，那只菜篮子正在慢慢被晨光撕毁，镜子前面慢慢出现闪着玫瑰色的紫金，他分不出是阳光还是珠宝照花了他的眼睛，但他明白：长夜将尽。

5

百合再度返回摩里岛的计划没有告诉 B 城的任何人。她在得到老虎的书面证词之后就买了机票，直奔摩里岛。当她来到雷米餐吧的时候，小骡和番石榴已经坐在那儿等她了。

她记起和番石榴第一次见面的情景，那时她把番石榴想象成一个深不可测的女人，可随着接触她渐渐了解，番石榴实际上是个再简单不过的女孩，不过是虚荣心比较强、生活上比较随意罢了。番石榴无论和酋长或者阿豹睡觉的目的只有一个，那就是想上戏，想当女一号，除此之外，番石榴每天的事情也就是接接长发、做做手腊、装装假睫毛，外加偶尔做做 SPAR，电波除皱、光子嫩肤什么的，再就是大 MALL ON SALE 的时候去买点打折的时装，如今又学会了上淘宝网，网上有一项叫作"全球扫货"，番石榴扫起货来可不含糊，遇上 A 单，做的以假乱真，什么香奈儿、范思哲、阿玛尼、普拉达……所有一线大牌子番石榴都买了，花的钱还不到正品的万分之一，番石榴乐此不疲。

想想也怪可怜的，从曼陀罗那时候起，番石榴就为了上戏和酋长睡觉，接着，又为了上戏陪侍阿豹，可万没想到铁定了的女一号又中途砸锅了，现在的戏小骡是编剧，多少年都没追上番石榴的小骡如今立即成了香饽饽，在她眼里，连小骡的翻鼻孔都成了成功者的特征——小骡对此受宠若惊。

百合觉得自己变坏了——她正在利用番石榴的弱点达到自己的目的，尽管这目的是为了救一个朋友，但她心里依然觉得不那么光彩。

百合直截了当地说：番石榴，明告诉你吧，虽然现在老虎被撤了，阿豹还关在监狱里，可我依然是项目负责人。董事长对我的信任依然如故。所以如果你要争做女一号的话，首先就要帮我做件事。

如她所料，番石榴立即忙不迭地眨着那双安着假睫毛和美瞳的大眼睛，忽闪闪地说："百合好姐姐，你说吧，我听你的。"

阳光直射下来。百合和番石榴小骡之间有一张桌子，桌子上有三只玻璃杯。百合看见小骡的肘上皲裂的皮肤碰着闪亮的桌面，她不知道那桌面是什么质地的，只能看见那上面甚至能映照出番石榴精心脱过毛的腋窝，以及她下颏阴影的轮廓。她从倒影中看到一滴汗珠在番石榴那微微翘起的唇上慢慢变大，大得好像要滴下来……百合突发奇想：如果我要突然掀翻了桌子，这两个人会怎么样？这么想着她忍不住微微地笑了，笑得对面坐着的两个人莫名其妙。

看着那两个人惶恐的神情，百合觉得时机已到时，她神态坚定地盯着番石榴，一字一字地说："去吧，找到阿豹，想办法让他为天仙子出庭作证。"

"……可是……"番石榴的声音里已经带了哭腔。

"没有什么'可是'，你只能完成任务，不能讲任何条件。"百合把钱扔在那闪亮的桌面上，起身走了。番石榴看见那钱里还裹着一张纸条，上面写着：爸爸，请你离开那个女人，过去，她抢走了妈妈的爱人，现在又抢走了我的靠山。她是个恶魔。女儿绝笔。

钱和纸条裹在一起，倒影像是一团休眠的海百合花，无法伸展。

百合走进餐吧的盥洗室，面对镜子细细地端详自己的面容，然后拿出一点简单的化妆品修饰——她是从不化妆的，可是今天，她知道自己面临着一次重大的人生转折——詹究竟是否能够原谅她，她心里真的没底。假如詹不能原谅她，她真的不知道自己是不是能够承受那种突如其来的痛苦——她只记得临别匆匆，詹又痛苦又生气，她来不及解释也来不及抚慰他。

她慢悠悠地、一点点地勾勒着自己美妙的唇线，回忆着那令人销魂的初吻。可是镜子里出现了另一个人的脸——那是一张不合时宜的脸。她没有转身，如今她沉静多了。她只是看着镜子里的那个壮硕的男人，那个男人的嘴巴开始动了，男人说对不起，尊敬的海百合公主，从一开始我就知道你的身份。我没有阻拦你和詹，是因为我知道你们将会有一段因缘。但是现在这段因缘结束了。这起因正是由于你——你违反了摩里岛的古老规则，这规则是示巴女王亲自制定的。詹不会原谅你了，请你走吧。

百合这才优雅地转过身，双目直视着这个健硕的中年男人："请问酋长先生，这番话是你自己的，还是代表詹的？"

那个男人怔了一下，马上抖动着厚嘴唇，清晰地说："当然代表我自己，但同时也代表我们古老的摩里岛，我是有权力说这些话的，我是摩里岛最古老家族的酋长。"

"我知道你的口才很好，还有偷换命题的才干。譬如，你刚才回避了我的另一个问题：是不是代表詹。你说你可以代表摩里岛，但我想你决不可能代表詹。"

"是的，我不代表他。"酋长的脸上突然浮出一丝古怪的笑容，"詹自从继承王位之后，很少有时间接见我们了。不过公主殿下可能不大明白摩里岛的制度。摩里岛有着世界上最为人性化的制度，那就是，人民有权利拥戴一位君主也有权利废黜他——假如他以权谋私、置摩里岛神圣的祖训于不顾的话。"

"你在威胁我。"

"我从来没有也从来不想威胁你，亲爱的海百合公主。不过我想提醒你，你现在其实已经同时违反了两个世界的规矩。你违反了海底世界的规矩：把迷药传播到了人类世界；同时你又违反了人类世界的规矩，违反了我们摩里岛的规矩。我劝你悬崖勒马我的殿下，否则，你会在劫难逃！我说得是真话，到了那时候，就谁也救不了你了……"

百合微微地笑了："尊敬的酋长先生，由衷地谢谢您的劝告。但遗憾的是，我已经走向了一条不归路。这点，我自己心里比什么都清楚。可是没办法。我不能停止。我不能眼睁睁地看着我自己真心喜欢和敬佩的人垮掉，她应当是我进入人类世界的第一位老师，我不能袖手旁观，何况，这远不是她一个人的问题，这是阻止人类世界迅速堕落的一个重大步骤，我要帮她打赢这场官司，无论她的对手背后站着什么人。我要向世人证明，权力和金钱并不是唯一的！这个世界上，还有正义！还有灵魂和律法的精神！这是上天向我们馈赠的纯洁无瑕的礼物，这是神恩。"

那个健硕的男人显然是被震撼了一下，他嘴角边的肌肉痉挛了一下，一直带着讥讽目光的眼睛慢慢垂了下来，然后轻轻摇了摇头："殿下，你这番话让我非常感动。不过，这番话除了文字方面的意义，什么也没有——你中那本羊皮书的毒，实在是太深了！"他深深地鞠躬，默送百合离去。

6

眼见着只剩最后一节，天仙子却一个字也写不出来了。

她在扉页上写道："仅以此书献给我的爱女曼陀罗。"可是一想起曼陀罗，她的手就会发抖。书中的文字就会变成白色，晃动着一点点褪去，她很希望女儿托个梦，告诉她所有发生过的事，但是没有。

　　每天，她似乎只能闻见一股腐朽的气味，她想那是她自己的。不然，怎么会所有人都在躲着她？她那么深爱的前夫，怎么会远离她，跑到另一个女人的怀抱中去？！她的女儿是骄傲的，看起来冷漠自私，可只有她知道，女儿一直以来都在故意折磨自己，在自虐——女儿一定是受够这个世界了，她不再想看到人类的脸，

　　天仙子自以为彻悟了一切，可她的问题是依然无法摆脱思念，对女儿的，甚至对前夫的。那么深深伤害了她的丈夫，她却依然在担心着，他究竟怎么样了？听说他是坐监了，而且是由于携带毒品，她知道前夫是不会这么做的，一定是有人陷害。

　　天仙子站在阳台上面对黑暗的天空，觉得死神就站在身边，恐惧不再是精神的，而是完全物质化地控制了她，她觉得恐惧就藏在脊椎骨下面的什么地方，从那个阴冷的地方慢慢升上来，在颈椎处打着旋儿，好像有个耳语在说：不要睁眼，不要睁眼——像是听见了相反的命令，她猛一睁眼——什么也没有。就在这时候，窗帘慢慢地掀动着，是风，她想。曼陀罗也许根本没想死，就是被风卷走的，完全是个偶然事件。

　　可是那个耳语般的声音突然放大了："赶快烧掉你那倒霉的羊皮书吧！立即撤诉！否则后果不堪设想！"

　　是女儿的声音！天仙子的恐惧已经升到了头顶，她面对黑暗尖声叫着："曼陀罗，是你吗？你没死对吗？你出来啊，妈妈想死你了！……曼陀罗，你在哪儿？！"

　　"我不是什么曼陀罗。不过我可以告诉你，百合来自另一个世界，为了你，她现在面临危险。希望你以大局为重，如果再次开庭，希望你主动撤诉！"

　　声音不大，但是铿锵有力，不容置疑。

　　天仙子猛地关上阳台的门，把自己锁在黑暗里。但是那声音不断地回响，一直钻进她的脑子里，引起剧痛。

　　她看见自己的家转瞬之间呈现出地狱般的景象，她倒在地上，想抓住什么东西，只有窗帘是她抓得住的，那丝绒般的手感如今变

成了满手芒刺，天仙子痛得号叫起来。这是个疲惫不堪的夜晚。阳台外面的 B 城照样灯红酒绿。天仙子突然明白，那种腐臭的味道其实是时间的味道，时间就藏在这座城市的躯壳里，变成了见证历史的干尸。

是了，她在疼痛中想，早就觉得那孩子不属于人类世界，果然是的。可我怎么烧羊皮书啊？唯一的一本就在那孩子手里……不不，我不能认输，这是我活着的唯一理由了！

她猛地打开窗，直面窗外的黑暗。

她用尽全身的力气向黑暗叫喊：不，我不撤诉！我不撤诉！！！！

7

百合久久注视着天空，盼望海王星的降临。

让她伤心的是，御花园里那些可爱的动物们，再也不和她亲热了。他们看见了她就远远地离去，在很远的地方，用警惕的眼睛来观察她。

百合盼着海王星的降临，是希望他能给自己一点新的能量。她的能量，已经快要用尽了！

最重要的，是希望海王星暗中的保佑。她有生以来第一次感到了害怕——怕失去她的詹，她全心爱着的人。

原来爱是这样的！过去她多么看不起那种人类之爱啊！比起爱情来她更热爱自由，可是现在……她等的时间越长她也就越绝望——她明白自己违背了摩里岛的祖训，不但害了自己更害了詹，詹一定在元老院接受着最残酷的批评和惩罚，她的心一点点地揪了起来——为什么世界总是把人逼向两难？！为什么宿命永远要把一个人的初衷改造，让他在困境中变成一个他完全不愿意做的另一个人，假如他不能用一种很漂亮的自欺方式找到解释的时候，那么他的死期也就到了！动物的态度已经给了她警示——詹不会原谅她的，不会的，还有最可怕的是——他不再爱她了！

她靠在那株凋谢了的月亮花旁拼命睁大着眼睛，她知道，她稍一闭眼就会睡着，也许再也无法醒来。她看见月亮小小的像一块蛋白石。她恨它，也许正是因为它的存在，海王星才不敢贸然出现。可是……慢着……，她看见那块小小的蛋白石长大了，长大了，变成了一座巨大的冠冕，然后她看见月亮花慢慢地绽放了，花影背后，是那张亲爱的脸。

她扑上去，自己同时也被紧紧地裹住，她觉得肉体完全不是自己的了，嘴唇和眼睛里的光影迅疾地闪现和变幻，分不清是她的，还是他的，她觉得自己就像是一只受伤的小狗在钻向一个避难所。她钻啊钻啊，总觉得还不够安全，还不够热。他们狂热的吻就像是神界的金镞箭，箭箭都射向了靶心，月亮花盛开了，一朵朵地雪花般地落下来，淹没他们，他们在花朵中寻找着对方的一切，也许爱情本身便是犯罪的基督，但是他们同时中了魔咒，无法自拔。罪吗？是你的还是我的？秘密吗？是你的还是我的？！

詹把戒指套在百合胖乎乎的手指上，戒指闪亮的奇光冲天而起——海王星终于升起来了。

可爱的动物们终于怯生生地围了上来，为他们祝福。

詹亲自打开了月亮花的水晶片，向百合坦白了自己所有的秘密。

然而，詹犯了一个巨大的错误——他忘了，热恋中的情人是不能坦白的。

百合呆了。

百合在一片祝福声中，把戒指扔还给了詹，夺路而逃。

第十七章

1

最高法庭上，法官们如同纸糊的偶人一般显得可笑而机械。光线从天窗上洒下，照着原告、被告、律师和证人。我突然觉得这一切都很滑稽。

胜诉是必然的，老虎亲自赶来作证和阿豹的亲笔证词，最关键的，是来自那台奇异花朵中的神秘录像——当时我试了很多次都失败了，最后还是詹出了个主意，反时间顺序，倒着录——这样匪夷所思的方法竟然成功了！我心里明白詹会为此付出巨大的代价，但是当时我并没有感谢他，因为他向我坦承的一切让我感觉到一种突如其来的痛，假如不是因为官司的事分心，我当时就会崩溃。

好了，我们还是把场景转向法庭吧。当时我出示的这一段录像震惊了所有的人，包括泰山压顶不眨眼的法官，每临大事有静气的铜牛，甚至那位科幻美女本人。

她抬起眸子，深深地看了我一眼，就是那一眼，我竟然感觉到了迷炫，一股散发着毒气的香雾扑面而来，我几乎站立不稳。不过我仍然站住了——我知道我已经为人间的这些烂事消耗殆尽，我觉得自己是在用最后的能量与邪恶较量。

也许我当时的脸色十分惨白，以至于老虎悄声问我："你还好吗小百合？"我没回答。假如是以前，我的易感的心又会感到一阵小小的温暖，但现在没有，我觉得自己的心正在变得冷硬。

法官的判决已经是顺利成章的了——这是终审判决。令我想不到的是，那连 LV 也遮挡不住肥肉的铜牛，竟然走上前去，狠狠地扇了那个科幻美女一个耳光！

这一个耳光打得山摇地动，那女人晃了一晃，竟然一瞬间打回原形——又变回了那张凡俗的脸，那个时尚杂志副主编的脸，那个藏在人丛中悄悄发短信陷害别人的小狐狸脸——铜牛嘴里痛骂着："……你这个臭婊子！臭婊子！！你骗了老子！你竟敢骗老子说，你是为了博得老子的爱才去忍痛整容的，才去学习写作的！感动得我眼泪哗哗的！他娘的你学个屁！原来你一直都在骗我，一直都在骗我！！你和你的那个奸夫串通一气在骗老子的钱。我问你，你到底骗了我多少钱？！到底多少？！到底多少？！！！……"

假如不是法警们下死劲地拉住，罂粟当场就会毙命。我看见罂粟的血从她的鼻孔里流出来，是黑的。那黑血沾上什么，什么就会突然像被强硫酸烧了似的，铜牛 LV 的裤脚被烧了一大块，假如他不是当场把那条价值连城的裤子脱下来，那么就极有可能发生危险。法官大惊，匆匆宣布闭庭。人群顾不上看铜牛滑稽裸露出来的肥白的大腿，蜂拥而出。黑血不断漫延出来，凡不小心踩到的，鞋底就会烧成窟窿。

我被人群拥挤着，裹胁着，出得法庭的时候，外面的天色竟然已经暗了，我努力寻找着海王星。不，不对啊，有什么地方不对！如果我没记错的话，现在应当是下午 5 点，以现在的仲秋季节，暮色不会在这时降临，可是我看见天空越来越黑暗了，就像一个巨大的罩子慢慢往下压着，天空上云层翻滚，好像黑色的海啸前的海浪，一浪浪向上狂扑。

狂浪突然变得腥味扑鼻，呵……那里面杂了腔肠动物的体腔，所有博动的经络和软组织，所有坠落的躯体，慢慢在乌云中粉碎，我的呼吸变得困难，所有的贮水槽都汪着黑色的血——我奋力仰头，却看不见海王星，但是在我重新低下头来的时候，最恐怖的事情发生了——人群不见了，四周一个人影也没有。只有一条黑色的血，用快于时间的速度，紧紧追踪我。

我知道——那是罂粟，我毁了她的一切，她是不肯放过我的。

我拼命地跑向大海。

我要马上回到我的世界！天哪，是世界末日来临了吗？为什么空旷的街上空无一人？空气中那种罪恶的遗香缭绕不绝，难道人们都被熏死了吗？！

黑血像一条锋利的线笔直地追向我，海王星始终没有出现，天空有的只是暴怒的乌云，我向他们挥手求救，得到的却是海啸一般的低吼。

暴雨突然倾盆而落的时候，我看见了海岸线。

海岸线边的岩石变成了锈色，跃出海面的巨大蓝鲸竟被巨浪拍成了粉末。我向着大海高喊："快让我进去！快让我进去！！！我是海百合公主！我回来了！！——"

可是没有人回答我。

我蓦然想到是面具！人类的面具还没有摘，我竟然糊涂到了这个份儿上，不摘人类的面具就想进入海底，那怎么可能——可是，老天啊，我的面具怎么也摘不下来，人类的面具，我再也摘不下来了！！

妈妈的话就在耳边："记住，你在人类世界，依然要保持自己纯洁的心灵，要用善良和悲悯对待一切，甚至恶行。不然，你就再也回不来了。"

"为什么？妈妈？"

"因为在那时候，你的面具就再也摘不下来了。"

天哪妈妈，你的话不幸应验了。我的面具的确是摘不下来了，它长在了我脸上，它长上去了，成为我身体血肉的一部分，是因为我没有用善良和悲悯对待恶行，而是以恶制恶吗？！天哪天哪！可是妈妈，难道你能看到恶人施恶而坐视不管吗？！

我违反了神界的规矩，同样也违反了人间的游戏规则。我现在就站在海天之间——海天茫茫，却没有门向我敞开——那一条利刃般的黑血，离我越来越近，越来越近了！

2

死亡不可避免。

倏忽间，我的心反而沉静下来。我不再狂奔。我站住了。尽管那浸满毒素的黑血已经离我不到一米远，我不再怕什么了。没有什么可恐惧的，没有什么可遗憾的。表面上我只是帮了一个女人，一个我热爱和崇拜、表面风光实际让人心疼的女作家，但最主要最实质的，是我伸张了正义，我没有错。

对我没有错，对着海天相接的黑色，那些滚在一起的乌云和黑浪，我竟然开始唱一支歌，这支歌不是我们族类常常唱的"啊索米亚啊你多么美丽……"而是我们在月圆之夜唱的"啊，木·堂卡尔……"

当我唱到第七句的时候，奇迹发生了——突然间，风息浪止。海平静蔚蓝，美如湛玉。天空的云迅速退去，露出近于紫罗兰色的奇幻之美。淡黄色的月亮剪纸一般贴在了空中，简直不像真的——这种突然的安静让人生疑——好在一只海鸟飞到了我的肩膀上，悄声告诉我："它们是在听你的歌声呢，谁不知道海百合公主的歌声会醉倒整个世界，可是你不要停下来，你看，那黑血正绕着你转呢！"

是啊，自上古时代，每到月圆之夜，我们就会浮出海面歌唱——当然我们很少会唱本·堂卡尔这样的歌，因为前面已经说过，本·堂卡尔便是湿婆神的别称。虽然湿婆神生于海上，与海王交往甚笃，并且是他把神圣的迷药配方告诉了海王。但是现在我一无所有——面具摘不下来，而戒指又不在身边，尽管我相信，他们全体都认出了我，但他们谁也不敢接受我——因为，正如人类法庭常常发生的那些事一样，明明知道那个人就是凶手，他却可以在全世界眼皮底下安然逃脱——因为证据不足。

然而我知道我的歌声把他们打动了。岂止打动了他们，我的歌声还召唤来了一位远方来客，他是詹。

詹的到来比世界末日的景象更让我惊奇。直到他走近，直到我闻见他身上那种清洁而独特的体味之前，我都一直认为，他不过是个幻象。

　　月光下詹的脸依然很美，依然是男人那种很干净很简约的美。我不知道说什么才好。他走近我，诚恳地说："小百合，我现在是平民了，上次给你看的，都是过去的荒唐事，早已了结的，正是因为那件事，我才感到绝望，才把戒指扔进了海里——你原谅我了吗？"

　　呵……且慢！他为我放弃了王位！可是……"詹，"我听见自己的声音很平静："你想过没有，如果我不原谅你呢？那么你放弃了王岂不是很可惜？！"

　　詹的一双透明的眼睛直视着我："我想过了，没有什么可惜的。你不会不原谅我，因为我读得懂你的心。"

　　他温柔地抬起我的手，把戒指套上我的食指，他的眼睛一直没有离开我，他说："让天空和大海为我们作证吧，就在这里。"

　　戒指的奇光一下子直冲天庭，把天幕上暗淡的星星都照出来了，我看见海王星躲在众星之后，依然犹犹豫豫地不肯出来。

　　但是那股黑血包围了我们。

　　詹不再犹豫，他动作神速地打开那个戒指的暗盒，把所有的迷药都倒了出来，倒在了那股向我们漫延的黑血上——

　　黑血突然直立起来，化成了人形——正是那个科幻美女，她全身都是暗器和血，面目狰狞，她扑过来的时候姿势优美如同一只黑色的大蝴蝶，美丽而恐怖——且慢，这种样子我是见过的！曼珠沙华！是彼岸花——曼陀罗没有见过却画过的那幅画！——那是黄泉路上的花啊，难道我和詹的生命就要完结了吗？！

　　詹紧紧地护住了我，迷药的芳香与黑血的毒气同时散发开来，海和天再度动荡起来。我知道，詹已经准备与我同归于尽——如果海底的迷香无法战胜这片土地的毒素！

　　也许那种气味过于强烈，尽管我消耗掉了所有的能量，依然没能挺住。

　　原来死亡是这样的：苍穹上，一颗星灭了。然后又是一颗星。

星星们一颗颗地暗淡下来，变黑了，就像手术室的灯一盏盏地变黑了，没有医生，看不见医生的病人是多么绝望！

只能看见整个的天都慢慢变黑了。雪白血红的曼珠莎华变成了一个巨大的遮天蔽日的罩子，慢慢地向我压下来。

曼珠莎华的血滴在了我的脸上，是陈旧的血，有奇怪的酸味。

全黑了，如同一个巨大的环形屏幕，全黑了，我还有意识，我知道自己正在死去，正在进入另一个令无数人害怕的世界。

奇怪的是，我不怎么害怕。

没有什么詹，只有我自己。

是的，当死亡降临的时候，只有我自己。

3

其实我从来没想到还能回到这个世界。

这不是因为上帝的仁慈，而是由于：另一个世界也不接纳我，那个世界的统治者又把我给甩回来了——瞧，我可真是个姥姥不疼舅舅不爱、招人嫌的主儿。

可是我终于知道，死过一回的人，就什么也不怕了。

我不是亡魂，我不过是死而复生而已。

我在海边。头上是炙热的阳光，岩石的尖坡被晒得滚烫，海湾的斜坡和闪闪发光的海螺贝壳，还有峭壁边人类的船只。黑色的血没有了，有的只是清洁的海滩。我跪拜、亲吻大地，远远的一个孩子穿过物种的迷宫，从遥远的岩洞入口处向我们走来，那里是一片含磷的茂密森林。湿草把我从污泥中洗净，我怔了很久，好像不记得自己此刻是谁，过去又是谁？！我把脸贴在沙滩上，听见海底世界是一片狂喜的鼓声。

我很快恢复了记忆：

胜诉是必然的，老虎亲自赶来作证和阿豹的亲笔证词，致使这位化装成科幻美女的罂粟小姐彻底败北。

并没有录像的证明，自从詹向我坦白了他的过去，我就扔还了他的戒指，走出了他的后花园，再没回去。

法官的判决已经是顺理成章的了——这是终审判决。可当时出乎所有人意料之外的是，穿一身 LV 以遮挡肥肉的铜牛，突然挑衅式地在法庭宣布："我要告诉大家的事，我准备斥巨资投拍《珍珠传》，作为我们这个国家的年度巨献。我正式宣布，我们这部戏的女一号，经过激烈竞争，确定为我们美丽性感的粟儿小姐，今天的裁决，完全无损于我们粟儿小姐的形象，相反，还能为我们这部划时代的电影加分！"

铜牛的话不幸言中。

当天，A、B 两城所有的传媒便争先恐后地报道了关于粟儿竞演女一号成功的消息，那个官司不过成为了一碟微不足道的佐料，甚至，有几家颇有影响的传媒说，这个官司不过是铜牛老板为了炒作自己的电影的一场预谋而已，还有一家大媒体说，这是铜牛与那个倒霉的女作家天仙子的共谋。

官司之后不久，粟儿一行开赴摩里岛，其气派与当年的戴安娜王妃、摩纳哥皇后完全可以打个平手。铜牛亲自率队表示对粟儿的力挺，浩浩荡荡的队伍刚一出关，小骡和番石榴便敲锣打鼓地前来迎接，小骡照例堆着一脸媚笑，带着千年媳妇终于熬成婆的侥幸与狂喜，推着行李车，两条小短腿儿捯腾得飞快，勉强能够追得上番石榴那踔着模特儿步的长腿。粟儿走在最后，梳 S 头，穿绣金狸香云纱旗袍，瞪着一对科幻片中美丽而无灵魂的眼睛，似乎还有受尽委屈之后深藏的无辜。几个专业型男做了碎催，跑前跑后地围着她转，张罗。她却没有看见一样，直线式地追随铜牛那肥胖的后背，出了海关。自然，在走路的时候，她没有忘记在目不斜视的同时，有意扭出髋骨和胴部的弧线。

番石榴悄悄噘着嘴，对自己女二号的角色表示不满，这是一个始终吃女一号醋吃了五十年的无魅力女人，周围的男人无一不围着女一号转，连自己的丈夫也不过是身在曹营心在汉而已。可是为了争这个角色，我们的番石榴倒贴着卖了多少次身？酋长、阿豹、小骤……但是番石榴忘了，在这个时代，光舍得一切还是远远不够的，要学会讨价还价与人交换，要学会策划于密室，点火于基层，要学会阴谋阳谋一起玩，用阳谋掩盖阴谋，阴阳结合刚柔相济以静制动以柔克刚，必要时还要韬光养晦卧薪尝胆明修栈道暗度陈仓，来到B城这几年，我可是真的长学问了，瞧我连用的这十来个成语，原先是最被我瞧不上的陈词滥调，可现在我恨不能把这本羊皮书中描述的孙子兵法三十六计供在神龛上，给它烧香磕头——且慢，那也没用，那些东西好则好矣，但还是有一定规则，B城坏就坏在没有规则可循，如果你讲规则，那你就完了，不但会被同行耻笑还会很快被软封杀，你的话筒莫名其妙地发不出声音的时候你才知道自己的话语权已经丧失了，你只好重新适应被雪藏的生活，等你好不容易适应了之后，这个时代已经将你遗忘，英明的大众再也不会接受你的名字。你的过去被热捧的一切主张都在人民大众那里找不到任何历史的痕迹。你最好得失忆症。如果你不幸有很好的记忆力那你就必须准备速效救心丸硝酸甘油什么的，以免你的心脏承受不住突然的打击。当然，即使你学会了承受，然后自我宽慰地学习古人的急流勇退装出本来就很淡泊很蔑视名利的样子，每逢到书店便买上一堆如何保持健康长命百岁的书，然后每天敲百会敲合谷敲胆经做瑜伽跳街舞做八段锦打太极拳，但是这一切都无法阻挡你心中那隐隐的痛——为什么那个什么都不是的人被誉为托尔斯泰二世，而你，却活生生地被冷藏到老到死?!——这一段话其实很适合天仙子的心思——她心里一定在想，为什么在开研讨会的时候B城所有顶级的评论家都在揣着明白装糊涂，把那个科幻美人捧到天上——他们是明明知道她在剽窃！因为他们比B城所有的人都更了解天仙子的创作，天仙子的每一个句式每一个用词他们都是熟知的，难道他们仅仅就为那几千块美元就出卖良心吗？恐怕还不尽然——这里还有两相比较的结论：天仙子美虽美矣但显得正气浩然，首先浩然正气便被B城的文人骚客所鄙视，何况天仙子还有一种与生俱来的高贵与骄傲，这便更不能容忍了！大家都是蝼蚁你凭什么长出翅膀?!蝼蚁们当然要群起而攻之，要咬掉那翅膀置之死地而后快，高贵与骄傲是 B 城人最不能容忍的，就是神仙 MM 也得扬她一脸土才舒服，何况只是个女作家而已！在 B 城的男人眼里，这样的女人怎么能比得过粟儿那一身腥臊味呢?！那种腥臊多么亲切触手可及，都变成亲戚老乡乡里乡亲的还有什么不好说的话呢？你骄傲吗？你不是骨子里看不起我们吗？我们就偏不买你的账！我们就要捧红又美丽又腥臊又和我们乡里乡亲的亲戚粟儿姑娘！我们就是要孤立你天仙子，雪藏你，直至你什么也写不出变成一个白发苍苍的老妪，最好早点得帕金森综合征，让我们这些当年被你蔑视的人也看看你颤颤巍巍的丑态！

　　——瞧，B 城男人的心理我看得多么清楚，何况天仙子！我怀疑她其实早就看透了一切。自打曼陀罗去世之后她一直延续着她搜集灯泡的癖好，再也不写一个字。我临来摩里岛之前去看了她，意外的是她很镇定。她家里被各种各样的灯泡所占据，小到如同蚊蝇，大至只能拆开才能占据整整一间房……，不能不承认，有些灯炮美得匪夷所思，但那又有什么用呢？是的曼陀罗给她留了一笔钱，勉强够她度日，可是我悄悄咨询精神病专家的结果，是这种奇怪的癖好是典型的强迫症，精神病中的一种，我暗暗为她担心，但又不知道说什么才好。她依然用搜集来的各式灯泡来搭建她的建筑——那座建筑——曼陀罗的灵柩居然成了 B 城最美的建筑——以至于那些本来坚决要阻止她的行为的警方竟与要死要活非得拆掉她的建筑的老年秧歌队起了一点冲突，警方竟然在无意间保护了这座建筑，以至于后来由于一个偶然事件的发生，警方获得了最高当局的表彰。

4

　　你现在一定明白了，我也来到了摩里岛，与粟儿女士和铜牛先生同乘一架客机，只不过我略略做了一点化装——化装成了一位伊斯兰中年妇女，一路上我严谨地蒙着黑色的长袍和面纱，只露出两只警惕的眼睛。

看来他们事先已经与詹沟通过了，因为他们来到此地，就住在了索罗瀑布附近的一家超五星级 HOTEL。开拍那天人山人海，好像整个摩里岛的人都来了似的。导演竟然变成了小骡！——小骡终于在屡屡受挫之后出头了！真是可喜可贺！小骡煞有介事地大张着那一对圆圆的大鼻孔，对着屏幕叫了一声：开拍！

只见两台摄像机的机位牢牢对准了饰演珍珠的粟儿。不得不承认粟儿是个天才演员——这第一场戏便是珍珠与第一个恋人阿哲相遇，当时珍珠要被卖到马尼拉做妓女而被当厨子的阿哲相救。阿哲从抽屉里发现了一丝不挂五花大绑的珍珠，亲手为珍珠解下了绑绳，珍珠生平第一次获得人的待遇，忍不住热泪盈眶。

本段戏在铜牛先生的坚持下，珍珠由一丝不挂变成了可以享受比基尼，其实此举令我们的导演与女一号内心深处都有一丝隐隐的不悦：在导演就不必说了，小骡做导演是在此前铜牛来摩里岛考察后决定的。在卡西诺，小骡以当年陪伴老虎的十倍精神，通宵达旦地陪伴铜牛先生，并且砸锅卖铁地掏腰包以补赌资，以此终于换取了导演的头衔，正想享受一下意淫美女的乐趣，但是好好的一段裸戏就这么被遮蔽了。在粟儿，自然更是如此，她正想向全世界的观众展示一下自己那性感不让玛丽莲·梦露的胴体，谁知被这个老家伙活活封杀。

我太了解这个女人了，她一定在心里发誓：她一定要有自己的钱，自己的公司，一定要做控制者而不是被控制者——一句话，她要做女王而非王后！而在她通往女王的阶梯上，她其实还需要阿豹——尽管阿豹为了他那该死的女儿做了大不利于她的证据！

当时男一号阿哲的手刚刚碰上珍珠的胳膊，珍珠的科幻型大眼睛里就浮现出了一层泪水，阿哲是小骡在摩里岛土著里面挑的，长相实在不敢恭维。小骡在摩里岛挑演员继承了阿豹的传统：对那些成百上千前来报名的少男少女群众只问一句话："你们家是干什么的？！"

小骡智者千虑，万没想到这个毫不起眼甚至有点对眼的阿哲竟是莫里亚酋长的独生子！为了扫平在摩里亚拍摄的一切障碍，小骡立即敲定：男一号就是阿哲！阿哲是男一号的不二人选，有如粟儿是当仁不让的女一号一样！！

小骡还真是有点大智若愚的意思，自从敲定阿哲演男一号之后，一切都顺风顺水，莫里亚可以当摩里岛半个家，这是每个摩里岛人都心知肚明的。

小骡给了科幻珍珠眼一个够长的特写镜头，然后喊了一声停——夹板一打，一条就过了，围观的人们都鼓起掌来——真是一个美好的开头啊！铜牛在一旁笑着，抖动着脸上的肥肉——美好的开头应当有一个美好的结尾才对。

我当时就站在现场，站在人群里，严密地蒙着面纱和长袍。没有一个人注意到我。

5

我很快便意识到自己错了。

有一个人，其实一直在注意着我，确切地说，他在监视着我。

这时，他粗壮的手指轻轻拍了一下我的肩，从那手指的力度我已经判断出来——他是谁。

莫里亚酋长对我的态度大变，他十分严厉地警告我，我必须离开。并且限定在三日之内。假如我不走，将被宣布为不受欢迎的人，被永远驱逐出境。

我直视着他，不语。也许被我的目光看毛了，他接着说："公主殿下，您一定在想，我们的詹国王的态度。对不起，我要直率地告诉您，由于您上次的鲁莽与无知，已经触犯了我们摩里岛的法律，谁也救不了您。包括詹。由于您的过失，詹的王位几乎不保，是我在元老院做了大量工作，力排众议，才挽狂澜于既倒。现在我代表摩里岛王室向您宣布一个在您看来是残酷的决定：詹，不会见你了。他的婚戒，将会戴在另一个好女孩的手上。

我淡淡地笑了一下——我也不知道自己是如何飞速成长的，我现在变得似乎比人类还要狡猾和无情："亲爱的酋长先生，这倒激起我的好奇心了，请原谅我的好奇——那么谁将是这位幸运的新娘呢？"

莫里亚似乎怔了一下，然后很快地说："亲爱的海百合公主，这似乎并不是您该关心的事，您似乎更应当关心自己的处境。"

"如果我不走呢？"

"我说过了，我们会采取强硬的措施。"

"您真健忘。您似乎很清楚我负着怎样的使命。"

他突然狂笑起来："我就知道您在黔驴技穷的时候会说这个话，但是很遗憾，您在违反人类规则的同时也背叛了海洋世界，现在您的世界似乎并不欢迎您，不信，您可以看一看海王星的态度。

我们同时仰起脸，海王星正当空。我手上没有戒指，我的戒指已经在上次与詹相遇的时候交给了他。当时我们谈定，再一次相遇，便是我们订婚的日子，那时他会亲手把那枚神奇的戒指戴在我的手上。然而，后来一切都变味了，詹向我坦白了他的过去。而且，就在他坦白的时候，那朵可怕的花瓣就指向了他所说的那个时段，一切都在我的面前重演了——那么纯洁美好的詹，竟变成了镜头中一个贪欲的、昏惯的男人，就像是 A 片中那些种马似的男人，不停地做着同一个让人恶心的动作。

是的可以说是那三个妖女诱惑了他，他被那些恶毒的迷药所惑，昏昏然不知今夕何夕，可是我想起来仍然要吐，但是同时又似乎能听到詹那几近绝望的声音："小百合，请你原谅我……要知道，正是因为这个，我才对人类的女性绝望，转而向大海求婚的啊！……小百合！小百合！！……"

詹的呼叫就在耳边，但是我无法把现实版的他与镜头中类似 A 片男优的他合而为一。他为什么要告诉我这些？！他为什么要向我坦白？！一切本来都是很美好的啊！

英明的所罗门王的后代，为什么愚蠢若此？！

一切纷繁矛盾无法解决的难题搅乱了我原本单纯的心。我的心在痛，羊皮书里动不动说人若失恋，心便会流血，我就是这样，我知道我的心在流血。为詹。也为天仙子，为曼陀罗。为番石榴……甚至为老虎阿豹小骒，大家都在挣扎，连那个似乎无往而不胜的罂粟，不也是以忍受整容术巨大的痛苦、牺牲个人名誉、把灵魂出卖给撒旦为代价，才侥幸赢得一个角色吗？

这一切，太可悲了。

逃掉吧，远远地离开这一切，回到深海世界，继续过我那平静而安逸的生活。但是，我深知，我的人类面具已经深深地长在了皮肉上，成为了我肌体的一部分，再也摘不下来了。

海王星默默与我对视，无言以对。看到莫里亚幸灾乐祸的眼神，我突然开了口："啊索米亚啊，你是多么美丽，每到曼陀罗花开的时候你就会来到这里……"

我听见我的歌声穿透了云朵，穿过了所有华丽和残破的墙，砸在那些茂盛和枯萎的树上，那些树纷纷倒下，一片狼藉，孔雀石的山峦在向我深深鞠躬致敬，在悬崖的碎石下，群鸟投入海湾半透明的水中，海獭在摩里岛海岬的浪中打滚，不时露出鳍状的手，像是在向我欢呼，水汽弥漫的谷底托起珊瑚的艳红，而高大壮硕的莫里亚酋长，竟然在我面前慢慢地融化！！

不，我不埋怨。我爱我的命运。假如我能挽回时间，我一样会选择为正义而战。哪怕像羊皮书里提到的那个什么普罗米修斯，为人类取火，不惜接受宙斯的惩罚，被吊在山崖上被鹰啄伤肝脏。

我继续唱，天空慢慢暗淡，当最后一缕光线从天幕上消失，我才发现自己变成了唯一的发光体，哦，不，是那朵月亮花正在映照着我，我变成了她的反光。

我努力含着就要喷涌而出的泪水，向那神奇的花朵走去。然后，我在一片张扬的枝桠背后看到了那一束深情到了辛辣的目光。

詹在这儿。我们的再度相逢十分平静。许久许久，我们一直沉默。但是不听话的泪水一直在流。我听见詹加入了我的歌声。合唱中又不断加入了许多新的声音——那是随他而来的众鸟、众兽、众鱼、众花，后来星星和月亮也加入了我们的合唱，在一片天籁之音中，詹单膝跪下，郑重地为我戴上了戒指，戒指发出奇异的光芒，与海王星的光对接，成为耀眼的光的集束。

很久之后，我在他耳边悄悄地说："我做了个梦，梦见你为我放弃了摩里岛的王位。"

他深深地看着我："这不是梦，这是真的。我已经是平民了。上天，入地，随你回到海洋世界，或者就留在人类世界，一切听你调遣。只要你原谅我，只要……我们能在一起。"

我不知说什么好，只觉得那本羊皮书中所有的人类语言都过于苍白，无法表达我此时此地的真实感受。——我和詹在所有方面都是一致的，除了一点，那就是：对待恶，究竟应当以恶制恶，还是大悲悯式的观照。这一点上，我们谁也说服不了谁。詹只是温和地说："百合，你还太年轻，假以时日，你会同意我的说法的。"瞧，他和我妈妈当年的口气一模一样。

我们的泪水，从我们以为本来已经枯萎了的心底深处淌出来的泪水，使刚才破碎的一切复活。我亲眼看见树的残枝、墙的断垣、崖的碎石重新拼接，比原来更鲜活，更生动。

尽管如此，海洋和天空的大门始终没有向我们打开，过去与未来都消失了，我们的一切变成了无始无终的现在。

尾 声

罂粟急于想摆脱铜牛的控制，悄悄趁拍摄间歇的时候去摩里岛的监狱去看阿豹。没想到被迈着猫步的番石榴追踪而去，录下了他们之间的全部对话。

铜牛暴跳如雷，几巴掌把罂粟打回原形，如同百合梦中所见。取消罂粟的女一号自然顺理成章，番石榴终于如愿以偿，再一次过上女一号的瘾。

然而《珍珠传》出来之后，根本没有通过审查，所以本来准备票房大胜的铜牛听到的只是该片由于导向问题，无法安排上院线，直接进库房的悲惨消息。

阿豹获释之后拒绝再与罂粟有任何形式的联系，他开始认真地为一家电影公司打工，从场记做起，发誓要做成一线大导演，最后与巨龙一争高下；罂粟再度到韩国整容，结果出了纰漏：鼻子竟像迈克尔·杰克逊的鼻子那样，好像随时要掉下来，罂粟一怒之下把整容医院告上法庭，其间再度整容，终于死于麻醉意外；老虎另谋高就，凭借自己的才能很快爬上公司高层，他惊异地发现为自己的一部戏干场记的正是过去电影学院导演专业的高才生、天仙子的前夫、罂粟的情人阿豹，于是火线提拔阿豹当了执行导演，挽救了那部形将就木的片子；金马出道之后，一直占据主流，直至官拜三品。现在虽然已经过了退休年龄，但一直是老骥伏枥志在千里，烈士暮年壮心不已。永远在享受着华服美食宝马香车的同时做忧国忧民状，积累渐丰，可惜没有嫡传亲子继承，这才偶尔想起那个怪异的侄女曼陀罗——假如她不死，或许可以获得他金马的一份财产。不过还是老婆了解我们的金大编，夫人说：咳，你不过也就是想想而已罢了，要是她活着，你防她还来不及呢！说得我们的金大编十分恼羞成怒；比较惨的是小骡，为了拍《珍珠传》他几乎搭上了自己的全部积蓄，运用了自己全部虽然是十分有限的智谋，结果是赔了夫人又折兵，本来还能让他泡泡的番石榴彻底归了人家，他现在身无分文，在摩里岛给土著打工又令他万分屈辱，正想着干脆去 B 城发展，听说现在 B 城已经是个国际化的大都市了，只要是人才，就不会被埋没，而小骡坚信自己是个人才；最戏剧化的是天仙子：自女儿死后她再不写一个字，而是以积攒灯泡为业，然而让谁也没想到的是，她用灯泡构建的那座曼陀罗的坟茔，竟然越来越大，越来越奇特，成为这座城市无法替代的一道风景。而且里面渐渐散发出一股异香——正是这股异香吸引了前来访问的伊丽莎白女王，她久久地站在这座由钨丝灯泡构成的建筑面前，直到华灯初上。她决定以大英帝国的国宝来交换这件艺术品，当然，首先她要见见这位创造了如此奇绝艺术的艺术家。

见面的那一天，B 城的一位重要官员陪同了天仙子，天仙子身着丧服——自打女儿死去后她便一直身着丧服，话很少，声音很低。但越是这样越引起女王的好感：因为这个城市的人一般都是话很多，声音很高，譬如旁边那位官员，声音大得简直就像是在吵架，假如不是为了保持礼貌，女王真想当场戴上耳塞。女王无视那位官员想引起注意的手舞足蹈，直接对天仙子发出了邀请。

女王走后，最高当局经过简单的合议，同意了女王这一交换计划。然而无论怎么做工作，天仙子都不愿意拆除这一建筑，她说，她不愿意惊扰女儿的魂魄，更不愿意女儿的灵魂流亡到异国他乡，并且断然拒绝了最高当局的高规格接见。事情陷入了僵局。

然而，就在交换计划应当投入实施的前一天，天仙子突然改变了态度。她点了头。B 城的官员恨不得集体向她下跪，立即组织全部人力物力投入到这项巨大的迁移计划之中。奇怪的是也就在那一天，那股异香突然消失，大家小心翼翼地摘下每一个灯泡，按照总工程师的指点分别把灯泡装入每个特定的匣子里面，每一个灯泡外面都包裹了厚而柔软的海绵状物体。大家都怀着巨大的好奇，想看看最里面的曾经是美丽小姐的尸骸。

然而所有的人都失望了——当最后一层灯泡被摘下来的时候，大家人头攒动，屏住呼吸——但是什么也没有，里面空无一物。

谁也不敢说什么，大批守了一夜的娱记收起家伙悻悻而返。也有人偷拍了几幅天仙子毫无表情的照片，以头版娱乐新闻发表，标题是：《女儿遗骸不翼而飞，母亲无语面容沮丧》——静候着大消息的人们全都沮丧无语。

但是紧接着的接二连三的消息使天仙子一下子红遍了这个远东的国度，甚至整个人类世界：灯泡坟茔的展览令整个西方震荡，来自世界各地的大牌艺术家们跪拜在这座伟大的艺术品面前，久久不肯站起。最荡魂摄魄的是：其间天仙子还做了一件匪夷所思的事：为了收集1920年的灯泡，她跳进伦敦某小镇的地铁里，摘下了一个老式灯泡，但她并不知道那线路是串着的，所有地铁的灯泡瞬时熄灭，地铁在瞬间瘫痪——这一振奋人心的消息登上了全世界顶级媒体的头条：行为艺术家的行为艺术令整个世界瘫痪！

这一消息惊动了人类世界艺术最高奖的评奖委员会，天仙子以绝对压倒多数获取了最高奖——那颗女皇王冠上的宝石，那顶让无数人惦记的、垂涎欲滴的桂冠——尽管她年龄资历都不够，并且，她不过是个写小说的，完全不是什么艺术家，收集灯泡纯属个人爱好——但评奖委员会决定为她破格。

消息传来，B城沸腾，无论如何天仙子也是B城人啊，B城生B城长的，B城当然有理由为她骄傲。老虎立即率领残部重新为《炼狱之花》立项，尽管这部小说没有完成，但正好可以提供一个开放式的结尾，问题是和天仙子无法联系，只好委托出访大英帝国的官员去谈版权问题，并且一次性地托他转交大量英镑。已然后悔不迭的阿豹决定尽自己全部的心血来执导这部由前妻创作的巨作，他给自己提的要求是：不但要创造票房奇迹，还要问鼎世界电影最高奖，以此来表达自己对妻女的愧悔之情，以完成自我救赎。

在 B 城一片沸腾的时候，摩里岛附近一个临海的小渔村却是异常安静。这里的一对年轻夫妻过着简单而快乐的生活，他们在天、地、海的交界处，是因为他们与这三者都有着一点联系。他们的门前，种植着一株独一无二的月亮花，如今月亮花已经长成了月亮树；而围绕着月亮树盛开的，是美丽的藤蔓式的曼陀罗。

据说，这里原本只有他们一家人，现在却已经俨然成为了一个渔村，这是由于这对夫妻专门收容那些被世界抛弃的人，有人预言：这里早晚会建立一个新的王国，进入这个王国的人群，会永远享受公平、青春、自由、友谊和爱，永远不会老去。

对了读者，你猜对了。这一对夫妻正是百合和詹。而你猜不到的是：正是百合在迁徙曼陀罗坟茔的前夜，说服了天仙子，她们共同寻找曼陀罗遗骸的结果，是找到了一枝美丽的曼陀罗花，当时它散发出异香，几乎让她们醉倒——百合知道，那正是曼陀罗关于九九八十一天的承诺。

百合的面具在不知不觉中消失了，她现在可以自由地出入海洋与大地。在这个王国里，所有人都裸脸示人，没有面具。

偶然地，在月圆之夜，临近的村落会听到断断续续的欢笑声，有人曾经远远地看到，在月亮下面，人神共舞，那里有穿着鼻环的美女，有文着脚心的青年，还有戴着冠冕的王……那时，不知从何方漂流而至的曼陀罗花会围成一个闪闪发光的坛场，然后，会有歌声响起，那歌声伴随着无可抵挡的香气氤氲，让整个宇宙都醉倒了……

真正的尾声

假如一切都如同上述，那么就太美好了。

上面故事的结尾，不过是我为了自我欺骗虚构出来的。

它是个乌托邦，地地道道的乌托邦。

这个故事真正的结尾，远没有那么美好。

现在，我——海百合，就在海的堤岸上坐着，面具长在了我的脸上——它再也摘不下去了。

海洋与人类和亲的计划，彻底失败了。

我不禁想起那本该死的羊皮书上说的一些话，那是天仙子收录的一个叫摩菲的人的话，鬼知道到底有没有这个人？

他说，万物皆比表象难。

他说，可能会出错的地方定会出错。

他说，如果有好几件事都有出错的可能，定会出错者就是可能造成最严重损失的那一个。

他说，铁定不会出错的事一定会砸锅。

他怎么这么聪明？难道他事先知道我在人类世界的际遇吗？！

最精彩的一句应当是：面包掉地时，黄油一面朝下的概率与地毯的价格成正比。

几天之前，我刚刚听说詹国王大婚的消息——他娶了虽然脑残总算还是善良的番石榴为妻，我可以想象番石榴戴上月亮花戒指的情境。

不过，我这块倒霉的面包还是给詹这块昂贵的地毯留下了印迹。

我的双腿貌似悠闲地荡着，脚尖在撩拨着海水。海洋世界不让我回去了，人类世界又没有我的安身之处，我该怎么办？

我再不是海百合公主了，我现在不过是个普通的人类，一个再普通不过的女孩。

一个海生物死去了，一个人类诞生了。

我仰望天空，好像突然发现了真理：

云在天边徘徊，而天空是永恒的。

我把羊皮书扔进了海里，海水只是泛起了几道涟漪，然后就无声无息了……

好在，我还年轻，我在人类世界的道路，还刚刚开始——是我自己悟出的路，而不是羊皮书里的那些戒律。

是啊，那个摩菲好歹还算说了一点希望，没有完全绝了人的念想：

他说：凡事耗费的时间都比原先料想的长。

这让我想起20世纪B城一个重要人物曾经如此回答关于战争取胜的真谛：熬。

现在世界留给我的，只剩下这一个字了……

2006 年 6 月动笔于北京

2008 年 11 月集中写作于香港国际作家工作坊

2009 年 3 月完成于珠海

2009 年 4—5 月修改于北京

2009 年 10 月修改结尾于北京

中国式假面舞会（代跋）

戴潍娜

迄今为止，世世代代的作家们都在运用各自的秘技为世界磨镜，建立有关特定时代特定社会的各种隐喻；与此同时，时代风尚如同柏拉图洞穴中石壁上的幻影，负责提供镜中世界和隐喻的食材。依此推断，生在当代中国的作家是幸运的——此刻的中国提供了前所未有的怪象乱象、腥味儿辣味儿、各色调料颠鸾倒凤。然而，与启发并肩而至的是迷惑、更深的迷惑。五色调料终乃伤身伐命之物，抓不住时代的原生原味，作家的幸运会轻易被迷惑耗散殆尽。

抵御迷惑，最高明的手法是制造迷惑。徐小斌深谙此道。她的长篇小说《炼狱之花》，据说就是"尝试着给一部充满当下社会流行语的魔幻小说注入灵魂"。她在后记"魔幻的筐与现实的果"中自白："它似乎更适合改编一部长篇动画，介于宫崎骏的美好明亮与蒂姆波顿的黑暗诡谲之间……它的语言完全不是之前那种藤蔓式的，而是冰片式的直截了当，有的地方直接用了一些网络流行语，这也是我在这个已经改变了社会游戏规则时代的一种尝试。"

"已经改变了社会游戏规则的时代"，同时也在塑造和改变着镜中的寓言。《炼狱之花》是在全球网络霸权背景下诞生的一部小说。说它是讽刺寓言或成人童话，都难以概括它对现实七寸的击打。

Facebook 创始人扎克伯格曾妄下断言，世界因网络社交而愈加透明，而"世界的透明度将不允许一个人拥有双重身伤"。这种对未来的幻想实在太缺乏民族性。相较之下，徐小斌对 20 世纪 90 年代开启的互联网革命的哲学精义有更为清醒的把握，对之后中国社会风向标的时代转向有更为切肤的体味，她因而拥有足够的历史资源与创造力在长篇小说《炼狱之花》中提供一则精辟贴合的隐喻——面具。

在哪里结束，就是哪种文学

小说肇始于一个神话般美妙的前传——

"数千年前，每当月圆之夜，月神降临，人类社会把曼陀罗花撒向大海，向大海乞求爱情。数千年后，一个绝望的青年把一枚戒指扔向了大海，他说他是在拒绝现实中的异性，向大海求婚。"

两个世界的对抗与和解，成为整部小说最重要的背景设定。海王接受人类的邀约，一心推进海底世界与人类世界的和亲计划，重任由此落到了一个至为纯洁的姑娘身上。海王派出了美丽的小公主海百合，去到人类社会寻找戒指的主人。为了行走于人类社会，她必须戴上一张人类的面具。在挑选面具时，海百合妈妈的一句话耐人寻味："人千万不能长得毫无瑕疵，那样会很可疑，也会很可怕。"最后，妈妈为海百合挑选了一张很一般的面具，祝她步上平稳安顺的中庸之道。这张面具就此伴着海百合在丑恶虚伪的人间行走，每当她回到海底世界，摘除面具都会令她痛苦流血，付出代价。当海百合终于日益谙熟人类社会的游戏法则，日渐掌控了自己在人间的命运时，她已浑然不觉自身的改变。当小说描写她最后一次回到大海故乡，惨烈的一幕发生了：她脸上的面具再也摘不下来了——海百合违反了神界的规矩，同样违背了人间的游戏规则，她同时被两个世界所抛弃。面具，亦成为里尔克《杜伊诺哀歌》中"没有填满的面具"。人性和神性在这里都出现了缝隙和挪移，天人之辩在当代获得了新的释义空间。

小说中，海百合来到人类社会的第一份职业是在一家影视公司上班，作者不无辛辣地把场景和话题瞄向了她熟悉的影视界和文坛——在这两个光芒聚焦，觥筹交错的名利场上，永不熄灭的是中国式的假面舞会。在奔涌的写作中，徐小斌以她天赋异禀的视觉、听觉、嗅觉，全力投入到这场中国式的社交中来。《炼狱之花》向世人展现的是一场异常盛大绚烂的假面舞会。舞会的选址是大海、月下、摩里岛；舞会上的颜色是珊瑚、珠贝、番石榴、罂粟、曼陀罗的异色；舞会上的芳香是紫罗兰、忍冬花、鸢尾花、铁线莲、野玫瑰的异香……作为画家的徐小斌用她独特的文字为我们画出了色彩斑斓的迷醉人间，然而，种种华丽不能掩示作为知识分子的徐小斌所拥有的优秀的问题意识，也即对托尼·朱特口中"存在着根本性谬误的时代"的质疑和反思：用价格来判断价值，作为一种通行的规则，它善吗？公平吗？正确吗？面对集体性的堕落，用善良和悲悯对待，还是以恶制恶？逃避是否也拥有其积极一面的意义？现代普世价值是否能比原始宗教信仰带来更好的社会？

这些现世又古老的问题，在小说中段往后开始逐一涉及，各种回答的声音交叠回响，复杂的作家勾引复杂的回答。《炼狱之花》的结尾运用了先锋的手法，给出了多种结局，孰真孰假，全凭读者择选。在历史文本的研究中，选择历史文本的终点就是选择其历史角度，换句话说，在哪里结束，就是哪种历史。这在文学当中，我想同样适用，在哪里结束，就是哪种文学。终极关怀以及对社会、对人性挖掘机式的拷问使得这部长篇小说在迷人的灵魂之外又获得了一种严肃的灵魂。

未曾料到的深刻关系

影视剧中有时会出现角色的"抢戏"，小说文本也不例外。《炼狱之花》中的女一号海百合是一个与众不同的"又胖又漂亮又纯洁又厉害又不谙世事又爱享受的小可爱"。可通读下来，占据读者心头最紧要关岬的却是女二号曼陀罗。她一出场就震惊四座，"天仙子的女儿曼陀罗从出生起左脸颊上就有一块青记，那是一朵曼陀罗花形状的青记，乍看起来像个倒扣的杯子"，她的气质则"介于妖孽与天使之间，让人看了害怕"。她给看客们留下的第一印象极端恶劣，她会在座席满满的电影院里放声大哭，以打断他人间的默契；她会在父亲偷情、母亲被第三者羞辱时露出幸灾乐祸的表情。无论如何，她铁定是个大反派、坏女孩，读者皆要置之死地而后快。然而，随着情节发展，形势日新月异，曼陀罗与海百合结成了一种秘不示人的关系。这样一个大恶之人，却有着非同寻常的献身精神，她为了炼制迷药，不惜踏上危险的旅程；她可以像爱奴一样百般侍奉海百合，一次次被她拒绝仍死不悔改。曼陀罗寻找迷药那一段描述得奇幻入骨：

曼陀罗于是毫不犹豫地踏上了危险的旅程。她坚信随着神的指引，她会找到这种奇异花朵的诞生地，而一旦找到，她也就会顺理成章地找到这种特殊的迷药。

曼陀罗决定用最省钱的方式环游地球。她坐最廉价的火车和灰狗，从一个城市转到另一个城市，她听惯了车站地板上小孩的哭声，看惯了布满皱纹的脸上的哀伤，有时一觉醒来，正躺在某一个国家展翅的纪念铜像下面，这时候她就会向路人要一颗烟，深深地吸上一口。

她找不到丝毫迹象，每当她绝望的时候，她就会在自己的手腕上拉一道浅浅的血痕，学着中世纪巫婆的方法，把血涂到丛林的叶子上，试图从叶子上找到什么咒语。有时她会租辆车，开进实验室附近的停车场，从车里偷窥白色实验室里那些神秘的器具。有时候她会认错房子、街道或者楼梯，透过钥匙孔窥视，发现每间一样又不一样的厨房。饿极了的时候，她会按响门铃，用古怪的神情向站在面前的人要一块面包吃。

她的足迹冻结在很多国家的很多条小路上，脸上的那块青记更加明显，她索性就那样裸脸示人，接受雨滴的鞭打。她有时会睡在废弃的工厂里，可是有一次，她看见一个士兵拿来一桶汽油，另一个准备点火，她跳起来，用风一样的速度跑开了，她刚刚停下来，就听见身后巨大的爆响。

那是深夜，她觉得自己很可能迷失，她穿过被遗弃的果园，葡萄园和长满荆棘的堤岸，靠着萤火虫的小灯笼和飞过的流星照明，听见下面急流吼叫，有崩落的雪和着阴冷的硫磺的颜色滚滚而下。

终于在冰天雪地里她看见了一列火车停在车站。而月台上空空如也。

而最为惊人的是：她的一切不择手段不是为了利益，而是为了逃避。"多年来，我无法接受我存在的地方，我只觉得我应该活在别的地方，活在别的人群里，我一直想应当有一个地方，那儿有真正的树木、大海、声音、友谊和爱情。"曼陀罗身上体现的是一个魔鬼的天真。

汉学家顾彬在谈到很多中国当代小说家如高行健、余华、莫言的长篇小说时，说他们都有一个毛病，就是作品中"女性的问题"，过于凸显女性的生理特征，忽略了对女性心理、人格的塑造。他认为"五四"时期的男作家所写的女性有灵魂，让读者同情，而当代的男作家写女性则只有肉体没有灵魂。像曼陀罗这样叫人吃不透、恨不来、疼不起，充满矛盾和极限的女性形象，在当代文学的人物画廊中，可谓稀缺。她身上随之而来的两段诡谲的关系，进一步让她成为了一个令人迷惑的"异数"。一方面，她对海百合的百般宠溺服膺，类似地狱对天国的向往；另一方面，她与百合哥哥脚心的一段纠葛，残酷至极又纯洁至极。曼陀罗为了炼制药引，软禁了左脚掌上有同样胎记的来自海底世界的脚心，且一遍遍用刀子从他脚上旋下青色的曼陀罗胎记，令其生不如死。最后甚至残忍地切掉了他的左脚。残疾的"脚心"被海百合送回海底后，这个悲戚纯真的男人却"没有一天不在想念那个曾经百般虐待他的无情无义的女孩,以致拒不婚恋……他追问自己的内心:"他的心灵深处到底发生了什么?!"曼陀罗死期将至,脚心得到感应,他再一次来到人类社会,情愿代替这个百般伤害自己的女孩去死。青色的曼陀罗花,是他们共有的生命体征,是牵引连结他们的神谕,是前世不尽的渊源。最终,曼陀罗拒绝了他的牺牲,催促他赶快回到属于自己的世界。

笔者曾私下问过作者,这样的情节发展是否在她的预设之中。作者坦言,这是写作过程中收到的意想不到的礼物。21世纪的小说创作与19、20世纪最大的区别可能就在人物的塑造上,现代派和后现代派们格外看中作者对故事及人物的控制力。然而最深刻的关系往往隐藏在那些放手的瞬间,在那些内在的呼啸里。小说家也需要停下来,警惕一种彻底性,不随便殖民化自己手中的人物。

与"有灵魂的女人们"相对应的是一群"无灵魂的男人"。徐小斌小说中的男性形象普遍矮小(《天鹅》例外),多是说大话用小钱,宁喊千声有不喊一声无的俗世小人。《炼狱之花》中的几位男主角,老虎、阿豹、铜牛、金马、小骡等都以动物名称命名。作者在"阅读须知"中提前布告,"取此等姓名无任何意义,凡有与现实相似之处,纯系巧合"。

形而上的世界,抑或昨日的世界

海百合的故事令人不由想到安徒生笔下的小美人鱼。海百合离开海底世界,以爱情之名,孑然一身前往险恶的人类世界,她唯一的信物是一枚雕有神秘花朵的戒指。这也是一枚柏拉图在《理想国》中写过的盖吉斯之戒——它背负的光明一面是信诺,隐匿的一面是诱惑。最重要的机关在于,戒指里藏有海底世界的迷药,纯洁化身的海百合由此成为了迷药的第一个携带者,亦成为了终极越界者。

这里的迷药当然不是鲁迅先生的"药",但若将其仅仅理解为毒品或欲望的代言，则是对作者致命的低估。迷药，更多折射出的是不同力量的博弈——这个世界从来不止由一种能量所掌控。小说中描绘迷药是被海水和月光浸泡过的花朵制成的迷香，然而只有最纯洁的人才有资格使用，若落到不洁之处，则会引发纵欲和毁灭。所谓物极必反，迷药是两个世界相交织的一点，却代表了决然不同的两极。人类社会不言而喻，小说中所写的海洋世界隐隐映射出茨威格《昨日的世界》中那些旧世界的面孔和灵魂。昨日的世界，对于欧洲而言是两次世界大战以前的维也纳、巴黎；对于中国而言，是五四、民国，最近的旧世界则可回溯到八九以前。徐小斌在小说中反复哀悼贪婪的今人对旧世界的侵略：

"海边从前是树林的地方现在变成了工厂和瓦斯槽，夜的芳香没有了，我必须捏住鼻子，海面带有油污、氯和甲醇化合物，当然还有粪、尿与死去的精液。一定有人造的着色剂毒死我们世界的鱼。"

这不是一个环保主义者单纯的小清新的思虑，它有着更深切的历史回望。在《炼狱之花》中，两个世界不是简单的二元对立，亦不是线性关系上的前脚后脚，而是通过奇幻建构达成的共生与对抗，冲突与求和。不要忘记，真正的意义是由主体间的关系和态度最终构成，接下来，到底要用这迷药温柔地与世界相处，抑或粗暴地对待现实世界，这是作者以及所有思考者需要面临的抉择。如同汉娜·阿伦特论述的黑暗时代里生活的人民，小说中人类社会的个体们被遮蔽了长远视力，只关心私人利益"以达到与他们同伴的相互理解，而不考虑他们之间存在的世界"。那些来自海底的精灵们，由于见过更好的世界，因而更能轻灵地飞越各种界限，挑战法律、秩序、规则，甚至道德观念。当对中国式的昨日世界的缅怀，被虚拟提炼成童话式的存在，徐小斌对现世的反讽也获得了更具审美意义的回音。

期待光明，更期待黑暗

有趣的是，《炼狱之花》中的人物天仙子在写一本新书，名叫《炼狱之花》。正是这个女作家天仙子，在女儿曼陀罗死后，决意"用双手塑造一个属于自己的光明和美好"。她用世界各地收集来的各种灯泡为女儿建造了一座灯泡坟茔，她的行为艺术一度导致伦敦地铁瘫痪，世界瞬间漆黑。

这是光明与黑暗的辩证法，也是徐小斌偏爱的表达。她对黑暗的挖掘从不手软，她期待光明，更期待黑暗，就像辛波丝卡诗中所云，"我偏爱混乱的地狱，胜过秩序井然的地狱。"

那么，就在混乱的地狱中继续跳舞，直到摘下世界的面具。

后记　社会游戏规则已然改变

2009 年接受天涯社区专访

（以下天涯社区简称天涯　徐小斌简称徐）

天涯：您能用一句话描述一下您是个什么样的人吗？

徐：我是那种从小就逆反心理和好奇心极强的人，小时候不招大人喜欢，长大了不招领导喜欢，这就是我。

一直对"公平"二字心向往之。看到法国大革命时期，公平和自由成为了一个人的基本权利，我为此深深感动；但是直到现在我才明白，真正的公平是不存在的，上帝那儿都没有公平。

天涯：《羽蛇》被很多人定位为"女性主义文学"。北大的戴锦华教授写了两万多字的评论，她讲课时候给学生说："你们要研究女性文学，就看徐小斌的作品。"一直有一部分人认为《羽蛇》是女性写作的经典，至今未能超越。

徐：《羽蛇》到现在为止已经有几百篇评论了。在这十一年中不断的有各种硕士、博士、博士后用它做题目来诠释所谓女性主义的写作。

当然这都是批评家的说法，至于我自己，没想这么多。的确，多年来我研究女性心理，有点心得。因此写作时也就喜欢写各种女人深藏的内心隐秘，但这只是我写作的一部分。细读我的作品都会发现，我的小说，特别是长篇小说中，都会写到历史、政治、经济，甚至自然科学等方面，在这些方面我下的功夫比较深，就是为了增加作品厚重的程度，而不仅仅单纯是女性写作。

当然有几部小说可以归类为女性写作，最典型的就是《双鱼星座》，确实是女性立场、女性视角和女性话语。而《羽蛇》就不能归类为女性写作了，虽然写的是一个家族五代女人的命运，但它囊括的东西似乎更多些，包括它的指射和一些深度的隐喻。

我个人倒是觉得戴锦华教授的那句话更中肯些："尽管徐小斌的作品在令人目眩的泼洒的浓重色块、多向的丰富的知识（荣格、海洋生物学、博弈论、密宗佛教或上古神话，等等）与奇异的异地间回旋，但笔者倾向于将其读作关于现代女性、女性生存与文化困境的寓言。毫无疑问，徐小斌的作品不仅仅关于女性，从某种意义上说，它关乎于整个现代社会与现代生存。"

天涯：严歌苓曾经为台湾版的《羽蛇》写了一个东西，她认为羽蛇是"高档次的文学精品"？"同样是勇敢的对情欲的挑战，《羽蛇》所体现的审美价值，以及思考和情愫，都是高贵的。"

徐：有这么回事。歌苓说她"非常在乎高贵与低贱之分"。我不太敢这么说，因为高贵这个词在中国当代已经很陌生，很被忌惮了。

不过奇怪的是，我发现了一个问题：热爱此书的读者众多，但也有不少说看不懂的，奇怪的是看懂看不懂不能以知识层面或者年龄层面来分界。有很年轻的八〇后的孩子，可以谈出很深刻的感悟，我感觉到他们完全读懂了，不但如此，还有无数网上的自发评论，有些没有受过高等教育的人，他们都读懂了；而另一方面，有的资深评论家却说看不懂，尤其在视角转换方面，他们说很难读。后来我才发现，这本书的受众还是分人的，所谓物以类聚人以群分吧。我不敢说高贵不高贵，只想说，这本书是写给有灵魂的人看的。

天涯：您感觉这种精神在中国当下是什么状态？

徐：毫无疑问，我感觉到这种精神是中国当下被排斥的。其实我现在已经很麻木了，但是再麻木也能感觉到这种排斥。现在是全民娱乐的时代嘛，娱乐至死。

天涯：那您有非常痛苦的时候？

徐：我在2005、2006年经历了一次非常痛苦的蜕变，在之前我心里很踏实。觉得自己坚持的一切是有价值的，我应该怎么样，不应当怎么样，我应该毫不犹豫地放弃什么，心里都有个准则。

天涯："痛苦的蜕变"是指否定了自己之前坚持的东西？

徐：不是否定，是对自己的强烈质疑和对整个人文环境的质疑。这种强烈的质疑得不到答案，那时候真的很痛苦。我第一次感觉很恐惧，我对这个世界充满恐惧，我忽然觉得这个恐惧不是精神层面的恐惧，是物质化的恐惧。每天一到黑暗降临的时候，那种物质的东西就像冰凉的蚯蚓一样沿着我的脊椎往上攀爬，我就觉得"它又来了，它又来了……很恐怖，将来我要把这种感受写成小说。

天涯：2005、2006年的蜕变是什么结果？

徐：很久以后我才明白，这种痛苦主要是因为社会游戏规则改变了，而自己还不适应。同时自己也有问题：太绝对化了。实际上任何社会都需要相对的妥协，大家才能够生存，连海底世界也有"共生"的定律嘛。想明白这一切之后，心里轻松多了。

天涯：美国的作家兰德写了几部小说，我感觉她的小说里面最精彩的是主人公大段大段的独白，其实是兰德借小说的形式表达自己的观点。她觉得小说是传播观点的很好载体。您的小说是想通过绮丽华美的语言表达什么观点，或者就是想让读者通过绮丽语言来进入丰富的想象空间？

徐：好像既不是前者也不是后者。很早的时候看到巴尔扎克有这么一句话：凡是真正出自内心才能进入内心。这其实就是指一种真诚的写作。

天涯：首先有诚意，别人才有可能接收到诚意。

徐：对，就是真诚的写作。真诚的写作很难做到，所以在中国成为真正的现实主义作家是很难的。为什么？因为现实主义作家肯定应当是批判现实主义的。托尔斯泰也罢，巴尔扎克也罢，罗曼罗兰、雨果都是批判现实主义大师。一个作家如果不和社会保持一种紧张的对峙关系，而只为了谋求现实利益去COPY某些陈词滥调，这是现实主义写作吗？

这实际上也是我在2005、2006年反复叩问的一点。我在我的工作岗位上越来越了解到社会的某些潜规则，我亲眼看到一些无良的所谓作家，用恶心的手段博取了他想得到的一切，一边还做出忧国忧民状，来博取鲜花和掌声，现在所有人都视他为大师。这太好笑了，真够搞的，全民娱乐啊。他们算演得相当好的。

天涯： 下一步作品是什么？有什么颠覆和突破？

徐： 新作叫《炼狱之花》，已经在十期《中国作家》出刊了。我的每一部小说都要颠覆前一部，新作从语言来讲就和以前不同，过去我的文字基本上是那种藤蔓式的自相缠绕的，而这个是冰片式的语言。时代在前进，一个作家绝不能停留在某一个地方举步不前，你还得了解这个时代，你要了解这个时代的特定语言，首先就要了解这个时代的年轻人的语言。这样的话就必须关注一下网络小说。我对网络小说的感觉是，有一些闪光点，但是基本上有点散，不是聚焦式的，也就是说它没有一个灵魂贯穿始终。

我写小说，工作单位又在影视界，因此不幸对两个领域都略有了解，越深入了解，越觉得不可思议，不可思议之后是痛苦，痛苦之后是逃离，逃离之后是对抗，对抗之后是超越——我的小说第一次没有了悲剧的结局，第一次为读者带来许多时尚与有趣的故事，小说中的主人公第一次不是逃避现实而是直面现实——但依然不是现实主义。

是不是该归类为讽刺寓言小说，我不知道。

我把我的两种想法放在一起了。

我的做法是：把现实的果放进了魔幻的筐里。我尽量把活做到最好，让它外观漂亮，希望读者爱看。尽管那果上全是芒刺。

我倒觉得中国文学正在面临一次新的"语言革命"。那就是网络文学的兴起，之前王朔的"新北京语言"颠覆了过去的那套书面语，而现在的网络语言已经成了一套独特的话语系统，不可小视，它早晚会成为社会的流行语。莫言早就提醒我要关注网络小说，我也注意研究了一些，发现网络小说里真有不错的，但似乎都有一个共同点，那就是有闪光点，但不能聚焦。也就是说，缺乏一个贯穿的灵魂。

新作就是尝试着给一部准网络小说注入灵魂，你也看到我的新作了，它的语言完全不是之前那种藤蔓式的，而是冰片式的了，犀利、直截了当，有的地方直接用了一些网络流行语，这也是我在这个已经改变了社会游戏规则时代的一种尝试吧。

天涯：之前您的所有作品都是以悲剧收尾，这部小说也是吗？

徐：这个结尾给了人们一个乌托邦式的希望。

天涯：书中大概是什么逻辑情节？

徐：开篇是这样的：两千年前，每当月圆之夜，月神降临，人类就会把曼陀罗花撒向大海，向大海乞求爱情。

两千年后的今天，一个绝望的青年把一枚戒指扔向了大海，他说他是在拒绝现实中的婚姻，向大海求婚。

接下来故事就开始了：海底世界近年来受到来自人类世界的严重侵扰，海王为此召开联席会议协商对策，大家想出了一个"绝妙"的主意：以和亲的方式与人类世界达成妥协，签订互不侵犯条约，大家一致认为：碰巧拿到人类戒指的海百合公主是最佳人选。

海百合公主美丽单纯勇敢忠诚，她决定不辱使命，到人类世界去寻找戒指的主人，临行前，母亲带她去海底面具店买了一张人类的面具，她戴上之后变成了一个人类普通的女孩子，取名百合。

单纯的百合在人类世界经历了难以想象的各种艰难险阻，充分领略了尔虞我诈、欺世盗名、见利忘义、口是心非、指鹿为马、恶意中伤等人类惯伎，当善良无法阻止恶的蔓延的时候，她决定以恶制恶。

后来，她终于找到了戒指的主人，他们深深相爱了，当她可以得到完美的幸福的时候，却无法背叛自己的内心——在朋友最需要的时候她无法放弃友情，她决定主持正义惩恶扬善，却由此把自己逼到了两难困境，既违反了神界的规则，又遭到人类邪恶势力的追杀。最后，她终于战胜万难完成使命、准备回归海洋世界，却恐惧地发现，那张戴在她脸上的人类面具，已经深深地与她的肌肤长在了一起，再也摘不下来了！

——面具摘不下来，海底世界肯定不允许她返回，而人类世界的邪恶势力正在追杀她，她随时有可能丧生，而与她深爱的人，也很难化解内心深处的误解——海天茫茫，我们美丽的海百合公主会遭遇什么样的终极命运呢？悬念就出来了。

我是从这个小女孩的视角切入故事的，写的其实是当下。在当代我们已经司空见惯不以为怪的事，小姑娘的眼睛看来都是很奇怪很让人震惊的，这也就反证了我们对一些谎言，对一些我们小时候不接受的东西已经接受了。

我是想让这个故事兼具宫崎骏的美好大气与蒂姆·波顿的黑暗诡异。

天涯：书中的人物说些什么观点？

徐：小说中的人名挺奇怪，像天仙子、百合、罂粟、曼陀罗、番石榴等，五个女孩的都是植物而且是致幻性的植物，五个男的都是动物，金马、铜牛、阿豹、小骡、老虎。

天仙子在女儿曼陀罗死去后有这么一段话：我们从小被教导要追求真理，可是我现在倒是觉得，从现实出发，还不如学习如何制造比真理更合逻辑的谎言呢！那样的话，大家都会轻松得多。

天仙子说，我一直都忽略了一个问题那就是：在我们这个城市，权力就是一切，我们这些没有权力的人，还是老老实实恭恭敬敬地向权力鞠躬吧。

天仙子还说了些令人费解的话，她说别爱这个星球，这个星球早晚会灭亡，别爱城市，这个城市不久就会破碎，别爱人民，人民不过是一些恐怖的大多数，别去看你小时候经过的小溪，不然那水里出现的脸肯定会让你自己吓一大跳！当然，也别爱男人，别爱女人，甚至……甚至别爱自己的儿女，她说到这里明显地哽咽了一下，然后接着说，总之除了自己谁也别爱，不然，不然的话，会受重伤！内部所有的脏器都会毁坏，就……就像我现在这样！……

而百合听到天仙子这段话的反应是：

天仙子的哭声搅扰了她。天仙子的泪水是涌在心头的血，是压在地壳下的岩浆；天仙子是人类仅存的硕果，因为她具有智慧、优雅、怀疑的心灵，一直在探索着善与恶，到现在刚刚明白，人类恶毒的智慧在这地球上无以伦比。她刚刚明白，只有享有话语权的人才享有判断力。她刚刚明白，这个时代的幽默也已经变成了谄媚者的幽默。她刚刚明白，人们如此热爱死人，只是当人死后才能获得一丝真情——她心爱的女儿曼陀罗就是最好的例子，但是她明白得太晚了。

番石榴是个不惜一切想演女一号的小姑娘，想当明星，为了演女一号，因为导演不断的换，她就不断的和各种不同的导演潜规则。于是就有一段总结式的叙述：

但是番石榴忘了，在这个时代，光舍得一切还是远远不够的，要学会讨价还价与人交换，要学会策划于密室，点火于基层，要学会阴谋和阳谋一起玩，要阳谋掩盖阴谋，阴阳结合刚柔并击以静制动以柔克刚，必要时还要韬光养晦、卧薪尝胆、明修栈道暗度陈仓。来到Ｂ城这几年，我可是真的长学问了，瞧我连用的这些成语，原先是最被我瞧不上的陈词滥调，可现在我恨不能把这本羊皮书中描述的"孙子兵法""三十六计"供在神龛上，给它烧香磕头——且慢，那也没用，那些东西好则好矣，但还是有一定规则，Ｂ城坏就坏在没有规则可循，如果你讲规则，那就你完了，不但会被同行耻笑还会很快被软封杀，你的话筒莫名其妙地发不出声音的时候，你才知道自己的话语权已经丧失了，你只好重新适应被雪藏的生活，等你好不容易适应了之后，这个时代已经将你遗忘，英明的大众再也不会接受你的名字，你的过去被热捧的一切主张都在人民大众那里找不到任何历史的痕迹。你最好得失忆症，如果你不幸有很好的记忆力，那你就必须准备速效救心丸、硝酸甘油什么的，以免你的心脏承受不住突然的打击。当然，即使你学会了承受，然后自我宽慰地学习古人的急流勇退，装出本来就很淡泊很蔑视名利的样子，每逢到书店便买一堆如何保持健康长命百岁的书，然后每天敲百会、敲合谷、敲胆经、做瑜伽、跳街舞、做八段锦、打太极拳，但是这一般都无法阻挡你心中那隐隐的痛——为什么那个什么都不是的人被誉为托尔斯泰二世，而你却活生生地被冷藏到老到死？！——这一段话其实很适合天仙子的心思，她心里一定在想，为什么开研讨会的时候Ｂ城所在顶级的评论家都在揣着明白装糊涂，把那个科幻美女捧到天上——他们是明明知道她在剽窃！

因为他们比 B 城所有的人更了解天仙子的创作，天仙子的每一个句式每一个用词他们都是熟知的，难道他们仅仅就为那几千块美元就出卖良心吗？恐怕还不尽然——这里还有两相比较的结论：天仙子美虽美矣但显得正气浩然，首先浩然正气就被 B 城的文人骚客所鄙视，何况天仙子还有一种与生俱来的高贵与骄傲，这便更不能容忍了！大家都是蝼蚁你凭什么长出翅膀?!蝼蚁们当然要群起而攻之，要咬掉那翅膀置之死地而后快……

天涯： 这就是对当代文学界的讽刺嘛。

徐： 所以说是社会游戏规则变了嘛。过去作家评奖拼的是白纸黑字，现在写作才华也就是文本本身只占了很低的百分比，更多的变成了背后的东西，包括利益交换什么的。其实所有人都明白，只不过大家都不说而已，都怕做《皇帝的新衣》里那个小孩。

天涯： 不光是作家评选，其他很多领域也有类似的事情。

徐： 各个领域差不多都这样。

天涯： 我一直有一个疑惑，很多人都说"还是好人多"，但是为什么很多事情没有得到根本性的改变。我觉得刚才你那句话回答了一个根本性的原因：大家都知道但是都不说。我感觉里面还缺乏一种勇气。

徐： 缺《皇帝的新衣》里面的小孩。我的《炼狱之花》好像就是这么一个小孩。所以觉得可能会挨骂。

天涯： 不会，有了互联网以后，网上每天都有很多说真话的小孩儿，皇帝都不在乎了。

徐： 对，皇帝不在乎了，就稳稳地做皇帝，只要拿到供品，你爱说什么说什么。

天涯： 以批判为主的作家大部分是悲观主义者。您应该也是吧？

徐： 很多接触我的人觉得我挺乐观，我相信我给你的感觉不是一个悲观主义者，但是我其实是一个彻底的悲观主义者。我觉得一个彻底的悲观主义者才能乐观的活着。其实这不是感性上的悲观主义者，而是理智上的悲观主义者。

像《红楼梦》，"你方唱罢我登场"，最后就剩"白茫茫大地真干净"，这就是彻底的悲观主义，认清这个世界终极的东西是好的，所以维纳认为人类就像一艘注定要驶向死亡的航船，可是人不能因为知道自己要死就不好好的活了。在航船上所有的乘客还要进行各种各样的表演，我觉得这句话说得很好，终极就在那里，但是你还是要活得精彩。我所谓悲观主义是从这个意义上讲。

天涯： 您曾经说想要"逃离"，现在的心态有变化吗？

徐： 是，有变化的。过去我一面对生活中的丑恶，就会采取逃避的态度，这是我个人一向的生活态度。小的时候就接受达则兼济天下，穷则独善其身的教育。立志"先天下之忧而忧，后天下之乐而乐"。但是大了之后觉得一切不过是大梦一场。当看到生活中的丑恶又无力改变的时候，只能回避，采取一种逃离的姿态，闭关自守，躲进小楼成一统，管它冬夏与春秋。

1996 年我在美国四个大学讲学，我当时讲两个题目，一个是《中国女性文学呼喊与细语》，还有一个就是《逃离意识和我的创作》。当时讲的，也是我真实的想法。

但是经过蜕变之后，我现在慢慢的变得敢于直面现实了。譬如遇到现实中破了道德底线的东西，我会直截了当地表示我的反对，哪怕这样做很得罪人。过去我不会，我会掉头就走，我会选择逃离。

天涯： 很多人都是年轻时候敢于直面，然后不断的受挫折，最后开始逃离。您是反过来的。

徐： 是啊，我也觉得奇怪。我小时候曾经立志当隐士，我一向对历史长河中那些被遮蔽的有卓绝才华的人特别感兴趣。

天涯： 举个例子。

徐： 比如有一阵我对美术史感兴趣，就到各种各样的地方查找一般画册上看不到的画。有一次在北图，我无意中看到包西的画，一下子震惊了，简直惊为天人。

作为尼德兰时代的画家，包西一直被笼罩在同代的鲁本斯、凡·戴克等绘画巨匠的阴影之下。然而他却实在是个非常伟大的画家，愈到现代愈见其伟大。包西的画像民间的古老寓言一般拙朴，充满着象征寓意。他竟敢把教皇和庶民放在一起共同赶起"稻草车"（《稻草车》），他随心所欲地借助想象之光来指挥一场人神之战（《圣安东尼的诱惑》）。在"娱乐之园"中，他的奇思异想化作飞鸟的翅膀、化作恶兽、化作丑恶可怖的裸者出现在画布上，像黎明的红晕一般驱赶着中世纪的黑暗，如果有人证明他是外星球派来的使者我一点儿也不会惊奇。非常引人注目的是画面的右侧有一片树林，树林里结着像红宝石一般鲜艳的果实（或许这便是包西梦境中的伊甸园？），而每只鸟每条鱼每个人嘴里几乎都含着一颗。难道这是包西对于上帝的一种嘲弄（想当初人类的老祖宗仅仅因为偷尝了一颗禁果而被逐出乐园）？在包西的笔下，上帝与庶民同在，伊甸园并不比他生活着的快乐美丽的农庄更美妙。而包西本人大约就像《浪子》中那个狡黠质朴的农人，揣着一袋黑面包干便可上路，旅途中尝尽人间美味。包西的奇思异想是令人惊叹的。如果说达利的梦境是偏执幻想的再现，那么包西的梦境则体现着人类的共性。对于包西，达利应当把对于保罗·艾吕雅的那句评价转赠给他："他有整个的奥林匹斯山，我从他那儿偷来了一个缪斯。"

当时我对画家朋友说到包西，大家都困惑地看着我，让我很心虚。直到碰上美术批评家邵大箴，没想到他和我一样狂热地爱包西的画，他说近年来对包西的认同是世界性的，包西在世界美术史上的地位一定会有改观——这让我特高兴，觉得自己在鉴赏能力上又有信心了。

天涯：这些天才为什么没有被世人所知？

徐：历史淹没了很多真正有才华的人。特别容易被历史忽略的人有共同特质：一个他们是天才，他们的天才不被当时社会与人所认可；第二个原因他不趋附于时尚。时尚有一个大圈子他不参加，他非得待在另外一个地方。

就说弗鲁贝尔吧，很少有人知道，但这个画家是非常了不起的，他的画永远让人过目不忘，他画的人的眼睛里面有一种惊恐、凄惨、绝望但又美丽的目光。后来邵大箴先生跟我讲弗鲁贝尔为什么被忽略？是因为他拒绝参加俄罗斯行为展览画派，这个画派当时覆盖了俄罗斯19世纪的主流。譬如当时列宾、列维坦他们都是这个画派的主将，大家都知道他们，可很少有人知道弗鲁贝尔。但他的确是个天才画家，现在都是以知名度来作为价值判断的标准，其实是很可笑的。

天涯：像弗鲁贝尔这样的天才是心甘情愿寂寞的，不被人所知也无可厚非。

徐：像他这样的是心甘情愿，但也有不情愿的。像凡·高、塞尚他们。他们在生前都是穷困潦倒，但他们是非常想得到认可的，恰恰就是那个时代很多人不能理解他的画，说他的画是垃圾，可是现在呢，他的一幅画至少是几百万美元。

天涯：您说过世界上有一群没有梦的人，这群人十分可怕。

徐：这些人就是一生主义者，是当代主义者，就活这一辈子，而且这一辈子是没有底线的活着，不择手段。

有人说在一个弱肉强食的社会只有当狼还是当羊两种选择，但我觉得还应当有第三者在场，就是牧羊人或者牧羊犬，他的职责就是要保护优质的羊，不过更多的是看客，不但无动于衷，还可以吃人血馒头或者"羊血馒头"。

还回到刚才那个话题，在当代当隐士几乎是不可能了。因为作为作家，首先是要有自己的声音，而没有话语权就发不出自己的声音，所以有些人为了争夺话语权都变得疯狂了，也可以理解吧。

天涯：您怎么看天涯？

徐：我觉得天涯还不错。其实我一直基本上就是一电脑盲，也就是收发邮件，浏览新闻，写作什么的，技术方面的完全不行。原来你跟我联络的时候，之前确实知道天涯，有个朋友告诉我他在天涯上发了文章，我能感觉到天涯在他心中位置相当高，这是我第一次知道天涯。

徐小斌作品系年

长篇小说

《海火》(1989 年中国青年出版社，2008 年中国友谊出版公司，2019 年百花洲文艺出版社)

《敦煌遗梦》(1994 年北京出版社，1997 年河北花山文艺出版社，2007 年河南文艺出版社)

《羽蛇》(1998 年花城出版社，2001 年长江文艺出版社，2002 年时代文艺出版社，2003 年台湾联经出版社，2004 年人民文学出版社，2007 年人民文学出版社，2009 年作家出版社"共和国作家文库"，2012 年重庆出版社，2013 年人民文学出版社第三版)

《德龄公主》(2004 年人民文学出版社，2005 年香港经要文化出版公司，2006 年漓江出版社，2009 年台湾印刻出版社，2010 年天津人民出版社)

《炼狱之花》(2010 年由人民文学出版社与长江文艺出版社首次两大社联袂出版)

《天鹅》(2013 年作家出版社)

《水晶婚》(2015 年由英国 Balestier Press 出版)

中短篇小说集

《对一个精神病患者的调查》(1990 年海峡文艺出版社)

《迷幻花园》(1995 年华艺出版社)

《如影随形》（1995 年河北教育出版社）

《蓝毗尼城》（1996 年云南人民出版社）

《末世绝响》（1997 年华侨出版社）

《蜂后》（1999 年长江文艺出版社"跨世纪丛书"）

《双鱼星座》（1999 年百花文艺出版社）

《天生丽质》（2000 年北岳文艺出版社）

《歌星的秘密武器》（2002 年广州出版社）

《清源寺》（2003 年北京出版社）

《非常秋天》（2005 年中国广播电视出版社）

《徐小斌作品精选》（2007 年长江文艺出版社）

《末日的阳光》（2009 年河南文艺出版社）

《别人·花瓣》（2010 年文化艺术出版社）

《睡蛇的伤口》（2015 年安徽文艺出版社）

《入戏》（2019 年北岳文艺出版社）

散文随笔集

《世纪末风景》（1996 年云南人民出版社）

《蔷薇的感官》（1997 年华艺出版社）

《缪斯的困惑》（1998 年辽宁人民出版社）

《出错的纸牌》（1998 年天津新蕾出版社）

《徐小斌散文》（2000 年华夏出版社）

《心灵魔方》（2002 年知识出版社）

《美丽纹身》（2002 年当代世界出版社）

《西域神话》（2003 年云南人民出版社）

《大都会：缪斯的殿堂，我的梦想》（2003 年西苑出版社，2004
年四川人民出版社）

《我的视觉生活》（2004 年上海文汇出版社）

《莎乐美的七重纱》（2010 年商务印书馆国际有限公司）

《密语》（2015 年安徽文艺出版社）

《生如夏花》（2016 年高等教育出版社）

《孤独之美》（2019 年江苏凤凰出版公司）

文集

《徐小斌文集》（五卷本 1998 年华艺出版社出版）

《徐小斌小说精荟》（八卷本 2012 年作家出版社出版）

美术作品集

《华丽的沉默与孤寂的饶舌》（2007 年湖南文艺出版社）

《任性的尘埃》（2016 年海峡书局）

《海百合》（2018 年十月文艺出版社）

主要影视作品

1.《弧光》：电影，由本人根据自己的中篇小说《对一个精神病患者的调查》改编，1988 年首映。该片获第十六届莫斯科电影节特别奖。

2.《风铃小语》：电视单本剧，由本人根据自己的获奖短篇小说《请收下这束鲜花》改编，中央电视台黄金一套 1993 年首播。该剧获第十四届飞天奖，中央电视台首届 CCTV 杯一等奖。

3.《千里难寻》：十一集电视连续剧。北京电视台长青藤剧场 1994 年首播。

4.《雨中花园》：电视电影。作为全国十大女作家向世妇会献礼片，中央电视台黄金八套 1995 年首播。

5.《星空浩瀚》：电视单本剧。作为全国十大女作家向世妇会献礼片，由中央电视台黄金一套 1995 年首播。

6.《富起来的人》：八集连续剧，中央电视台黄金八套 2002 年首播。

7.《德龄公主》（与人合作）：二十九集长篇历史电视连续剧，根据自己的同名小说改编，于 2006 年在中央电视台黄金八套首播。

8.《延安爱情》（与人合作）：三十八集电视连续剧，2011 年东方卫视首播。

9.《虎符传奇》：三十集长篇电视连续剧，由本人原创，由著名导演郭宝昌执导，美亚长城传媒（北京）有限公司投资，2012 年在中央电视台黄金八套首播。

徐小斌文学活动年表

1981 年年底，参加《十月》杂志首届发奖大会，短篇小说《请收下这束鲜花》荣获《十月》首届文学奖；

1986 年年底，参加第三届全国青年创作会议；

1988 年年底，参加电影《弧光》看片会，《弧光》电影剧本根据作家中篇小说《对一个精神病患者的调查》由本人改编而成，获第十六届莫斯科电影节特别奖；

1992 年，参加由《中国作家》杂志社组织的长篇小说《敦煌遗梦》研讨会，这也是作家生平第一次的作品研讨会；

1995 年，世界妇女代表大会在京召开，参加了中国女性文学的系列活动；

1996 年，作为中国女性文学代表作家受邀在美进行了为期三个月的访问讲学活动，分别在美国杨百翰大学、科罗拉多大学、宾夕法尼亚州立大学、圣玛丽学院等举办了题为《中国女性写作的呼喊与细语》的文学讲座，是第一位被美国正式邀请讲中国女性文学的作家，讲座受到研究中国文学的海外学者的热烈欢迎；

1997 年，参加在贝尔格莱德举办的第三十四届贝尔格莱德国际作家会议；

1998 年，参加首届鲁迅文学奖颁奖大会，中篇小说《双鱼星座》荣获首届鲁迅文学奖；

1999 年，参加在台湾举办的两岸文学研讨会；

2000 年，参加在越南举办的文化交流活动；

2002 年，参加在加拿大举办的渥太华国际作家会议；

2004 年，人民文学出版社召开徐小斌作品研讨会；

2005 年，参加北京作家协会组织的赴埃及、土耳其的文化交流活动；

2006 年，参加北京文学杂志社组织的中俄文化交流；

2007 年，接到美国文学翻译中心（ALTA）副主席 Rainer. Schulte 先生的邀请，作为惟一的中国作家赴美参加由五十个国家的作家、翻译家参加的美国文学翻译中心三十周年庆典及国际文学研讨会；

2008 年，参加为期一个月的香港国际作家工作坊活动；

2009 年，参加中国 - 厄瓜多尔文学交流活动；

同年，英文版《羽蛇》全球首发，人民文学出版社同步召开新闻发布会；

2010 年由于希腊文小说《亚姐》出版，接受希腊文化部邀请赴希腊交流访问；

2011 年受到美国纽约亚洲协会邀请，赴美讲学，与著名作家苏童一道在美国哈佛大学演讲、座谈；

同年，与莫言等同赴澳大利亚参加"首届中澳文学论坛"与"墨尔本文学节"；

同年年底，应台湾印刻出版社邀请赴台进行文化交流活动；

2012 年，作家出版社举办"特立独行、历久弥新——徐小斌写作三十年作品研讨会"；

2013 年 6 月，新长篇《天鹅》新闻发布会举行；

同年 10 月，参加"首届海峡两岸文学笔会"并作主题发言；

2014 年 1 月，应邀赴泰国进行影视文化交流活动；

3 月，应邀赴澳门大学讲学，在澳门大学郑裕彤书院建立"徐小斌工作坊"；

5 月，荣获加拿大第二届国际"大雅风"华语文学奖小说奖首奖，赴多伦多领奖；

8 月，参加第三届汉学家国际研讨会；

10 月，参加"海外华文女作家双年会暨华文文学论坛"，与余光中、席慕蓉等同台演讲；

2015 年年底，长篇小说《水晶婚》获得年度英国笔会翻译文学奖；

2016 年 4 月，应邀出席伦敦书展并在英国利兹大学演讲；

2016 年 11 月，参加中国作家协会第九次代表大会；

2017 年，在温哥华讲课及举办文学座谈会；

2018 年，《双鱼星座》入选"百年中篇经典"和"百年百部中篇经典"；《对一个精神病患者的调查》入选"百年中篇经典"。

图书在版编目（CIP）数据

炼狱之花：新版 / 徐小斌著 .—北京：作家出版社，2019.8
（徐小斌经典书系）
ISBN 978-7-5212-0662-3

Ⅰ.①炼…　Ⅱ.①徐…　Ⅲ.①长篇小说—中国—当代
Ⅳ.① I247.5

中国版本图书馆 CIP 数据核字（2019）第 173137 号

炼狱之花（新版）

作　　者：徐小斌
责任编辑：秦　悦
助理编辑：李炫屿
装帧设计：蔡立国
责任印制：李卫东
出版发行：作家出版社有限公司
社　　址：北京农展馆南里 10 号　　　　邮　　编：100125
电话传真：86-10-65067186（发行中心及邮购部）
　　　　　86-10-65004079（总编室）
E-mail:zuojia @ zuojia.net.cn
http://www.zuojiachubanshe.com
印　　刷：北京明月印务有限责任公司
成品尺寸：152×230
字　　数：268 千
印　　张：19.75
版　　次：2020 年 1 月第 1 版
印　　次：2020 年 1 月第 1 次印刷
ISBN 978-7-5212-0662-3
定　　价：42.00 元

作家版图书，版权所有，侵权必究。
作家版图书，印装错误可随时退换。